Inés del alma mía

Isabel Allende

伊莎贝尔·阿连德 作品集

我亲爱的伊内斯

*Inés
del
alma mía*

〔智利〕伊莎贝尔·阿连德 ———— 著
Isabel Allende

朱洁蓉 ———— 译

人民文学出版社
PEOPLE'S LITERATURE PUBLISHING HOUSE

著作权合同登记号　图字 01-2021-0352

Isabel Allende
INÉS DEL ALMA MÍA
© ISABEL ALLENDE, 2006
Simplified Chinese translation copyright © 2021 People's Literature Publishing House
All rights reserved

图书在版编目（CIP）数据

我亲爱的伊内斯 /（智）伊莎贝尔·阿连德著；朱洁蓉译. —北京：人民文学出版社，2021
（伊莎贝尔·阿连德作品集）
ISBN 978-7-02-016568-1

Ⅰ. ①我… Ⅱ. ①伊… ②朱… Ⅲ. ①回忆录—智利—现代 Ⅳ. ①I784.55

中国版本图书馆 CIP 数据核字（2020）第 158862 号

责任编辑　张欣宜
装帧设计　刘　远
责任印制　王重艺

出版发行　人民文学出版社
社　　址　北京市朝内大街 166 号
邮政编码　100705

印　　刷　三河市博文印刷有限公司
经　　销　全国新华书店等

字　　数　238 千字
开　　本　880 毫米 × 1230 毫米　1/32
印　　张　9.75　插页 3
印　　数　1—6000
版　　次　2021 年 7 月北京第 1 版
印　　次　2021 年 7 月第 1 次印刷

书　　号　978-7-02-016568-1
定　　价　49.00 元

如有印装质量问题，请与本社图书销售中心调换。电话：010-65233595

目　录

必要的说明 ……………………………………………… 001

第一章　欧洲, 1500—1537 ……………………………… 001
第二章　美洲, 1537—1540 ……………………………… 057
第三章　智利之行, 1540—1541 ………………………… 115
第四章　新埃斯特雷马杜拉的圣地亚哥, 1541—1543 …… 157
第五章　悲惨岁月, 1543—1549 ………………………… 203
第六章　智利战争, 1549—1553 ………………………… 249

致谢 ……………………………………………………… 302
参考书目 ………………………………………………… 303

必要的说明

伊内斯·苏亚雷斯(1507—1580),西班牙普拉森西亚①人,1537年抵达新大陆,参与了智利的征服和圣地亚哥城的修建。她在政治和经济领域都拥有极大的影响力。伊内斯·苏亚雷斯的生平事迹被记载在当时编纂的年鉴中,但在后来的四百多年间完全被历史学家遗忘。在本书中,我描写的就是那些被记载的史实,并借用少量的想象把事件编织成书。

虽然这是一部虚构作品,但我取材于智利征服史中真实的人物和事件。同时,为避免我潜在读者们的不安,我擅自使用现代西班牙语,代替了十六世纪的古西班牙语。

伊莎贝尔·阿连德

---

① 普拉森西亚,西班牙埃斯特雷马杜拉自治区卡塞雷斯省的一个城市,位于西班牙中西部。

1580 年 12 月,在智利王国新埃斯特雷马杜拉的圣地亚哥,有关伊内斯·苏亚雷斯的年鉴,由其女儿堂娜伊莎贝尔·德·基罗加交至多米尼加教堂,以便保护留存。

马努埃尔·奥尔特加绘,《伊内斯·苏亚雷斯保卫圣地亚哥》,藏于智利圣地亚哥国家历史博物馆

第一章

欧洲,1500—1537

我叫伊内斯·苏亚雷斯。时值1580年,我在智利王国新埃斯特雷马杜拉①的圣地亚哥城,写下关于我这一生。我不清楚自己准确的出生日期,但据母亲说,我出生于席卷整个西班牙的饥荒和瘟疫之后,那时也恰逢美男子费利佩②刚刚过世。出殡的队伍经过,在空气中留下苦杏仁的气味,几天都未消尽。人们议论纷纷,都说是国王的死引发了瘟疫,虽然我从不相信这一说法,但谁也说不清真正的原因。在两年多的时间里,年轻貌美的胡安娜女王带着亡夫的灵车寸步不离,走遍了卡斯蒂利亚,并不时地打开棺柩亲吻他的双唇,以期他会复活。即使经过防腐处理,尸体还是开始腐烂并发出恶臭。我出生的时候,可怜的疯女胡安娜伴着她丈夫的尸体,已经被囚禁在托尔德西利亚斯城堡里。从那时起,我七十年的人生拉开大幕,赫尔特河边一个吉卜赛女人帮我算了命:我会在一个圣诞节前去世。这也极有可能只是书本中出现的众多错误之一,只因被印刷出来了而显得煞有介事。经那亘古不变的硬币提示,这位吉卜赛女人仅仅确定

---

① 即西班牙征服美洲时秘鲁总督辖区下属地域。所谓"新",因在宗主国西班牙也有一个大区叫埃斯特雷马杜拉。
② 美男子费利佩(1478—1506),即费利佩一世,因相貌英俊而得此名。其妻是胡安娜(1479—1555),卡斯蒂利亚女王,因得精神病,历史上又称其为"疯女胡安娜"。

我会长寿。现在,是自己的心脏告诉我时日不多。我一直都很清楚,我会像我们家族的所有女性一样寿终正寝。我深信每个人都有自己的命数,因此,我从不惧怕面对危险。每每我心神不宁坐立不安之时,卡塔丽娜总是用她温热的秘鲁西班牙语安慰我:"夫人,你会活到很老很老的。"我已经忘了卡塔丽娜的克丘亚语①名字了,如今再问也为时已晚,几年前她就过世了,被埋在了我家的后院;但我依然清晰地记得她这番预言之词。在库斯科老城的时候,卡塔丽娜就开始侍奉我了。在弗朗西斯科·皮萨罗②时代,库斯科城是印加人的瑰宝。皮萨罗最初只是一个私生子,有谣言流传他曾在西班牙养猪,凭着无畏的冒险精神,后来成为秘鲁的统治者,最后死于他的蓬勃野心和众叛亲离。他的一生就是西印度③这片大陆的最好写照,在这片土地上没有传统的法制,只有混乱:圣徒和罪人、白人、黑人、黑白混血儿、印第安人、印欧混血儿、贵族和仆役,鱼龙混杂。随便一个被烙铁加印、手缚镣铐的囚徒,也能即刻因暴富而翻身得道。虽然我自己也从中受益,并且已经在这片土地上生活了四十多载,却依然不能习惯这种无序。如果当年我留在了故土,也许今天只是一个又穷又瞎的老太婆,不分昼夜地靠缝补谋生。在那儿,我只会是水渠街上的女裁缝伊内斯。而在这儿,我是堂娜伊内斯·苏亚雷斯,高贵的夫

---

① 克丘亚语,秘鲁当地土著人的语言。
② 弗朗西斯科·皮萨罗(1478—1541),西班牙早期的重要殖民者,以征服印加帝国闻名。
③ 最早因哥伦布以为到达的是亚洲的印度而给这片土地取名"西印度"。意大利航海家亚美利哥·韦斯普奇在十五世纪末十六世纪初考察南美大陆,提出这是一块亚欧以外的新大陆,后人用他的名字给这块新大陆命名美洲。但整个十六七世纪,在西班牙文献中还是以印度来指涉这块大陆,一直到十八世纪才开始使用美洲的说法。为明确区分,亚洲的印度一般被称作东印度,而新大陆一般被翻译作西印度。这本小说借用的是十六世纪人的口吻,所以大部分都使用西印度来指涉。

人,也是智利王国的征服者和建立者堂罗德里格·德·基罗加的遗孀。

我安慰自己,至少活到了七十岁,并且还活得不错,但是我年轻的心却不甘受困于这苍老的身躯。站在婚后罗德里格送给我的第一件礼物银镜前,我难以辨认眼前这位银发满头的老太太。这嘲笑伊内斯的镜中人到底是谁?我仔细打量她,试图在镜子的深处找到曾经那个扎小辫、膝盖结痂的小女孩,找到曾经那个跑到果园偷偷寻欢的小姑娘,找到曾经那个被罗德里格·德·基罗加拥怀而眠、成熟且热情的女人。我确信她们都隐藏在其中,可我却看不见她们。现在我已经不骑马了,不穿铠甲也不佩剑。并不是因为我缺乏勇气,相反,我一向无所畏惧;只是年老了,力不从心。我气短无力,关节酸痛,硬胳膊硬腿,老眼昏花。没有从秘鲁预订的眼镜,我都不能写下这些。我想陪着罗德里格——愿他此时在上帝处安息——参加他和马普切人的最后一场战役,但是他没有同意。他笑着对我说:"伊内斯,你太老了。"我回答道:"和你一样老。"这不是实话,其实他比我小了好几岁。我们以为那就是永别了,因为深信会在另一个世界相遇,所以当时我们没有痛哭流涕。罗德里格一直努力隐藏他的病情,但我也很早就知道他命不久矣。他咬紧牙关忍受病痛,从不呻吟,我们只能从他额头滚落的冷汗知晓他的煎熬。他出发南下的那天,发着高烧,脸色苍白憔悴,腿上的脓包还不断出脓,我试尽了所有方法也没能治愈他。他宁可战死沙场——那是作为战士的荣誉,也不愿做一个垂死的老人卧在病榻上。我希望在他人生的最后一刻能陪在他身边,扶着他的头,感谢他在我们的漫漫人生路上慷慨给予我的爱。他一边指着延伸到安第斯山脉的土地,一边对我说:"伊内斯,你看,上帝已经把这一切和成千上万的印第安人纳入我们的庇护下。我的职责是去阿劳卡尼亚①和那些野蛮人作战,而你就负责保护我们的家园和臣民。"

他没让我和他一同南下作战的真实原因也在此:他不愿让我看到他虚弱的病态,只希望我记住他的雄姿——跨在战马上指挥麾下勇士,在被马普切人占领的比奥-比奥河南部区域英勇作战。作为妻子,我第一次扮演了顺从的角色,听从了他作为首领的命令。他是被担架抬到战场上的。在那儿,他的女婿马丁·鲁伊斯·德·冈博亚把他绑在了马上,这是效仿当年西班牙民族英雄熙德②的做法,希望他的现身能震慑到敌人。他无所畏惧,像疯子一样冲到了最前线,还一边念叨着我的名字,可是他并没有如愿死在战场上。弥留之际,他被临时拼凑的轿子送回了我身边,疾病已经侵蚀了他的全身。换作是另外一个人,早就扛不住这病痛的毒害和战争的劳顿而一命呜呼了,但他是罗德里格,他无比坚强。临终前,他对我说:"伊内斯,从看到你的第一眼起,我就爱上了你,并将爱你到永远。"他还嘱咐,无须大肆操办他的葬礼,只需办三十场弥撒让他的灵魂安息就好。我看到了死神,虽然模糊得就像现在这张纸上的字母,但是我确定看到了她。就在那时,我叫了你,伊莎贝尔,叫你和我一起给他穿衣。因为,罗德里格是那么骄傲,肯定难以容忍让仆人目睹自己的暮态。只允许你——他的女儿,和我一起帮他穿上全套的铠甲和靴子,让他安坐在他最喜欢的椅子上,在他的膝盖处放上他的头盔和剑,如他生前一般,仪表堂堂地接受临终仪式,不失尊严地离去。死神一动不动

---

① 阿劳卡尼亚,智利的一个区域,和阿根廷接壤。在这个区域发生的阿劳卡尼亚战争是西班牙殖民者和智利土著居民马普切人的一场长期战争,从十六世纪开始,一直到十九世纪末才基本结束。

② 熙德(约1043—1099),即罗德里格·迪亚兹·德·维瓦尔,巴伦西亚城的征服者和城主,因和阿拉伯人作战英勇而闻名,是西班牙民族英雄。根据他的生平写成的史诗《熙德之歌》是西班牙文学的经典作品。

地守在他身边,安静地等我们做完一切后,她如母亲般搂住了罗德里格,示意我靠近做最后的告别。我走近他,以恋人的姿态,给了他最后一个吻。就这样,在夏日的一个炙热午后,在这所房子里,他在我的怀里离开了。

我最后没能遵照他的遗言简单操办葬礼。罗德里格是智利最受爱戴的人,他死后,整个圣地亚哥城都是一片哭声,王国内的其他城市也举行了无数的吊唁集会。让我想起了多年前,人们拥上街头用鲜花和礼炮庆贺他被任命为总督。盛大的葬礼后,我们把他埋葬在了梅赛德斯圣母教堂。这个教堂正是我们俩为了昭显圣母荣耀主持修建的,不久我也将安息于此。我给教士们留下了足够的钱,让他们在三百年间每周给堂罗德里格·德·基罗加绅士做安魂弥撒。他是西班牙的勇士,智利王国的征服者和两任总督,圣地亚哥骑士团的骑士,也是我的丈夫。他离开的这几个月里,我度日如年。

我不应该提前说到自己,我需要严格有序地记录我的生平,不然最后都是一团混乱。虽然人类的记忆经常是无逻辑的杂乱无章,但一部好的编年史要按时间先后来记录。每天晚上,我披着罗德里格的羊驼毛毯,坐在他的书桌前,开始写下这一切。第四代巴尔塔萨猎狗守着我,它已经是巴尔塔萨的曾孙了。当年,巴尔塔萨和我一起来到智利,陪伴了我十四个年头,死于1553年,和巴尔迪维亚①被马普切人杀害是同一年。虽然它死了,但它给我留下了很多后代,所有都体形庞大、四肢笨拙、毛发粗硬。我们的房子满布地毯、窗帘和挂毯,仆人们还把炉火烧得旺旺的,可我依然觉得冷若冰窖。伊莎贝尔,你时常和我抱怨:这房子里热得让人透不过气来。大概这寒冷不是来

---

① 巴尔迪维亚(1497—1553),西班牙在新大陆的征服者,智利的第一任总督,后文的主人公。

自空气,而是源于我的内心。我能用纸笔记录下我的回忆和想法,这一切还是多亏了神父冈萨雷斯·德·马尔莫雷霍。他一边给当地土著人传播福音书,一边抚慰基督徒,还抽空教我读书写字。当时他还只是一名普通的随军神父,最后他成了智利的大主教,同时也是王国最富有的人,这些在后面我再慢慢道来。生命的最后,他如当初来到这世上一般,又孑然一身归于尘土,把他仁心仁爱的善举留在了尘世。像罗德里格所说,他是世界上最慷慨的人。

我们现在从头开始,从我的童年记忆说起。我出生在埃斯特雷马杜拉的北部城市普拉森西亚,这是一个边境小城,战乱不断,宗教氛围浓厚。我从小生活在祖父家中,房子就在大教堂不远处。这个教堂被人亲切地称为"老教堂",但实际上也就是建于十四世纪。教堂那覆着鳞片雕刻的奇怪塔楼,长年把我们家笼罩在阴影之中。我再也没有回去过,没能再见到护城的宽阔城墙、大广场上的那片空地、阴暗的小巷、石筑的小房子、拱形回廊;也再没有回过我祖父的老房子,如今我姐姐的孙子们还在那儿生活。我的祖父是个木工,同时也是基督受难十字架兄弟会的成员,这是远超他社会地位的荣誉。这个兄弟会隶属城中最古老的修道院,领导圣周期间的宗教游行。在游行队伍中,我的祖父身着紫色宽袍,腰系黄色缎带,手覆白手套,是抬十字架的其中一员。他的长袍上有点点血迹,这是为感同身受耶稣在各各他山①被钉上十字架受的苦难,受鞭挞所致。圣周期间,家家户户紧闭门窗以抵挡阳光。人们禁食斋戒,只能小声言语。生活简单到只有祷告、诵经、告解和祭祀。某个圣周周五,我姐姐亚松

---

① 各各他山,罗马治以色列时期一座比较偏远的山,位于耶路撒冷西北郊。据四福音书记载,耶稣基督就曾被钉在该山的十字架上。

森当时只有十一岁,早上醒来发现有耶稣的圣疤①,手掌上有伤疤,两眼翻白。我们的母亲打了她好几个耳光才把她弄清醒,用蜘蛛网和母菊熬制的草药治好了她的手。亚松森一直被锁在家里,直到她手上的疤痕痊愈。母亲禁止我们和任何人谈论此事,不希望她的女儿像节日里的奇物,被拉到一个又一个教堂示众。亚松森并不是这个地区唯一有圣疤的女孩。每年圣周期间,都会有个别女孩遭遇类似的情况:升天、散发出玫瑰的香味、长出翅膀,最后都成为信徒释放他们狂热的靶子。在我的记忆中,这些女孩除了亚松森,最后都进修道院做了修女。多亏母亲的明智和我们全家人的守口如瓶,亚松森恢复如初,最后结婚生子。她的女儿,也就是我的外甥女贡斯堂萨,后面也会出现在这个故事里。

我会记得那些圣周游行,是因为在某次游行中认识了胡安,他后来成了我第一任丈夫。那是1526年,那一年我们的卡洛斯一世国王和他挚爱一生、来自葡萄牙的美丽表妹伊莎贝尔大婚;也是苏丹苏莱曼一世带领他的土耳其军队,一路深入欧洲腹地,威胁基督教世界的一年。关于穆斯林暴行的流言让我们胆战心惊,似乎我们亲眼看到了普拉森西亚城墙上这些恶魔般的游牧民族。这一年,因为对外敌的恐惧,宗教狂热到达癫狂状态。我走在游行的队伍中,空着肚子,蜡烛燃烧腾起的烟雾缭绕,血腥味和熏香味夹杂,絮絮的祷告声和鞭笞的呻吟声交织,所有的一切都让我头晕目眩,像个梦游者一般走在我的家人后面。在戴着蒙面高帽的茫茫忏悔者中,我一眼看到了胡安。实在不可能看不到他,他比所有人都高出半个头,鹤立鸡群。他虎背熊腰,深色的卷发,罗马人的高鼻,猫眼一般的眼睛立马对我的

---

① 耶稣被钉上十字架,在手脚和胸口处留下伤口,后来在某些教徒身上出现相同的疤痕,表明他们也和耶稣一样受难,所以称这些疤痕为圣疤。

目光做出了回应。"那是谁?"我指着他问我母亲。可是,我只是被她的肘子撞了一下,被果断地命令低下头去。我从未交过男朋友,因为祖父决定让我终身不嫁侍奉他终老,以弥补我不是他所期望的男孙的遗憾。而且,他也没有能力准备两份嫁妆。亚松森比我更适合谋取一个有益的联姻,她拥有许多男人中意的优点:顺从、苍白的美和丰腴。相反,我瘦骨嶙峋,倔强得像头驴。这些都遗传自我的母亲以及已经去世的祖母,她们都不是典型的贤妻良母。他们说,我最美的部分是我阴郁的眼睛和一头秀发,可这几乎一半的西班牙女孩都拥有。唯一值得一提的是我有一双巧手,在普拉森西亚及方圆百里,再也找不出第二个做女红有我那么精美的姑娘。靠这一双巧手,我从八岁就开始补贴家用,并开始积攒那份祖父不愿为我出的嫁妆。我打算给自己找个丈夫,与其和我那脾气暴躁的祖父终老,我还是更愿意为子女操持。圣周的那天,我没有服从母亲的命令,而是把头巾掀了下来,冲着陌生人笑了笑。就这样,我开始了和来自马拉加的胡安的恋爱。祖父当然是强烈反对,那段日子我们家几乎变成了疯人院。餐盘满天飞,咒骂不停,门摔得重到把墙都给震裂了。如果不是母亲把我和祖父分开,我们俩早就同归于尽了。我没有丝毫妥协,最后是祖父累了才让了步。我不清楚胡安看中了我什么,但这不重要。我们俩认识不久,很快就决定一年后结婚。这一年的时间,刚好够胡安找到工作,我也能让微薄的嫁妆稍微丰厚些。

通常,女人们第一眼看到胡安就会喜欢英俊且外向的他,但是慢慢地就消受不起了,他实在太招事了,让人不消停。他从不需要主动去勾引谁,因为他那讨喜的模样一出现就让女人们坐立不安,可他还一刻不停地招蜂引蝶。他从十四岁就开始生活在女人堆里,深谙其中的道道。他总是沾沾自喜地说,他自己都记不清给多少丈夫戴了绿帽子,多少次被气急败坏的丈夫追赶。调侃完,他都会安慰我道:

"但是,亲爱的,现在这一切都结束了,我现在和你在一起。"可一边说,眼光又瞟到我姐姐身上了。他不仅受女人们欢迎,在男人中人气也很高。他酒量很好,各种玩意儿都能玩上几手,总有说不尽的神奇故事和让人热血沸腾的赚快钱的计划。很快我就明白,他是一个永不满足的人,目光永远都落在远处和明天。就像那个时代的很多人一样,他也痴迷于新大陆的那些传奇故事,深信任何有胆有谋的人都可以在那片土地上轻易地谋得财富和地位。他觉得自己一定可以成就一番事业,像克里斯托弗·哥伦布一样——穷得只剩勇气让他漂洋过海发现了一片新大陆;或是像埃尔南·科尔特斯一样,征服了西班牙帝国最璀璨的明珠——墨西哥。

"他们说在那里,一切都已经被发现征服了,不剩什么了。"我总是试图打消他的热情。

"女人,你太傻了。被发现和被征服的还只是小小一部分。巴拿马以南都是处女地,那里的财富远胜过奥斯曼帝国苏莱曼大帝所拥有的。"

他对新大陆的憧憬让我很害怕,这意味着我们可能要分别。另外,我听祖父说,墨西哥的阿兹特克人还用活人祭祀,不过他也是在酒馆听别人说的。成千上万的俘虏排着长长的队伍,等着爬上神殿的祭坛。祭司们蓬头散发,全身裹着干涸的血痂,并不时地喷吐出鲜血,用黑曜岩刀把祭祀者的心挖出来。尸体被抛落在台阶上,层层叠叠,任其腐烂。整座城市都浸泡在血河之中,那些秃鹰秃鹫最后对人肉都食之无味,吃撑到飞不起来;食肉的鼠类长到牧羊犬么大。几乎每个西班牙人都听过这些,可这些丝毫没有影响到胡安。

我没日没夜缝衣绣花,努力攒钱。而胡安就到处和各类女人厮混,无论是妓女还是女仆,他都照单全收;或者和教区里的人胡乱吹牛,梦想有一天坐船去新大陆,他认为这是他这样的男人唯一的出路。有时候,他会消失几个星期甚至几个月,然后又一声不吭地回来了。至于去哪儿了,他从来都不会说。因为他时常把去新大陆挂在嘴边,人们就拿他开玩笑,叫我"西印度新娘"。我最大限度地忍受他的来无影去无踪,因为在爱情中,我彻底被他迷醉了。胡安用甜言蜜语逗我笑,还给我吟诗诵歌,温柔地亲吻我。我再难过再愤怒,只消他几下爱抚,一切都烟消云散,只余下欲望。爱情是多么美好,一切都可以原谅!我难以忘怀我们第一次拥抱,那是一个夏天,在小树林的灌木丛里。土地都是鲜活、温热、肥沃的,散发着月桂的香气。我们俩各自从城里出发,以杜绝人们的流言蜚语。我们下了山,把城市远远地抛在身后。在河边集合后,我们牵着手跑进树林的深处,找一处远离道路的隐蔽处。胡安找来很多树叶铺在地上,又把上衣脱下来让我坐在上面,后来就慢慢地带领我领略原始的愉悦。我们带了橄榄、面包和从祖父那儿偷来的红酒,游戏般地从对方口中品尝美酒的醇香。美酒、欢笑、亲吻,大地散发的热量裹挟着我们这对热恋的男女。我脱下罩衣,褪下内衣,他舔舐我的双乳,说那是蜜桃,香甜可口。其实,我自己觉得更像是坚硬的李子。他不断地用舌头吻遍我全身,让我欲仙欲死。我记得他躺在树叶上,让赤身裸体大汗淋漓的我骑在他身上,他希望由我来把握两人共舞的节奏。就这样慢慢地,如同玩乐,没有恐慌也没有痛苦,我结束了处女之身。那是如入仙境的一刻,我抬头看到森林的绿色穹顶和夏天灼热的天空,单纯的快感让我长久地呻吟。

  胡安的离开不仅浇灭了我的热情,也让我生气恼怒,下决心要把他赶出我的生活。可是,只要他一回来,稍微解释几句,用他那绝佳情人的双手抚摸几下,我又立马臣服了。如此不断重复:诱惑,诺言,和好如初,如胶似漆,再一次分离,煎熬。在一起的第一年,我们没能定下婚礼的时间,如此又过了第二年、第三年。当时,我已经彻底名声扫地了,人们都议论我们在门后男欢女爱。这的确是事实,但他们却拿不出证据,我们每次都很小心谨慎。那位预言我长寿的吉卜赛女人也卖给我避孕的秘方:塞入一块用醋浸泡过的海绵。我的姐姐亚松森和我的那些朋友都告诉我,掌握一个男人的最佳手段就是拒绝他。可是,我相信连殉道女圣徒都难以拒绝胡安。我经常利用各种独处的机会,在所有的地方和他做爱,而不仅仅是门后。他绝对是此中高手,我没有遇到任何其他男人能像胡安那样,在几分钟内随意一种姿势就让我高潮迭起。他看重我的快感远胜过他自己的。他记住我身体的每个敏感部位,还一一教授给我,让我独自一人的时候也能自娱自乐。他不断地说:"女人,看看你有多美。"我虽然并不认同他这恭维的话,但能让埃斯特雷马杜拉最帅气的小伙欲火熊熊,我还是很骄傲的。我的祖父是那么珍惜他的名声,他要是知道我们俩像两只发情的兔子一样到处做爱,甚至在教堂阴暗的角落都情难自禁,想必早就把我们俩都杀了。而且,他的名声主要就维系在家族女性的贞洁上。因此,当关于我俩的流言传到祖父多毛的耳朵里时,他气急败坏,声称要用乱棍把我活活打死。他说:"名誉的污点,只能用鲜血洗净。"我母亲直直地杵到他面前,双手叉腰,炯炯的目光甚至可以逼停狂奔的斗牛。她说服祖父,只要搞定胡安,我就可以结婚了。就这样,靠着基督受难十字架兄弟会的朋友们——这些普拉森西亚最有势力的男人把我的未婚夫扳着胳膊给架过来了。胡安吓得话都说不清,只顾连连求饶。

我们在 9 月里一个阳光明媚的周二举行了婚礼。那天刚好也是大广场的集市日,花香、果香、新鲜蔬菜的香味溢满整个城市。婚礼后,胡安把我带回了马拉加。我们把新家安在了一处租来的房子里,窗户临街。我尽量用镶嵌花边的窗帘和我祖父打制的家具装饰我们的房子。除了他那没完没了的野心，胡安对我们的家庭毫无贡献。虽然我们彼此熟悉得像是老夫老妻，但他依然保持了极强的欲望。有几天，我们寸步不离床榻，做爱，吃饭再接着做爱，甚至连衣服都没有穿过。可是，除去这些床笫之欢，我很快发现从实用角度来看，这场婚姻完全是个错误。倒不是胡安变了，他从一开始就彻底真实地呈现了自己。不同的是，远距离看他的缺点是一回事，共同生活就是另外一回事了。唯一能想到他作为丈夫的美德，就是他在床上给我的满足，以及我永不厌倦的、他那斗牛士般的身材。

"这个男人没什么用。"有一天，母亲来看我们，她提醒了我一句。

"只要他能让我生孩子，其他我无所谓。"

"那谁来养孩子呢？"她又问了一句。

"我自己，我不是有线有针嘛。"我斗气般地回答她。

我已经习惯一刻不停地工作，凭我的手艺，我永远都不缺客人。除此以外，我还用磨坊里公共的炉子做些肉和洋葱馅的点心，大清早再去大广场卖。日积月累，我找到了水和面粉的完美比例，可以做出又筋道又细腻的面点来。我的那些点心——准确说是馅饼——很受欢迎，很快这些挣的钱超过了我缝纫挣的。

我的母亲送了我一个木雕的救赎圣母像，据说她在送子方面很灵验。只是，大概圣母手上还有其他很重要的事，没能响应我的召唤。我已经好几年没有再用醋浸泡的海绵避孕了，但是依然没有怀孕。渐渐地，我俩从满腔热情变成彼此生厌。随着我对他要求越来越多，宽容却越来越少，他就慢慢地远离了我。到最后，我几乎都不和他说话，而他也只会对我咆哮发怒。好在他不敢朝我动手，唯一他向我挥拳的一次，我把一个铁锅扔到了他脑门上，就像曾经我祖母对我祖父、我母亲对我父亲做过的那样。据说，就是那一下，我父亲离开了我们，再也没有回来过。至少在这一点，我们家是很不一样的：男人们不打他们的女人，只打他们的子女。其实，我这一下并不重，只是因为锅是烫的，在他额头留下了烙印。对于他这么自恋的男人，这小小的烫伤简直就是个灾难。但确实让他对我从此多了几分忌惮，他再也不敢对我动粗。这却没能改善我们俩紧张的关系。每次摸到那伤疤，他眼中就闪现出恨意。他回敬我的，就是拒绝再给予从前无比慷慨的肉体之欢。从此，我的生活彻底改变了。日积月累的日子像是女牢里的生活，只有劳动，没有止境的劳动，不育和贫穷更是不断地折磨我。胡安的任性和债务都成为我沉重的负担，我只能默默承担，以避免和债主打交道的尴尬。我们再也没有长夜里绵绵的细吻，也没有清晨床榻上的浓情蜜意；我们的交欢也变得短暂粗暴，毫无感情。我继续忍受这一切，只为想有个孩子。此时，终老之际，回看我整个人生，我才明白圣母没有成全我成为母亲，这才是她最大的善意。如此，我才能奔赴我特别的人生。有了孩子，我就会和其他女性一样有了羁绊；有了孩子，我可能被胡安抛弃，只能终日以缝补和做点心为生；有了孩子，我就不会来到这智利王国。

胡安依然打扮得像个花花公子，花钱大手大脚像个贵族，他毫不怀疑我会竭尽所能偿还他的债务。天天喝得烂醉如泥，夜夜造访妓院，在那儿打发好几天的时光，直到我花钱差人去找他。他们把他带回来的时候，他总是虱虫满身、羞愧不已；我帮他除虱，同时还羞辱他。我不再迷恋他伟岸的身形，开始羡慕我姐姐亚松森。虽然她和一个长得像野猪的男人结了婚，但这个男人勤劳务实，努力照顾家人。胡安对这一切生厌了，我也彻底绝望了。所以，当他决定出发去

015

新大陆寻找那个遍地是黄金、连小孩的玩物都是珍奇宝石的黄金国①时,我完全没有阻止他。几个礼拜后,他带着他的衣物和我藏在炉灶后面唯一的那点积蓄,在一个午夜不辞而别。

胡安对新大陆的向往多少也影响了我,尽管我从未见过身边有谁真正从那儿衣锦还乡,相反,我只见过那些潦倒落魄、疾病缠身和得了失心疯的返乡者。他们声称在那儿发了财,却又在那儿千金散尽;那些所谓的田产拥有者,也难以把那些带回来。可哪怕再多的否定理由,在新大陆强大的吸引力面前,一切都荡然无存。难道在塞维利亚满大街跑着的马车上满载着的金条不是从西印度运来的?和胡安不一样,我不相信这些。不相信有遍地黄金的城市的存在,不相信有让人永葆青春的泉水,不相信女人和男人欢爱后,还会给男人金银珠宝。但我隐约觉得那里还有其他更吸引人的东西:自由。在那片新天地,所有人都是自己的主人,无须向任何人俯首;可以犯错并立马重新来过,像换个人一样,过另外一个人生。在那里,谁都无须长期背负耻辱,最底层的人也能成为人上人。"我的头顶上方,只有一顶轻轻的羽帽。"胡安时常说。如果我是男人,都忍不住要开始这样的冒险,所以我怎么还能因此而指责胡安呢?

胡安一离开,我就回到了普拉森西亚,和我姐姐一家以及我母亲生活在一起,当时我的祖父已经过世。我成为埃斯特雷马杜拉众多"西印度寡妇"中的一员。按照风俗,我必须着黑衣披面纱,谢绝所有的社交生活,接受家人、神父和当地权贵的监护。未来等待我的只有祷告、劳作和无尽的寂寞,但我本性就不是一个耐得住煎熬的人。如果说在殖民地的西班牙人生活艰难,那他们留在西班牙的妻子的

---

① 黄金国,一个传说中盛产金子的地方,吸引了许多殖民者和探险家前往南美洲寻找它。

生活更是难上加难。我很快摆脱了姐姐姐夫对我的控制，他们害怕我就像害怕我母亲一样。为了避免和我正面冲突，他们放弃了干预我的私生活，只要我不闹出绯闻就好。我还是像从前一样继续做缝纫的活，同时也在大广场卖点心，甚至还能随心所欲地参加节日的庆祝活动。另外，我还去医院，帮助修女照顾得瘟疫的病人和伤员。从小我就对医治的行当很感兴趣，没想到日后在我的生活中，这项技能和厨艺以及找水源的天赋成为我人生必不可少的能力。找水源这件事，我随我妈，天生就会寻找地下水。我们经常陪农夫或某个绅士去田里，帮他们找打井的地方。仔细说来，过程很简单：轻轻地举着一段刚折下的树枝，慢慢走在田里，树枝感到有水的地方，自然就会弯曲。在那儿就可以挖井了。人们都说，我们母女靠这个天赋就能致富。因为在埃斯特雷马杜拉这种地方，一口井价值不菲。但我们从来都是分文不取，因为靠这个天赋挣钱，它就会失灵。很多年后，这个天赋将帮助我拯救一支军队。

很多年间，我只收到胡安很少的消息，主要是来自委内瑞拉的三封信件。教堂的神父帮我读了信，还帮我回了信。胡安告诉我，他要干很多活，新大陆也很危险，在那儿汇聚了各种危险的人，随身要携带武器，时刻保持警惕。在那儿也的确有很多黄金，但到目前为止，他还没有亲眼看到。他信心满满地向我承诺：会发财了回来给我造宫殿，让我过贵妇的生活。只是，我的现实生活却沉闷而缓慢，而且过得相当拮据。我只花费最基本所需，其他的钱都存在了地上我挖的一个坑里。我一个人暗暗打算，无论花费多少钱，都要追随胡安去新大陆。这个想法我和谁都没有说，以避免是非。至于去找胡安，已不关乎爱，我早就不爱他了；也不关乎忠诚，他不值得我如此。仅仅是因为自由的诱惑：在那遥远的土地上，谁都不认识我，我是自己的主人。

焦灼的欲望烈火在我身体里熊熊燃烧，每到夜晚，万般煎熬。我独自在床上辗转反侧，回忆并重温和胡安热恋时期的那些幸福夜晚。越到隆冬，我越发燥热。我朝自己发脾气，也对这个把女人囚禁在世俗牢笼的世界不满。在医院修女的建议下，我饮用助眠的汤剂，却毫无效果。按神父的要求，我努力祈祷，仍然无济于事。我一边诵经，一边又迷失在各种胡思乱想中。恶魔无处不在，让我无计可施。我母亲小声对我说："伊内斯，你需要一个男人，一切只要小心行事即可……"她总是很务实。其实，我这种境况，男人唾手可得，甚至我告解的神父也一直觊觎我。那是一个身有恶臭的猥琐男人，他试图和我在脏乱不堪的忏悔室里亲热，让我换取他的宽恕，减轻我在炼狱里的惩罚。但我从未向这个可恶的老男人妥协。另外，我喜欢的男人也不少，在偶尔寂寞难耐之时，我也有过露水情缘，但那都不长久。我被胡安的阴魂牢牢困住，成为寂寞的囚徒。我并不是真正的寡妇，不能重新结婚，我只能等待。如此，与其如行尸走肉般老去等死，难道不应挑战一下喜怒无常的大海，去蛮荒的大陆看看吗？

在多年的努力后，我终于拿到了王室许可，登上了去新大陆的船。我们的王室维护婚姻制度，并设法让家庭在新大陆团圆。他们希望举家带口的基督徒们在新大陆扎根，同时却又不着急实行这些。像我们所有人知道的那样，在西班牙一切都要慢慢来。他们只给那些有家人或体面人陪同的已婚妇女发放这些许可，让她们去和丈夫团聚。我挑选了十五岁的外甥女贡斯堂萨作为陪同。她是一个腼腆的女孩，有强烈的宗教热情。挑选她的原因是，她是我们家最健康的一个，新大陆并不适合弱者。我们没有询问她的意见，但从她绝望的表情，我猜测她对这次旅行毫无期待。她的父母把她和一张公证人书写盖章的文书一起交给了我。文书上写着，一旦我到了新大陆和丈夫会合，就立刻把她送回西班牙，送进修道院做修女。这个约定我没能应允,并不是我缺乏诚信,而是因为外甥女她自己的原因,后面我再细说这事。为了获得给我的许可,需要有两个人证明我不是摩尔人也不是犹太人新皈依的基督徒,而是真正的老基督徒。我威胁神父,要向教会揭发他对我的非分企图,以此从他手上拿到了证明我道德无污点的书面材料。我用存款购买了旅途所需物品,虽然我全都记得,但那长长的清单实在没必要在这儿一一罗列。主要就是三个月的食物,其中包括了一笼子母鸡,还有衣物和到西印度后我生活所需的器具。

佩德罗·德·巴尔迪维亚自小在卡斯图埃拉的一处石筑房子里长大,那是落魄贵族的祖宅,距离普拉森西亚南部大约三天的路程。很可惜,在年轻的时候我们没有结婚。当时,他还是位英俊的少尉,一次军事行动的归途中,他刚好路过我们那儿。也许,在同一天,我们还走过同一条曲折的小路。那会儿,他已经是个成熟的男人,腰间束着剑,穿着耀眼的骑士制服。而我还是一个黄毛丫头,后来我的头发颜色渐渐变深了。或许我们刚好在教堂里相遇过,彼此的双手在圣水池里触碰过,彼此的目光交汇过,却没能把对方认出。无论是他这位历经风霜的强壮军人,还是我这个裁缝小姑娘,谁都不曾想过等待我们的命运会是怎样。

佩德罗家虽然贫穷,但世代从军,战绩最早可追溯到公元前对付罗马人的战争,又在后来的七百年间参与了驱逐阿拉伯人的战争。在基督王朝的内部战争中,他们家族也涌现了无数英勇的战士。他们的祖先最早生活在山区,后来才下山来到埃斯特雷马杜拉定居。佩德罗自小听母亲讲他们巴尔迪维亚家族的故事长大,那是关于伊比亚山谷的七兄弟大战怪兽的故事。在他母亲善讲故事的口中,那个怪兽并不是圣乔治①杀死的那种一般的恶龙——蜥蜴般满布鳞片的身躯,蝙蝠的翅膀,长着两个或三个蛇头,而是十倍大且更凶猛的怪兽,大概活了几百岁。它由西班牙的所有敌人化身而来,包括罗马人、阿拉伯人和凶险的法国人,后者当时正跨越边境践踏我们的王国。讲到这边的时候,他母亲总会插一句:"儿子,你想想,他们要让我们说法语!"故事中,巴尔迪维亚兄弟一个接着一个倒下,或是被恶龙喷吐的烈火吞噬,或是被它的虎爪撕了粉碎。六个兄弟都死了,眼看就要战败,此时,最小的弟弟站了出来。他砍下一段粗壮的树枝,把两头都削尖了,奋力把树枝插到了恶龙的嘴里。怪兽疼得满地打滚,胡乱甩动的巨大尾巴把地都给掀翻了,卷起的漫天尘土一直刮到了非洲。这个时候,我们的英雄双手擎住他的宝剑,一剑直插进怪兽的心脏,终于解救了西班牙。佩德罗就是这位百里挑一的勇士的后代。他们还有两件信物为证:那把还保存在他们家中的宝剑和一面盾牌,上面刻着两条蛇缠绕在金土地的树干上。他们家族的祖训是:死亡并不可怕,它会带来新生。因为流淌着这样的血液,佩德罗自然很早就参军了。他母亲用当年嫁妆的剩余给他置办行头:战袍、铠甲、骑士的武器、随从和两匹马。那把传说中巴尔迪维亚家族的宝剑,已经是一堆生锈的烂铁,沉重不堪,只剩装饰和历史纪念意义。所以,他母亲给他买了一把上好的托雷多剑,灵动又轻巧。带着这把剑,佩德罗将在卡洛斯一世的麾下立下战功,将去征服新大陆最遥远的王国,也将带着这把血迹淋淋的裂剑,步入他的坟墓。

年轻的佩德罗·德·巴尔迪维亚在诗书的滋养和母亲的精心照料下长大,带着满心的憧憬走上战场。此时,他对残酷的认识仅限于大广场上众人争相观看的生猪屠宰画面。随着崭新的印着家族标志

---

① 圣乔治,西方民间故事中英勇屠龙、拯救公主的骑士。

的旗帜在第一场战役中瞬间成了破布，他也迅速从一个无知的小伙变得成熟了。

在这个西班牙大方阵①军团中，还有另一位勇敢的骑士弗朗西斯科·德·阿吉雷，他和佩德罗很快成了好友。他们都以英勇著称，但彼此又很不同，弗朗西斯科聒噪爱出风头，而佩德罗却沉稳严肃。阿吉雷家原籍是巴斯克，但生活在托雷多附近的塔拉韦拉德拉雷纳。从一开始，年轻的阿吉雷就表现出不要命的勇敢，到处寻找刺激，因为他坚信，挂在脖子上的母亲的黄金十字架会庇护他。同一根链子上，还有另一个挂件，一个藏着一缕秀发的小匣子。这缕栗色的头发属于他美丽的表妹，他们自小相爱。因这是禁忌之爱，他们不能结婚，弗朗西斯科遂发誓终身不娶，但这丝毫不妨碍他兴之所至地寻欢作乐。他高大、英俊、笑容真诚，拥有如男高音的清亮嗓音，生来就适合生活在欢乐的酒馆和女人堆里，谁都难以抗拒他的魅力。佩德罗劝他稍事收敛，梅毒这种病对所有人一视同仁，不分摩尔人、犹太人还是基督徒。但他坚信母亲的十字架既然能在战争中佑护他，也必能在这些风流韵事上帮他过关。阿吉雷，这么一个平日风度翩翩的少年，在战场上即刻变身成野兽；而巴尔迪维亚却不同，在最危险的时刻，他仍然保持镇定，呈现绅士的一贯作风。他们俩都知书达理，比当时大部分贵族都有文化。佩德罗接受过一位神父的精心教育，在这位神父的陪伴下度过了青年时期。这位神父是他母亲的叔叔，背地里有流言称，他就是佩德罗的父亲，可他从未有勇气亲口确认过。如果他开口询问，就意味着对母亲的侮辱。这两位年轻人还有一个共同点就是都出生在1500年，也是我们卡洛斯一世国王出生的

---

① 西班牙大方阵，西班牙哈布斯堡王朝时期军队的一种军事单位，由西班牙军事家贡萨洛·费尔南德斯·德·科尔多瓦首创，是当时军中的精英部队。

年份，他麾下的帝国包括西班牙、德意志、奥地利、佛兰德①、西印度群岛、非洲的一部分及其他很多领土。他们俩虽不迷信，但深信和国王生于同年会给他们带来好运，这也一并预示他们会如国王般建功立业。他们深信再也没有比在卡洛斯一世麾下征战更好的前程了。他们崇尚国王魁梧的身躯、英勇的气概、身为骑士和剑士的灵活、战时的雄才大略、闲时的刻苦用功。他们庆幸身为天主教徒，就此拥有灵魂的救赎，并身为西班牙人，能优越于世界上的其他人。他们是西班牙的贵族，这个身处世界之首的帝国，幅员辽阔，比曾经的罗马帝国更强大。他们接受上帝的指派，发现并征服地球上最遥远的角落，在那儿传播基督教文化，并让人们在那儿扎根生活。二十岁的时候，他们就出发去佛兰德参战，后来又去了意大利。在那儿，他们明白残忍是战争中的必备，因为死亡随时相伴，不妨有一颗早已准备好的心。

他们共同在一个能力超群的军官麾下服役，此人就是佩斯卡拉侯爵。他喜欢穿着黄金铠甲和镶嵌珍珠的丝绸服装出现在战场，但千万不要被他这略女性化的装扮所欺骗，他过人的军事天赋已经多次被证实。1524年，为争夺意大利的控制权，法国和西班牙两军对战。激战正酣之际，侯爵和他那两千精兵就在冬日的迷雾中离奇消失了。有谣言说他们做了逃兵，嘲笑他们懦弱的叛徒行径的打油诗四处流传。事实上，他们正悄悄躲在一处城堡里，小心翼翼地做着准备。那是11月的隆冬，驻扎在城堡庭院的士兵被冻得无所适从。他们不明白，为什么不冲出去和法国人决一死战，却要缩头缩脑地藏在那儿。佩斯卡拉侯爵一点不着急，像一个老谋深算的猎人，耐心地等待着时机。几周后，他下令马上行动。佩德罗·德·巴尔迪维亚命

---

① 佛兰德，西欧的历史地名。

令他们营的士兵在羊毛衬衣外面套上铠甲,这可是很难的事,因为手指刚碰到冰冻的铠甲就粘住了,然后又发给他们床单把自己裹住。就这样,他们像白色的幽灵一般,行走在寒夜中,寂静无声,直到清晨抵达敌营附近。敌军巡逻的哨兵发现雪地里有动静,但他们以为那只是风吹树摇的碎影。西班牙人匍匐在雪地里前行,法国人在最后一刻,待前者扑上来才看到他们,被打得措手不及。这场摧枯拉朽的胜利令佩斯卡拉侯爵声名鹊起,使他成为当时最著名的军事将领。

  一年后,巴尔迪维亚和阿吉雷又参加了帕维亚①之战,那座美丽的城市里有上百座钟楼。这场战役中,法国人也落败了。战至绝望的法国国王被佩德罗·德·巴尔迪维亚连队里的一个士兵俘虏了。这个士兵把国王打落下马,但他并不知道那就是国王,正打算要一剑了结了他。巴尔迪维亚适时出现阻止了他,这微小的举动彻底改变了后来的历史。这场战役里死了一万多人。好几周,战场上漫天飞舞着苍蝇,满地爬着老鼠。据说,当地产的卷心菜和花菜,现在叶子里时常还会发现人的碎骨。在这场战役中,巴尔迪维亚明白,胜利的必备条件不再是步兵,而是另外两个新式武器:火枪——装弹很麻烦但射程很远,铜炮——比铁铸的更轻便更容易移动。还有一个决定性因素是数千雇佣兵的参与——以彪悍著称的瑞士兵和德意志兵。但是巴尔迪维亚鄙视他们,因为他认为战争以及世间其他的一切都事关荣誉。帕维亚之战让他开始思考战略和现代武器的重要性——仅靠弗朗西斯科·德·阿吉雷那种士兵的勇猛鲁莽已经不够了,战争是一门需要头脑和智慧的艺术。

---

① 帕维亚,意大利北部的一个城镇。帕维亚之战发生于1525年,是意大利四年战争一场决定性的战役。在此战中法国战败。

从帕维亚的战场归来,佩德罗不仅疲惫不堪,胯部还受了伤,走路一瘸一拐的。他们用烧烫的橄榄油帮他疗伤,但伤口稍微一动弹就又开裂了,最后佩德罗·德·巴尔迪维亚回到卡斯图埃拉的家中休养。他也到了适婚的年龄,母亲多次催促他,不光为了家族的延续,也为了耕种家中无人照看的田地。有丰厚嫁妆的新娘是最理想的了,日渐衰败的巴尔迪维亚家族太缺钱了。家族的长辈和神父一起帮他挑选了很多出身名门且嫁妆丰厚的女子,借他疗伤休养的机会,刚好一一结识。但是,事情从来都不按预期的方向发展。佩德罗在一次弥撒上见到了玛丽娜·奥德缇斯·德·卡艾德,那是她唯一会出现的公共场所。玛丽娜十三岁,家人还给她穿着小女孩那种浆过的撑裙。当时,她身边还站着她的监护人和女仆。虽然那天是个阴天,女仆依然帮她打着遮阳伞,从来没有一束阳光直射到她白得透明的肌肤上。她容似天使,金发耀眼,因层层叠叠的衬裙,走路还有些摇摆。佩德罗看到她,立马把改善他们家经济状况的婚配要求抛到了脑后。到底他不是精于算计的滑头,一下子为眼前女孩的美貌丢了魂。哪怕玛丽娜家很穷,嫁妆少得可怜,一旦确认她还没有婚约,佩德罗就行动起来了。奥德缇斯·德·卡艾德家本来也寄希望于女儿的婚姻能改善一下家里的经济状况。可是,面对佩德罗·德·巴尔迪维亚这样名副其实的绅士,他们也无从拒绝。唯一的条件就是,婚礼要在女孩年满十四岁后完成。同时,女孩满脸娇羞地接受了佩德罗的款待,不过她也想方设法让未婚夫明白,自己也满心期待着出嫁日子的到来。佩德罗正处于他人生的巅峰期:身材魁梧、虎背熊腰、高鼻碧眼、下巴高扬,十足的贵族气派,非常引人注目。那天,他把头发往后梳,在脑后扎了个小辫,双颊剃得干干净净,唇上的胡子用胶水固定了造型,唇下的胡子小小一簇,这也是他持续一生的经典打扮。他衣着高贵,行事果断,说话抑扬顿挫有气势,同时也不乏温柔殷勤。玛丽娜一脸仰慕地疑惑，为什么如此骄傲如此英勇的男人会看上她？第二年，也就是女孩例假初潮过后，他们就结婚了，居住在巴尔迪维亚家那简朴的大房子里。

玛丽娜带着美好的憧憬走入这段婚姻，但她实在太小了，丈夫不苟言笑且刻苦的姿态实在吓到了她。平日，他们无话可说。她只能一脸茫然地接下丈夫建议她的读物，却不敢告诉他，自己几乎都识不了几个字，连签个名都很勉强。之前的人生，她和外面的世界打交道很少，现在她希望继续这样与世隔绝地生活。但是，丈夫关于地理或政治的长篇大论让她不知所措。她的生活里只有祷告和缝制精美的法衣。她也没有能力管理家务，仆人们面对她稚嫩童音发出的命令完全置若罔闻。因此，佩德罗的母亲只能继续掌管家务，把她当个小女孩照顾。在家中年长女眷的帮助下，她也主动学习处理琐碎的家务。此外，关于夫妻生活中远比做饭算账更重要的男女之事，她却完全没有人可以询问。

如果只有平常和佩德罗礼貌的书信往来，以及有旁人在场的会面，玛丽娜还是很高兴的。但是回到他们独自面对的闺房，一切都糟透了。她对新婚之夜要发生的事一无所知，没有人和她说过该如何应对。在她的嫁妆里，有很多细棉布的长袍睡衣，一直拖到脚踝，脖子和袖口处都有缎带可以系上，并在小腹处有一个十字形的开口。她从未好奇过这个开口有什么用，也没人给她解释过：通过这个开口，丈夫和她彼此最隐私的部位会肌肤相亲。她从没有见过裸体的男人，以为男女的唯一区别就在于脸上的胡须和声音。新婚当夜，当佩德罗在黑夜中喘着大气向她靠近，在她的衣襟处四处摸索，试图找到那个精美缝制的开口时，玛丽娜猛地推开他，尖叫着跑出房间。尽管努力尝试，但佩德罗确实不是一个温柔的丈夫，他有限的男女经验都是和妓女的短暂体验。不过，他相信慢慢来，一切都会好的。他的娇妻还是个小女孩，身体才刚刚开始发育，不可强来。他开始一点点地引导玛丽娜，但他没有想到当初吸引他的天真纯洁，恰恰成了不可逾越的障碍。夜晚对玛丽娜是种折磨，也让佩德罗无比受挫沮丧。到了白天，谁都对这事缄默不语。佩德罗只能寄情于学习和劳作，认真管理家族的土地和佃农，并把无尽的精力消耗在剑术和骑马上。在他的内心深处，已经开始准备为出发告别了。远征的召唤一出，他就立马重新加入了卡洛斯一世的军队。他一直梦想，要像佩斯卡拉侯爵一样建功立业。

1527年2月，西班牙军队在夏尔三世·德·波旁公爵的统率下，兵临罗马城下。西班牙人和十五队瑞士-德意志雇佣军士兵虎视眈眈，静静等待攻城。他们已经好几个月没有领到军饷了。这是一群饥肠辘辘、不守军规的乌合之众，他们打算要把罗马和梵蒂冈的财富洗劫一空。当然，也不是所有人都如此，佩德罗·德·巴尔迪维亚和弗朗西斯科·德·阿吉雷就是其中的例外。他们俩在分别两年后又相遇了，别后重逢，如兄弟般热情拥抱之后，彼此互通了这两年的生活。巴尔迪维亚给他看了玛丽娜的画像，这是一位葡萄牙微型画画家的作品，这位假装皈依天主教的犹太人骗过了宗教裁判所。

"目前，我们还没有孩子，因为玛丽娜还很小，将来我们有的是时间。"他说道。

"前提是我们还活着。"他朋友感叹道。

而弗朗西斯科依然继续着和他表妹柏拉图式的秘密恋爱。表妹的父母不断给她介绍结婚的对象，但她坚持不嫁，不然就入修道院做修女。巴尔迪维亚对做修女的事表示了赞同，很多的贵族女孩带着她们全部的女仆和钱财来到修道院，维持她们原来的生活，这远胜过一段被强迫的婚姻。

"可对于我表妹来说,做修女是一种浪费。她年轻貌美且身体健康,就是为了被人宠爱和为人母亲而生,不应该被束缚在修女袍的清修生活里。当然,你说得也有道理。相比较她嫁给别人,我更情愿她做修女。如果不行的话,我们俩就一起殉情。"弗朗西斯科笃定地说。

"你们俩愿意双双堕入地狱?我相信你表妹会选择修道院的。那你自己呢?你未来有什么打算?"巴尔迪维亚问道。

"接着战斗在沙场上。可能的话,在夜幕的掩护下,造访我那独居在修道院的表妹。"弗朗西斯科笑着答道,一边摩挲着胸前的十字架和有表妹画像的挂件。

罗马城在教皇克雷芒七世的统领下全无防守,他更适合权术的钩心斗角,而不是调兵遣将。敌人还没有靠近进城的大桥,教皇便借着浓雾,通过一个秘密通道从梵蒂冈逃到了大炮林立的圣天使城堡。和他一同逃离的还有三千人,其中就有著名雕刻家金匠本韦努托·切利尼,此人的坏脾气和艺术天赋一样闻名于世。教皇授权切利尼管理军队,他觉得自己在这个艺术家面前都不寒而栗,想必波旁公爵的军队也会如此。

在第一次进攻中,波旁公爵就被火枪打中了眼睛,不久后身亡。事后,切利尼把此事渲染成他自己打出了这致命的一枪,但事实上他都没有靠近过敌方统帅。不过,谁敢反驳他呢?在下达攻城命令之前,失控的军队就自行其是了,他们朝毫无抵抗能力的城市扔火药和铁石,几个小时就把城攻下了。接下来的八天,就是惨无人道的大屠杀,鲜血流满街道,凝结在千年的石头上。共有四万五千多人逃离,剩下的人经历了地狱般的浩劫。残酷的侵略者烧了教堂、修道院、医院、皇宫和私宅。他们所到之处,几乎没有活口,医院的疯子、病人甚至家禽都没能幸免。乱兵用尽所有手段折磨人,让当地人交出藏起来的财宝。强暴所有女性,不分老幼。从嗷嗷待哺的婴儿到步履蹒跚的老人,统统杀掉。烧杀抢掠就像是没有尽头的狂欢,持续了几周才结束。杀红了眼的士兵,又加上酒精的作用,完全丧失了理智。他们把艺术品和宗教用品的残骸撒落在各处;无论是雕像还是真人,一律都斩首;抢盗所有能收入囊中的东西,其余的一概损毁。唯一幸存的,是西斯廷礼拜堂的壁画,因为当时波旁公爵的尸体正在那里停灵。台伯河里漂浮了上千具尸体,尸腐的气味弥漫在空气中,挥之不去。野狗和乌鸦饱食了被随处抛弃的尸体,随之而来的就是饥荒和瘟疫,无论是可怜的罗马人还是侵略者,无一例外都受困其中。

在这些混乱的日子里,佩德罗·德·巴尔迪维亚手拿利剑,愤怒地走在罗马城内,试图阻止数不清的屠杀和掠夺,整饬军队的纪律。可是,一切都无济于事。一万五千多名雇佣兵的眼里没有长官,也没有法律,谁妨碍了他们,下场都一样。有一天,巴尔迪维亚经过一个修道院门前,恰好十二个德意志雇佣兵正打算一哄而入。那些明白难逃厄运的修女们,在院子里的十字架下围成了圈。圈子的中心站着最年轻的那些修女,她们一动不动,手挽着手,低头向上帝祈祷。从远处看,她们就像是一群无助的鸽子。她们在祈求能免于被强暴,祈求上帝能发发善心,让她们死得痛快些。

"向后退!谁敢跨过这个门槛,就冲我来!"佩德罗·德·巴尔迪维亚大声吼道,右手挥舞着利剑,左手握着短刀。

几个雇佣兵还在犹豫,盘算着和眼前这个义正词严的西班牙军官较真值不值当,还是就此避开去下一家碰碰运气,另外几个人就在混乱中扑了上来。面对人数的劣势,巴尔迪维亚作为人群中唯一清醒的人，三两剑就把那几个醉醺醺的雇佣兵给撂倒了。但这个时候，一开始在那儿犹豫的另外几个人也冲了上来。虽然他们在酒精的作用下脑子有点迷糊，但好歹也是身强力壮的士兵，一下子就把巴尔迪维亚给围住了。要不是弗朗西斯科·德·阿吉雷碰巧经过，帮他解围，估计他已经命丧黄泉了。

"冲我来！你们这些狗娘养的！"这个巴斯克人大叫。他气势汹汹，手上的铁剑上下翻飞。

声响引来了路过的其他西班牙人，眼看自己的同胞落入敌手，哪能袖手旁观。如此，就在修道院前展开了一场混战。半个小时后，雇佣兵终于败退了，好几个人受伤倒地。西班牙军官赶紧把修道院的门给堵住了。负责的修女长找了几个能干的年轻修女，让她们把晕倒的那几位抬到了一起。弗朗西斯科·德·阿吉雷也主动站出来，指导这些修女组织防御工事。

"没有人在罗马是安全的。现在这些雇佣兵只是暂时撤退了，但他们随时会回来。所以，你们自己要做好防备。"阿吉雷建议道。

"我到时候给你们准备点火枪，弗朗西斯科会负责教会你们使用。"巴尔迪维亚刚说完，就捕捉到他朋友眼中的狡黠。想到这二十来个年轻纯洁的修女，还有零星几个成熟貌美的修女，正心怀感激地围绕着他，弗朗西斯科满是窃喜。

直到六十天后，罗马城内令人恐惧的混乱才结束，这也标志着意大利结束了文艺复兴的教皇时代。虽然这事距离伟大君主卡洛斯一世很远，却也成为他统治时期的一个历史污点。

教皇原本打算从圣天使城堡再换个蔽身处，但他被逮住了，像其他俘虏一样被虐待了。他们甚至还抢走了他的教皇戒指，踹了他屁股一脚。教皇被踢翻在地，四周围观的士兵哈哈大笑。

本韦努托·切利尼可以说是个缺点多多的人，但这些缺点里绝对没有忘恩负义。当修道院的修女长拜访他的时候,说起一个西班牙军官如何解救了她们,并陪了她们几个星期来保护她们的事后,切利尼提出要见见这个年轻人。几个小时后,弗朗西斯科·德·阿吉雷在修女的陪同下来到了皇宫。切利尼在梵蒂冈的一个大厅里接见了他,遍地都是劫后余烬的瓦砾和家具碎片。他们俩简单地客套了一下,就进入了正题。

"请告诉我,作为你们勇气可嘉的表彰,我该给你们什么呢?"切利尼毫不拐弯抹角地问道。

阿吉雷被此话激怒了,手不自觉地摸到剑柄上。

"您这是侮辱我。"他情绪很激动。

修女长郑重地站到了他们俩中间,不以为然地把他们给分开了。她可没时间听他们打口水仗。这位修女出生于热那亚一个名叫安德雷阿·多利亚的雇佣兵首领家族,她富有且高贵,习惯发号施令。

"够了,堂弗朗西斯科·德·阿吉雷,请您原谅这无心的冒犯。我们正处在艰难时世,人们滥杀无辜,这是骇人的罪恶。这样的世道下,也就不奇怪礼貌的举止都退居其次了。切利尼先生明白您并不是出于私心才保护我们修道院的,纯粹是因为您的正直。他最不愿意的就是冒犯您。但是,如果您能接受我们聊表的敬意和感谢,那是我们的荣幸。"

修女长向切利尼做了个手势,让他稍等。她又拽着阿吉雷的袖子,把他拉到了大厅的另一边。切利尼看着他们在一边窃窃私语了半天。他刚有点不耐烦的时候,他们就回来了。修女长把年轻军官的请求说清楚了,而阿吉雷在一边极不自在地眼盯靴子尖,不住地出汗。

就这样,本韦努托·切利尼在教皇克雷芒七世临终前,获得了他的授权,同意堂弗朗西斯科·德·阿吉雷和他的表妹结婚。这位年轻的巴斯克人兴高采烈地跑去告诉佩德罗·德·巴尔迪维亚发生的一切。他激动得眼睛都湿润了,声音也颤抖了,在如此的神迹前,显得不敢相信。

"兄弟,我不知道这到底是不是好消息。你追求女人就像我们国王收藏怀表一样。我从没有想过你会结婚。"巴尔迪维亚说。

"我的表妹是我唯一挚爱的女人。和其他女人在一起,那都是我为满足恶魔引诱我的一时之快逢场做的戏。"

"恶魔引诱我们做很多不同的事,但上帝给予我们美德来抵制这些诱惑。这让我们人类区别于动物。"

"你参加了这么多的战争,佩德罗,到今天你居然仍然相信我们是和动物不一样的……"阿吉雷嘲笑道。

"这是毫无疑问的。人类的目标,就是让自己超越兽性,按高尚的美德来生活,并获得灵魂的救赎。"

"佩德罗,你吓到我了。你说话就像个神父。要不是我早就认识你,还以为你缺乏男子气概呢。"

"我可以很肯定地告诉你,在这方面,我丝毫不比你逊色。但我不允许让身体的本能控制我的行为。"

"我虽没有你那么高尚,但仍有对我表妹纯洁的爱。"

"但和如此纯洁的女孩结婚又是另外一回事了。你如何平衡这份爱和你拈花惹草的习惯?"巴尔迪维亚笑着问他。

"完全没有矛盾。我会万分宠爱地把我的表妹从圣坛上请下来,狂热地爱她。"阿吉雷边回答边笑倒了。

"那忠诚呢?"

"我表妹会做好她的那部分,而我是不会舍弃其他女人的,就像我难以舍弃美酒和宝剑一样。"

弗朗西斯科·德·阿吉雷速速回到西班牙,趁优柔寡断的教皇还没改变主意之前，和他表妹完婚了。想必他很顺利地把之前的柏拉图式恋爱过渡到了肉体恋爱，而他表妹也毫不羞涩地做出了热烈的回应。他们新婚之夜的惊天动地几乎成为传奇。据说，邻居们争相拥到他们门前，半娱乐半当真地打赌这对新婚夫妇在洞房这晚到底能折腾几个回合。

在经历无数战争、流血、炮火和烂泥的洗礼后，佩德罗·德·巴尔迪维亚回到了家乡。他骁勇善战的名声早就传遍了家乡的土地。除去一身丰富的战斗经验，他还带回了一袋子黄金，希望能借此壮大他们的家产。在他离开的这段时间，玛丽娜也长成了一个女人。那些孩子气的表情也都是往事了。年满十七岁的她充盈着一种宁静空灵的美，像是一件邀人欣赏的艺术品。只是，她总是像梦游者一般失魂落魄，大概她早就预知那将漫长等待的一生。佩德罗回来的第一晚，一切都如从前。他们机械地、无声地例行公事。在漆黑的房间里，两具身体毫无热情地拥抱在一起。他害怕伤害她，她害怕犯下罪恶；他希望能好好爱她，她只期望早早天亮。白天的时候各做各的，生活在同一个空间，却彼此没有交集。玛丽娜殷切地满足丈夫日常所需，可这并不是佩德罗所希望的，相反，他为此很困扰。他需要的不是无微不至的关怀，而是一点点激情。但他却不敢告诉她，因为这对于她那样虔诚体面的女人来说是不合时宜的。他感觉处处都在玛丽娜的监视之中，他像是一个囚徒，被囚禁在他无法回应的情感牢笼里。他受不了在家时她如影随形的乞求哀怜的目光，受不了离别时她无声的悲戚，受不了他短暂消失回来后她掩饰着的责备表情。玛丽娜让人觉得像是不可靠近、不可触碰、仅适合远观的女神。他只能欣赏她默默地做女红，看她沉浸在她的思绪和祷告中，像是大教堂里被金光照射的圣徒那般闪亮。但是,佩德罗已经对她失去了兴趣,在他们巴尔迪维亚家族三代人用过的婚床上,他已经厌倦了那满布灰尘的床帏下的夫妻生活了。她没有做出任何努力,甚至连妥协都没有,她拒绝换下那仅小腹处有开口的长袍。偶尔,佩德罗也建议她,向其他女性请教一些夫妻生活的建议。但对玛丽娜来说,这都是难以启齿的话题。每次同房之后,她都要跪在家中的石板地上,一动不动地祈祷几个小时。同时,她也因不能满足丈夫而感到羞辱。但在她的内心深处,又有一种隐秘的快感。因为,这种煎熬让她区别于其他普通女性,让她更有神性。佩德罗无数次向她解释,夫妻生活并不会冒犯上帝,不是罪过,因为有了夫妻生活,才能生儿育女。即使这样,在他们肌肤相亲的时候,玛丽娜还是忍不住地恐惧害怕。看来,她的忏悔牧师对她的布道是彻底的,让她对下地狱有无尽的恐惧,对肉体有深深的不耻。从佩德罗认识她的第一天到现在,他只见过妻子的脸、手,以及偶尔几次她的脚。好几次,他都几乎要把她可恶的长袍撕烂,但是玛丽娜眼中的恐惧让他停了手。那种眼神,和他们白日里穿着衣服时她那温柔的目光形成巨大的反差。玛丽娜就像是一只顺从的羔羊,不光在爱情方面不做什么努力,在夫妻生活的任何方面都没有一点主动性。她的表情和态度从来都是一成不变,只有顺从。虽然佩德罗觉得顺从是女性的美德,但玛丽娜的顺从让他恼怒。他对自己的这种矛盾情感也不知所措。结婚后,当玛丽娜还是个孩子的时候,他希望她能一直保持最初吸引他的纯洁和天真。但是,现在,他又希望她能反抗,能反驳他。

巴尔迪维亚因其过人的勇气和军事才能,很快被提拔到了上尉军衔。即使他战功赫赫,却并不为他的过去感到骄傲。相反,在罗马劫难后,噩梦反复侵扰他。他在梦中看到,一个怀抱婴孩的母亲从桥上纵身跃入血河之中。他认识到人性的险恶和黑暗,明白在战争的残酷中，人可以做出任何骇人听闻的事，而他自己并不能独善其身。当然，他忏悔，而神父也总是以最微弱的惩罚宽恕他，因为以国家和教会的名义犯下的错并不是罪过。难道他可以违抗长官的命令吗？难道敌人不该死吗？*我以圣父、圣子、圣灵的名义，宽恕你的罪过。阿门。*①但佩德罗内心一直觉得，沾染过他人鲜血的信徒，无处可逃也不可被饶恕。每个士兵都以暴力为乐，不然是不可能参加战争的。只有战壕里的同志情谊，奋勇杀敌时共同的吼叫，还有对伤痛和恐惧的无动于衷，才让他们感觉活着。用剑刺穿另一个人的强烈快感，夺人性命的神奇力量，鲜血喷涌的迷幻，这一切几乎让人上瘾。一开始因为服从去杀人，后来因为嗜血而杀人。什么都难以和杀人的感觉相比。即使是对佩德罗这样的人，对上帝怀有敬畏，自认为有自我约束力的人，杀戮的天性一旦被释放，就难以遏制，直至摧毁一切。就像他朋友弗朗西斯科·德·阿吉雷说的那样：最后，人就剩下吃饭、交媾和杀戮。唯一能拯救其灵魂的方法就是远离战场和武器的诱惑。他在大教堂的圣坛前跪倒起誓，要用他的余生行善，服务教会和国家，不犯暴行，克己做人。他好几次命悬一线，都是上帝适时解救了他，希望他借机赎罪。他把托雷多铁剑和他祖先的宝剑挂在了一起，打算安度余生。

昔日的上尉变成了一介平民，忙碌于家畜、庄稼、旱灾、寒潮、邻里钩心斗角、家长里短的俗世事务中。还有，就是读书、打牌和无尽的弥撒。因为他醉心研究法律条款，大家争相向他咨询相关问题，甚至当地的法律专员也很愿意听取他的建议。他最大的乐趣来源于阅读，尤其喜欢游记类和地图，他会细致研读。他能背诵《熙德之歌》，

---

① 原文为拉丁语。

索利诺的神奇经历和约翰·曼德维尔①的奇幻之旅也带给他无尽的欢乐。但他最感兴趣的，还是在西班牙出版的关于新大陆的消息。所有关于克里斯托弗·哥伦布、斐迪南·德·麦哲伦、亚美利哥·韦斯普奇、埃尔南·科尔特斯等等的丰功伟绩，让他彻夜难眠。无数个夜晚，他望着床的华盖，畅想发现地球的新角落，在那儿创建城市，为了上帝的荣耀把基督教传播到那些蛮荒之地，让自己名垂青史。而他的妻子，就在一边用金线缝制法衣，永无止境地诵经祈祷。虽然他们夫妻一周同房几次，但期待的子女始终没有来临。在埃斯特雷马杜拉的艰苦环境中，他们夏日昏睡，严冬隐遁。如此，几年的时光乏味缓慢地流逝。

几年后，当佩德罗·德·巴尔迪维亚已经打算在卡斯图埃拉安静的家中和妻子平淡终老时，一位过路旅客带着弗朗西斯科·德·阿吉雷的一封信前来拜访。此人名叫赫罗尼姆·德·阿尔德雷特，是奥尔梅多人。他长得很和善，蜜色的头发微卷，唇上的土耳其式胡子涂了胶，两端向上卷，一双梦想者的眼睛尤其闪亮。巴尔迪维亚以西班牙人一贯的热情接待了他，让他在家里留宿。虽然他们家不是豪宅，但总比客栈舒适安全。当时恰逢冬天，玛丽娜让仆人把客厅的壁炉点着了，但是柴火不仅没能驱寒，甚至连亮光都没有带来。这个房间很朴素，只有很少的家具和装饰，他们夫妻俩就在那儿度过生命中的时光。佩德罗在那儿读书，玛丽娜就在一边缝纫绣花。他们还在那儿吃饭，在正对着墙边圣坛的跪椅上一同祈祷。玛丽娜给他们

---

① 约翰·曼德维尔，中世纪英格兰骑士、旅行家，一般认为是《曼德维尔游记》的作者。

端来了家中自产的涩葡萄酒,还有香肠、奶酪和面包。他们俩聊天的时候,她就退到一边,借着蜡烛的亮光绣花。

赫罗尼姆·德·阿尔德雷特平时的任务就是为西印度招兵买马,为了达到目的,他经常在酒馆和广场给大家展示用细银线穿成的大金珠子项链。弗朗西斯科·德·阿吉雷给他朋友佩德罗的这封信就是关于新大陆的。阿尔德雷特兴奋地给佩德罗讲早已被人口口相传的关于新大陆的种种传奇,一边又抱怨起欧洲大陆的颓废和腐败,政治阴谋,贵族争斗,又或是试图分裂基督教文化的路德教的传播。在这里已经没有大展身手的余地,相反,在大洋的另一边才是未来所在。在西印度或者说美洲大陆,有许多可以做的。新大陆得名于佛罗伦萨一个名叫亚美利哥·韦斯普奇的颇为自负的航海家,虽然他没能像克里斯托弗·哥伦布那样发现那块新大陆,但他确认了那是亚洲之外的另一片土地。为纪念他,德国的一位地图测绘师用他的名字给这块大陆命名;而照阿尔德雷特的说法,更应该命名为克里斯托弗洲或者哥伦布洲。总之,最后还是叫美洲了。但这不是重点,他补充道,在这片大陆上,急需胸怀大志、桀骜不驯的骑士,一手拿宝剑,另一手拿十字架,去发现,去征服。谁都难以想象那块土地的广袤无边,森林的茂盛青葱,河流的清澈充沛,湖泊的深邃富饶,以及金银矿藏的丰富多产。但比起财富,更令人神往的是荣誉,圆满地度过这一生,去战胜野蛮,登上更高境界,以上帝之名开创一个王朝。阿尔德雷特激情澎湃地慷慨陈词,这将是在新大陆等待人们的远景。在那儿,有羽毛上嵌着珠宝的飞鸟,有赤裸的如蜜般肌肤的快乐女人。"请原谅我,玛丽娜夫人,这只是一种说法……"他也不忘一边的玛丽娜,又补充道。难以用我们的西班牙语来描述穷尽当地的富饶:鹌鹑蛋般遍布的珍珠,树上随处掉落的黄金,无边的土地,还有无数的印第安人力。随便一个士兵就可以在西班牙一个省那么大的土地上成为主人。最重要的是,当地无数的印第安人正期待着唯一上帝的声音和高贵的卡斯蒂利亚文明的眷顾。最后,他说道,弗朗西斯科·德·阿吉雷——他们共同的朋友,也要一起踏上征途。他按捺不住对冒险的向往,情愿放下他亲爱的妻子和这几年养育的五个子女,前往新大陆。

"你真的认为,在新大陆还有我们这样的人的机会吗?"巴尔迪维亚疑惑地问道,"说到底,从哥伦布发现新大陆已经过去很久了,甚至连距离科尔特斯征服墨西哥也很久了……"

"那更别提斐迪南·德·麦哲伦环游世界了,那也过去了很久。你看,世界正在膨胀,机会无处不在。不仅仅是新大陆有待开发,非洲、印度、圣拉撒路群岛①以及很多地方都是。"年轻的阿尔德雷特强调道。

他还提到在西班牙每个角落几乎都被人谈论的事:秘鲁的征服和当地惊人的财富。几年前,两个名不见经传的士兵弗朗西斯科·皮萨罗和迭戈·德·阿尔马格罗,一同组织人马抵达秘鲁。他们从巴拿马坐船出发,沿着太平洋断断续续的海岸一路向南,没有地图,全凭试探,克服海陆两处的艰难险阻。他们只是听各个部落的印第安人口口相传,说有个地方,那里的炊具和农具都是镶嵌祖母绿的,河里淌着银水,树上挂着金树叶,金龟子真的是金子做的。由于不清楚准确的地点,他们只能停船下岸,深入这些欧洲人从未涉足的区域。这一路死了无数西班牙人,另外一些人靠着吞食虫蛇幸存。他们先后完成了两次类似的探险,到第三次的时候,迭戈·德·阿尔马格罗没有参加。因为他正在招兵买马、募集资金和筹措船只。最终,皮萨罗一行人终于抵达了印加人的领地。经历了疲惫不堪的航行

---

① 即今天的菲律宾群岛。

后，还恍惚在海天之间，他们从破旧的船上登陆一块美丽的土地上。这里河谷肥沃，山峦起伏，和北部危险遍布的热带丛林有天壤之别。这一行人一共是六十二个衣衫褴褛的骑士和一百零六个筋疲力尽的步兵，披着沉重的铠甲，带着火枪和铁剑，小心翼翼地前行。队伍的最前方，有人擎着十字架。一路上，他们碰到棕黄皮肤的人，这些人穿着各色细布料的衣服，操着一种发音极甜美的语言。看到这些长着大胡子，看上去半人半兽的欧洲人，这些当地人被吓坏了。其实，这些西班牙人也吓坏了，因为，他们不曾预想会发现如此文明的民族。他们在精美的建筑、机械、织物和珠宝前惊呆了。当时，印加帝国的国王阿塔瓦尔帕，正在众大臣的陪伴下泡温泉。这处营地的奢华，丝毫不逊色于苏莱曼大帝的行宫。皮萨罗派了军中一位上尉去邀请国王共商大事。印加王和他浩浩荡荡的随从在一处白色营地里接待了他。那里围绕着种在珍贵金属制成的花盆里的鲜花果树，温泉池子里还有无数女眷和孩童在嬉戏。印加国王掩在一处帘子后，因为谁都不允许看到他的脸。但是对外来者的巨大好奇让他打破了礼节，阿塔瓦尔帕命人揭了帘子，以便近距离地观察这个满脸胡子的异乡人。上尉看到的是一位极年轻且英俊的国王，正坐在黄金宝座上，头上顶着布满鹦鹉彩毛的华盖。虽然气氛有些怪异，但彼此间却生出友好。阿塔瓦尔帕用镶满紫水晶和绿宝石的金银盘子盛满食物，好好招待了来客。上尉转达了皮萨罗的邀请，但心有为难。按照征服者的惯例，这都是逮捕的陷阱。短短几个小时的接触，就让这个西班牙人对印加人心生敬佩——完全不是预想的野蛮无知，相反，他们比很多欧洲人都更文明。他惊讶地发现，印加人对天文有很深的认识，已经据此制定了太阳历。而且，对帝国范围内的几百万人口数量有很精确的统计，以此极好地控制社会和军事活动。但是，他们没有文字，武器也很原始，没有带轮子的工具，也没有用作搬运和骑行的动物,只有长腿大眼被叫作羊驼的瘦弱绵羊。他们崇拜太阳神,在某些特殊的场合,如国王重病或者战争失败,会用活人祭祀,一般都是以童男童女为祭品。被虚假的友好所欺骗,印加国王和他的随从手无寸铁地来到卡哈马卡城,皮萨罗已经在那里布下了天罗地网。国王坐在由大臣抬的黄金轿子上,身后跟了一队他的美丽女眷。无数企图保护他们国王的大臣都被西班牙人杀了,最后只剩阿塔瓦尔帕成了他们的囚徒。

"关于秘鲁财富的事都被说滥了。传言像是流感,传遍了大半个西班牙。可这都是真的吗?"巴尔迪维亚问道。

"当然,虽然听上去很不可思议,但都是真的。为了重获自由,印加国王答应给皮萨罗可以装满囚室的黄金。整整一屋子的黄金,装满二十二步长、十七步宽、九步高的屋子的黄金啊。"

"这是不可能的!"

"这是历史上最高的赎金。无数的珠宝、雕像和器皿,最后都熔成金水,被铸成烙上西班牙王室印章的金条。印加帝国的臣民从帝国各处像工蚁一样把黄金财宝汇集,来营救他们的国王。可是这一切都徒劳无用,皮萨罗在囚禁阿塔瓦尔帕九个月后,决定把他活活烧死。但在最后一刻,以印加国王答应接受天主教的洗礼而从火刑改判成了绞刑。"阿尔德雷特说完这些,又补充说,皮萨罗认为自己有充分的理由处死阿塔瓦尔帕。因为,这位印加国王在监狱里还煽动了起义抵抗。据线报,大约有二十万从基多来的克丘亚人和三万食人肉的加勒比人已经准备好要在卡哈马卡起义对抗西班牙人,但阿塔瓦尔帕的死让他们放弃了行动。再后来才知道,这声势浩大的起义队伍根本子虚乌有。

"无论如何,都很难解释得清为什么一小撮西班牙人就能把你描述的那么惊人的文明彻底摧毁了。那可是一块比欧洲还要大的土地。"佩德罗·德·巴尔迪维亚感叹道。

"那是一个很庞大的帝国,但是太年轻太脆弱。皮萨罗到达的时候,帝国才只有一百年的历史。还有一个原因是,印加人生活安逸,难以和拥有勇气、武器和马匹的我们抗衡。"

"我猜测,和埃尔南·科尔特斯在墨西哥的手段一样,皮萨罗也是借用了印加帝国敌手的力量。"

"没错。阿塔瓦尔帕和他的哥哥瓦斯卡尔长年不和,互相征战。皮萨罗以及后来的阿尔马格罗就是利用他们兄弟阋墙,才彻底把他们俩一举消灭了。"

阿尔德雷特还给他们解释,在印加帝国没有国王的首肯,连片叶子都不能随意乱动,所有人都是他的奴隶。印加国王也将部分臣民纳贡用来照顾鳏寡孤独,并为灾年储备粮食。但是,即使有这些西班牙都没有的人道主义措施,民众还是对国王和王族怨声载道。他们生活在军官、祭司等各贵族的奴役下,苦不堪言。所以,对他们来说,印加统治者和西班牙人毫无差别,他们也就不费力反抗了。总体来说,阿塔瓦尔帕之死让皮萨罗彻底获得了胜利。帝国没有了主事人,也就彻底瓦解了。

"皮萨罗和阿尔马格罗这两个私生子,没文化也没有钱,是新大陆让人新生的最好典范。他们不仅变得富有,而且受到了我们国王的嘉奖,封官加爵。"阿尔德雷特说。

"人们只说得到的各种名利:金银财宝、土地和臣服的土著人,却丝毫没有提及危险。"巴尔迪维亚质疑道。

"你问得好。在那里,危险也是无尽的。征服这些处女地,需要胆大心细的勇士。"

巴尔迪维亚有点儿恼,难道这个年轻人是在质疑他的能力吗?但他很快就平静了,他觉得阿尔德雷特完全有理由质疑自己。甚至他也怀疑自己，他已经离开战场太久了。世界日新月异，他出生在一个不断揭示宇宙奥秘的伟大时代：不仅地球被证明是圆的，还有人提出是地球绕着太阳转，而不是像人们之前相信的那样。可是发生这一切的时候，他在做什么呢？他在数牛羊，采橡果和橄榄。他再一次对自己感到厌倦。厌倦牲畜和耕地，厌倦和邻居打牌，厌倦弥撒和诵经，厌倦一遍又一遍地阅读相同的书——几乎都是宗教裁判所禁止的书籍，还厌倦和他妻子例行公事却没有带来一个子嗣的夫妻生活。命运之神附身在这个热情的小伙子身上，重新敲响了他的门，就像从前在伦巴第、佛兰德、帕维亚、米兰和罗马一样。

"你们什么时候出发去西印度，赫罗尼姆？"

"如果上帝允许的话，就今年。"

"请把我算上。"佩德罗·德·巴尔迪维亚小声地说，不想让玛丽娜听到。他炯炯的目光，落在烟囱上方悬挂的托雷多铁剑上。

1537年，我永别了家人，和我的外甥女贡斯堂萨启程去了美丽的塞维利亚，那座城市弥漫着橙花和茉莉的香味。从那儿，我们沿着瓜达尔基维尔河清澈的流水，来到了热闹喧嚣的加的斯港。这座南部城市密布石子路小巷和阿拉伯风格穹顶的房屋。我们登上了马努埃尔·马丁船长的三桅船，该船重达二百四十吨，笨重航速慢，却非常安全。一群壮汉给船装货：一桶桶的淡水、啤酒、葡萄酒、橄榄油、一袋一袋的面粉、干肉、活禽，还有作为旅途饮食的一头奶牛和两头猪。除此以外，还有很多马匹，在新大陆这能卖上极好的价钱。我看着他们把我捆绑好的行李一一摆放到船长给我分配的地方。我和外甥女在狭窄的船舱内一安顿好，就把救赎圣母像摆到了祭坛上。

"伊内斯夫人，你们踏上这段旅程，实在是勇气可嘉。您丈夫在哪儿等你们呢?"马努埃尔·马丁船长询问道。

"事实上,我也不知道,船长。"

"什么?他不是在新格拉纳达等你们吗?"

"他最后一次给我来信,是从委内瑞拉一个叫科罗的地方。但这已经过去很久了,大概现在他已经不在那里了。"

"西印度大陆比我们已知世界的总和还要大。在这么广阔的地方寻找您的丈夫,实在不是易事啊。"

"我会一直找到他为止。"

"您打算怎么找?"

"最常见的方式,到处打听……"

"那我祝你们好运。这是第一次在我的船上有女性同行,我恳请两位,一定要多加谨慎。"

"您是指哪方面要谨慎?"

"两位年轻貌美,想必你们能猜到我是什么意思。在海上航行一个星期,船上的男人就开始想女人了。有你们俩在这儿,欲望就更强烈了。还有,水手们认为,在海上,女性会带来风暴和其他的灾难。为了你们俩好,也为了省却我的麻烦,我希望你们不要和我的水手有来往。"

船长是一位矮个儿的加利西亚人,宽肩短腿,鼻子高挺,有啮齿动物般的双眼,因风霜和海水的长久洗礼,皮肤又黑又硬,像是皮革一般。从十三岁就上船做见习水手,之后,他待在陆地上的时间加起来也不超过五年。他粗犷的相貌和礼貌的举止及善良的心形成巨大的反差,尤其是后来在我危难之时,他挺身而出所展现的那样。

如果当时我会写字就好了,就能把这趟经历记录下来。虽然不确定我的一生是否值得讲述,但这趟旅程是应该被详细记录下来的。因为很少人有过这样的经历,穿越无边的大海,在风浪和未知中颠簸，充满恐惧，只有泡沫、海风和寂寞相伴。在这里，多年后的今天，我尽可能努力地如实还原当时。但是，人类的记忆是很神奇的，不光记录所经历的，还夹杂着所期望的和所幻想的。现实和想象的界线无比模糊，但在我这个年龄，这一切都不重要了，因为一切都是主观的，记忆也掺含着虚荣。此时，死神正坐在我书桌旁的椅子上，耐心地等待。而我，苍老至此，却依然要在访客造访时上妆，甚至还虚荣地想要写完我的故事。难道还有什么比个人自传更自负的吗？

之前，我从来没有见过大海，只觉得那就是更宽的河流而已。我没有想到，它宽到完全看不到另一岸。船只摇晃着驶入开阔的海面，我一路缄默不语，以掩饰我的无知和那穿透入骨的恐惧。船上包括我在内的七位乘客，除了贡斯堂萨，无一例外地都晕船呕吐不止。我难受得甚至第二天请求马丁船长给我一艘小船，让我返回西班牙。他听完了我的请求，哈哈大笑。又硬让我灌了几口朗姆酒，彻底让我昏睡了三十几个小时。等我再次醒来的时候，整个人消瘦无力，好不容易喝下了几口外甥女给我喂的菜汤。那时候，我们已经彻底远离陆地，航行在深海中了，身边只有无边的水和天，了无依靠。我难以想象，舵手如何仅靠星盘和星象，在水天一色间确定航行的方向。好在船长让我不要担心，他自己已经往返过多次了，而且西班牙人和葡萄牙人对这条航线无比熟悉，这几十年都是这样过来的。这些航海日志都不再是秘密，甚至连该死的英国人也已经掌握了。而麦哲伦海峡和太平洋海岸的航海日志却不一样，海员们要誓死守护。因为，那是关于新大陆最宝贵的财富。

我难以习惯海浪的晃动，夹板的嘎吱作响，以及狂风中帆布的噼啪声。我彻夜难眠。到了白天，我又苦于狭小的空间，特别是那些如发情野狗般男人的目光，让我没有一刻安宁。我需要安静地在厨房做饭，也需要享有上卫生间的私密性，虽说那所谓的厕所就是海面上一个掏了窟窿的盒子。贡斯堂萨倒是没有一点抱怨,相反还挺开心。海上航行了一个月后,食物开始紧缺,淡水也开始变质,开始按量供应。因为有人偷我们的鸡蛋,我把鸡笼也搬到了我们船舱。我用绳绑住这些母鸡的脚,一天两次带它们外出透气。

有一次,我需要动用我的铁锅保护自己。那是一个名叫塞巴斯蒂安·罗梅罗的胆大水手,我坚决不会忘了他的名字,因为我知道我们会在炼狱重逢。在混乱的船上,他借任何机会蹭到我身上,还怪是无辜海浪的错。我一次又一次地警告他离我远点,他却越发得意。一天晚上,在通向厨房的一个狭小空间里,我孤身一人碰到了他。在他扑到我身上之前,我已经感觉到他吹到我后颈的臭气,我毫不犹豫地立马转身,用锅在他头上打了一下,就像很多年前,胡安试图打我时的回应一样。塞巴斯蒂安·罗梅罗的脑袋可比胡安的脆弱多了,他倒在地上好几分钟。趁这个时间,我找来了破布给他包扎。虽然没有出很多血,但是后来他整个脸都肿了,泛出茄子紫色。我扶他站起来,达成一致,对外宣称是撞到梁了。说到底,说出实情对我们俩谁都没有好处。

在船上的乘客中,有一个专事记录和绘图的编年史学家,名叫达尼尔·贝拉尔卡萨。他是国王派遣专门绘制地图、记录所见所闻的官员。他三十岁出头,虽清瘦但很强健,五官轮廓清晰,肤色偏深,像是安达卢西亚人。他在船头船尾间跑来跑去,如此几个小时来锻炼身体。他扎着一个短短的小辫,左耳上戴着一个金耳环。曾经有个船员就此嘲笑他,贝拉尔卡萨一拳朝他鼻梁挥去,船员立马倒下。从此,再也没有人惹他。贝拉尔卡萨很早就开始海上旅行,去过遥远的非洲和亚洲。他还给我们讲述过他的冒险经历:一次航行中,他被土耳其海盗巴巴罗萨给俘虏了，被卖到了阿尔及利亚为奴，在经受两年的折磨后才得以脱逃。他总是胳膊夹着一本厚厚的笔记本，包着蜡色的布皮封面，在上面用那小如蚂蚁的字记录下他的所思所想。他以给忙碌的水手画像为乐，但给我外甥女画的像最多。贡斯堂萨一直都在为入修道院当修女做准备，她打扮成见习修女的样子，穿着她自己缝制的粗布修女服，用相同布料做的三角头巾裹住头。她不让一缕头发露出来，还盖住半个额头，一直裹到下巴。但是，这可怕的衣服丝毫没有掩盖她高傲的气质和又黑又亮如橄榄般的双眸。贝拉尔卡萨先设法让她做画像模特，慢慢让她摘了头巾，最后让她把扎成老太的发髻也给解开了，海风终于得以吹拂她黑色的卷发。无论盖章的公文如何证明我们家族的纯正血统，但我猜测，我们的确是有阿拉伯人的血统的。脱下修女服的贡斯堂萨，就像是土耳其挂毯上的美丽穆斯林。

某一天，我们开始挨饿了。那时，我想到了我的馅饼。我说服满脸刀疤的北非厨子给了我一些面粉、油和干肉，烧之前，我把干肉浸到海水里让其软化。从我的私藏里，我又拿出了橄榄、葡萄干、几个煮熟的鸡蛋、能出油的碎肉末，还有一些极便宜但能给食物带来特殊口感的香料，比如孜然。此外，我愿意拿手上的任何东西换点洋葱，这种蔬菜在我们普拉森西亚极普遍，可惜船上的仓库里没有了。我把馅熬上，又开始揉面，因为没有烤箱，我只能做煎馅饼了。我的馅饼大获成功，从此，每个人都把自己的私藏贡献出来做馅。我做了扁豆馅饼、鹰嘴豆馅饼、鱼肉馅饼、鸡肉馅饼、香肠馅饼、奶酪馅饼、鱿鱼馅饼和鲨鱼肉馅饼。靠着这份手艺，我赢得了全体船员和乘客的认可。而我赢得所有人的敬佩，还是在一次暴风雨后。我按在普拉森西亚的修女医院学习的护理知识，帮船员们疗伤接骨。这是除从法国海盗手下逃生外，唯一值得一说的逸事。当时，法国海盗正开足马力,全力追赶我们。照马努埃尔·马丁船长分析,如果我们被他们追上了,下场肯定很惨,因为他们装备非常精良。当时,在万般危险中,我和外甥女两人跪在救赎圣母像下,祈求她的拯救。一场突如其来的大雾让法国人迷失了方向,我们就此获救。我们深信这是圣母的神迹,而达尼尔·贝拉尔卡萨却说,在我们祈祷前,大雾就已经在那儿了,舵手只需要冲着那儿开去就可以了。

这个贝拉尔卡萨没有什么信仰,但人却很有意思。他经常在午后给我们讲他的冒险故事,或者未来我们会在新大陆看到和遭遇的事。"没有独眼人,没有巨人,没有四个胳膊长着狗头的怪人,但你们肯定会遇到原始人和坏人,特别是西班牙的坏人。"他嘲笑道。他还告诉我们,并不是所有新大陆的土著人都是野蛮未开化的,阿兹特克人、玛雅人和印加人比我们还文明,起码他们都洗澡,不会满身虱子到处走。

"贪婪,只有贪婪。"他说,"我们西班牙人踏上西印度大陆的那天,就是这些文明的末日。刚开始的时候,他们很友好地接待我们,对我们好奇万分。因为看到我们这些从海上来的大胡子钟爱黄金这种对他们无用又多得很的柔软金属,他们就赠送给我们很多。可是,很快,我们无止境的贪婪和粗鲁的傲慢冒犯了他们。怎么可能不冒犯他们呢!我们的士兵强暴他们的妇女,闯入他们的房子,随意地掠夺,谁敢反抗就一刀杀了对方。我们西班牙人把这片刚刚抵达的土地,宣称是远在大海另一边的国王的领地,并期望这些土著人能拜倒在几根交叉的棒子下。"

"别让别人听到您说这些,贝拉尔卡萨先生。大家会控诉您是国王的叛徒和异教者。"我提醒道。

"这不是我信口胡诌,这是事实。女士们,你们很快就会亲眼看到征服者们的不知羞耻,他们衣衫褴褛地来到新大陆,自以为是绅士,行为却是彻底的强盗。"

这三个月漫长的旅程就像是三年,但人生中第一次,我体会到了自由的滋味。除了内向的贡斯堂萨,身边再没有其他家人,也没有邻居或者神父监视我,我无须向任何人负责。我脱下了寡居的黑衣和勒得我透不过气的束胸。同时,达尼尔·贝拉尔卡萨也说服贡斯堂萨脱掉了她的修女服,换上了我的裙子。

白昼那么漫长,而黑夜更是漫无终点。肮脏逼仄的空间,匮乏糟糕的饮食,还有大伙的坏脾气,都让旅途像是炼狱般难熬。但好在,我们没有遇到能吞下整艘船的海蛇、海怪、让水手丧失理智的美人鱼、溺水者的鬼魂、沉船的幽灵还有鬼火。这些海上常见的危险都是水手告诉我们的,但贝拉尔卡萨却肯定地说他从来都没见过这些东西。

8月的一个周六,我们终于抵达陆地了。深邃发黑的海水又恢复湛蓝透明。大船把我们带到一处波浪慢涌的沙滩处。船员们提出把我俩直接抱到沙滩上,但我们拒绝了。我和贡斯堂萨撩起裙摆,比起像面粉袋一样被男人扛在肩上,我们宁愿露出小腿,涉水登陆。我没有想到海水是那么舒适,从船上看似乎水很冰。

陆地上的村庄,只是几个用甘蔗和棕榈叶搭起来的茅草屋,唯一的一条街道都是泥坑。没有教堂,只有一个在高处用木棍扎的十字,以示上帝的居所。稀少的居民混杂着途经的水手、黑人和黑白混血儿,还有我第一次见到的印第安人,他们都贫苦不堪,衣不蔽体。四周都是浓密茂盛的树林,气候炎热。空气中满是湿气,甚至让人的脑子都生锈了;烈日在头顶,不把人晒晕决不罢休。西班牙穿来的衣服,在这完全不合时宜。我们把衣领、袖口拆了,把长筒袜和鞋子都脱了。

很快,我就搞清楚胡安不在那儿。唯一记得他的,只有一个名叫

047

格雷戈里奥的不幸多米尼克派神父。因疟疾缠身,他过早地衰老了。差不多才四十岁,可看上去有七十的样子。他在这片丛林里生活了二十年,负责传播基督教。在他不计其数的传教途中,有那么几次碰到过我的丈夫。神父告诉我,像无数神魂颠倒的西班牙人一样,胡安也苦苦寻找传说中的黄金之城。

"他高大英俊,热衷赌博和美酒,人很和气。"他描述道。

不会是其他人了,就是胡安。

"黄金国是印第安人为了摆脱外来者的纠缠而编造出来的。这些异乡人争相寻找黄金,可最后唯一的下场只有死亡。"神父又说。

神父让我和贡斯堂萨两人在他的茅屋里休息。而那些水手终于可以尽情饮酒,喝醉后,他们就硬拖着那些印第安女人钻入附近的丛林。虽然鲨鱼已经尾随我们的船只好几天,达尼尔·贝拉尔卡萨还是毫不犹豫地在清澈的海水里泡了好几个小时。当他把衬衣脱下时,我们看到了他背上交错的被鞭打的伤疤。他没有为此做任何的解释,我们也都没有问。在船上的时候,我们就知道他有洗澡的习惯,显而易见,他知道很多民族有此习惯。他让贡斯堂萨穿着衣服下海,但是我没有同意。我可是答应她父母要把她完好地送回去的,可不能让鲨鱼给咬了。

太阳下山,印第安人就开始点着树枝来熏走这四处的蚊子。烟雾浓得让人什么都看不见,也熏得人几乎无法呼吸。刚想走远一点儿躲避烟雾,我们立马就被蚊虫给彻底包围了。晚饭我们吃了貘肉,就是一种长得很像猪的动物,还有木薯泥,味道都有点奇怪。但吃了三个月的鱼肉和馅饼,这顿晚餐让我们觉得实在很丰盛。我还第一次喝了可可制成的泡沫饮品,虽然加了很多香料,依然有点苦味。神父告诉我们,阿兹特克人和其他印第安人把可可豆当作货币使用,可见这东西对他们来说何其珍贵。

那天下午，我们就坐着听神父给我们讲他无数次深入丛林给当地人布道的传教历险。他承认，年轻的时候，也追随过黄金国的传说。也曾航行在奥里诺科河里，河面有时平静得就像是个湖泊，但也有水流湍急的河段。他还给我们描述从天际飞流而下的巨大瀑布，水花四溅，在低处形成水沫的彩虹。丛林里是无数绿树环绕的小径，以及大片从未经过日照的浓密植被。有那些散发尸腐味的食肉花和另外一些细嫩的、香气袭人却有剧毒的花卉。还有长着奇幻彩色羽毛的飞禽，长着人脸的猴子部落，它们早早就静候在层层的树叶后监视入侵者的行踪。

"我们来自埃斯特雷马杜拉，那是一块荒芜干燥，只有烟尘和石块的土地，所以难以想象这个天堂的景象。"我说道。

"伊内斯夫人，这里只是看似天堂。在这片炎热、沼泽遍布的土地上，还充斥着各种有毒的昆虫和爬行动物。在这里，所有东西都快速地腐烂，尤其是人的灵魂。热带雨林把人们变成无赖和暴徒。"

"神父，那些仅因贪婪而深入雨林的人，早就已经没有灵魂了。雨林只是把人们本来的样子彻底呈现而已。"达尼尔·贝拉尔卡萨说道，一边还急速地在他的笔记本上把神父的描述都记录下来，他打算要去奥里诺科河。

在抵达陆地的第一晚，马努埃尔·马丁船长和部分船员还是回到船上过夜，他们说是为了看护货物，但我觉得他们是害怕陆地上的虫蛇袭击。而其他人和我一样，受够了狭小舱房的囚禁，打算住在村子里。疲惫的贡斯堂萨在分给我们的吊床上立马就睡着了，吊床上挂着污秽的蚊帐。而我，在床上几个小时也没有睡着。夜那么沉，那么黑，充斥着神秘的事物，却一点不安静，还有暗香，让人毛骨悚然。

049

我感觉四周被神父提到的那些东西所包围:巨型的昆虫,从远处就能置人于死地的蟒蛇,不知名的野兽。但是比起这些自然界的危险,更令我不安的是那些喝醉的男人们,令我难以合眼。

两三个小时过去了,我刚有点睡意,就听到茅屋外面有动静。一开始,我以为是什么动物,但我很快就记起那个名叫塞巴斯蒂安·罗梅罗的水手也留在了村子里。没了马努埃尔·马丁船长在这儿,我的确要当心他。我的直觉是对的。如果我睡着的话,他的诡计就得逞了。也是他命该如此,我正手握一把在加的斯买的阿拉伯匕首,细尖得像根针。茅屋内唯一的亮光,就是篝火余烬的点点炭火星,在这之前刚用来烤貘肉。茅草屋和外面没有门相隔,只有一个供人出入的镂空。我的眼睛已经适应了黑暗,看到罗梅罗猫着腰,蹑手蹑脚地走进屋子,像条狗一样东闻西嗅。他慢慢走近原本应该是我和贡斯堂萨一起躺着的吊床,正探手掀开蚊帐,却突然顿住了,因为他感觉到耳后我架在他脖子上的匕首了。

"看来上次也没让你长记性啊,小子。"我小声地说,不想大张旗鼓引来众人。

"你这婊子,怎么还没下地狱!玩弄了我三个月,现在却假装圣母,明明心里和我想的是一回事。"他咬牙切齿,恶狠狠地说。

贡斯堂萨被他的声音惊醒了,大叫起来。呼声引来了神父、达尼尔·贝拉尔卡萨和其他睡在附近的人。有人点亮了火把,大家一道把罗梅罗从我们茅屋强行拖了出去。神父命令把他捆在树上,直到酒醒。他被绑着,嘴巴还一刻不停地咒骂了好一会儿,直到清晨,他累到不行才偃旗息鼓,我们众人终于得以休息。

几天后,在装载了淡水、热带水果和咸肉后,马努埃尔·马丁船长的船又出发了,这次是把我们带到卡塔赫纳港。这在当时已经是非常重要的港口了,因为就是从那儿把新大陆的财富装船运回西班牙。加勒比的海水又蓝又清，就像阿拉伯人宫殿水池里的水一样。空气中都渗透着鲜花、水果和汗水的味道。石灰和着公牛的血砌成的石头城墙，在烈日下闪闪发亮。成百上千的印第安人，光着身子戴着枷锁，在监工的鞭子下吃力地搬着大石头。这堵城墙还有一个堡垒，是用来保护西班牙船队免受海盗和其他敌人的侵扰的。海湾里，还停靠着一些战船和商船，甚至还有一艘贩卖黑奴的船。这船从非洲装满黑奴，打算在黑奴市场上大赚一笔。这艘船明显和其他船只不一样，散发着人类的贫瘠和罪恶。和西班牙随便一个城市相比，卡塔赫纳还只是一个村子，但已经有了教堂、规整的马路、粉刷过的房屋、政府大楼、仓库、市场和酒馆。堡垒还正在修建，位于小山顶，装备着瞄准海湾的大炮。这里人口的组成很复杂。女人们穿着敞口的衣服，很大胆。我觉得她们都很美，尤其是黑白混血的女人。我决定在那儿多待一段时间，因为我发现一年多前胡安还在那儿。他把一包衣服抵押在一个仓库里，承诺等他回来会付上欠的钱。

卡塔赫纳唯一的客栈不招待独行的女宾，好在马努埃尔·马丁船长在当地认识很多人，帮我们租了一处房屋。那个房子相当大，但也很空。门对着街道，有一扇小小的窗户。家具只有一张简陋的床、一张桌子和一张板凳，那张板凳就被我们用来放置杂物。很快，我就重操旧业，开始我裁缝和厨娘的生意。因为，我的存款比我预期的花得快很多。

我们刚在新家安顿好，达尼尔·贝拉尔卡萨就来拜访我们了。房子里到处都是东西，最后，他只能手拿着帽子，坐在我们的床上。我们也只有白水招待他，大概因为不停地在出汗，他接连喝了两杯。他沉默了许久，低头研究夯实的泥地面。我们也在一旁，不自在地等他道明来意。

"伊内斯夫人，我是带着最大的敬意，来向您外甥女求婚的。"他好不容易说出口。

我太吃惊了,因为从未见过他们俩之间有什么火花。有一瞬间,我甚至怀疑贝拉尔卡萨是不是脑子热坏了。但是,看到一旁贡斯堂萨又惊又喜的表情,我明白这事得好好想想。

"她才十五岁!"我惊呼。

"夫人,这边女孩结婚都很早。"

"她没有嫁妆。"

"这没关系,我一向不看重这些。就算她有女王般丰厚的嫁妆,我也不会收下。"

"我外甥女她想当修女。"

"是曾经想当,现在不想了。"贝拉尔卡萨小声地说,而贡斯堂萨在一旁大声地肯定了他的说法。

我告诉他们,我没有权利准许他们结婚,何况是把她嫁给一个陌生的冒险家,一个居无定所的男人——只会不停地在他的笔记本上记录一些无聊的东西。而且,他还比贡斯堂萨大差不多十五岁。他打算怎么养活他们俩呢?难道他准备让贡斯堂萨和他一起去奥里诺科河给食人族画像吗?贡斯堂萨打断了我的话,她红着脸说,现在阻止她为时已晚。虽然没有按法律公证,但他们已经在上帝见证下结过婚了。这个时候,我才知道,在船上的夜晚,当我忙着做馅饼的时候,他们在贝拉尔卡萨的船舱里做着他们真正想做的事。我抬起手,想扇贡斯堂萨几个耳光,她罪有应得。贝拉尔卡萨抓住了我的手臂,拦住了我。第二天,他们就在卡塔赫纳的教堂里结婚了,马努埃尔·马丁船长和我是婚礼见证人。他们一起在客栈住了下来,很快就开始筹备我之前担心的热带雨林之旅。

在出租屋里，我独自过的第一个晚上就发生了不幸。也许，如果我更谨慎一些，原本是可以避免这意外的。当地的蜡烛很贵，但因为我很害怕晚上跑出来的蟑螂，那晚我还是点了一根。我躺在床上，只穿了一件薄薄的衬衣，热得我实在睡不着。我正想着我外甥女，突然门被重重地撞了一下。原本门里面可以上插销，可是那天晚上我刚好忘了。第二下，门就被撞开了，塞巴斯蒂安·罗梅罗出现在门口。我刚从床上站起来，他就推了我一下，把我推倒在床上。他扑到我身上，一边撕扯我的衣服，一边辱骂不断。我拼了命地踢他抓他，但他重重的一拳让我瞬间眼前一黑，晕了过去。等我恢复意识的时候，他已经彻底制服了我，重重地把我压在他身下，骂着脏话，唾沫飞溅。他嘴巴的味道让人恶心，手指几乎掐到了我的肉里，膝盖拼命想把我的双腿分开，勃起的下体抵着我的肚子。疼痛和恐惧让我失了方寸。我拼命想呼救，可他用一只手把我的嘴巴给捂住了，几乎让我窒息。另一只手就在揪我的衬衣，解他自己的裤子。他花了很长时间也没有得逞，因为我力气很大，在他身下挣扎得像只鼬鼠。为了让我乖乖就范，他又给了我一记响亮的耳光，接着开始用两只手同时撕我的衣服。我明白，靠蛮力不是他的对手。有那么一瞬间，我甚至想就此放弃反抗，以期待他速速了事。但是愤怒让我失去了理智，而且我也不相信他事后会让我就此安宁，也许他会杀了我，以免我告发他。我满嘴都是血，吐掉了血，我请求他不要再打我了，我们俩可以慢慢来，慢慢享受这个过程，我会努力满足他。我已经记不清那晚的细节了，我大概是慢慢抚摸他的头，一边吟唱胡安在床上教我的淫秽民谣。这让他镇定了些，把我松开了，他站起来打算脱裤子。裤子在这段混战中被揉得皱不拉几，卷到膝盖的高度。我的手在枕头底下摸索着，摸到了我的匕首，我总是把它带在身边。我把匕首牢牢地揣在了右手，藏到了我的身子下。当罗梅罗又爬回到我的身上，我让他找了个舒服的姿势,用双腿夹住了他的腰,用左臂搂着他的脖子。他满意地嘟哝了几句,觉得我终于决定合作了,他打算尽情享受。我用双腿夹紧了他,双脚交叉在他的腰上。在他的身后,我举起匕首,双手紧握,找准要害处,用尽我全身的力气,深深地扎进他的身体,几乎没过了刀柄。其实,以这个姿势,把刀扎进一个身强体壮的男人背部,并不是易事。但人在恐惧的时候会迸发超常的能力。不是他死就是我亡。塞巴斯蒂安·罗梅罗一瞬间没有任何的反应,似乎完全没有感受到刀刺,我还以为没有刺中。但很快他就撕心裂肺地号叫,从床上滚到了地上,滚落在一堆包裹中。他还挣扎着尝试站起来,但终究跪着倒下了,满脸先是惊讶后是恐惧。他的手不停地往后抓,绝望地想把匕首拔出来。多亏了在医院里修女教我的人体知识,我确信这一刀是致命的。他还在挣扎着,我坐在床上看着他,和他一样恐惧;也时刻准备着,如果他要呼救的话,我就立马扑上去,尽可能地捂住他的嘴。他没有大叫,只是在口吐血沫的嘴里冒出骇人的颤抖声音。他中邪似的发抖、吐血,后来就彻底倒下了。这段时间漫长得让我难以忍受。我又等了一会儿,等到我平静下来可以思考,确信他不会再动了。在唯一一根蜡烛的光亮下,我看到鲜血已经渗透到泥土里。

接下来的整晚我都守着塞巴斯蒂安·罗梅罗的尸体,我先是向圣母祈求宽恕我深重的罪孽,之后就开始盘算如何从这件事中脱身。我不清楚当地的法律,但按照在普拉森西亚的情况,我多半要在深牢里了却余生了。除非我能证明是自卫,但是这种取证很难,一般法官都不相信女性的证词。并不是我臆断,人们总是把男人的错误归罪于女人。对于一个年轻单身女性而言,正义在哪儿呢?人们会说是我引诱了无知的水手,然后把他杀了,为的是偷走他的财物。天刚蒙蒙亮,我用毯子把尸体盖好,换好衣服,去了港口,马努埃尔·马丁船长的船还停靠在那儿。他很认真地听完了我讲述的事情经过,没有打断我,一边抽着他的雪茄,一边挠头。

"伊内斯夫人,看来得我来负责解决这个麻烦了。"我刚说完,他就表态了。

他带着手下一个亲信水手来到我家,他们一起用一块帆布把尸体裹着抬走了。之后的事,我就完全不知道了,至今我也不知道他们怎么处理了尸体。我猜想,他们应该是把尸体绑上石头,投到深海了,到时候海鱼就蚕食了全部躯体。马努埃尔·马丁船长建议我尽快离开卡塔赫纳,因为这样的秘密不可能永远不泄露。几天后,我就作别了外甥女他们夫妇,和另外两个一起去巴拿马城的人一同出发了。几个印第安人帮我抬行李,带我们穿梭在山峦、森林和河流间。

巴拿马地峡就是一段狭长陆地,把我们欧洲的海洋和大南海——也就是太平洋分隔开了。二十里宽都不到,但是重峦叠嶂,森林茂密,水网密布,沼泽交错,空气中弥漫着热潮和恶臭。当地的印第安人也充满敌意,无论是陆地还是水里都遍布毒蛇和蜥蜴。但是,美丽的鸟类也随处可见,风景无比壮丽。好奇的猴子伴了我们一路,这种大胆的动物还扑到我们身上,抢我们的东西。丛林就是一个深邃、阴暗、危机四伏的地方。我同行的伙伴手上拿着武器,时刻不让印第安苦力离开视线。他们在任何我们疏忽的时候,都有可能逃跑或袭击我们。另外,就像格雷戈里奥神父给我们的提醒:当心鳄鱼,这种动物在深水中静候蛰伏,突然一下就跳起把猎物咬住;当心红蚂蚁,它们成千上万地一拥而上,从生物的眼鼻喉耳处入侵,几分钟就从内而外地把猎物吞噬;还要当心癞蛤蟆,它们的唾液能让人失明。我努力忘掉这些,因为一想到这些恐怖的事,就让我挪不动脚。照达尼尔·贝拉尔卡萨说的,没必要为没有发生的潜在不幸而提前担心。第一段路程是在八个当地人掌舵的船只上完成的。我庆幸我外甥女没在船上,这些船工都赤身裸体。沿途的景色很秀丽,但我还是止不住地看不该看的地方。最后一段路程,我们是骑驴走完的。在最后的一座山峰上,我们远远看到绿松石般的海面,以及被湿热空气笼罩其中的巴拿马城的模糊轮廓。

第二章

美洲,1537—1540

佩德罗·德·巴尔迪维亚在三十八岁那年，和赫罗尼姆·德·阿尔德雷特一起到达了委内瑞拉，那是小威尼斯的意思——最早的探险者看到当地的沼泽、河流和水上茅屋，就戏谑地起了这个名字。离开之前，他答应娇妻玛丽娜·奥德缇斯·德·卡艾德会发财了回去，或会尽快派人接她过去。其实，这承诺对于被抛下的妻子而言，只能是无比苍白的安慰。同时，他倾其所有，甚至还举债，准备了这次远行。像所有去新大陆冒险的人一样，他把所有的财富、名誉甚至性命都投入其中，尽管到时候，征服的土地和五分之一的财产——如果能赚到的话，都将归属西班牙王室。就如贝拉尔卡萨所说，以国王的名义，这就是征服；没有的话，就只是武装侵略。

加勒比的沙滩上荡漾着碧水，装点着白沙和高大的棕榈树。乍看，会让初来者有宁静安详的错觉；但一旦深入丛林，即刻就会被各种噩梦包围。一路披荆斩棘，炎热和潮湿夹攻，蚊虫和陌生的野兽也一刻不停地袭击。时常要在泥泞的湿地上前进，一不小心就会陷入又软又臭的淤泥中，甚至没过大腿，难以脱身，恶心的水蛭还会爬满全身，吸他们的血。天气如此炎热，探险者们却因害怕隐藏在丛林中无形无声的印第安人带毒的暗箭而不敢脱掉铠甲。

"我们千万不能被当地土著活捉！"阿尔德雷特提醒大家，给他们讲述了弗朗西斯科·皮萨罗在南部的首次冒险经历。当时，皮萨罗和他的人马来到一处无人的村庄,大约人刚刚撤离,炉子的火还烧着。西班牙人饥饿难耐,揭开锅盖,发现汤里面都是人的脑袋、手脚和内脏。

"这发生在西部,是皮萨罗寻找秘鲁的时候经历的事。"佩德罗·德·巴尔迪维亚纠正道,他自认为非常熟悉新大陆的发现和征服。

"加勒比附近的印第安人也都是食人肉的。"赫罗尼姆坚持道。

在这片只有绿色的原始世界,实在太难确定方向。一切都像是上帝创造世界之前,一片混沌,无尽的循环迷宫,没有时间,也没有过往。一旦偏离河岸几步路,丛林就会把人彻底吞噬。他们中有一个人就是这样,他步入灌木,伤心害怕地呼喊他的母亲,之后再也没有出来过。所有人都一路无语,被无边的寂寞和深沉的焦虑蚕食至筋疲力尽。水里满是食人鱼,循着鲜血的味道,成群地涌来,几分钟就把一个基督徒吃得精光,只剩白森森的骨头,提醒人们他确实存在过。奇怪的是,如此繁茂的自然中,却没有任何可以吃的东西。粮食很快就吃完了,饥饿成为新的问题。有时,能猎到一只猴子,却只能强忍着臭气和它类人形的样子引起的恶心,生吞活咽,因为在这如此潮湿的森林里,实在很难生火。有时候,吃了几个不知名的果子,就上吐下泻,好几天动弹不得。他们开始浮肿,牙齿脱落,反复高烧。一个人出血而亡,最后甚至连眼睛都在冒血;另一个被沼泽淹没;还有一个被森蚺给活吞了,这种水蛇有人腿肚子那么粗,有五根长矛加起来那么长。空气都是炎热的,腐蚀的,有害身心的,像是恶龙哈出的气。很多士兵都认为"这是魔鬼撒旦的领地",怎么不是呢?人在那儿,时不时就暴跳如雷,动不动就拳脚相加。队伍的首领也很难控制军纪,经常难以让队伍继续前进。只有一样东西能激励他们前进:黄金国。

随着行进的艰难，佩德罗·德·巴尔迪维亚当初的热情也开始消减，不满开始增加。这和他在家乡埃斯特雷马杜拉无聊的祖屋里设想的完全不一样。他踌躇满志，是想参加一场场英勇的战役，为了上帝和国王的荣耀征服遥远的领土。他没有想到，手握着在佛兰德和意大利立下赫赫战功的宝剑，却只能和自然抗争。同伴的贪婪和残忍让他恶心，在这些粗暴的士兵身上，完全没有理想和尊严的美德。只有赫罗尼姆·德·阿尔德雷特是例外，他的正直和高贵已经多次被证明。其他人都是最无耻的恶棍，都是一些叛徒，爱滋事的无赖。而整个探险队的首领，也很快就被证实是个心术不正之徒，他偷盗，买卖印第安人为奴，也不向王室支付那五分之一的收益。巴尔迪维亚时常会想，既然最后谁都不能带着黄金进入坟墓，那我们如此残暴、如此绝望是为了什么？但是他依然前进，因为完全没有退路可走。这样荒唐的探险旅程持续了几个月，直到佩德罗·德·巴尔迪维亚和赫罗尼姆·德·阿尔德雷特最后和这队讨厌的人马分道扬镳——他们登上了一艘去圣多明戈城的船。这座城市位于拉伊斯帕尼奥拉岛①上，在那里他们得以从旅程的伤病中恢复。佩德罗从那儿给玛丽娜寄了点他攒下的钱，此后从无间断，一直持续到他过世。

刚好那些天，从岛上听到消息说，弗朗西斯科·皮萨罗在秘鲁需要增援。他的合伙人——迭戈·德·阿尔马格罗已经出发去大陆的南端，想要征服智利这蛮荒之地。他们两人性格迥异：皮萨罗虽然勇敢，但阴郁、猜忌、多疑；而阿尔马格罗诚实、忠诚且慷慨，他渴望财富的目的是希望能分给其他人。虽然当年他们在圣坛下分了一份圣餐，宣誓忠于彼此，但最后，性情如此不同却有一致野心的两个人还

---

① 拉伊斯帕尼奥拉岛，也译西班牙岛，东西两侧分别为多米尼加共和国和海地。

061

是不可避免地反目为仇了。如此一来,小小的印加领地就难容两虎了。被任命为总督和圣地亚哥骑士团骑士的皮萨罗和他残暴的兄弟们一起留在了秘鲁。而阿尔马格罗在1535年带领五百多西班牙人的军队,一万多的印第安人随从①,以先遣官的身份开赴了还未开发的区域:智利。这个名字在土著艾马拉语中的意思是"世界的尽头"。为了准备此行,阿尔马格罗耗费的个人财产甚至超过当年印加国王阿塔瓦尔帕给自己支付的赎金。

迭戈·德·阿尔马格罗刚出发去智利不久,皮萨罗就要面对一场全面的反抗起义。秘鲁当地土著等太阳之子们——当地人对西班牙人的称呼——力量一分散,就拿起武器反抗入侵者。因为没有及时的增援,对印加帝国的征服岌岌可危。要和几倍于自己的起义力量拼死战斗,西班牙人也危在旦夕。弗朗西斯科·皮萨罗的呼救传到了巴尔迪维亚所在的海岛上,他毫不犹豫地决定前往秘鲁。

光提起"秘鲁"这个名字,就让佩德罗·德·巴尔迪维亚立马联想到朋友阿尔德雷特曾描绘的无尽的财富和精彩绝伦的文明。虽然并不是所有都是光辉正面的东西,但是想到那些被无数人描述的画面,他还是很激动。他知道,印加国王极为残忍,利用铁腕手段控制百姓。在战争中,战败方如果不愿意彻底投靠帝国,他们就会斩尽杀绝,不留一个活口。如果有稍微的抵触和不满,就让整个村庄搬到千里之外。他们还残酷地虐待俘虏,连妇女和儿童也不放过。印加国王还和他的姊妹通婚,以保证王室血统的纯正。他本人即是神灵的象征,代表着王国过去、现在以及将来的灵魂。据说,阿塔瓦尔帕国王后宫有万千佳丽,以及不可计数的奴隶,他平日以虐待囚犯为乐,

---

① 原文"yanacona"来源于克丘亚语,欧洲人用这个词指专门为他们奴役,尤其是给军队搬重物的当地人。

还会手刃他的大臣。他底下的百姓,渺小如蝼蚁,一生只能屈服。他们唯一的命运就是从小一直劳作到死,为骄奢淫逸的权贵——朝臣、祭司和军官们创造财富,而他们自己只能靠土地的出产勉强为生。平民劳作的土地也并不属于他们,只是暂时分配给他们的。虽然鸡奸在印加帝国是明令禁止的,在西班牙更是要被处以死刑,西班牙人中却流传印第安人盛行这种行为。此说最佳的例证就是那些色情瓷器,探险者们在酒馆给邻人传看,以此取乐,他们丝毫不怀疑印第安人有如此多样化的消遣方式。他们还声称:在出嫁前,印第安人母亲会用手指捅破女儿的处女膜。

巴尔迪维亚对渴望在秘鲁发现财富这事并不鄙夷,但金银财宝并不是他的初衷,真正驱使他的是一种和同伴并肩作战赢得荣誉的使命感,而这一切到现在都完全遥不可及。这样的想法,让他和前去救援的队伍里的其他人不一样,其他人都是为黄金红眼的投机主义者。他无数次和我说过这事,我也深信他的话。确实,他的这一举动和他一生中后来的很多决定都是一致的。满脑的理想主义使他在几年后又放弃了最终获得的安逸和财富,开始征服智利的新征程,那是迭戈·德·阿尔马格罗都失败的事业。荣誉,只有荣誉是他信仰的指南针。没有人比我更爱佩德罗,也没人比我更了解他,所以我可以谈论他的优点,稍后也会说到他的缺点,还不是一点两点的小毛病。没错,他后来背叛了我,在我面前有点懦弱,可即使是最正直最勇敢的男人也时常让我们女人失望。我可以保证,在所有来到新大陆的正直勇敢的男人中,佩德罗·德·巴尔迪维亚绝对是其中的佼佼者。

1537年,和其他四百多士兵一起,巴尔迪维亚从巴拿马登船,驶向秘鲁。航行持续了两个月,等他们抵达的时候,印第安人的起义已经被迭戈·德·阿尔马格罗适时的干预给平息了。当时,他及时从智利调转回头,和弗朗西斯科·皮萨罗的军队会合。阿尔马格罗在向南部行进的途中,穿越了地球上最寒冷的山峦,经历了难以想象的困苦,最后又从地球上最炎热的沙漠返回,等他们回来的时候,队伍几乎支离破碎。阿尔马格罗去智利的远征,最远到达了比奥-比奥河,也是七十年前印加人止步的地方。当年,他们也试图征服南部印第安人——马普切人的领土,最后也是无功而返。无论是阿尔马格罗和他的军队,还是印加人,他们都在这些善战的马普切人面前止步了。

马普切,他们自称是大地的子民,虽然现在他们被叫作阿劳卡尼亚人,这个名字更为人所熟知,源于诗人阿隆索·德·埃尔西利亚·伊·苏尼加的史诗。我不清楚他从哪儿找来这个名字,也许就是取自南部的一个地名阿劳科。我到死还是情愿称呼他们是马普切人——这个单词在西班牙语中没有复数,因为他们自己就是如此称呼的。我觉得,仅仅为了音韵搭配就擅自把他们的名字更改,这是很不公平的事。就这样,阿劳卡尼亚人、卡斯蒂利亚人、手足、基督徒①的字眼,绵延在三百多页的长诗上。当我们第一批西班牙人在这片土地上征战的时候,阿隆索还只是马德里的一个小屁孩。他参与智利的征服已经是后面的事了,但他写下的史诗却流传了几百年。在当年智利的创建者灰飞烟灭的时候,这位年轻人的诗又让后人想起我们。阿隆索并不总是忠于史实,为了诗歌的韵脚,他时常牺牲掉史实。而且,他也没有给我们写一个好结局,我很担心通过读诗了解历史的人会对阿劳卡尼亚战争有错误的印象。诗人批判了西班牙人的

---

① 这几个词的西语分别是"araucano""castellano""hermano"和"cristiano",都是以"o"结尾的词,而"mapuche"难以形成这样的韵脚。

残忍和对财富的贪得无厌,夸张地讴歌了马普切人的勇敢、高贵、慷慨、正义以及对女性的温柔。我在当地生活了四十年,守卫我们在智利建立的一切,自认为比阿隆索更了解这些马普切人,毕竟他就在这儿待过几个月。我对马普切人的英勇无畏和对土地的挚爱深怀敬佩,但他们绝对不是充满同情心和柔情的典范。阿隆索描写的关于他们男女间的浪漫情感,在现实中完全不存在。每个马普切男人都拥有好几个女人,他们把女人当作劳动的奴隶和仆人,这也是经被俘虏的西班牙女性所确认的事实。被囚禁期间,她们遭受无数非人的对待,很多人都无颜再回到家人身边。但我必须承认的是,西班牙人也没有好好对待仅作为纵欲对象和奴仆的印第安女性。马普切人远胜我们的地方,就是他们没有贪欲。他们对黄金、土地、名号、荣誉这些一概不感兴趣。他们以天为被,以地为席,在丛林中自由地穿行,或骑上从我们这儿偷走的马匹,策马狂奔,任风吹拂他们的长发。另外一个美德,就是他们言出必行。他们从来没有打破过我们彼此达成的协议,相反,每次都是我们出尔反尔。打仗时,他们会出其不意地突击,却绝不会用阴谋小人的龌龊伎俩;和平共处时,他们也从来不会破坏和约。在我们到来之前,他们不知道酷刑是何物,很尊重战俘。对他们来说,最严厉的惩罚就是流放,驱逐出家庭和部落,这远比死亡更恐怖。重犯只会被速速处决。被判刑的罪犯自己挖掘坟墓,还会扔一些小木棍和石头进坟墓里,念叨着希望陪伴自己到另外一个世界的人的名字,最后头上被重击一下就死了。

  我很惊讶阿隆索这些诗歌的力量,它们创造了历史,挑战并战胜了遗忘。我写下的这些没有韵律的文字,虽然不具有史诗的权威性,但我希望通过我的记录,让人们了解我们女性在智利的创建过程中所付出的努力。这也一向是历史学家忽视的一面,即使再能干的编年史家也是如此。至少你,伊莎贝尔,你必须了解那段历史的真相。

虽然你不是我的亲生女儿，但胜似亲生，你我心气相连。我猜想，他们会在广场上给我塑像，并用我的名字给城市和街道命名，就像对待佩德罗·德·巴尔迪维亚和其他征服者一样。但是，当男人在前线战斗时，还有无数在后方奋斗的女性，她们也为智利的创建做出了很多贡献，却被历史遗忘了。我有点偏题了。我们赶紧回到之前的话题上，因为我时日无多，心力交瘁。

面对马普切人的顽强抵抗，又加上军队内部的问题——士兵对黄金稀缺的不满，也因为秘鲁印第安人起义的消息传来，迭戈·德·阿尔马格罗最终放弃了智利的远征，返程去帮助弗朗西斯科·皮萨罗平息起义。两军会合后，很快就彻底打败了起义的印第安人。被饥荒、暴力和战争的无序困扰的印加帝国，只能乖乖地屈服了。可是，对于阿尔马格罗的鼎力相助，弗朗西斯科·皮萨罗非但没有感激，反而和他的兄弟一起抢占了库斯科城——这原本是卡洛斯一世在论功行赏时分给阿尔马格罗的领地。皮萨罗兄弟贪得无厌，即使已经拥有无尽的财富和广袤的土地，可他们还想要更多，想霸占一切。

弗朗西斯科·皮萨罗和迭戈·德·阿尔马格罗最终同室操戈，在一个名叫阿班凯的地方展开了一场决战，结果以皮萨罗的战败告终。一贯宽洪大量的阿尔马格罗，以不同寻常的仁慈对待了战俘，包括死敌皮萨罗兄弟。很多皮萨罗手下的士兵，有感于阿尔马格罗的大度，最后都转到了他的麾下。阿尔马格罗手下的忠诚将领们纷纷进言，恳请处决了皮萨罗兄弟，并借机统治整个秘鲁。阿尔马格罗没有采纳他们的建议，选择和之前才加害于他、忘恩负义的皮萨罗和解。

佩德罗·德·巴尔迪维亚就是刚好在这时到达国王城的,他立刻加入了当初召集他们的弗朗西斯科·皮萨罗军中。巴尔迪维亚一直视皮萨罗为当地合法的统治者,从未质疑过他作为统治者的权威和意图,认为他就是卡洛斯一世的代表人,这已经足以说明一切。但是,巴尔迪维亚从不希望参加一场内战。他漂洋过海是为了镇压起义的印第安人,从没有想过要和西班牙自己人开战。他试图充当皮萨罗和阿尔马格罗的中间人,希望能达成和解,甚至有一刻他觉得自己都办到了。可是,他完全不了解皮萨罗,这人明里说一套,暗里做另一套。皮萨罗一边进行和平谈判,一边偷偷谋划要了结阿尔马格罗。他从来都没有想过要和另外一个人一起统治,他只想独霸一切,抢占库斯科。他嫉恨阿尔马格罗的成就,嫉恨他为人乐观,尤其嫉恨他在士兵中享有的极高声誉,而他自知他的士兵只会在私底下咒骂他。

一年多来,双方已经彻底反目,毁约、背叛、小冲突不断,最后,两军在库斯科附近的拉斯萨利纳斯对垒。弗朗西斯科·皮萨罗没有直接参战,而是委任了战功赫赫的佩德罗·德·巴尔迪维亚作为军中统帅。之所以这样做,是因为皮萨罗明白:和装备薄弱、组织无序的印第安人打仗是一回事,和装备精良、组织有序的西班牙军队打仗又是另外一回事,而佩德罗曾在佩斯卡拉侯爵麾下在意大利作战,有与欧洲人对垒的经验。他的弟弟埃尔南多·皮萨罗作为他的代表参与了这场战役,此人以残忍和自负为人所诟病。我希望把这些情况说清楚,让大家明白这段时间发生的所有惨剧并不是佩德罗·德·巴尔迪维亚所为。我对此役的惨状非常了解,我亲自照顾了那些在此战中受伤的士兵,他们身上的溃烂在战争结束后好几个月都没痊愈。皮萨罗的军队有大炮,人数上也占据优势,比阿尔马格罗军队多二百人。而且,他的士兵装备都很齐全,有最新的火枪,能发射威力很强的子弹,这种铁制子弹发射后,会同时张开很多尖角。另外,士兵们休息充分,士气高昂。相反,阿尔马格罗的士兵刚刚结束在智利的艰苦远征,还参与了在秘鲁镇压印第安人起义的行动,都疲惫不堪。当时,迭戈·德·阿尔马格罗病得很重,也就没有参加此战。

两军在一个火红如血的清晨,相遇在拉斯萨利纳斯的山谷里。成千上万的克丘亚人在四周的山上围观这一群西班牙人自相残杀的奇观。他们不明白这些大胡子战士们奇怪的作战仪式和理由。首先,他们排成整齐的队列,擦亮他们的武器,整理好他们高大的战马,之后单腿跪地。另外一些穿着黑色衣服的西班牙人,则用他们的十字架和圣杯开始作法。他们吃了一小块面包,在胸口画十字,接受上帝的庇佑,然后向远处示意。如此一番,两个小时之后,他们才正式开始厮杀。这一切,他们都做得有章有法,毫不手软。在长达几个小时的混战中,双方都呼喊相同的口号:"国王万岁!西班牙万岁!""圣主保佑!"马匹的蹄子和人的靴子搅得尘土飞扬,分不清彼此,大家的军装最后都变成了相同的土色。另外一边的克丘亚人,边看边鼓掌,还彼此打赌。同时他们津津有味地品尝咸肉和烤玉米点心,嚼着古柯叶,品着齐恰酒,从热血沸腾看到筋疲力尽,因为这场激烈的战斗继续了太长时间。

天黑的时候,这场战斗才终告结束。皮萨罗的军队因为佩德罗·德·巴尔迪维亚卓越的军事指挥赢得了胜利。他是当天的英雄,但却是埃尔南多·皮萨罗下了最后一道命令:"斩尽杀绝!"士兵们被号令重新鼓舞,冲入血场,把他们的几百名同胞杀得片甲不留,这其中很多都是曾经一起发现并征服秘鲁的同伴。连阿尔马格罗军中的伤员他们也没有放过。借着炮火,他们攻入了库斯科城。在那儿,他们强暴妇女,无论西班牙人、印第安人还是黑人;他们烧杀掠夺,直到心满意足。事后他们也说不清从哪儿来的这股子恨,历史学家也没能弄清其中的是非曲直。他们像印加人那样残忍地对待战俘，印加人的残暴早已为人所知，那些酷刑简直闻所未闻，能说上好久。稍微举几个例子就能知其大概：把战俘倒吊起来，用挖出来的肠子勒住他们的脖子；生生地活剥人皮，用来做人皮鼓。根据一些幸存者后来告诉我，这次西班牙人倒是没残暴到这个程度，因为当时他们太累了，没有力气再对付战败者。许多阿尔马格罗的士兵没有立马死在他们同胞的手下，而是后来被克丘亚人给杀了。那些围观的克丘亚人，在战役结束后，从山上欢快地尖叫着冲下来——死的人终于不是他们了。他们以虐尸来庆祝，用刀或者石头把尸体捣碎。对于巴尔迪维亚来说，在他二十多年的从军生涯中，面对过各种不同的敌人，这是其中他最不齿的一次经历。时常，他会在我的怀中惊醒，在无数的噩梦中，他又看到那些被斩首的同伴，如同在罗马的那次劫难中，他看到那些母亲为了逃脱敌手，和子女一同自尽。

迭戈·德·阿尔马格罗，六十多岁的高龄，疾病缠身，又因为智利远征，身体已经坏得不行了。后来又被俘虏，颜面无存。对他的审判持续了两个月，从始至终，他也没有机会为自己辩护。得知自己被判处死刑后，他请求由当时战场上对方的统帅——佩德罗·德·巴尔迪维亚作为其遗嘱的见证人，也找不到更值得信任的人选了。即使经历过梅毒和无数战争，迭戈·德·阿尔马格罗还是仪表堂堂。他戴着一个黑眼罩，那只眼睛是在发现秘鲁前和当地人的一次冲突中弄瞎的。那次，他自己拔出了那支扎入眼珠的箭，之后又继续作战。同时，一把锋利的石斧又砍断了他右手的三根手指，他转而用左手拿起宝剑。即使如此瞎了眼，全身都是鲜血，他还是战斗到了最后一刻，直到他的同伴前来营救。后来，他们用烧红的烙铁和热油给他疗伤,虽然让他的脸略微变形,但丝毫不损他的个人魅力,依然是诚恳的微笑和可亲的表情。

"让他在广场上行刑,在民众的面前!他罪有应得!"埃尔南多·皮萨罗命令道。

"长官,我不会参加这个行刑,士兵们也不会接受这些。同胞相斗,已经让人伤心,我们不应该在伤口上再撒盐,这会引起军中抗议。"巴尔迪维亚建议道。

"阿尔马格罗生来就是个粗人,死时也命该如此。"埃尔南多·皮萨罗回答道。

佩德罗·德·巴尔迪维亚咽下了本想提醒他的话:他们皮萨罗家族也好不到哪里去。弗朗西斯科·皮萨罗是个私生子,之后又被他生母遗弃,没有接受过任何的教育。要不是秘鲁之行彻底改变了他们的命运,他们原本还一贫如洗,而不是像如今,富贵胜过所罗门王。

"堂迭戈·德·阿尔马格罗起码还有新托雷多先遣官和总督的头衔,我们那样落井下石,如何向我们的国王交代?"巴尔迪维亚坚持道,"长官,我再次恳请,不要在军中再掀风波,士兵们的情绪已经很激动,经不起更多煽动了。迭戈·德·阿尔马格罗是个无可挑剔的军人,我们应该给予他基本的尊重。"

"他是从智利落败而回的。"埃尔南多·皮萨罗反驳道。

"不是的,长官。他从智利回来,是为了救您的哥哥——秘鲁总督、侯爵皮萨罗。"

埃尔南多·皮萨罗明白这位军中统帅言之有理,可他毕竟不是个能知错就改的人,更别提宽恕敌人了。最后,他还是命令,在库斯科广场上对阿尔马格罗施以斩首。

行刑前几天,巴尔迪维亚时常独自来到这位远征先锋人生最后的居所——那个又黑又脏的牢房,和阿尔马格罗待上一会儿。即使清楚阿尔马格罗的过错和缺点,巴尔迪维亚还是十分敬仰他作为军人立下的战功,以及他宽容大度的美名。在这段共处的时光中,阿尔马格罗给他讲述了在智利的那十八个月发生的事,把他自己未竟的事业——征服大业——植入了巴尔迪维亚的梦想中。他描述了在高山中可怕的旅程,群山高耸陡峭,随时都会坠落而粉身碎骨,秃鹰在他们头顶盘旋,等待有人坠落而饱食一顿。寒冷冻死了两千多印第安人随从、二百多黑人、五十多个西班牙人,还有不计其数的马匹和猎狗。在那儿,虱子也绝迹了,衣服上的跳蚤如谷粒般哗哗掉落。什么都难以为生,甚至见不到苔藓,只有无尽的岩石、寒风、冰川和冷清。

"堂佩德罗,我难以给你描述,一切都让人沮丧。我们生吞动物的冻肉,喝马尿。白天,我们强迫自己行进,以免积雪把我们给盖住了,恐惧让我们双脚麻痹。晚上,我们搂着动物取暖。每天清晨,我们要清点又有多少印第安人冻死了,一边祈祷上帝让他们的灵魂安息,再没有更多的时间做其他。倒下的尸体也留在了原地,就像是冰封的独石碑,给未来迷路的人指明道路。"

他还说,西班牙人的铠甲也冻住了。这些护甲把他们都给困住了,随便脱个靴子或是手套,就会把脚趾手指也连着带下来,却没有丝毫痛楚。连疯子也不会想再原路返回,所以,他们情愿穿越沙漠,只是他们没想到居然一样可怕。巴尔迪维亚听完后,心想:为了征服新大陆,我们付出了多少努力,遭受了多少折磨啊!

"白天的沙漠,热得就像一个火炉,阳光强得让人和马都发晕,大家都开始有幻觉:看到绿树成荫、清水漫流的海市蜃楼。"阿尔马格罗又接着给他讲道,"太阳刚一下山,温度就急剧下降,并升起浓雾,露水冰得就像之前高山上的陈年积雪一样。一开始,我们带的水桶和皮囊里水都是满满的,但很快就被我们喝光了。很多印第安人渴死,无数西班牙人也因此走上堕落之路。"

"您说的这一切,就像是在描述地狱之旅,堂迭戈。"巴尔迪维亚感叹道。

"您说得对,就是地狱之行。但是,如果还有机会的话,我会再尝试一番。"

"既然如您所说,如此艰难险阻,而回报甚微,为什么还要再尝试?"

"因为,只要越过这些山峦和沙漠——它们将智利和我们已知的陆地阻隔开来,就能深入智利的腹地,那是一片山缓、林密、土肥、多河的富饶之地,那里宜人的气候,不光在我们西班牙没有,在任何其他地方也没有。智利是一个天堂,堂佩德罗。我们应该在那里建立我们的城市,繁荣发展。"

"您对智利的印第安土著是什么看法?"巴尔迪维亚又问道。

"一开始,我们遇到了友好的土著人,叫普鲁毛卡人,和马普切人是近族,但分属不同的部落。后来,这些当地人转而开始攻击我们。他们是秘鲁和厄瓜多尔土著的混血,也隶属于印加帝国,他们的领土只到比奥-比奥河。我们和部分酋长以及印加首领达成了和解,但是我们难以继续南下,因为那边都是马普切人,他们个个都是善战的勇士。堂佩德罗,可以这么说,在我所有经历的探险和战役中,从来没有遇到过如此顽强的劲敌,虽然他们只有棍棒和石头作为武器。"

"他们肯定很厉害,都能阻挡了您和您麾下声名赫赫的勇猛士兵……"

"马普切人只知道战争和自由这两件事。他们没有国王,也没有等级制度,只会在战争期间服从他们的战时首领托基。自由,自由,只有自由。这是对他们唯一重要的事,所以我们难以打败他们,如同当年的印加人难以让他们屈服一样。男人只做打仗这一件事,剩下的都是女人们承担。"

1538年隆冬的一个早晨,迭戈·德·阿尔马格罗被行刑了。行刑前,埃尔南多·皮萨罗因为害怕在民众面前处决阿尔马格罗会引起士兵的不满,在最后一刻改变了主意:把行刑地点改在了监狱。刽子手用一根绳子慢慢地绞死他,之后又把他的尸体拖到库斯科广场,在那里斩了他的首级。但是,最后他们没敢按当初设想的,把他的脑袋用屠夫的钩子高悬起来。那个时候,埃尔南多·皮萨罗意识到了此举后果的严重性,并念及难以应对卡洛斯一世的责问,最后决定体面地安葬迭戈·德·阿尔马格罗。他本人也服丧了,还走在了送葬队伍的最前头。多年后,皮萨罗兄弟为他们的所作所为一一付出了代价,当然这又是另外一个故事了。

跑题这么远,我是想说清楚为什么佩德罗·德·巴尔迪维亚决心离开秘鲁前往智利。当时的秘鲁已经被阴谋和腐败所侵蚀,而智利还是块处女地,在那儿我将随他一起开疆拓土。

拉斯萨利纳斯战役结束,迭戈·德·阿尔马格罗死后不久,我就出发去库斯科了。在那之前,我一直在巴拿马等候关于我丈夫的音讯,因为当地很多人告诉我他们曾经见过胡安。来往于新大陆和西班牙的人们习惯在港口相约见面,他们中有士兵、朝臣、编年史学家、教士、科学家、冒险家以及强盗,不分贵贱,无一例外都在此地经受着热带气候的烤炙。通过他们,我向四面八方发出寻找胡安的讯息,然而时间流逝,音讯全无。我只能靠缝衣煮饭、接骨疗伤这点儿仅有的手艺过活。当地瘟疫、梅毒横行,还有各种毒虫叮咬以及使血液变成

073

糖浆般的高烧,却没有任何医治或者减轻患者痛苦的方法。和我的母亲及祖母一样,我体魄强健,得以在这虫病肆虐的热带地区立于不败之地。后来在智利,我也从无数艰难险阻中幸存。在那里,我经历过炙热如熔炉般的沙漠,经历过洪水——那冰冷刺骨的水流让无数比我强壮的人都得流感而亡,经历过黄热病和天花的瘟疫,我还照顾病人并掩埋发臭的尸首。

一艘三桅船滞留在港口,一天,我和船上的船员聊天,才得知很久之前胡安已经乘船去了秘鲁。听闻皮萨罗和阿尔马格罗在那里发现了金银财宝,他和无数西班牙人一样都去寻宝了。我收拾家当,动用了积蓄,终于登上一艘南去的帆船。作为女性,我难以获准独立乘船,所以只能和一群多米尼克教士同行。我猜想这些教士是宗教裁判所的人,但我从未敢确认,光提起宗教裁判所这几个字就让我发怵,至今依然如此。八岁还是九岁那年,我在普拉森西亚目睹过一次他们烧死异教徒的场景,从此终生难忘。在船上,我又穿回了黑衣服,扮演起忧伤的妻子,以期他们能帮我顺利抵达秘鲁。我敢于孤身一人漂洋过海,追随那下落不明且并未召唤我的丈夫,我对婚姻如此忠诚,让这些教士倍感惊讶。事实上,我做这些并不是出于妇德,只是期望可以逃脱胡安留给我的不确定感。很多年前,我就已经不爱他了,甚至都记不太清他的相貌,我很担心见到他的时候都认不出他了。另外,我也不想待在巴拿马了,不想因途经的匪兵痞将而时时担惊受怕,也不想被当地恶劣的气候搞坏了身体。

船在大海中任风摆布,蜿蜒曲折地走了七个多星期。当时,几十艘西班牙船来来去去航行在秘鲁航线上,但珍贵的航海日志仍然是国家机密。因为航海日志不够完整,所以在每次航行中,船员需要记录下航海途中所有的事项:从水和云的颜色到临近陆地时海岸四周所有的细节。如此不断完善日志,以后就可以给其他船只借鉴。我们这一路经历了波浪滔天、浓雾弥漫、暴风骤雨、船员争斗以及其他的一些波折，这边我就不多赘言了。教士们每天早晨做弥撒，下午让大家诵玫瑰经，以安抚阴晴不定的大海和充满戾气的船员。可以说，任何一次航行都是险象环生的。在这么一艘简陋的船上，把自己交付给无边的海水，挑战上帝和自然的力量，远离人类的救助，这让我很没有安全感。后来，我多次被野蛮的印第安人围困，但哪怕与这样的险境相比，我也不愿意再登船航海，所以我从来没有想过要回西班牙。这一想法即使在我最艰难的时候也没有动摇过，当时印第安人步步逼近，迫使我们不得不如老鼠般落荒而逃，撤离我们的城市。我一直深信，我的尸骨会埋在这片新大陆的土地上。

航行到远海处时，即使有教士们的监视，男人们又开始打我的主意了。我感觉他们就像一群野狗注视猎物一样盯着我。难道是我身上散发出发情期雌性动物的气味？躲在自己的小房间，我不停地用海水洗澡，希望能够洗掉这些气味。我并不希望自己拥有这种雌性的吸引力，因为最终伤害的还是我自己。睡梦中，无数次出现气喘吁吁的狼群，舌头垂涎着，尖牙上还沾着血迹，时刻准备着向我一拥而上。有时候，饿狼会有塞巴斯蒂安·罗梅罗的脸。我整夜整夜地不睡觉，把自己锁在房间里，缝衣祈祷。再也不敢在黑夜里走出房间，让凉爽的夜风安抚我的焦虑，因为黑暗中随时都有意想不到的男人出现。我一边很害怕这随时可能出现的威胁，一边又很享受，有那么点蠢蠢欲动。欲望就像是我脚下的悬崖，引诱我奋力一跃，然后迷失在它无边的深渊中。我深知激情的喜悦和折磨，和胡安在一起的最初几年我全部都经历过。我的丈夫有很多缺点，但我不得不承认他是个不知疲倦且有情趣的爱人，也因为这一点，我能一次又一次地原谅他。即使对他没有爱也没有敬意时，我依然渴望他。为了让我免于情爱的诱惑，我不断地告诫自己：再也不会有人像胡安那样给予我那么多的享乐了。一方面,我要避开那些传染病。我早已见识过这些传染病的厉害,和梅毒病人的小小接触都有可能被传染。因此,即使我再健康,我也如忌惮魔鬼般害怕它们。另一方面,我不想怀孕。带醋的海绵并不是万无一失的避孕手段,而且我向圣母祈祷了那么久,希望她赐我一个孩子,说不定这时候她恰巧让我如了愿。通常,奇迹都是不合时宜的。

这些理由让我那些年保持了贞洁,我的心已经适应了这种压抑,但我的身体从来没有放弃过挣扎。在这片新大陆上,湿热的空气极易孕育情爱,一切色、香、味都变得更浓烈。鲜花香味浓郁,果实细软多汁,激起人的无数欲望。先在卡塔赫纳,后在巴拿马,我多次在从西班牙开始就秉持的原则上动摇。我的青春、我的生命都在流逝……谁会关心我的贞操?谁会指责我?最后,我自我安慰道,上帝在新大陆想必是比在埃斯特雷马杜拉更宽容的。如果他可以原谅以他的名义残害万千印第安人的罪恶,那肯定会原谅一个可怜女人的脆弱。

当我们顺利抵达卡亚俄港的时候,我特别高兴,终于可以下船了,如果再待下去我准得发疯。没有什么比把你关在无边无际的海上的一个小房间更让人窒息的了。"港口"这个词用在当时的卡亚俄身上,实在有些言过其实。虽说现在它是太平洋上最重要的港口,装载无数财富运往西班牙,但在当时还只是一个简陋的码头而已。从卡亚俄,我和教士们一起去了国王城——如今叫利马,稍微有点无趣的名字,因为我更喜欢从前的名字,所以我接下来都会沿用。这座城市刚刚由弗朗西斯科·皮萨罗在一个山谷里修建,我感觉这个城市完全笼罩在云雾之中。阳光透过潮湿的空气,给人一种如临天际的感觉,就像是达尼尔·贝拉尔卡萨的朦胧画一样。在那里,我做了些必要的调查,几天后就找到一个认识胡安的士兵。

"您来晚了,女士。"他对我说,"您的丈夫在拉斯萨利纳斯战役中已经死了。"

"胡安不是士兵。"我向他澄清道。

"这儿没有其他的行当,连教士们都拿起了刀剑。"

这人相貌丑陋,一丛野人似的胡须几乎挡了他半个胸,衣衫褴褛污秽,牙都掉光了,一副醉汉的模样。他向我发誓曾经是我丈夫的朋友,但我不相信他。他先是告诉我,胡安是个步兵,因为赌博欠了一身债,又因为酗酒和女人搞垮了身体。之后,又开始说什么羽毛王冠和锦缎披风。离开时他还试图拥抱我,当我拒绝的时候,他又提出用金币买我的拥抱,这彻底把我吓坏了。

从埃斯特雷马杜拉一路来到当年阿塔瓦尔帕的领地,我走得实在有点远了,但我还是决定再做最后一次努力,我加入了一个给库斯科运输给养和羊驼的商队。同行有一队士兵负责护卫我们,他们的长官是一个单身、英俊、自负的少尉,名叫努涅斯。一眼能看出,他是个任性骄纵的人。商队还随行两个教士,一个书记员,一个法官,还有一个德国①医生。士兵和我们或骑马或骑驴,或者乘坐印第安人抬的轿子。女性中,我是唯一的西班牙人,其他都是拖儿带女的克丘亚人,在这长长的驼工队伍中陪着自己的丈夫,给他们背着口粮。色彩鲜艳的毛织衣服让她们看起来轻快愉悦,但实际上她们满脸只有屈从的阴沉和仇恨。她们身形矮小,颧骨突出,眼睛细长,为提起精神而常年嚼古柯叶,导致满口黑牙。小孩都很可爱,还有一些女人也很美,只是她们从来都不笑。她们跟了我们好几里路远,直到努涅斯

---

① 当时德国还没有统一,作者使用该词并不恰当。

下令让她们回家。这样,她们才牵着孩子,一个一个渐渐离开。背着行李的印第安男人都很强壮,赤脚走路,像牲口一样负重,他们比我们这些骑着马的人更好地适应恶劣的气候和旅途的劳累。他们可以几个小时不停歇地行进,步履一致,默不出声,像是神游在梦境。他们只会说极少的西班牙语,似哀怨又似吟唱,并且总是以提问的语调说话。只有在努涅斯豢养的两条大猎犬咆哮时,他们才有所变化,这些狗被训练成杀手,专事咬人。

努涅斯从第一天就盯上了我,一刻都不让我安生。我设法让他保持分寸,不断提醒他我已婚的状态,可我也不能和他彻底闹翻,我还得靠他到库斯科呢。只是,随着我们相处的时间越多,他也越来越放肆了。他对自己的出身扬扬自得,但他的举动很难让我相信他是一名绅士。他发了点小财,在国王城和库斯科分散着他养的三十个印第安女人,据他自己说,她们都很顺从殷勤。这事要是发生在他西班牙的家乡,完全就是一个丑闻。但是在新大陆,西班牙男人随意把印第安女人和黑人据为己有,这已经是见怪不怪的了。大部分人在强暴过她们后,就把她们遗弃了。但也有一些人把这些女人留在身边,伺候日常起居,至于这些女人和他们生的孩子,只有非常非常少的人才会负责养大。就这样,许多自出生之日起就怀有不满的混血儿在这片土地上成长起来。努涅斯承诺,一旦我同意做他的情妇,他会舍弃其他那些女人。在我还没有确定胡安是不是真的死了的时候,他就信心十足我肯定会如他所愿。他觉得胡安已死是确定无疑的。这位自负的少尉和胡安在缺点方面十分相像,但是他却没有任何当年让我爱上胡安的那些优点。我可不会在同一条沟里摔倒两次。

那时候,秘鲁的西班牙女人还屈指可数,至于像我这样只身前来的更是前所未有。少有的西班牙女人大部分都是军人的妻子或女儿,在王室的召唤下来到新大陆和家人团聚,在当地营造和谐社会。这些女性都关起门来过着独居无聊的生活,倒是很奢侈,因为她们每人都有几打印第安人伺候满足她们所有任性的要求。有人告诉我,秘鲁的西班牙达官夫人甚至都不自己洗屁股,一切都由仆人负责。独身的西班牙女人,在当地几乎是看不到的。队伍里的男人都对我关爱有加,好像我是一个多么高贵的贵妇,而不是实际上的贫穷女裁缝。在这个漫长、行进缓慢的前往库斯科的旅程中,他们满足我的各种需求,分给我食物,借给我帐篷和马匹,送我靴子和羊驼毛的毯子,这可是世界上最细软的织物。作为回报,他们只需要我唱首歌,或者在扎营的午后给他们讲讲西班牙的事,稍微缓解他们的思乡之情。多亏他们的帮助,我才度过了那段时间。因为那边的物价是西班牙的百倍还多,我很快就身无分文了。在秘鲁,黄金遍地,让人们都看不上银子了,可是基本生活用品却很匮乏,像是马蹄掌和写字的墨水,这些东西的价格让人咋舌。我给队伍里的一个人拔了颗坏牙,这原本是相当简单的事,只要有阿波罗尼亚圣徒①和一把钳子就够了。作为报答,他给了我一颗足以配得上大主教身份的祖母绿宝石。现在这颗宝石被镶嵌在救赎圣母像上,价格比当初已经翻了很多倍,因为在智利并不盛产这些宝石。

在印加人的古道上行进好多天后,穿越了干燥的平原和山区,走过用树藤搭建的吊桥,跨越深涧,涉溪过沟,不断攀爬,最终到达了旅程的终点。努涅斯少尉坐在他的马上,用长矛给我指了远处的库斯科。

---

① 据说他是专事医牙的圣徒。

我从未见过像库斯科这样壮观的城市，地处印加帝国的腹地，在那片神圣之地，人们与神灵互相交流。也许，塞维利亚、罗马或者阿拉伯人的一些城市——那些极负盛名的城市，可以和库斯科相提并论，但我没有去过那些地方，难以为证。虽然经历了战争的侵蚀和破坏，它依然是紫色天空下一颗白色闪亮的瑰宝。好几天我都上气不接下气，并不是因为别人提醒我的高原反应或者空气稀薄，而是因为它的寺庙、堡垒和楼宇实在美得让人窒息。据说，第一批西班牙人抵达的时候，宫殿都包裹着金片，但是现在墙壁一片光秃，什么都不剩下了。城外北部矗立着一座雄伟的建筑——萨克塞瓦曼堡垒：拥有三排"Z"字形的高墙、太阳神庙、如迷宫的街道、塔楼、走道、楼梯、晒台、地下室和房间。曾经有五六万人在此生活。萨克塞瓦曼的意思是心满意足的游隼，整个建筑就像是守卫库斯科的游隼。这个建筑使用巨型的切割石块拼接而成，没有使用灰浆却依然砌得严丝合缝，连一把薄薄的匕首都插不进去。没有金属工具，他们是如何切割这些巨石的呢？没有车马，他们是如何从好几里外将这些石头搬过来的呢？我也不断问自己，一小队西班牙人是如何在短时间内征服能建造起如此奇迹的帝国的。无论大家说得再多，什么印加人如何内斗，多少印加平民倒戈，这对我来说始终是难解之谜。有些西班牙人说："我们有上帝的庇护，还有火药和铁器。"多亏了当地人只有石头武器。他们还说："当他们看到我们坐着船从海上来时，以为那是有翅膀的房子，以为我们是神。"但是，我觉得这只是他们自己传播的说法，流传到最后，印第安人相信了，他们自己也深信不疑。

  我一路惊奇地在库斯科城里逛着，张望四处的人群。这些古铜色皮肤的当地人从不微笑，也不会直视我的眼睛。我尝试想象他们在我们到达之前如何生活：携家带口穿着色彩艳丽的服装行走在相同的街道上，祭司们戴着黄金胸饰，印加国王周身佩戴着各种珠宝，安然地坐在由彩色羽毛装饰的黄金轿子上,四周簇拥着乐师和趾高气扬的士兵,还有那由妻妾和太阳神童女组成的冗长队伍。虽然有外来文化的入侵,但是这多样的文化依然保存了下来,只是现在很少看到了。印加国王还在位,但只是弗朗西斯科·皮萨罗的傀儡。我从未见过这位国王,因为我难以接近他被囚禁的那个宫殿。街道上,到处都是沉默寡言的印第安人,熙熙攘攘。每一个大胡子的西班牙人都拥有成百上千没胡子的印第安人。西班牙人高傲又喧闹,完全生活在另外一个维度。当地土著人则像是隐形的,只在拥挤的石头街道上留下影子。他们给打败自己的外国人让路,但依然保持他们的信仰、风俗和社会等级制度,期待假以时日和耐心,能从这些大胡子的手中解脱。他们难以想象这些外国人会永久地留下来。

那时候,迭戈·德·阿尔马格罗时期的西班牙人内部征战已经平息了。在库斯科,生活以缓慢的节奏重新开始,一切都是小心翼翼的,因为累积了太多仇恨,人们的情绪很容易就被激化。西班牙士兵还没有彻底从内战的狂热中清醒,整个国家贫穷无序,印第安人被强迫劳动。我们的国王卡洛斯一世在他的敕令中要求,要尊重当地人,通过善举给他们传播福音书,把他们带入文明时代,可现实并非如此。我们的国王从来没有亲临过这片土地,只是在古老幽暗的王宫大厅里颁布这些充满正义的法律条文,对万里之外那些在当地施行统治的贪婪人心一无所知。只有很少的西班牙人执行这些法令,而弗朗西斯科·皮萨罗完全不在其列。即使是最下层的西班牙人,在新大陆也会有他自己的印第安仆人,那些富有的封地领主们更是有成百上千的印第安奴隶,这也是笔巨大的财富。因为,即使有再多的土地和矿产,没有开发的劳动力也无济于事。许多印第安人在监工的鞭子下屈服,也有一些人情愿先杀了家人再自尽,以结束这奴隶生活。

和很多士兵交谈过后,我慢慢拼凑起了胡安的行踪,也确定了他的死亡。在北部的热带雨林里,为了寻找黄金国,胡安耗尽了身心。后来,他决定去秘鲁,加入了弗朗西斯科·皮萨罗的军队。他没有军人的素养,但他还是设法在和印第安人的战争中幸存了下来。大概,他也是找到了些黄金的,毕竟遍地都是,但很快在一次又一次的赌博中耗尽了,还在军中欠下了很多债务,特别是欠了弗朗西斯科·皮萨罗的弟弟——埃尔南多·皮萨罗——很大一笔钱。此后,胡安成了他的走卒,在他的唆使下干了不少坏事。

我丈夫参加了拉斯萨利纳斯战役,其间,他接到了一个奇怪的任务,也是他此生最后一个任务:埃尔南多·皮萨罗命令他和自己对换制服。就这样,胡安穿上了橘黄色天鹅绒制服和精致的铠甲,戴上了插着白色羽冠的银头盔,披上了仿锦缎的斗篷——代表将领的一身行头;而埃尔南多·皮萨罗却穿着普通士兵的衣服埋身在步兵队伍里。他选中胡安的原因,大概是胡安的身高——他们身材相仿。他猜到打仗的时候,对方会在军队里寻找他作为主要攻击目标,后来确实如他所料。与众不同的服装吸引了阿尔马格罗军队中的将士,他们挥剑步步逼近,最后把无足轻重的胡安当成总督弗朗西斯科·皮萨罗的弟弟给杀了。埃尔南多·皮萨罗虽然捡回了条命,却永远烙上了懦夫的名声。从前的那些赫赫战功都被轻描淡写一笔勾销了,什么都难以恢复他的威望。所有的西班牙人,无论是朋友还是敌人,都对此深为不齿。

为了维护自己,此事被禁口,大家也都害怕埃尔南多·皮萨罗,不敢明里违背。但是私底下,战场上的这些丑闻早就在街头巷尾茶余饭后流传开了,无人不知,无人不晓,所以,我可以搞清楚其中的细节,只是最终我都没能找到丈夫的尸首。从那时候开始,由于担心胡安没有安葬,灵魂难以安息,我一直惴惴不安。胡安的灵魂一直随我到了智利,在圣地亚哥的创建过程中都伴我左右。在我斩首那些部落酋长的时候,他让我拥有足够的勇气;也在我为巴尔迪维亚伤心痛苦的时候,不断嘲笑我。直到今天,他死了四十多年后,还时不时地出现在我面前。我现在老眼昏花,时常把他和其他人的魂灵混淆。我在圣地亚哥的家很大,足足占了一个街区,有院子、马厩和菜园。厚厚的砖墙,高高的房顶,巨大的栎木梁。我时常迷失在这个大屋子里。房子里有太多的角落,足以让游魂、恶魔和死神容身。死神完全不是神父为吓唬我们而描述的兜着风帽的恐怖骷髅,而是一个高大粗壮的女人,胸脯饱满,臂弯温柔,是个焕发母性光辉的天使。我迷失在这座大房子里,已经好几个月睡不着觉了,我想念罗德里格用轻柔的手抚摸我的肚子。入夜后,仆人都退下,只剩下外面的护卫和轮班的贴身女仆,她们通宵值守以应我的需求。我举着灯,穿行在房屋里,检查房间抹上石灰的白墙和蓝色的房顶,摆正墙上的画,扶好花瓶里的花,观察鸟笼里的动静。事实上,我是在追踪死神。有时,我离她那么近,几乎能闻到她刚洗的衣服的清香。但是,她那么爱捉弄人,那么狡猾,我实在抓不住她。她偷偷躲起来,隐身在家中无数的幽灵之中。这其中就有胡安,他一直跟我到了天涯海角,挪动着他叮咚作响的骨架子,披着他染血的破乱的锦缎衣物。

在库斯科,完全找不到一点我丈夫胡安的踪迹。毫无疑问,在印第安人从山上冲下来在尸体和残兵中乱杀一气之前,也就是在战争结束的第一时间,我那穿着埃尔南多·皮萨罗奢衣华服的丈夫的尸体应该就被他们自己军队的人收拾了。当他们看到头盔铠甲下不是它本来的主人而是一个无名小卒时,一定吃惊不已。我猜想,他们一定以复杂的心情服从了不泄露此事的命令。因为对于西班牙人来说,懦弱是最不能被原谅的。事实上,他们做得非常好,把我丈夫在世的一切痕迹都抹得一干二净。

当得知胡安的遗孀到处打听她丈夫的事,总督大人——弗朗西斯科·皮萨罗本人接见了我。他在国王城建了一座宫殿,在那里过他的奢靡生活,完全置西班牙国王的法令于不顾,铁血管理这个王国。当时,他正好在库斯科视察。他在一个装饰了秘鲁羊毛地毯和木雕家具的大厅里接见了我。大厅中央桌子的桌面、椅子的靠背、酒杯、烛台和便盆都是白银做成的。在秘鲁,白银比铁还多。许多官员挤在角落处,面目阴暗得像秃鹫,他们窃窃私语,不时传阅一些文件,显得他们相当重要。皮萨罗穿着黑丝绒衣服,上半身是搭袖的紧身上衣,白色护领,胸口一条大粗金链子,鞋上也缀着金搭扣,肩上披着一个貂毛斗篷。他大约六十多岁,一脸高傲,皮肤有些发青,胡子花白,眼窝深陷,目光咄咄逼人,拿声捏调,声音刺耳。他为我丈夫的死向我表达了简短的哀悼,其间没有提到胡安的名字。随即却出乎意料地给我递了一袋子钱,让我以此维持到"登上回西班牙的船"——他这样解释这钱的意义。也在这短短的时间里,我做了一个冲动但从未后悔过的决定。

"尊敬的总督大人,我不想回西班牙。"我说道。

听完我的话,他脸上快速闪现一道不快,但又立马消失了。他踱步到窗边,长时间地看着他脚下的城市。我觉得他已经把我给忘了,我正打算朝门那儿走去离开,突然,他头也没回,对我说:

"夫人,请问您叫什么名字?"

"伊内斯·苏亚雷斯,尊敬的总督大人。"

"您打算怎么为生?"

"诚实守法的正当途径,总督大人。"

"我希望您能多加谨慎。谨慎在此地极为重要,尤其对于女性来说。我们会给您提供一个房子。再见,祝您好运。"

这就是全部。我明白,要想留在库斯科,我不能问太多问题。胡安已经死了,我也已经自由了。可以说,从这一天开始,我才真正开始了我的人生,之前的人生都是为了即将到来的一切所做的练习和准备。伊莎贝尔,耐心一点,马上这个混乱的故事就要讲到关键的地方:我和佩德罗·德·巴尔迪维亚命运的交汇,我要重点给你讲的部分马上就要开始了。在这之前,我只是普拉森西亚一个无名小裁缝,就是无数古往今来小人物中的一个。但是,自从和佩德罗·德·巴尔迪维亚相遇后,我经历了史诗般的爱情,而且我们一同征服了一个王国。虽然我也很敬仰你的父亲罗德里格·德·基罗加——我们一同生活了三十年,但我人生中最值得讲述的还是和佩德罗·德·巴尔迪维亚一起征服智利的这段故事。

就此,我在库斯科住了下来,就住在当局按皮萨罗总督的吩咐给我安排的房子里。房子很简单,但很体面,有三间房和一个院子,坐落在市中心,爬墙的蔓藤植物环绕四周,永远都飘着淡淡的香味。同时,他们还给我派了三个印第安女仆,其中两个是年轻女孩,另一个年纪稍大,已经有了她的基督名卡塔丽娜,后来她成了我最好的朋友。我打算重操裁缝的旧业,在当地的西班牙人中特别缺这类手艺人。他们需要裁缝缝缝补补,这样从西班牙带来的衣服才能穿得长久。我也给在战争中瘫痪或者重伤的士兵疗伤,这其中大部分人都是在拉斯萨利纳斯战役中负伤的。和我一同从国王城到库斯科的德国医生也经常会叫我帮忙照顾一些严重的病人。我一般都和卡塔丽娜一同前往,因为她对药剂和巫术也略知一二。只是,卡塔丽娜和德国医生之间似乎存在着某种竞争关系,这对病人并没有什么好处。

卡塔丽娜对决定人体健康状态的四种气质学说①没有任何兴趣,德国医生也看不上巫术,虽然它有时确有奇效。这类工作中最难以忍受的是截肢,每次都让我恶心不止,但没有办法,一旦肉体开始腐烂,没有其他手段可以医治伤员。但是,很少有人真正从截肢手术中幸存。

对于西班牙人到达秘鲁前卡塔丽娜的生活,我一无所知,她自己也从不谈及她的过去,她对此谨言少语,一切都成谜。她小矮个儿,长得粗壮,小麦色的皮肤,两根粗粗的辫子用五彩的羊毛线绑在脑后,黑黑的眼睛,身上总有一股烟火味。她神出鬼没,能同时出现在很多地方,也会瞬间消失。她学了西班牙语,也按我们的习惯生活,看上去对和我一起的生活很满意,以致多年后她坚持和我一起去智利。"夫人,我愿意和您一起。"她用唱歌般的语调请求我。为了减少麻烦,她同意了受洗,但并没有放弃自己的信仰。她诵读玫瑰经,在我们的救赎圣母像前点蜡烛,也会向太阳神祈祷诵经。对我来说,她是一个忠诚且博学的同伴,她教我使用植物药草和一些在秘鲁当地使用的和西班牙完全不同的治疗方法。她认为人类的疾病是恶魔恶灵通过身体的七窍或伤口进入到身体、停留在五脏六腑造成的。她跟着很多印加大夫工作过,这些当地的大夫总是会通过在头骨上钻孔来缓解头痛或者疯癫,这一做法让德国医生很好奇,但却没有任何西班牙人敢于尝试。卡塔丽娜几乎能像最好的外科医生那样放血,也擅长给结肠和积食病人施泻药让他们通畅,但却对德国医生的药典嗤之以鼻。"这样什么病都治不好,只会弄死人,先生。"她笑嘻嘻地说,露出那因嚼古柯叶而发黑的牙齿。最后,搞得德国医生自己

---

① 气质学说源于古希腊医生希波克拉底,他将人的气质分为胆汁质、多血质、黏液质和抑郁质。

也开始怀疑起这套科学的疗法，他花了那么大的力气从德国把这些医疗器械搬过来。卡塔丽娜知道很多厉害的毒药、春药，认识让人精力旺盛或者助眠的草药，知道如何止血，缓解疼痛。她甚至通灵，能和死人说话，能预知未来。有的时候，喝下几种植物的混合药剂，她还能遨游到另外一个世界，听取天使的意见，虽然她并不是这样叫他们的。她描述的是透明模样、有翅膀、目光中的火有极强摧毁力的生灵，这完全就是我们说的天使。我们俩从不会在有第三人在场的情况下谈论这些，否则他们早就告我们搞妖术、和恶魔来往了。被关进宗教裁判所的地牢里可不是好玩的，虽然我们知之甚少，但许多被宗教裁判所囚禁的人最后都被烧死了。当然，并不是卡塔丽娜的每次法术都能奏效，这也是情理之中的。有一次，她试图把胡安的鬼魂赶出屋子，他实在把我们烦死了。但最后那晚只是死了几只母鸡，第二天在库斯科市中心出现了一只双头的大羊驼。这只大羊驼还加剧了印第安人和西班牙人的矛盾。因为，印第安人认为那是不朽的印加国王阿塔瓦尔帕的再生，而西班牙人却用长矛一扎，以此证实没有什么是不朽的。由此生出一场混乱，最终死了几个印第安人，伤了一个西班牙人。如此，卡塔丽娜跟了我好多年，照顾我的健康，提醒我未来的危险，也在重大决定上给予我意见。她唯一对我食言的是没能陪我一生，因为她比我先死了。

我教当局派给我的另外两个年轻姑娘缝补、清洗和熨烫衣服，就像我之前在普拉森西亚做的那些，这在当时的库斯科都是很抢手的服务。我在院子里砌了个泥灶，和卡塔丽娜一起做馅饼。小麦面粉很贵，所以我们学着用玉米面粉来做。馅饼一出炉，香飘四里，人们扎堆争相购买，热气还没有散尽饼就卖光了。我们总会留几个给乞丐和疯子，他们平时只能靠别人施舍为生。馅饼混合着肉、洋葱、孜然和面的香味甚至都渗入了我的皮肤，保留至今。我将带着这馅饼

087

的香味一起步入死亡。

我原本能守住我的房子,但是在这个开销巨大又遍地腐败的城市,一个寡妇连脱贫都只是勉强能做到。我原本也能结婚,到处都是绝望的单身男人,也不乏一些不错的男人,但是卡塔丽娜一直提醒我不要和这些人结婚。她经常会用念珠和占卜的贝壳给我算命,永远都告诉我相同的话:我会长寿,会成为女王,但我的未来维系在一个她能预见的男人身上。据她所说,所有来敲我门或者在街上缠着我的那些男人中,都没有那个我命中注定的男人。"耐心,夫人,你的天子正向你走来。"她向我保证。

自负的努涅斯少尉也在我的追求者之列,他放话绝不会放弃对我的执着,虽然他说这话的时候并不含情脉脉。他不明白,既然我以前的借口现在已经不存在了,为什么还是不接受他的追求。如今,我的寡妇身份已经确定无疑了,就像他一开始就笃信的。他认为我的拒绝是种欲擒故纵,所以,我越是固执地拒绝他,他越来劲。我必须要禁止他带着大猎犬突然出现在我家,那些凶猛的猎狗把我的仆人都吓坏了。这些狗是专门训练了用来对付印第安人的,一闻到我家仆人的气味,它们就冲上去,露出尖牙,咆哮不止,链子都拽不住它们。可是努涅斯最喜欢带着他的狗到处吓唬印第安人,所以他完全无视我的要求,依然带着猎狗随时闯入我的家中,就像在其他地方一样。有一天早上,他的两条狗口吐绿沫,几个小时后就死了。作为狗主人,努涅斯暴跳如雷,扬言一定会杀了下毒的凶手。但是德国医生最终说服他,狗是死于瘟疫,为了防止传染,要尽快把尸体烧掉。他立马就按医生的话做了,因为害怕他自己就是第一个被传染的人。

努涅斯越来越频繁地造访我家,在街上也不放过我,我的生活被搞得一团糟。"这个欧洲人听不懂人话,夫人。但我说,他会像他的狗一样死去。"卡塔丽娜告诉我。我也不想去搞清楚她到底是什么意思。一天,努涅斯和往常一样趾高气扬地来到我家,还带着我毫不感兴趣的礼物,搞得动静十足。

"美人儿,伊内斯,你为什么要折磨我呢?"这也不知道是他第几次问我相同的话了,一边还搂住我的腰。

"先生,您别为难我了。我没有允许您可以对我如此轻浮。"我一边回答,一边躲开他的手。

"那么,好,尊敬的伊内斯,我们什么时候结婚呢?"

"我不会和您结婚的。这是您洗好补好的衣服和裤子,拿好。烦请您以后另找一家洗衣店,我家不欢迎您。再见。"我把他朝门口推。

"伊内斯,你说再见?女人,你不知道我是谁?谁都不能侮辱我,何况一个妓女!"他站在街上,朝我大叫。

那会儿恰好是傍晚,周围的邻居都围在四周等着新鲜出炉的馅饼,但我实在没有心情接待他们,我又气又羞,颤抖不止。只是担心穷人没有东西吃,我稍微在他们中分了几个馅饼,就立马关上了门,平常我都是把门开到天黑夜冷的时候。

"这个坏家伙!但是,夫人,您不要生气。这个努涅斯会给您带来好运的。"卡塔丽娜安慰我道。

"他只会给我带来不幸,卡塔丽娜。一个爱吹嘘爱发火的男人永远都是危险的。"

卡塔丽娜说得没错。多亏了这个讨人厌的少尉,我才结识了命中注定的男人,就是卡塔丽娜不停提到的那位。那晚,努涅斯去酒馆喝酒,大声吹嘘要对我采取的行动,才有了后来……

酒馆位于一处低矮的房子里,开着一些小窗,只是小得都很难通风。酒馆的主人是个来自西班牙南部安达卢西亚的男人，总是特别善心，接受那些经济短缺的士兵的赊账。除此，再加上一个吹管打鼓的黑人乐队，这家酒馆的生意总是很好。在热闹喧哗的人群中，一位独自在角落安静饮酒的男人很是显眼。他坐在一张小桌子前，桌上铺着一张黄色的纸，上面摆着一瓶葡萄酒。那就是佩德罗·德·巴尔迪维亚——弗朗西斯科·皮萨罗军队的战地统帅，拉斯萨利纳斯战役的英雄，当时已经是秘鲁当地最富有的领主之一。作为对他功勋的赏赐，皮萨罗给他分了足够一辈子无忧的财富：帕尔科一个出产丰富的银矿，拉卡内拉山谷的一个肥沃高产的庄园，以及上千个印第安工人。这位名声卓著的巴尔迪维亚当时在做什么呢？他不是在估摸能从矿里开采多少白银，也不是在计算羊驼的数量或者玉米的收成，而是在研究一份地图。那是迭戈·德·阿尔马格罗在行刑前，在他的牢房里快速地画给佩德罗的。想去地球南部那块神奇土地的想法一直萦绕着他，即使阿尔马格罗在那儿失败了，他依然想去那里建功立业。那儿还是一块处女地，有待开发和居住，是他这样的军人唯一可以获得荣誉的地方。他不想永远待在弗朗西斯科·皮萨罗的阴影下，在秘鲁安逸终老。他也不想如此名誉财富加身地荣归西班牙，更不想回去和玛丽娜团聚。她一直恪守妇道地在家等他，不断写信呼唤他回去，一边祝福他一边又责备他。西班牙已经是过去了，智利才是未来。地图勾描了阿尔马格罗的远征路线，标注了那些条件最恶劣的地区：高山、沙漠和敌人集中的区域。"比奥-比奥河以南，因为马普切人占据，难以穿越。"这是阿尔马格罗重复最多的话。这些话不停地回响在巴尔迪维亚的脑中，不断地刺激着他。虽然对阿尔马格罗的胆识没有什么可以质疑的，但是他想，若换作自己，也许早就穿越这条河了。

正想着这些，嘈杂的酒馆内一个粗粗的喝醉酒的声音不自觉地钻进巴尔迪维亚的耳朵里。大概是在说,要好好教训一个人,大约是叫伊内斯的,一个胆敢拒绝卡洛斯一世国王的忠诚少尉的自负女人。他似乎听过这个名字,突然想起可能就是那个在圣母堂大街上给人清洗缝补衣服的寡妇。他家中有自己的印第安女仆负责这些事,所以从来没有和这个寡妇打过交道。但他在街上和教堂里见过她几次,之所以会对她有印象,是因为她是库斯科为数不多的西班牙女人之一。他时常好奇一个单身女性这样可以维持多久。有时候,他远远地跟着她观察一会儿,她跨着吉卜赛女人那样坚定的步伐,他极喜欢看她那步伐带动的臀部,还有阳光照在她古铜色的头发上。他觉得这个女人拥有坚定顽强的性格,这是他对他手下将士的期望,却从没有想过会欣赏有此性格的女性。他对女性的审美偏爱一直都是乖巧柔弱——这样的女性能唤起他强烈的保护欲。所以他会娶玛丽娜。这个伊内斯却完全是另外一种类型:没有丝毫的娇弱和天真,却有一种凌人的气势,充满着能量,像是体内有一股飓风,随时要迸发。很奇怪,这些恰恰是最吸引巴尔迪维亚的地方。至少,后来他是这么和我说的。

借着在人声鼎沸的酒馆听到的只言片语,巴尔迪维亚大概猜出了醉酒少尉的计划。努涅斯大叫着,招呼人夜晚帮他去绑架一个女人,带到他家去。他的话只是招来了人们的下流玩笑,没有人站起来帮他。毕竟这不仅是个懦夫的举动,同时也有很多风险。平时强暴或调戏个无用的印第安女人,这不值一提,但是伤害一个被总督接见过的西班牙寡妇,这可另当别论了。有人劝他彻底断了这个想法,但是努涅斯声称,他完全不缺人手帮他来做这事。

佩德罗·德·巴尔迪维亚一直监视着他,半个小时后,尾随他到了大街上。努涅斯跌跌撞撞地走出酒馆,完全没有察觉到有人跟着他。他走到我家门前,停了一会儿,大约在算计凭他一己之力能不能搞定，但最后他决定不冒风险。哪怕他喝得那么醉，脑子都不太灵活了，他也明白自己的名声和军旅仕途都会因此受影响。巴尔迪维亚看着他走远，独自一人站在了拐角，隐身在暗处。很快，他看到一群印第安人偷偷围住了房子，小心翼翼地试着打开沿街的门窗。确认所有门窗都从里面锁上后，他们决定翻过房子后头的石头围墙。这圈围墙有一米多高，保护着里面的住宅。几分钟后，他们都爬进了围墙里。也是他们运气太糟，刚翻过墙，就有人打破了一个大缸。我睡得很浅，立马就被吵醒了。一开始，佩德罗什么都没有做，就看看他们能做到什么程度，所以他只是翻墙跟上了他们。我起床点亮了一盏灯，一手举了一把做馅饼切肉的长刀。我已经准备好要用刀了，但又暗自祈祷千万不要再让我杀人。塞巴斯蒂安·罗梅罗的死已经让我罪孽深重，再加一条人命实在让我受不了。卡塔丽娜紧跟着我一起走到院子里，我们到的时候，已经错过了最精彩的部分。这位骑士已经把凶徒都赶到了一起，正准备用他们原本打算绑我的绳子把他们都给绑起来。一切都发生得太快，这对巴尔迪维亚来说不费吹灰之力，他没有生气，相反，脸上笑嘻嘻的，仿佛这是孩子的一场玩笑。

当时的场景很滑稽：我披头散发，穿着睡袍；卡塔丽娜用克丘亚语咒骂着；一群印第安人吓得直哆嗦；一位骑士身穿天鹅绒上衣，下着丝绸裤子，脚蹬旧皮高筒靴，一手握剑，另一手挥着羽帽向我打招呼。我们俩都笑了。

"这些家伙不会再打扰您了，夫人。"他殷勤地说。

"并不是这些人让我烦恼，先生，而是给他们下命令的人。"

"您也不会再见到他兴风作浪了，明天我会一并处理他。"

"您知道是谁下的命令吗？"

"我对此非常清楚。如果我搞错了，他们在拷问中也会立马招认是谁指使他们的。"

刚说完这些话，印第安人就跪地求饶，亲吻这位骑士的靴子，即刻说出了少尉努涅斯的名字，以期捡回一命。卡塔丽娜觉得当场就可以把他们给杀了，巴尔迪维亚也同意，但是我挡住了他要挥向这些可怜的印第安人的剑。

"不要，先生，我求您了。我不希望在我的院子里有杀戮，这不光会弄脏我的院子，也会带来厄运。"

巴尔迪维亚大笑，打开了大门，警告他们当晚就乖乖离开库斯科城，否则后果自负。然后给每人屁股踢了一脚，放走了他们。

"我担心努涅斯少尉没有您这么宽宏大量。他会掀开每一寸土地找到他们，这些人知道得太多了，他要杀了他们，让他们闭嘴。"我说。

"相信我，夫人，我有足够的权力把努涅斯流放到琼乔的热带雨林去，让他在那里老死，我向您保证一定会做到。"他回答道。

那时候，我才认出他。他是军中统帅，多场战役的英雄，秘鲁最有权力最富有的人之一。我在好几个场合见过他，但都是远远地，见他精神地坐在他的阿拉伯马上，带着与生俱来的威严。

这天夜晚，我和佩德罗·德·巴尔迪维亚的人生被正式定格了。我们俩兜兜转转几年，在人群中茫然地寻找对方，直到在圣母堂大街这栋房子的院子里，我们才终于找到了彼此。我心怀感激，邀他来到大厅，卡塔丽娜立刻去拿酒杯招待客人，我家从来都不缺美酒。她没有像平时那样突然消失，而是在客人背后给我做了个手势，让我知道这就是她在占卜贝壳上看到的那个我命中的男人。我吃惊不已，因为从来没有想过命运会如此善待我，给我安排像巴尔迪维亚这么优秀的大人物。我借着昏黄的灯光，从头到脚地打量这个男人。眼前的一切都让我喜欢:如埃斯特雷马杜拉天空那么蓝的眼睛,英俊的五官,虽略显严肃但面色柔和,身材魁梧,典型的军人仪表,操惯利剑的手略显粗糙但手指修长。像他这样一个在各方面都优秀的男人在西印度这样的地方简直就是奢侈品。这里大部分都是满布疤痕,缺鼻子少眼,甚至缺胳膊少腿的男人。而这个男人看到的又是什么呢?一个清瘦的女人,中等身材,披头散发,栗色的眼睛,黑粗的眉毛,赤脚,套着一件粗布睡袍。我们俩相对无言,只是默默地对视,似乎永无尽头。虽然夜已凉,但我身体却发烫,后背淌下一串汗珠。我清楚,他心中也波涛汹涌,因为房间里的空气变得凝重起来。卡塔丽娜拿着葡萄酒突然出现,当察觉到我们俩的异样便又迅速消失,留我们俩独处了。

后来,佩德罗将会告诉我,这天他没有采取主动,是他需要时间冷静和思考。"见到你之后,我人生中第一次体会到害怕。"在过了很久之后,他将这样对我描述当时的心情。他不是妻妾成群的男人,也没有情人,更是从来不和印第安女人有瓜葛,虽然我猜测他偶尔会找妓女。他一直以自己的方式维持对玛丽娜的忠诚,深感对她的责任。他在她十三岁那年就爱上了她,但不仅没有让她幸福,还把她抛弃在家,独自来到新大陆探险。在上帝面前,他自觉亏欠她,要为她负责。但我是自由的,哪怕佩德罗有五六个妻子,我也依然会爱上他,这是命运。他差不多四十岁了,我大约三十岁,在我们这个年龄,时间已不能轻易浪费。所以,我打算采取主动,让事情朝该有的方向发展。

我们怎么这么快就抱到一起了?谁先伸出了手?谁先吻了对方的唇?肯定都是我。好不容易打破我俩对视的沉默,我就开门见山地告诉他,我已经等待他多时。在梦中,在占卜的纸牌和贝壳上,我早就见过他。我毫无保留地倾吐所有,许下我要爱他永远以及类似的誓言。佩德罗往后退了退,直到撞上了墙,他面无表情,脸色苍白。什么样的疯婆子会对一个陌生男人说这些?但是,他并没有觉得我疯了或者认为我是城里的一个妓女。他骨子里以及灵魂深处也确信我们俩是命中注定的恋人。他叹了口气,像是无力的抽泣,用绝望的声音低语我的名字,似乎在对我说"我也一直在等你"。或者,他从来没有说过这句话。我明白,随着时间的流逝,我们总会美化一些记忆,并企图忘却另一些。但我很肯定的是,这一晚我们就同枕同眠了,自我们的第一个拥抱起,两人便同样急不可待且热情如火。

佩德罗·德·巴尔迪维亚一直是在战争中成长起来的,完全不知道爱为何物,但是当爱来临时,他随时准备着接受。他把我抱到那张足有四步长的大床边,我们俩一并倒了上去,他扑在我身上,亲吻我,轻咬我,同时撕扯着他的衣物、裤子和靴子,充满了小伙子的充沛精力,又带点绝望的疯狂。我让他随心所欲,让他能彻底发泄。他多久没有感受女人的爱抚了?我把他搂到胸口,感觉他的心跳、他的体热和他男性的味道。佩德罗在男女之事上还有很多要学习的,但我们不着急,我们还有余生可以慢慢来。我会是个好老师,这一切还得感谢胡安。一旦佩德罗明白,关上门后就得听我的,完全没有什么丢面子的,他也开始兴致勃勃地言听计从。这第一次做爱,我们俩花了四五个小时。佩德罗只有从动物身上和军旅生活中学到的唯一一点男女知识,认为女人总是顺从配合的,而男人是占据主动掌控全局的。但那些年胡安教我的关于如何认识自己的身体以及男人的身体可不是无用的。我并不认为所有人都是一样的,但大家又大同小异,凭借小小的直觉,每个女人都能让男人获得愉悦。可是相反的情况却不适用:很少有男人懂得如何让女人满足,更少有男人有心来做这件事。好在佩德罗懂得把男人那套留在门外,在门内按我的那套行事。这第一晚的细节并不重要,重要的是我们都发现找到了人生的真爱。在此之前,我们谁都没有体会过灵肉合一。我和胡安的结合是肉体的,他和玛丽娜的是精神的。终于,我们俩在一起彻底完整了。

巴尔迪维亚在我家里待了两天。我们没有开过大门,也没有人做馅饼,家里的印第安女仆都轻手轻脚地走动,卡塔丽娜设法做了些玉米汤给乞讨的人吃。她把葡萄酒和食物给我们端到了床边,还给我们准备了一缸热水,让我们沐浴更衣,这是她教我的秘鲁习惯。和所有西班牙人一样,佩德罗也认为洗澡是危险的,会减弱肺功能,会冲淡血液的浓度。但我告诉他,秘鲁人每天洗澡,没有人得肺病,也没有人因此而血淡如水。这几天对我们来说过得飞快,我们互相讲述彼此的过去,如暴风雨般地做爱,如胶似漆,难分难舍,热情如火的欲望把彼此都融化了,直到死亡。"啊,佩德罗!""啊,伊内斯!"我们俩一同淹没其中,四肢交缠,气喘如牛,大汗淋漓,低语不断。很快,又燃起新的更强的欲望,翻云覆雨。男人的味道——铁、酒和马,混合着女人的味道——食物、烟熏和大海,混合成一种独特的香味,独一无二,难以忘怀,犹如雨林蒸腾的雾气,又如浓香的高汤。我们一同到达云端,一同呻吟高呼,像到达另一个世界,却又骤然被鞭打惊醒,最后我们一同沉入昏睡中。我们一次又一次醒来,一次又一次投入新的爱的酣战。直到第三天的清晨,伴着鸡鸣和面包的香味,佩德罗又恢复了他本来的身份,穿上衣服,佩上了宝剑。

人的记忆真是执着。我的记忆让我一刻不得安宁,满脑子都是各种画面、言语、伤痛和情爱。我感觉自己一遍又一遍地经历过去。写下这个故事,倒不是为了铭记,更多是希望通过这个缓慢的书写过程,把抽象的记忆还原成书面记录。我的字写得不好看,虽然当年冈萨雷斯·德·马尔莫雷霍一直要求我把字写好，但如今我还是写得龙飞凤舞，难以辨识。现在，实在情况紧急，几个星期飞逝而过，却还剩很多要写的。我太累了。笔戳破了纸，洒出了很多墨点。总而言之，对我来说写完这一切是个浩大的工程。那为什么我一定要写呢？认识我的人大都已经死了，只有你，伊莎贝尔，只有你知道我是谁。不过，你对我的认识，由于你和我的亲密，或者你自觉亏欠我的心情，而会有失偏颇。我时常对你说，你什么都不欠我的。相反，是我亏欠了你，因为是你满足了我最深切的渴望——成为母亲。你是我最好的朋友，我们关系密切，你是唯一知道我秘密的人，甚至那些因为难为情都没有告诉你父亲的秘密。你脾气很好，我们俩相处融洽，时常一起大笑，这是女人间才有的默契。我很感激你带着孩子们陪我住在这里，虽然你家离这儿也很近。你说在你丈夫行军期间，你需要陪伴，就像当年我丈夫外出打仗一样，但是我不相信。你来我这儿住的真实原因是，你害怕我一个人死在这大房子里了。这房子很快就是你的了，就像我的其他地产也都会成为你的。看到你成为富有的女人，这让我很安心，我终于可以安心地走了。因为，我兑现了对你父亲许下的诺言，当年他把你带回我们家，我答应他会好好保护你照顾你。当时，我还是佩德罗·德·巴尔迪维亚的情妇，但这丝毫没有阻碍我张开怀抱欢迎你。当时的圣地亚哥城已经从印第安人第一次袭击造成的混乱中恢复了过来，虽然还说不上是个真正意义上的城市，更像个小村庄。我们也已经摆脱贫困，开始有些统治者的样子了。因其卓著的功勋和无可指摘的性格，罗德里格·德·基罗加成为佩德罗最钟爱的将领，同时也成了我最好的朋友。虽然他从没有透露过一个词，也没有过任何行动上的表示，但我知道他爱我，女人对这些一向很敏感。佩德罗是他的首领，也是他的朋友，出于对他的忠诚，即使在内心最深处罗德里格也无法承认对我的感情。我觉得自己也一直爱他,人是可以同时爱上两个人的,但是我也不动声色,不想影响了他的生活,坏了他的名誉。现在还不是说这个的时候,把它留给后文吧。

平常忙于日常琐事,有些事我都没能和你说,如果现在不写下来,我就没有机会再说了。我虽是个精益求精的人,但也不得不省略了很多。我挑选了最重要的,而且可以肯定是完全忠于事实的。这是关于我和那个男人——堂佩德罗·德·巴尔迪维亚的故事,他的丰功伟绩都已经被历史学家严谨地记载,留存青史,而我记录的是历史无从研究的部分:关于他的恐惧和他的爱。

和佩德罗·德·巴尔迪维亚的恋情改变了我,我完全离不开他,一天没有看到他我就心急火燎,一晚没能在他怀中入睡我就难以忍受。刚开始的时候,与其说是爱,不如说是一股盲目的激情,漫无边际,好在佩德罗也是一样,不然我可能就会丧失理智。后来,我们一同经历了很多困难,激情慢慢变成了爱情。我渴望他,也仰慕他,完全拜倒在他的男子气概下,他的勇气和理想主义都吸引着我。他自有一股威严之势,仅仅站在那儿就足以让人臣服。他性格坚毅,让人难以抗拒,但在私底下他却是另外一个人。在床上,他彻底属于我,毫无保留,就像初恋的少年。他习惯了战争的粗暴,总是焦躁不安;可是我们俩在一起的时候,可以无所事事好几天,迫不及待地告诉对方我们各自命运的细节,以此互相了解,好像我们的生命仅剩一周。我数着这些我俩共度的时光岁月,珍惜如宝。佩德罗数着我们的拥抱和亲吻。我很吃惊当时我们谁都没有被这激情吓坏,在经历了冷漠和年老的今天看来,当年的激情强烈得让人窒息。

佩德罗晚上都住我家,当他要去国王城或者去视察在帕尔科和拉卡内拉的产业时,就会把我带上。我很喜欢看他骑在马上的样子,有一股军人的气势,自如地在他的部下和同伴间号令。他了解很多我不曾怀疑过的东西,还给我讲他读过的书,告诉我他的想法。他对我也很慷慨,送我华衣美服、金银首饰。一开始我很反感他的这种慷慨,似乎他是在用钱购买我的爱,但是后来我也习惯了。我开始储蓄,希望能为将来做些保障。我母亲时常说:"谁都不知道将来的事。"她教我要存私房钱。这也是因为,我发现佩德罗不是很好的管理者,对自己的财产也没有很大的兴趣。和当时很多的西班牙贵族一样,他也看不起钱,不懂得劳动的意义,觉得可以像个公爵一样尽情挥霍,却丝毫不知道该如何挣钱。从皮萨罗那儿分得的土地和矿产的收益,得来太容易,花得也同样轻易。而我自小就要挣钱养活自己,很是看不惯这种挥霍,有一次我提醒他,可他用一个吻就让我闭嘴了。他说:"钱就是用来花的,多亏上帝,我的钱多的是。"他的话没能让我安心,反而让我更加不安。

比起其他的西班牙人,巴尔迪维亚还算尊重自己封地上的印第安人,但同时也很严苛。他给他们设立了轮班制,给他们提供很好的食物,也让监工实施惩罚措施时要节制。而在其他人的庄园和矿场上,他们甚至会强迫妇女儿童也劳动。

"伊内斯,我不会这样做的。我会尽可能地尊重西班牙法律。"每次我提起的时候,他就这样高傲地回答我。

"谁来决定遵守到哪种程度?"

"基督教道德和人的理智。就像不能让疲劳的马过劳死一样,我们也不能滥用印第安人。没有他们,矿场和土地难以运转。我想和他们和谐共处,但是不用武力,就难以让他们臣服。"

"对于征服他们能让他们受益这点,我很怀疑。"

"你怀疑基督教和文明对他们的好处吗?"他反驳道。

"很多时候,那些母亲情愿让新生儿饿死,也不愿养大他们。因为她们知道,这些孩子很快就会被西班牙人带走,成为奴隶。在我们到来之前,他们难道不是过得更好吗?"

"不是的,伊内斯。在印加帝国的统治下,他们比现在更凄惨。我们要往前看。我们已经来到这里了,并且要在这儿扎根。将来,在这儿会有一个新的种族,就是我们和印第安人的混血儿,西班牙语和法律把所有人团结在一起。到那个时候,就安享和平盛世了。"

这是他深信的,但是他到死都没能看到这一天,我也无缘看到这个美梦成真的那一天了,我们现在已在1580年年末,但印第安人仍对我们充满仇恨。

很快,库斯科的人都把我们视为夫妻,虽然我猜想在背后,有各种恶毒的流言在流传。要是在西班牙,人们可能就会把我当作一个不要脸的姘妇。但是在秘鲁,谁都不敢对我不敬,特别是当着我的面,因为对我不敬,那就是对佩德罗·德·巴尔迪维亚不敬。大家都知道他在埃斯特雷马杜拉有位妻子,可这也不是什么新鲜事,在新大陆大半的西班牙人都是相同的情况,他们的合法妻子只存在于越来越模糊的记忆中。在这里,他们需要露水姻缘或者其他替代品。其实,在西班牙本土,男人们也都有情妇。因此,无数的私生子涌现,很多来到新大陆的征服者都是这样的出身。好几次,佩德罗对我表达了他的内疚,不是愧疚抛弃了玛丽娜,而是遗憾不能和我结婚。他说,之前我可以和任何一个对我献殷勤的男人结婚,可现在他们都没人敢看我。但是,这并不影响我和佩德罗的相处。从一开始,我就很清楚我和佩德罗不会结婚,除非玛丽娜死了,但是我们俩谁都不希望发生这样的事。所以,我从心里彻底抹掉了对结婚的期望,只想好好享受彼此的爱,不想将来、流言、羞耻或者罪孽。我们是情人也是朋友。我们经常大声争吵,因为谁都不是好说话的性子,但是我们也不会因此分开。在我们认识的第二天晚上,我对他说:"从今往后,我就是你坚实的后盾,所以,佩德罗,你只要负责前线的战事就好。"从此,他确实这样做了,从来都没有忘记过我当时的话。而我自己,也学会了在生气烦恼的时候克服沉默冷战。第一次我打算用冷战惩罚他的时候,佩德罗双手捧起了我的脸,双目注视着我,一定让我说出为什么生气。他坚持道:"我猜不出你在想什么,伊内斯。如果你可以告诉我希望我怎么做,我们会省很多力气。"相同地,当他狂妄自大、没有耐心的时候,当他的某个决定我不认可的时候,我也会和他针锋相对。我们俩是那么相像,都很强势,都习惯命令别人,都野心勃勃。他想建立一个王国,而我想陪着他做这一切。他感受到的,我也感受得到,我们对未来充满憧憬。

刚开始,我只是默默地听他不断提起智利。我不知道他在说什么,但我努力掩饰我的无知。我从那些送衣服给我缝洗和买我馅饼的士兵那儿慢慢知道了当年迭戈·德·阿尔马格罗远征的失败。那些从那次远征和拉斯萨利纳斯战役中幸存的士兵一文不名,衣衫褴褛地走在街上,偶尔小心翼翼地到院子门口乞讨一些免费的食物,因此人们都叫他们是"被打败的智利人"。他们虽然和那些印第安乞丐一样穷困,但从来不和他们为伍,因为他们还有身为"被打败的"军人的傲气,这词专门用来形容勇敢、努力、骄傲的人。根据这些人的描述,智利是一块被诅咒之地,但是我猜想,佩德罗·德·巴尔迪维亚有很充分的理由要去那里。听着他不断地说,我也跟着他一起为去智利而雀跃不已。

"就算我会因此丧命,我还是要尝试征服智利。"他对我说。

"那我和你一起去。"

"这可不是适合女人的事。我不能让你经历那些危险,伊内斯,但是我也不想和你分开。"

"你别想和我分开!要不我们一起去,要不你哪儿也别去。"我回答道。

我们来到国王城,这是一座建在印加人墓地上的城市。我们到那儿去谋得弗朗西斯科·皮萨罗对我们智利之行的许可和授权。虽然我们每晚都一起睡,但却不能住在同一所房子里,以免流言蜚语以及教士的不满。这些教士什么事都管,虽然他们自己也并不是多好的道德表率。我很少在国王城看到太阳,这座城市总是被浓浓的云雾笼罩;虽很少下雨,但湿气能把头发都打湿了,让所有东西都覆上一层锈绿。和我们一同前来的卡塔丽娜说,夜晚街上游走着印加人的木乃伊,他们被埋葬在那些房子底下,但是我没有看到这些。

我开始着手研究这趟长途跋涉要准备些什么,不光要跨越千里,还要建城立业,安抚印第安人。而佩德罗忙着整天在总督府里周旋社交,参加各种聚会,还有那些让他厌烦的和政客的非正式会谈。皮萨罗对巴尔迪维亚的尊敬和友好在其他军人和封地领主中引起了嫉妒。早在建城之初,这座城市就被各种政治诡计和阴谋所缠绕,一直持续至今。总督府就是一个阴谋不断的地方,所有东西都有自己的价格,甚至是荣誉。那些野心家和谄媚的人都拼命想从总督大人那儿获得好处,他是唯一有权力给他们封官加爵的人。在秘鲁的确有无尽的财富,但也经不起那么多的人讨要。皮萨罗不理解,为什么在别人满手都是财富还依然一个劲地设法获得更多的时候,巴尔迪维亚却打算归还农场和矿场,重复让迭戈·德·阿尔马格罗付出惨痛代价的错误。

"为什么你执意要征服那块不毛之地——智利,堂佩德罗?"他不止一次好奇地问。

"为了留名青史,总督大人。"巴尔迪维亚总是同样的回答。

事实上,这的确是他唯一的理由。去智利的旅程,等同于是要穿越地狱。另外,印第安人不会轻易屈服,那里也没有像秘鲁那么多的黄金。可是这些困难对于巴尔迪维亚来说反而是吸引他的地方。旅途的挑战,和强敌的对战,这些都让他跃跃欲试。虽然他没有在皮萨罗面前明说,但他经常告诉我,他喜欢智利的贫穷。他认为,黄金让人堕落。在秘鲁,黄金让西班牙人分裂,激发了人性的丑恶和贪婪,滋生了阴暗和诡计,让人丢了传统,失了灵魂。在他的想象中,智利是块理想之地,远离国王城的那些权贵,适合建立一个公正社会,以耕种土地的辛勤劳动为基础,而不是混杂了矿产和奴隶血汗的财富。在智利,宗教都会是更简朴的,根据他所读的伊拉斯谟①,他会亲自负责招揽真正富有善心的神父,真正的上帝的侍奉者,而不是一群乌合之众。开创者的后代会是朴素、诚实、勤奋、遵纪守法的智利人。他们之中不会有他深恶痛绝的贵族们,因为真正的头衔不是继承来的,而是要靠有尊严的生活和高贵的灵魂赢得的。我时常好几个小时地听他这么说,听得我热泪盈眶,心潮澎湃,憧憬着这个我们即将共同创建的乌托邦国家。

在总督府里晃荡了几个星期后,佩德罗失去了耐心,觉得永远都不会拿到这授权许可了,但是我坚信皮萨罗一定会给他。总督大人心机很重,从来都不是一个爽快的人。他表面上假装担心他的"朋友"会在智利面临各种危险,但实际上,巴尔迪维亚走得远远的对他来说是最好不过的事,这样就不会有阴谋造反的危险,也不会让他的威望大过自己。所有的花销、风险和困难都将由巴尔迪维亚自己承担,而征服的土地会属于秘鲁总督,皮萨罗在这个大胆的计划中不会

---

① 伊拉斯谟(1466—1536),中世纪尼德兰著名的人文主义思想家和神学家。

损失任何东西,因为他已经想好了,不会投一分钱在其中。

"智利还有待征服和基督教化,总督大人,这就需要我们——国王的下属们,来承担这个大业。"巴尔迪维亚争取道。

"堂佩德罗,可是我担心你找不到人同行。"

"总督大人,我们西班牙人中从来都不缺勇敢善战的人。当此智利之行的消息一出,有勇之士必将争相报名。"

一旦确定了旅途费用完全由巴尔迪维亚自己承担后,总督大人虽表面上还是不情愿,最终还是给予了授权,并飞快地收回了出产丰富的银矿和农庄,那些不久前才刚刚封授给他英勇的主帅。对于巴尔迪维亚来说,这一切都不重要。他已经确保了玛丽娜在西班牙的财产,而他自己的这部分对他并无所谓。他准备好了九千份的黄金和必要的文件就准备出发了。

"还差一份许可。"我提醒他。

"什么?"

"准许我同行的许可。没有的话,我就不能陪你一起了。"

佩德罗面呈总督,添油加醋略有夸张地描述我如何照顾伤病员以及我缝衣做饭的手艺,强调这些在此行中是极有必要的。但是,很快这一切又陷入了宫廷的阴谋中,遭到了一些人出于道德立场的反对。在我一再坚持下,佩德罗终于帮我获得了一次和皮萨罗直接面谈的机会。我不希望他陪我一起,因为有些事情,女人自己一个人会做得更好。

我按指定的时间到了总督府,在一个大厅里等了几个小时,那儿挤满了和我一样来请求帮助的人。大厅装饰得满满当当,银烛台的蜡烛光把房间照得透亮。这一天比平时更阴暗,只有很少的自然光从窗户透进来。知道我是通过佩德罗·德·巴尔迪维亚的关系来的,侍从立马给我搬来了椅子,而其他人依然只能站着等待。其中有些人是每天都来等待的,已是认命般灰头土脸。我安静地等待,避开有些人凶狠的目光,他们肯定知道我和巴尔迪维亚的关系,心里肯定在嘀咕,小小一个女裁缝,一个情妇,怎么胆敢请求面见总督大人。终于,到了中午,一个秘书走过来,说轮到我了。我跟着他走进一间华丽的房间,那里极尽奢华之能事:帘幔、盾徽、旌旗、真金和白银,和西班牙人的朴素作风格格不入,特别是对于我们这种从埃斯特雷马杜拉出来的人而言。四周是戴翎饰的护卫,还有十几个书记员、秘书、法律文员和教士,他们手拿一些无足轻重的文书和档案。皮萨罗不识字,所以处理事务都需要这些人的帮助。还有很多身穿制服却光脚的印第安仆人,专门负责给他端酒递水果以及修女做的甜点。弗朗西斯科·皮萨罗坐在主席台上的一张白银材质、还覆盖着毛毯的椅子上。我很荣幸,他认出了我,还提及了我们俩上次的会面。在这个场合,我特别做了寡妇的打扮,一身黑衣,披着头巾,把我的头发也包了起来。我当然不指望这身装扮会骗到他,他非常清楚巴尔迪维亚为什么要带我一起。

"有什么能为您效劳的,夫人?"他用那副粗嗓子问我。

"我想为您、为西班牙效劳,总督大人。"我不卑不亢地回答道,然后把迭戈·德·阿尔马格罗的那张黄色地图展开给他看,这张地图巴尔迪维亚一直随身携带。我在地图上给他指出远征路线上的沙漠部分,我告诉他,从我母亲那儿我继承了找水源的天赋。

弗朗西斯科·皮萨罗一脸茫然,似乎我正在和他开玩笑。我想,他大概是从来都没有听说过这些,其实这是一项很常见的天赋。

"您是说,您能在沙漠中找到水源,夫人?"

"是的,总督大人。"

"我们在说的可是世界上最严酷的沙漠!"

"据上次远征回来的士兵说,那里生长着绿草和灌木,总督大

105

人。这就说明那里有水,只是埋得很深很深。但只要有水,我就一定能找到。"

突然,人头攒动的大厅安静了下来,连忙碌的印第安仆人也停下了手里的活儿,在场的人都吃惊地听着我们俩的谈话。

"请您允许我展示我的天赋,总督大人。我可以带上其他人去您挑选的最荒芜的地方,让他们给我为证。用一个小树枝,我就能展示找水的能力。"

"不用了,夫人,我相信您。"停顿了很长一段时间后,他说道。

之后,他就发令让下面的人给我准备授权书。另外,作为友好的表示,他还送了我一顶豪华帐篷。他说"以此稍微缓解旅途的艰辛"。秘书走过来,要带我出门。但我坚持站在了一张写字台面前,等着他们弄好所有的文书,不然可能又要耽搁几个月。半个小时后,皮萨罗在文书上盖了章,诡异地笑着把文书递给了我。现在,我只差教会的许可了。

佩德罗和我一起回到库斯科开始准备行程,但难度远超我们的预期。除了费用之外,还有一个问题是,很少有士兵愿意加入我们的队伍。当初巴尔迪维亚多次断言有勇之士会争相报名,如今想来就是一种讽刺。多年前和迭戈·德·阿尔马格罗一同远征回来的人描述了当地的恐怖,称之为"西班牙人的坟墓"。这些人说,那里无比贫瘠,都养不活三十个封地领主。那些"被打败的智利人"一无所有地回来,靠救济度日,他们就是智利只有苦难的最有力证据。这让那些最勇敢的人也却步了,但是巴尔迪维亚具有极大的感召力。他保证,只要克服路途的艰难险阻,便会到达一块富饶肥沃的土地,在那儿我们可以安居乐业、生根发芽。有些人接着问:"那黄金呢?"他向他们保证,黄金也会有的,但是需要时间去探寻。唯一的几个应征者都一贫如洗,需要借钱给他们购置武器和马匹。阿尔马格罗那次也是一样,同样深知难以收回那份投资。九千份的黄金对于准备基本所需几乎是杯水车薪,最后巴尔迪维亚从一个无所顾忌的商人那儿筹得了资金,承诺会给他支付此行最后收益的百分之五十。

我去库斯科大主教那儿忏悔,此前,我用绣花餐布收买了他——他用这来装扮圣器室,毕竟我要申请他许可我旅行的文书。其实,有了皮萨罗的授权书,我多多少少有了些把握,但是谁都不知道这些神职人员会做何反应,更别提大主教了。忏悔告解的时候,我就据实说了我的恋情。

"通奸是很严重的罪。"大主教提醒我。

"我是寡妇,神父。我承认是婚外情,这是很严重的罪,但不是通奸,那更严重。"

"孩子,你没有悔改的决心,你让我怎么宽恕你?"

"就像您宽恕了所有秘鲁的西班牙人那样,神父,否则,他们那些人最后都要下地狱。"

他宽恕了我,也给了我许可文书。作为交换,我答应他,在智利会建造一座救赎圣母的教堂,但他更希望是梅赛德斯圣母,实际上她们都一样,只是名字不同而已,没有必要和大主教再为这个争执了。

与此同时,佩德罗忙着招募士兵,筹集作为辅助必要的印第安劳力,购买武器弹药、帐篷和马匹。而我就负责那些干大事的男人脑子里一般会忽视的小细节,譬如食物、劳动工具、烹饪用品、羊驼、奶牛、骡子、猪、母鸡、种子、毯子、布料、羊毛等等。所有花销都很大,我必须动用我存的金币,变卖我的首饰,原本这些我也从不佩戴,我留着就是以备不时之需的,而我认为再没有比远征智利更重要的事了。坦诚地说,我从来都不喜欢首饰,佩德罗送我的那些奢华的珠宝更是

107

不喜欢。偶尔几次我佩戴这些首饰的时候，好像看到我母亲皱着眉头提醒我：过于显眼是不适宜的，更不应该招人嫉妒。德国医生送了我一小箱医疗用品，有刀、镊子之类的手术用具和一些药品：水银、细铅白、甘汞、药喇叭粉末、氯化氨基汞、酒石、醋酸盐、松脂蜡膏、生锑、龙血树、地狱石、亚美尼亚球、日本土、乙醚等等。卡塔丽娜看了一眼那些瓶瓶罐罐，不屑地耸了耸肩。她带了几包印第安草药，后来沿途还增加了不少智利当地的草药。另外，她还坚持带上洗澡的木盆，西班牙人身上的臭味让她难以忍受，不仅如此，她深信所有的疾病都源于身体的污垢。

就在这个时候，一个长着娃娃脸的成年男人敲响了我的门，他自称是堂贝尼多。他是当年阿尔马格罗的手下，多年的军旅生涯都印刻在了他的脸上，满是风霜。他是唯一一个在那次远征后爱上智利的人。但是，他从不敢在公共场合表露这样的想法，怕人们都觉得他疯了。他和其他从智利回来的人一样落魄，但一个军人的尊严始终保留着。他没有向我们借钱，更没有和我们提任何的要求，只是来和我们同行，提供他的帮助。他和巴尔迪维亚一样，认为可以在智利建立一个公正健康的社会。

"那里南北跨越千里，西面临海，东面有在我们西班牙从没见过的巍峨高山，夫人。"他对我说。

堂贝尼多和我们讲了很多他们上次旅程的细节。他说，迭戈·德·阿尔马格罗默许他们做了很多身为基督徒本不能容忍的可怕行径。他们从库斯科带了上万的印第安人，用锁链和绳索绑着脖子把他们拴在一起，以防他们逃跑。如果其中有印第安人死了，他们就把他的头给砍了，省却了解绳子的时间，也不会耽搁队伍在山峦间艰难的行进。当印第安人数量不够的时候，他们就如恶魔般扑向那些毫无防范的村庄，俘虏男人，强暴或抢掠女人，遗弃或杀死孩子。搜刮尽所有的食物和家畜，再放火烧了房子和农田。他们还让印第安人超负荷负重，让他们扛刚出生的小马，西班牙人为了让马匹多休息，都坐在轿子或吊床上让印第安人抬。在沙漠里的时候严重缺水，很多西班牙人把刚生产的印第安女人绑在自己的坐骑上，以方便喝她的乳汁，却把刚出生的孩子扔在炙热的沙漠中。黑人监工会把疲惫不堪的印第安人活活打死。他们吃不饱，饿到最后甚至开始吃同伴的尸体。残暴的、能杀印第安人的西班牙人是能干的，做不了这些的就被视作懦夫。巴尔迪维亚为这些感到悲哀，他坚信自己会避免这些。但是，他也明白，这就是战争的残酷，他所目睹的罗马动乱已经让他深有体会。无尽的伤痛，无辜者的鲜血洒满道路，鲜血让施暴者丧失尊严。

因为堂贝尼多之前经历过，他深知旅途的艰辛。他给我们讲了穿越阿塔卡玛沙漠的路线，他们就是从那儿回到秘鲁的。我们打算逆着阿尔马格罗的路线走，把穿越沙漠作为我们出发的路线。

"夫人，我们不能仅仅考虑士兵的需要，还要把印第安人也考虑进去，他们需要大衣、食物和水。没有他们，我们也走不远。"他提醒我道。

我充分考虑了他的建议，但是靠现有的钱来准备几千印第安人的物资，实在需要借助魔法。

在不多的投奔智利之行的军人中，有一位英俊年轻的军官，他叫胡安·戈麦斯，是死去的迭戈·德·阿尔马格罗的侄子。一天，他手拿天鹅绒帽子，很拘谨地出现在我面前。他和我讲了他和一位印加公主的恋情，这个女孩已经受洗，叫塞西莉亚。

"我们深爱对方，伊内斯夫人，我们不能分开。塞西莉亚想和我一起去智利。"他对我说。

"那就一起去啊！"

"我不确定堂佩德罗·德·巴尔迪维亚是否会同意，因为她已经怀孕了。"小伙子结巴地说。

这的确是一个棘手的问题。佩德罗早就明确在这样规模的旅程中，不允许带有孕在身的女眷，这会产生很多麻烦。但是看到胡安·戈麦斯焦灼的样子，我感觉自己有义务施以援手。

"她怀孕几个月了？"我问他。

"差不多三四个月。"

"你们要明白，这对塞西莉亚可是极有风险的事。你们都想清楚了吗？"

"塞西莉亚很健壮，她自己会做必要的准备，我也会帮她，伊内斯夫人。"

"一个娇生惯养的公主，她的随从队伍想必很壮观，自然也就有更多的麻烦。"

"塞西莉亚不会影响大家的，夫人。我保证在队伍里，你们几乎不会察觉到她的存在。"

"好的，堂胡安，你暂时不要把这事告诉任何人。我来看看什么时候告诉巴尔迪维亚。我们很快就出发了，你们赶紧准备。"

胡安·戈麦斯感激万分，送了我一只小黑狗，毛又粗又硬，像猪毛一般。从此它就和我形影不离。我给它取名叫巴尔塔萨，因为那天是1月6号三王节①。它之后也繁衍了很多后代，长得都一样，它们陪伴了我四十多年。两天后，那位印加公主来拜访我，她坐在一顶

---

① 《圣经》中提到耶稣降生时，有三个来自东方的国王前来庆贺，其中一个黑人国王后来就被世人称为巴尔塔萨。

由四个大汉抬的轿子上,身后又跟着四个捧满礼物的女仆。我之前从来没有近距离接触过印加帝国的王公贵族,我想西班牙的那些公主们在塞西莉亚面前都会黯然失色。她年轻美丽,五官精致,一张娃娃脸,瘦瘦的矮小身材,但自有一股不同常人的气质。她出身高贵,习惯被人伺候,天然有一种高傲的姿态。身穿他们印加人的传统服饰,简洁不失优雅。她没有包头巾,散落的头发像是一块黑色的布匹,平滑又亮泽,一直垂到她的后腰。她说,她的家人会给我们资助印第安人所需的物资,唯一的要求就是不要给他们上枷锁。当年,阿尔马格罗就是那样做的,觉得一举多得,一方面可以防止印第安人逃跑,另一方面还能运些铁过去。最后,死于这些铁链的印第安人远远多于死于恶劣气候的。我告诉她,巴尔迪维亚不会这样做的,但是她提醒我,西班牙人对印第安人比对畜生还要差。她问我,我能代巴尔迪维亚回答,难道也能为其他西班牙士兵的行为作保吗?不,我不能,但我向她承诺我会尽量监督。同时,我对她的同情心表示了赞赏,因为印加帝国的贵族很少会念及平民百姓的感受。她诧异地看着我。

"处死和刑罚,这是正常的,但是枷锁不是,这是极大的侮辱。"她用一口从她恋人那儿学来的标准西班牙语对我说。

塞西莉亚相貌出众,衣着也是秘鲁精致的织物,还有她与生俱来的王族尊贵气质,这些都让她在人群中特别显眼。但是,在旅途的前五十里路中,她把自己隐藏得很好。后来我找了个恰当的时机和佩德罗说了这事,一开始他大发雷霆,每次他的命令被无视时,他总是相同的反应。

"要是我和塞西莉亚相同的境况,我就得留下来吗……"我低声地问。

"难道你怀孕了吗?"他满怀期待地问,他一直想要有个孩子。

"不幸的是我没有怀孕,但是塞西莉亚怀孕了,而且她不是唯一一个。你的士兵每晚都在让那些印第安女仆受孕,我们已经有十几个印第安女人怀孕了。"

塞西莉亚有的时候自己骑骡子,有的时候躺在随从抬的吊床上,熬过了沙漠穿越之行。她的儿子是第一个在智利出生的孩子。胡安·戈麦斯以他无条件的忠诚来回报我们,这在未来的年月中对我们无比重要。

在我们准备好一切打算出发的时候,出现了意想不到的情况。一个大臣,皮萨罗的旧秘书,他从西班牙带回了国王许可征服秘鲁以南的授权,也就是从阿塔卡玛沙漠一直到麦哲伦海峡的区域。这位桑丘·德·拉·沃斯表面看谈吐举止优雅,但实际内心险恶,虚情假意。他打扮很时髦,穿着花边领的衣服,喷着香水。其他人在背后嘲笑他,但很快大家都开始模仿他。他的出现,远比沙漠的无情和印第安人的仇恨来得更有威胁性。其实,他的名字不值得出现在这本书里,但我实在难以避开他,因为他在后面还要出现。如果他达成了他的企图,那我和佩德罗·德·巴尔迪维亚就实现不了我们的目标。他的出现意味着同时有两个人争同一片区域。好几个星期,这事就像卡住了一样,毫无办法。最后,经过无数的争论和反复,弗朗西斯科·皮萨罗决定让他们两人以合作的方式一起开拓智利:巴尔迪维亚从陆地进入,德·拉·沃斯从海上进入,最后在阿塔卡玛沙漠会合。"你要多提防这个桑丘,夫人。"卡塔丽娜知道这事之后提醒我。尽管她没有见过他,却早已经通过占卜的贝壳看透了他。

终于,在1540年1月一个炎热的早晨,我们出发了。皮萨罗带着他一众官员从国王城过来给我们饯行,并送了些马匹作为礼物,这是他对我们此行的唯一资助。从清晨,教堂的钟声就持续不断回荡着,搅得天上的鸟和地上的动物都不安分。大主教专门主持了一场弥撒，我们所有人都参加了。他给我们布道，强调把基督教带到地球各个角落是我们的责任。之后，他走到广场上，给上千位站在包裹和动物边上等待的印第安人送上他的祝福。每一队印第安人都听命于一个主管，这人则听命于黑人监工，最后监工再听命于大胡子的西班牙人。我不认为印第安人相信大主教的祝福能带来什么好运，但是那天初升的太阳会让他们觉得是个好兆头。这些印第安人大部分都是年轻的小伙子，有些人的妻子还跟在后面，这些女人虽然知道可能再也见不到他们留在库斯科的子女，还是义无反顾地跟随丈夫一起前行。当然，士兵们也带上了他们的情人，而且这个数量在不断增加，他们沿途在那些被毁的村庄里又掳获了一些女人。

堂贝尼多对这两次远征的不同做了评论。阿尔马格罗那次，带领了五百多的士兵，配备精良的武器，旌旗鲜艳飘扬，全体士气高昂，还有手擎十字架的教士随行。另外，还有几千名背负补给物资的印第安人、成群的马匹和其他动物。整个队伍在锣鼓声中前进。相比较而言，我们这次就寒酸很多。除了我和佩德罗·德·巴尔迪维亚以外，只有十一个士兵，我也时刻准备着在必要的时候拿起武器参战。

"我们人少，这没有关系，夫人。我们有充足的勇气和良好的精神面貌，这大有助益。而且上帝会保佑一路上有更多的勇士加入我们的队伍。"堂贝尼多向我保证道。

佩德罗·德·巴尔迪维亚骑马走在队伍的最前面，后面跟着胡安·戈麦斯——他被任命为执法官，接着是堂贝尼多和其他士兵。佩德罗身披锃亮发光的铠甲，头盔上插着羽翎，配有装备良好的武器，威武地骑在他那匹名叫苏丹的阿拉伯骏马背上。我把救赎圣母像安在了马背上，卡塔丽娜把巴尔塔萨抱在了怀里，希望它能习惯印第安人的味道。我们打算训练它看家护院、保护主人，而不是攻击咬人。塞西莉亚由随行的一队印第安女仆伺候,她们和其他西班牙人的印第安情人混在了一起。再后面就是无穷无尽的印第安人和动物的队伍了,很多人都在哭,他们都是被迫上路,不得已和家人分开。黑人监工在队伍的两侧控制着长长的印第安人队伍。这些人比西班牙人更可怕,他们心狠手辣。但是巴尔迪维亚已经下令,只有他才能下令执行严重的刑罚和酷刑。监工只能动用鞭子,而且要谨慎使用。这道命令传了一路渐渐稀释,很快就只剩我一人记得。和着教堂的钟声,无数的道别声、马蹄声、金属碰撞声、印第安人的哭号声和他们赤脚踩踏土地的声音此起彼伏。

库斯科渐渐留在了我们身后,高处是神圣的萨克塞瓦曼石墙堡垒,被湛蓝的天空笼罩。刚走出城,在总督、他的随从、大主教以及其他和我们告别的人的目光之下,佩德罗挑衅般地大声把我叫到了他的身边。

"来这儿,到我身边来,堂娜伊内斯·苏亚雷斯。"他大声叫道。等我骑着马穿过士兵,来到他身边的时候,他低声对我说:"我们去智利吧,我亲爱的伊内斯……"

第三章

智利之行,1540—1541

我们声势浩大的队伍沿着沙漠路线进入智利,也就是当年迭戈·德·阿尔马格罗返回的路线。利用他留给佩德罗·德·巴尔迪维亚的那张手绘地图——如今已经被用得破烂不堪,我们按图索骥,整个队伍慢慢地蠕动,翻山越岭,跋山涉水往南走。人还未到,我们即将抵达的消息已经早早传遍了当地,智利当地的部落都全副武装地迎接我们。印加帝国的信使效率极高,这些人被叫作恰斯基。他们在山峦的密道上快速奔跑,在驿站交班。这样的通信网络覆盖整个帝国,从北部一直抵达智利的比奥-比奥河。所以,我们刚从库斯科出发,智利的印第安人就已经得知了我们的远征。在我们几个月后到达他们领地的时候,他们早就准备好迎战我们。他们知道,很早之前,西班牙人就控制了秘鲁,印加国王阿塔瓦尔帕被他们处决了,换成了他的弟弟保约登位,成为西班牙殖民统治的傀儡。这位国王把他的臣民交给了外国人,任其奴役,而自己在王宫的金丝笼子里过着穷奢极欲的生活。他们还知道,在秘鲁的暗处,还活跃着一股印第安人的反抗势力,他们由印加帝国的流亡成员曼科领导,他誓死要把外国人赶出去。他们听说,西班牙人残忍、顽固、贪得无厌,但最骇人听闻的是他们从不信守诺言。他们如此无耻,又是怎么活下来的呢?这是个谜。智利的印第安人把我们叫作胡印加人,在他们的马普切语中,就是指谎话连篇的人、抢占土地的人。我有必要学习这种语言,因为从南到北,整个智利都在说这种语言。马普切人没有文字,但用他们极强的记忆力作为弥补。关于创世纪、他们的法律和传统、英雄们的过去,都记录在他们自己语言的故事中,从远古代代相传,保存至今。我把其中的一些给阿隆索·德·埃尔西利亚·伊·苏尼加翻译成了西班牙语,这个年轻人我在前面提到过,他以此为源泉创作了史诗《阿劳加纳》。好像这首诗出版了,在宫廷极为流行。但我只保留了他给我的原稿,我帮他整齐地誊写在干净的纸上。如果我没有记错的话,他在十一音节八行诗中是这样描述智利和马普切人的,或者说阿劳卡尼

> 智利,富饶肥沃之地
> 在闻名的南部地区,
> 因其强大重要,
> 被远方诸国尊敬;
> 当地人如此杰出,
> 如此高傲、勇敢和善战,
> 不被国王所号令
> 也不向外国人屈服。

阿隆索言过其实了,不过,诗人有夸张的特权,否则诗歌就失去了它的魅力。智利并不像他说的这么国富力强,它的人民也不是那么杰出勇敢。但我同意马普切人是高傲且善战的,不受国王的号令,也不向外国人屈服。他们不惧疼痛,可以忍受最恐怖的酷刑而不吭一声,并不是因为他们比我们感觉迟钝,而是因为他们勇敢。再没有比他们更好的战士了,他们以战死沙场为荣。他们打不赢我们,但我们也从来没能让他们屈服,哪怕他们全军覆没,也没有低头过。我相信和马普切人的战争还会持续百年,西班牙人通过战争把印第安人

掳为奴仆,准确地说是奴隶。不仅是战俘成为奴隶,自由的印第安人也是。西班牙人像狩猎一样给他们下套,按价售卖他们:怀孕的妇女二百比索,青壮年小伙以及健康的孩子一百比索。非法的人口交易不仅仅限于智利范围内,还一直蔓延到国王城,在那儿所有人都参与其中,无论是封地领主、矿场监工还是船长们。就像巴尔迪维亚所担心的那样,我们最终会灭绝这块土地上的土著人,因为马普切人情愿以自由身死去也不愿当奴隶苟活。如果换成我们西班牙人中的任何一个,在相同情况下,也会毫不犹豫选择前者。巴尔迪维亚极为反感这些暴行,这导致新大陆上人口锐减。他总是说,没有印第安人,这片土地一文不值。到他死的时候,这样的屠杀已经持续了四十年,却依然没有终止。西班牙人源源不断地到来,出生新的混血儿,但是马普切人却因为战争、奴隶制和西班牙人带来的而他们毫无抵抗力的疾病在慢慢消失。马普切人让我们遭遇的变故使我对他们感到害怕。他们拒绝上帝的慈爱,拒绝我们对他们普及文明的尝试,这让我感到愤怒。我永远都不会原谅他们,他们那么残忍地杀害了佩德罗·德·巴尔迪维亚。虽然他们只是以牙还牙,因为佩德罗对他们也是残忍至极、毫不留情。就像我们常说的,以其人之道还治其人之身。但同时,我丝毫不否认我尊重他们、敬佩他们。我们西班牙人和马普切人是旗鼓相当的敌手,都是勇敢且残忍的,都注定要在智利生活下去。他们是比我们来得早,所以他们的确更有先决权。但是,他们也无法赶我们走,目前看来,我们也很难和平共处。

这些马普切人是从哪里来的呢?据说,他们和一些亚洲人长相相似。如果他们来自亚洲,我很难想明白他们是如何跨越汹涌的大洋跋涉万里来到这里的。他们是野蛮人,不懂得书写,也不懂艺术,不建造城市也不修建教堂,他们没有血统、等级之别,没有神父,只有战场上的统领叫托基。他们身不着衣物,带着家人自由来去,全员一起参战。他们不像其他的美洲印第安人，没有活人祭祀，也没有图腾崇拜。他们只相信一个神，不是我们的上帝，而是他们称作额恩切的神。

我们在塔拉帕卡安下营来，佩德罗·德·巴尔迪维亚打算在那儿等待援军，刚好我们也能稍事休整。这时候，智利的印第安人就开始组织对我们的偷袭，尽一切可能给我们找麻烦。他们很少和我们正面冲突，总是从背后袭击或偷盗我们的东西。因此，我永远都有伤员需要照顾，特别是印第安人，他们没有马也没有武器，只身迎战，就是我们所说的肉搏。历史学家总是习惯遗忘他们，但是，如果没有这些沉默寡言的印第安朋友跟在西班牙人后面浴血奋战，新大陆的征服难以实现。

从库斯科到塔拉帕卡，又有二十多名西班牙士兵加入了我们的队伍。随着远征队伍出发的消息传出，佩德罗坚信还会有更多的人涌现。遗憾的是，这期间我们少了五人，相对我们的总人数来说，这已是重大的损失。一名士兵总领被毒箭射中，伤情严重，我医治不了，佩德罗就让他回库斯科了，并让他哥哥和另外两个士兵以及一些印第安奴仆随行。几天后，我们的士兵总领从睡梦中惊醒，他梦到了在西班牙苦等他的妻子，一个多星期前就开始累积的胸部剧痛终于让他撕心裂肺。我给他端来炒米和蜂蜜水，他细细地吞咽，就像在品尝人间美味。"伊内斯夫人，您今日比往常更美。"他正像平常一样向我献殷勤，突然瞳孔放大，倒在了我的脚边暴毙。后来，我们按天主教的传统安葬了他，我建议佩德罗任命堂贝尼多担任新的士兵总领，他不仅熟悉路线，而且在管理军纪、组织队伍方面经验丰富。

我们的士兵少了些，但慢慢又有新的人出现加入，他们是当年阿尔马格罗的部下,衣衫褴褛地游荡在田野山区。作为战败者,他们在皮萨罗的帝国里没有立足之地,长年靠救济度日,参与智利的这次远征中,对他们来说也没有什么可损失的。

为了让队伍里的印第安人养精蓄锐,让牲口多长点肉,好开始穿越沙漠之旅,我们在塔拉帕卡休整了很长时间。堂贝尼多告诉我们,那会是行程中最艰难的一段路。他说,虽然进沙漠的第一段路已经很艰辛了,但是第二段无人区的路更是难以想象。休整期间,佩德罗·德·巴尔迪维亚骑马查看四周,期待有新人加入。按照约定,桑丘·德·拉·沃斯应该带着他的人马和装备从海路抵达,和我们会合了。但是,这位高傲的伙伴根本没有现身。

我负责织更多的毛毯,准备干肉、粮食以及其他能存放的食物。堂贝尼多则不分昼夜地带着黑人在炉子旁锻造马掌和长矛,保障我们的物资。他还组织士兵外出寻找食物,很多印第安人在离开他们的村落前把食物都藏了起来。我们选了一处最佳的位置扎营,有阴影,有水,挨着小山,有掩护又可以瞭望,非常安全。唯一的好帐篷就是皮萨罗送我的那顶,宽敞大气,有两个房间,用防雨布做成,用牢固的木棍支撑起来,舒适得就像一个房子。其他的士兵就只能将就些了,他们那打满补丁的帐篷几乎都挡不了风吹日晒。有些人甚至连帐篷都没有,就和他们的马匹睡在一起。印第安人的营地是和我们隔开的,但一直处在我们的监视之中,以防有人逃跑。到了晚上,无数的篝火点亮,大家开始做饭,微风吹来伤心的曲调,无论是人还是动物都为之动情。

我们的营地挨着几个被遗弃的村子,我们怎么努力也没有在那儿找到任何食物。倒是因此发现了他们与逝去的亲人共居的习俗:活着的人在茅屋的一处生活,死去的躺在茅屋的另一处。在每个住处都有一间房安置这些保存完好的干尸,尸体已经呈深色,散发霉味。无论死去的是祖父母、女人还是孩子,都保留着他们生前的个人物品,但是没有任何的珠宝首饰。在秘鲁却完全不一样,很多墓地里满是金银财宝,有的甚至还有实心的金像。"连智利的死人都是寒酸的,没有一丁点儿黄金的影子。"士兵们抱怨道。为了泄恨,他们用绳子把尸体绑了起来,拴在飞奔的马后拖行,直到外面包裹的衣物都落尽,只剩到处散落的尸骨。当这些士兵得意地哈哈大笑时,营地里的印第安人被吓得胆战心惊。太阳下山后,他们中就开始流传说被玷污的尸骨开始汇聚起来,天亮前,这些骷髅就会像僵尸军团一样来找我们。黑人都被吓坏了,不停重复这个传言,直到传进西班牙人的耳朵里。这些无所忌惮的西班牙人一向不知道害怕恐惧为何物,突然也像个孩子似的大哭起来。到了午夜,我们所有人都吓得牙齿打战,佩德罗·德·巴尔迪维亚不得不站出来鼓舞士气,提醒他们是西班牙士兵——世界上最训练有素、最厉害的军人,而不是一群无知妇孺。好几个晚上我都睡不着觉,一直祈祷。那些干尸到处乱走,不相信的人只是因为当时不在场而已。

　　心怀不满的士兵开始抱怨:为什么要在这该死的地方驻扎这么长时间,为什么不按计划接着往智利去,或者回库斯科去,这更明智些。援军迟迟没有出现,在巴尔迪维亚几乎彻底绝望的时候,突然,一支整八十人的部队加入了我们。这其中有一些著名的军官,我一个都不认识,但是佩德罗给我介绍了几个,如弗朗西斯科·德·比亚格拉和阿隆索·德·蒙罗伊。前者金发红脸,身材魁梧,嘴角总是挂着不屑的笑,举止乖张。他给我的印象一直都不好,因为他对待印第安人态度很差,很狡猾,仇视穷人。但因其勇猛和忠诚,我试着尊重他。后者出生在萨拉曼卡的一个贵族家庭,和前者相反,他优雅、英俊、慷慨。因此,我和蒙罗伊很快就成了朋友。他们是和巴尔迪维亚的老战友——赫罗尼姆·德·阿尔德雷特一起来的,就是他多年前把佩德罗吸引到了新大陆。是比亚格拉说服了其他人一起来投奔佩德罗的,"还是去跟着巴尔迪维亚吧,好过在那恶魔猖獗的地方奔波。"他所指的恶魔就是皮萨罗,他很看不起后者。和他们一同来的还有一位安达卢西亚的神父,五十多岁的样子,名叫冈萨雷斯·德·马尔莫雷霍,后来他成了我的老师,我在前面已经提到过。这位神父在他漫长的一生中行各种善事,但我觉得他更适合做军人而不是神父,因为他对冒险、财富和女人都有极大的兴趣。

这群人在秘鲁东部那骇人的琼乔雨林里待了好几个月。队伍在出发时,总共有三百个西班牙人,但陆续死了三分之二的人,剩下的人都被热带瘟疫折磨得形容枯槁。队伍里的两千多号印第安人全都死光了。当年在库斯科试图劫持我的努涅斯少尉就是被巴尔迪维亚派到了相同的地方,他也永远地留在了那儿。谁都不能告诉我他最后的准确下场,只知道他消失在了丛林中,没有留下一点痕迹。我希望他最后是像基督徒那样得以安息,而不是命丧虎口。如此说来,当年佩德罗·德·巴尔迪维亚和赫罗尼姆·德·阿尔德雷特在委内瑞拉丛林里经历的一切和现在比根本不值一提,这些人在琼乔雨林里被温热的暴雨浇淋,被大团的蚊虫叮咬,被泥潭困住,被疾病缠身,被饥饿折磨,被野蛮人袭击,这些野蛮人在抓不到西班牙人的时候甚至会吃同伴。

在接下去叙述之前,我要特别介绍一下这队人马的首领。他高大英俊,宽前额,鹰钩鼻,栗色的眼睛又大又清澈,就像是马的眼睛一样。他的眼睑厚重,目光总是投在远处,又似乎睡眼蒙眬,让他的脸庞显得柔和了很多。他刚到的时候完全是副落难多时的模样,终于在第二天,他剪了头发,剃了胡子,洗过脸后,我才得以好好观察了他的相貌。虽然他比其他有名的军人年轻了很多,但因为他的勇敢和智慧,其他人一致推选他为军官中的统帅。他的名字叫罗德里格·

德·基罗加。九年后,他会成为我的丈夫。

我负责帮从琼乔雨林回来的士兵恢复健康和体力,卡塔丽娜和其他几个印第安女仆一起给我做副手,我已经给她们进行了一些医疗培训。堂贝尼多说得没错,这些可怜的人刚刚从一个地狱——潮湿茂密的雨林回来,立马又要去另外一个地狱——干枯荒芜的沙漠。我们每天帮他们擦拭身体,清洗脓疮,去除虱子,修剪头发和指甲。有些人万分虚弱,印第安女仆需要用勺子给他们喂食孩子吃的土豆泥。卡塔丽娜轻轻对我耳语印加人对付极端病例的法子,为了不恶心到他们,我们没有告诉他们药里有什么,只是给最需要的人喝了下去。晚上的时候,卡塔丽娜小心谨慎地给大羊驼脖子上刺一刀,取它们的血,然后把血、牛奶和尿混合到一起给病人喝。就这样,他们一点一点恢复,两周后便可以再次上路了。

印第安人对即将到来的磨难早有准备,他们虽没有涉足过那些地方,但早就对可怖的沙漠有所耳闻。每个人都在脖子上挂了水囊。这是用羊驼腿上的皮做的,撕下一整张腿皮,然后像翻袜子一样翻过来,把毛留在里面。还有些人是用海豹的皮或者膀胱做的水囊。在水里,他们还会加一些烤过的玉米粒来消除异味。堂贝尼多使用他自己做的木桶和像印第安人一样的皮囊来运水。即使如此,我们还是觉得不够这么多人的饮用。但是,无论是人还是大羊驼都不能再运更多的水了。另外,智利土著人不仅把食物都藏起来了,还在水井里投了毒。这是我们通过给曼科底下的一个信使上了酷刑才知道的。是堂贝尼多在我们的印第安随行人员中发现了这个隐藏的信使。他向巴尔迪维亚请求要拷问他。黑人用文火慢慢地烤他。我没有兴致看这些行刑,所以尽可能躲得远远的。但是,他痛苦的号叫,伴着其他印第安人恐惧的尖叫,方圆一里外都能听到。信使难以忍受酷刑,终于招认。他受命于智利的印第安人,从秘鲁一路跟随,试图阻止我们的行进。因此,一路的印第安人都早早躲到了山里,烧了他们的田地,埋了他们的食物,把所有能带走的家禽都带走了。他还说,他并不是唯一的信使,在曼科的指示下,几百个信使都在密道间向南奔走。在他招认所有信息之后,他们便停止烧他了,以儆效尤。我责怪巴尔迪维亚竟然纵容这样的暴行,但他却气愤地让我闭嘴。"堂贝尼多知道他在做什么。我之前就提醒过你,这次远征并不适合矫情的人。现在后悔太晚了。"他回答道。

　　沙漠中的路途是那么遥远那么艰难!前进的步伐是那么缓慢那么沉重!连寂寞都透着热气!日复一日的漫长白昼,永无止境的干涸,到处都是荒芜和碎石,空气中都是灌木和沙尘烧焦的气味,一切都像是上帝用点着火的颜料着色过。堂贝尼多告诉我们,这些颜色底下富含矿产,可讽刺的是,这些矿产既不是黄金也不是白银。佩德罗和我牵着马走路,让这些动物不那么累。我们很少说话,因为嗓子干得冒烟,嘴唇干裂。但是,我们俩一直都在一起,每一步都让我们靠得更近,我们一起步入大陆腹地,一同奔赴我们的梦想之地:智利,哪怕付出惨重的代价。我头戴一顶大檐帽,脸蒙一块破布,仅剩两只眼睛露在外面。手上也绑着破布,因为我没有手套,太阳晒得我脱皮。士兵们难以忍受被晒得烫手的铠甲,只能拖着。长长的印第安人队伍只是无声地缓慢行进,监工黑人也低垂着头,无精打采,甚至连鞭子都挥不动了。对于负重的印第安人来说,这段旅程比我们艰难无数倍。虽然他们已经习惯高负荷的工作,靠着古柯叶提供的能量,吃很少的食物就能翻山越岭,但是,他们完全耐不了渴。一连好多天,我们都没有找到合适的水源,难得碰到的也已经被神出鬼没的智利土著人用动物的尸体污染了,我们越来越绝望。有些印第安人饥渴难耐,喝了被污染的水,肠绞肚痛而亡。

在我们几乎到达极限的时候,山峦和土地的颜色变了。空气都停滞了,天空变成了白色,没有了我们一路看到的蒺藜和零星的飞鸟,所有生命的足迹都消失了,我们进入了最恐怖的无人区。每天天还没有亮,我们就出发了,因为太阳升起来之后将会热得难以前行。哪怕前进一步都耗尽全部力气,但佩德罗还是决定尽可能加快行程,以减少人员损失。在最炎热的时候,我们就停下来休息,躺在炙烫的沙地上。炽热的太阳在我们头顶,四周一片死寂。下午5点左右,我们继续前进,直到太阳下山,因为一片漆黑难以前进。那是一片荒芜之景,满目凄凉。我们没有力气为了几个小时的休息搭帐篷扎营。好在也没有被敌人袭击的危险,这里无人居住,实在也不会有人在此地冒险。到了晚上,气温骤降,一下子从白天的高温降到了零下。每个人都是随地打盹,冻得哆嗦,没有人理睬堂贝尼多的指示,他是唯一一个还维持纪律的人。佩德罗和我依偎在我们的马匹边上,试图互相取暖。我们俩都疲惫不堪,在这趟行程的好几个星期,我们都想不起来做爱。禁欲让我们有机会深入地认识彼此的脆弱,并培养出从前靠激情维持的亲切。这个男人身上最令人敬佩的是他从不忘却自己的使命:带领西班牙人在智利扎根,并向印第安人传播福音。虽然很多人都说我们会被烤死在沙漠里,但他从没有这么想过,意志极为坚定。

即使堂贝尼多严格执行按人配给水量,有一天水还是用光了。从那时候开始,我们被缺水折磨,嗓子被沙子磨破,舌头肿胀,嘴唇溃烂。有时候,我们会突然听到瀑布的水声,看到被灌木环绕的清澈湖面。军官们要费力阻止底下的士兵在幻觉的作用下拼命刨沙子挖水。有一些士兵喝马尿和自己的尿,但这都又少又浊。还有些丧失理智的人,冲到印第安人中抢夺他们皮囊里的最后几滴水。如果巴尔迪维亚没有严肃处理的话,我相信他们甚至会杀了这些印第安人,喝他们的血解渴。那天晚上,我死去的丈夫胡安又来看我了,一轮明月把他照得很清楚。我指给佩德罗看,可他却什么都看不到,只觉得是我的幻觉。胡安也灰头土脸的,破衣服上满是干涸的血迹和积年的风尘,一脸绝望,似乎他仅剩的骷髅架子也在遭受饥渴之苦。

第二天,在我们手足无措之时,有一只奇怪的爬行动物爬过我的脚边。好多天,我们都没有看到任何除我们以外的生物了,甚至连在之前沙漠很常见的蒺藜也没有见到。也许那是蝾螈,一种喜热的爬行动物。我明白再耐热的动物,也总要喝水。"现在轮到我们了,圣母。"我向救赎圣母说道。我取出行李里的树枝,开始祈祷。那会儿恰是正午,口渴的人和动物都在休息。我叫上了卡塔丽娜一起,我们俩合打了一把伞,慢慢地寻找。我念着我们的"万福马利亚",她用克丘亚语念着她们的祈祷词。我们走了差不多一个小时,圈子越绕越大,足迹遍布范围越来越广。堂贝尼多以为我渴疯了,他自己体力不支,就派了年轻体壮的小伙罗德里格·德·基罗加来找我。

"求求您了,夫人,赶紧过来休息一下吧,我用布给您遮阳……"他用仅剩不多的力气请求我。

"上尉,请您让堂贝尼多给我派些人来,带上铲子和丁字镐。"我打断了他的话。

"铲子和丁字镐?"他疑惑地重复道。

"还麻烦您告诉他,再带些大缸和有装备的士兵来。"

罗德里格·德·基罗加回去告诉堂贝尼多我疯癫的状况比想象的还严重,好在巴尔迪维亚听到了他的汇报,满怀期待地命令总领给我提供一切所需。很快就有六个印第安人开始挖坑。印第安人没有我们耐渴,他们渴得虚脱,甚至拿不动铲子和丁字镐。好在土地松软,挖出了一个一巴拉①半深的洞。洞深处的泥沙颜色已经很深。突然,一个印第安人用沙哑的嗓子叫了一声,我们看到洞里的水慢慢汇聚,一开始只是略微潮湿,像是土地渗出汗一样,两三分钟之后,就有了小小一汪水。一直在我边上的佩德罗立马命令士兵誓死保护这个水坑。他害怕无数渴得绝望的人一头冲过来争抢几滴救命水。他的担心并非没有道理,但是我向他保证,只要我们有序地饮用,所有人都会喝上水。最后,也确实如我所说。那一整天,堂贝尼多忙着负责给每人分一杯水,之后罗德里格·德·基罗加带了几个士兵整晚给动物饮水、装满水桶以及印第安人的水囊。水坑里的水喷涌而出,浑浊且有股金属的味道,但对当时的我们来说就如同塞维利亚的泉水一样可口。人们把此事称为奇迹,并把此井叫作圣母泉,以纪念我们的救赎圣母。我们就此安营,度过了三天,喝足了水。当我们拔营离开的时候,在沙漠炙烫的表面还缓缓流淌着一汪小溪。

"这不是圣母的奇迹,而是你的,伊内斯。"佩德罗极为动情地对我说,"多亏你,我们平安无事地穿过了这片恐怖的沙漠。"

"我只能在有水的地方找到水,佩德罗,我不能让水无中生有。我不清楚前面是否还会有其他的泉水,总之不会再像这口泉一样有这么多水。"

巴尔迪维亚让我提前半日出发,负责找水,随行的有一队士兵和四十个印第安奴仆,还有二十头装着水桶的羊驼。剩下的人被分成几组,错时依次出发,以防我们找到新的水源时大家扎堆混乱地抢水喝。堂贝尼多派了罗德里格·德·基罗加作为我随行军队的长官,这个年轻的上尉很快就获得了他的绝对信任。另外,也是因为他视力极好,他栗色的大眼睛胜似千里眼。要是在沙漠的地面线上有什

---

① 巴拉,长度单位,约合0.8米。

么危险,他肯定是第一个发现的,但好在没有任何危险。后来,我又找到了很多水源,但都没有第一个泉那么水量充沛,不过也足够大家穿越无人区了。一天,土地的颜色又变了,天上有两只鸟飞过。

我们走出沙漠,我才觉察到从离开库斯科已经过去差不多五个月了。巴尔迪维亚决定扎营等待,因为听说他的挚友弗朗西斯科·德·阿吉雷有可能会在那儿和他会合。充满敌意的印第安人只是远远地监视我们,却不靠近。一旦我又能住进皮萨罗送我的高级帐篷里,就把地铺满了秘鲁毯子,摆上了垫子,拿出了箱子里的陶瓷餐具,就不再用木头碗吃饭了。我还让人砌了个泥灶,可以简单做点饭。我们已经吃了两个月的干粮和干肉,实在需要些正常的饭菜。帐篷的大房间被巴尔迪维亚用来当司令部和接见室。我摆了张大椅子给他用,另外几张包了椅脚的板凳给客人,他们都是说来就来的。卡塔丽娜小心出没在营地四处,给我收集各种信息。无论是在西班牙人之间发生的事还是印第安人间的,我都无所不晓。有时候,有军官过来吃晚饭,他们都又意外又略有不快,因为巴尔迪维亚邀请我和他们同桌共餐。也许,这些人一辈子都没有在西班牙和女人共餐过,但是在这儿就少了很多繁文缛节,随意多了。我们用蜡烛和油灯照明,用两个大大的秘鲁火盆取暖,因为到了晚上就很冷。冈萨雷斯·德·马尔莫雷霍不仅是教士,还是学识渊博的智者。他给我们解释为什么有四季变化,当西班牙是冬天的时候,在智利刚好是夏天,反之亦然。但是,谁都不理解他的说法,我们依然相信新大陆的自然法则是错乱的。在帐篷的另外一间,摆放着我和佩德罗的床、书桌和祭坛,我们的箱子里还有许久没有使用的澡盆。佩德罗现在已经没有之前那么抗拒洗澡了,他时不时地会坐到澡盆里让我给他上肥皂,但相比较整个身子泡在水里,他还是更喜欢用湿布一点一点洗。那是段美好的时光,我们俩又回到在库斯科时候的恋爱状态。做爱之前,他喜欢高声给我朗读他喜欢的书。他不知道冈萨雷斯·德·马尔莫雷霍在教我识字,我想给他个惊喜。

几天后,佩德罗和几个士兵出外巡视,看看能不能碰到弗朗西斯科·德·阿吉雷,同时看看能不能和印第安人交涉。他是唯一一个觉得能和印第安人畅通沟通的人。我借他外出的机会好好洗了个澡,用石碱洗了头发。这是一种智利树皮,能去虱子,让头发如丝般柔顺,并能让头发永远保持乌黑。它在我头上却没有奏效。我一直用石碱洗头,现在却满头银发,但好在我没有像很多我这个年龄的人那样秃头。走了这么多路,骑了这么长时间的马,我的背很疼。卡塔丽娜准备了一些草本香胶,一个印第安女仆帮我用它擦洗了全身。洗完澡后,我无比放松地上床睡觉,巴尔塔萨睡在我的脚边。这条狗已经十个月大了,依然很贪玩。它长得很大,已经能看出将来会是个好护卫。长久以来第一次我没有失眠,很快就睡着了。

午夜时分,巴尔塔萨嗷嗷叫醒了我。我坐起身,摸黑找了件披肩披上,找了另外一件给狗盖上。我听见在隔壁的大厅里有窸窸窣窣的声音,我肯定有人在那儿。一开始,我以为是佩德罗回来了,因为门口的守卫不会放其他人进来,但是狗的反应让我提高了警惕,我甚至没有时间点亮油灯。

"谁?"我害怕地叫道。

一阵寂静,突然,黑暗中有人叫佩德罗·德·巴尔迪维亚。

"他不在这儿。谁找他?"我略微恼怒地问道。

"抱歉,夫人,我是桑丘·德·拉·沃斯,将军的忠实仆人。我花了好长时间才抵达,所以想打个招呼。"

"桑丘·德·拉·沃斯?你怎么胆敢半夜走进我的帐篷?"我质

问道。

　　这个时候，巴尔塔萨开始大叫，唤起了守卫的注意。几分钟后，堂贝尼多、基罗加、胡安·戈麦斯和其他几个军官进来了，他们举着灯，拿着脱鞘的刀，不仅看到了无礼的德·拉·沃斯，还看到另外围着他的四个人。堂贝尼多他们的第一反应就是立马把对方抓起来，但我试图说服他们这只是一个误会。我请求他们先退下，又让卡塔丽娜马上做点吃的招待这些刚到的人，而我自己赶紧穿衣服。我亲自给他们斟酒，热情地招待他们用晚餐，认真地听他们给我讲旅途的艰辛。

　　杯酒之间，我出帐篷让堂贝尼多尽快派人去找佩德罗·德·巴尔迪维亚。情况很微妙，因为在我们的队伍中，很多心怀不满且散漫的士兵都是德·拉·沃斯的拥趸。有些士兵甚至指责巴尔迪维亚篡权，认为桑丘·德·拉·沃斯作为王宫派遣的智利远征领导人，拥有的国王敕令比皮萨罗给的许可更具有权威性。但是，德·拉·沃斯没有任何的经济资助。当年阿塔瓦尔帕的赎金分给他的部分已经被他在西班牙挥霍光了。他没有筹到远征的钱，也没有船只和士兵。他言而无信，在秘鲁因为诈骗和债务被投进过监狱。我猜想，他是想杀了巴尔迪维亚，抢占这支远征队伍，独自征服智利。

　　我决心尽可能周到地接待这五个不速之客，获得他们的信任，让他们放松警惕，直到佩德罗回来。所以，我给他们准备了丰盛的食物，在酒瓶里下了足以撂倒一头牛的蒙汗药。我不希望军营里发生什么意外。如果德·拉·沃斯质疑巴尔迪维亚的合法性，最差的情况就是现有的人将分成两派。看我这么热情，他们五个坏心眼的人估计在背后笑我，他们如此轻易就骗到了我这个笨女人。一个小时后，他们就不省人事了，听任堂贝尼多和其他护卫把他们抬走。搜过他们身之后，发现他们每个人都带着一把一模一样的银柄匕首。毫无疑问,他们是试图刺杀巴尔迪维亚阴谋夺权的。五把相同的匕首,肯定是懦夫德·拉·沃斯的主意,这样就不用一个人担当罪名,而是五个人分担了。我们的军官想把他们就地正法,但是我建议这么重要的事还是应该由佩德罗·德·巴尔迪维亚来定夺。我颇费了一番心思和力气,才阻止了堂贝尼多把德·拉·沃斯吊死在最近的那棵树上。

三天后,佩德罗回来了,也已经得知密谋刺杀的事。但是这事丝毫没有影响他的心情,因为他找到了好友弗朗西斯科·德·阿吉雷。他已经在此地等巴尔迪维亚好几周了,还带着十五个骑兵、十个火枪手、许多印第安奴仆以及足够吃好多天的粮食。由于他们的加入,我们的士兵增加到了一百三十多名。我觉得,这是比圣母泉更大的奇迹。

在和他的诸将士讨论桑丘·德·拉·沃斯的事之前,佩德罗先关门听了我对此事的叙述。常常有人传言我用蛊惑术和春药迷住了佩德罗,在床上让他意乱情迷,吸了他的能量,毁了他的意志,让他对我完全言听计从。这当然是一派胡言。佩德罗很固执,非常清楚他想要什么。谁都不可能靠什么巫术或者房中术改变他的想法,他只会被有理有据的论证说服。他不是一个会公开请教别人的人,更别提是向女人了。但是私下和我在一起的时候,他会沉默地不停在房间踱步,直到我试探性地给出我的意见。我总是设法不着痕迹地做这一切,让他觉得这完全是他自己的想法和决定。我这一套一直行之有效。男人做他可以做的,而女人就做男人所做不了的。我觉得不应该处决桑丘·德·拉·沃斯,虽然他死不足惜,但是他手握国王敕令,在宫廷也有无数亲戚,他们随时可以告巴尔迪维亚谋反。我的职责就是保护我的爱人，不让他死在审讯室或者断头台上。

"要怎么处置这个叛徒呢？"佩德罗嘀咕着，像一只斗志昂扬的公鸡走来走去。

"你总是说要把敌人放在身边，可以随时监视……"

佩德罗·德·巴尔迪维亚没有立刻进行审判，而是决定好好调查一下士兵们的军心所向，收集谋反的证据，并把隐藏在我们队伍中的密谋者的同谋揪出来。突然他下令堂贝尼多拔营继续向南行进，带着惊恐万分、手戴枷锁的囚犯一起上路。只有桑丘·德·拉·沃斯依然猖狂，虽戴着锁链，但他自认为可以凌驾于审判之上，继续到处张罗朋党，也不忘时髦打扮。他让监狱的印第安女仆帮他浆护领，熨烫裤子、烫卷头发、喷洒香水、修剪指甲。士兵们迟迟不愿重新启程，他们在这儿过得太舒适了，气温适宜，有水有树。堂贝尼多大怒，咆哮着提醒他们将领的命令不容置疑。万幸的是，巴尔迪维亚一路带领我们，仅以很少的损失便到达了现在的地方。穿越沙漠之行就是个巨大的成功，我们只损失了三个士兵、六匹马、一条狗和十三只大羊驼。没有人清点过印第安人的损失，据卡塔丽娜说，差不多在三十到四十之间。

我认识了弗朗西斯科·德·阿吉雷，虽然他一脸凶相，我还是很快就对他建立了信任。但随着时间推移，我开始畏惧他的残忍。他是个十足的男子汉，高大、魁梧、声音洪亮，经常会突然爆笑。他胃口极好，吃喝都是三人份的。据佩德罗告诉我，他一晚上能睡十个印第安女人，第二晚仍能继续睡另外十个。过去了这么多年，如今的阿吉雷是个百无禁忌的老头。虽然在宗教裁判所和国王的监狱里待过几年，他依然身体健壮，头脑清楚。多亏我死去的丈夫罗德里格分给他的土地，他如今活得很好。大概世界上都很难找出像他们如此性格迥异的两个人：我的罗德里格高尚善良，弗朗西斯科·德·阿吉雷却是肆意放纵。但两人在战场上彼此并肩作战,平日也相谈甚欢。罗德里格不能允许他患难相知的老友因为教会和宫廷的忘恩负义而落魄潦倒。因此,他一直尽可能地帮助他,一直到他自己过世。阿吉雷,当年战功累累遍体鳞伤,生命的最后得以安享晚年,和从西班牙来和他团聚的妻儿在自己的土地上耕种。直到八十岁,他依然斗志昂扬,梦想冒险,高唱他年轻时的流浪之歌。除了婚生的五个子女外,他大约还有已知的一百多个私生子,另外还有几百个未知的私生子,谁也没有具体清点。他觉得,效忠国王的最好方式,就是在新大陆上生育混血儿。甚至还说,解决印第安人问题的方法,就是杀掉所有十二岁以上的男性,囚禁小孩,有步骤有耐心地强暴女性。佩德罗觉得这是他朋友的玩笑之词,但我知道他是认真的。虽然他痴迷于男女之事,但此生唯一的真爱只有他表妹,多亏当年教皇的特许,他们才得以结合,我记得前面好像讲过这事了。请你多点耐心,伊莎贝尔。身为七十多岁的老人,我难免会重复。

我们走了好多天,最后到达了科皮亚波山谷,从那儿开始,就是分给佩德罗·德·巴尔迪维亚的统治领地了。西班牙人发自肺腑地欢呼:我们到了。佩德罗·德·巴尔迪维亚把人都集合起来,军官们围在他的四周,又把我叫到了他的身边。他无比庄严地在土地上插上了西班牙国旗,确立了主权。他把这块土地命名为新埃斯特雷马杜拉,因为他自己、皮萨罗、远征队伍中的大部分贵族和我都来自那个地区。很快,神父冈萨雷斯·德·马尔莫雷霍用耶稣受难像、金圣餐杯——那是几个月以来我们唯一见到的黄金——和我们的救赎圣母像搭了个祭坛。因之前她在沙漠给予我们的帮助,救赎圣母成了我们的保护神。神父做了一个激情洋溢的弥撒,主题是感恩,我们所有人都充满诚心地领了圣餐。

这片山谷里坐落着好几个村落，虽然也臣属于印加帝国，但因为远离秘鲁，受其影响和压制也小。他们的酋长带着简单的食物出来迎接我们，也致了欢迎词，翻译帮我们做了解释。但是，我们的到来多少让他们不安。这里的房子是泥和稻草搭的，比我们沿途见到的茅屋结实美观多了。他们当地人也有与死去的亲人共居的风俗，这次我们的士兵表现很好，没有再发生亵渎尸体的行为。我们也发现了一些新近被遗弃的村落，这些对我们有敌意的印第安人都听命于米奇马隆戈酋长。

堂贝尼多把军营驻扎在一处便于防御的地方，他担心一旦当地人知道我们不打算回秘鲁，他们就会群起而攻之，就像六年前面对阿尔马格罗的远征军一样。虽然我们缺粮食，但巴尔迪维亚严厉禁止抢劫，不想影响当地人生活。他希望借此看看能不能和当地人建立同盟。堂贝尼多还抓到了其他几个信使，但是经过审问，他们说的都大同小异，就是我们已经知道的：流亡的印加国王命令民众带着他们的家人逃到山里去，把食物藏起来或者毁掉，就像大部分印第安人做的那样。堂贝尼多推测，智利人——泛指智利的居民，不区分部落——肯定把食物埋到沙子底下了，因为那里挖洞比较容易。因此，他派出除护卫以外的所有士兵，到处用长矛或剑扎到地下找寻食物。就这样，找到了玉米、土豆、豆子和一些装着发酵的奇恰酒的葫芦。我把奇恰酒给留了下来，这酒可以缓解伤员在烧烙伤口时的剧痛。

刚把营地整顿好，堂贝尼多就马上搭了个绞刑架，佩德罗·德·巴尔迪维亚宣告，第二天要审判桑丘·德·拉·沃斯以及其他囚犯。那些被证实过忠心的军官聚到了我们的帐篷里，围坐在桌旁，每个人坐一张板凳，佩德罗坐在他的椅子上。在众人惊讶的目光中，巴尔迪维亚叫了我，并让我坐在他旁边的椅子上。在这些将领不可思议的目光中,我谨慎地坐了下来,他们从来没有在一个军事委员会里见到过女人。"她在沙漠里帮我们找到了水,在这次反叛阴谋中也解救了我们,她比谁都更有资格参加我们的这次会议。"巴尔迪维亚说道,没有一个人敢反驳他。胡安·戈麦斯一副心神不宁的样子,因为塞西莉亚那时刚好正在分娩。他把五把一模一样的匕首摆在了桌子上,并说了一下调查的情况。他说了几个有串通嫌疑的士兵名字,特别指出了一个名叫鲁伊兹的,他放了那些策反者们进了军营,并把我们帐篷的护卫引开。将领们就是否处决德·拉·沃斯的事讨论了很久,分析了利弊。最终,罗德里格·德·基罗加的观点获得了大家的认可,他和我一样认为不能杀德·拉·沃斯。我在一旁小心谨慎,一句话都没有说,以防人们又说我是个强权的女人,操控巴尔迪维亚。我只是给他们斟酒,一边认真听讲,在基罗加发言的时候,低调地表达了赞同。其实,巴尔迪维亚早就拿定主意了,但他希望有另外一个人站出来说出相同的想法,这样就不会显得他是在桑丘·德·拉·沃斯的国王敕令前胆怯了。

按照之前的宣告,第二天在囚犯的帐篷里举行了审判。巴尔迪维亚是唯一的法官,罗德里格·德·基罗加和另外一个军官辅助,后者担任书记员和宗教陪审员。我没有参加这次审判,但很容易就搞清楚了审判的全过程。武装护卫站在帐篷外维持围观者的秩序,帐篷里摆了张桌子,三个审判团成员坐在桌子后面,两侧各站一名黑人,他们都是用刑和处决的专家。书记员打开他的记录本,准备好笔墨,罗德里格·德·基罗加在桌子上依次摆放好五把匕首。他们还搬了一个我的秘鲁火盆,里面装满了烧得红红的炭。一方面可以取暖,但更多是用来吓唬犯人的,他们很清楚刑罚是每个审判必要的部分。一般来说,火刑多用在印第安人身上,很少用在贵族的刑罚上,但谁都不知道巴尔迪维亚会怎么做。犯人戴着枷锁站在桌子前,听了一个多小时对他们的诉讼。他们很清楚,他们口中的篡权者——巴尔迪维亚,对阴谋的一切已经了如指掌,甚至掌握了桑丘·德·拉·沃斯在我们军中同党的名单,他们没有什么可以争辩的。巴尔迪维亚一段长长的发言之后,就是一片沉默,书记员用笔沙沙地做完了记录。

"你们还有什么要说的吗?"最后罗德里格·德·基罗加问道。

这下,桑丘·德·拉·沃斯没了方寸,跪了下来,承认了除企图谋杀巴尔迪维亚将军这一项外所有对他的指控,表达了他们五个人对将军的敬佩和仰慕,决心要誓死追随。还说那些匕首其实是闹剧,看看就知道不是什么正经的武器。接下来,其他犯人都模仿他,恳求原谅,并一表忠心。巴尔迪维亚让他们闭嘴,之后又是让人焦灼的沉默。最后,法官站了起来,做出了宣判。虽然我觉得判决很不公平,但我什么都没有说,等着稍后问他,我知道他肯定有这么做的理由。

三名犯人被判流放。他们只能带着一小群印第安人和一只大羊驼,穿越沙漠走回秘鲁。另外一人毫无理由地被无罪释放了。桑丘·德·拉·沃斯签订了一份文书——智利的第一份文字记录,同意解除和巴尔迪维亚的合约,安押待审。最奇怪的是,当晚巴尔迪维亚命令处决鲁伊兹——那个同谋的士兵。可他犯的罪远没有那五个带匕首进我们帐篷的人严重。堂贝尼多亲自看着黑人给鲁伊兹上了绞刑,后来又肢解了尸体。头和身体被斧子砍成五块,用挂肉的钩子分别挂在了军营各处,让那些还心意不决的人明白背叛主帅的后果。第三天,尸臭弥漫,苍蝇成群,只能把尸首都烧了。

印加公主塞西莉亚腹中的胎儿胎位不正,所以分娩持续了很长时间,而且异常艰难。接生婆说如果孩子能顺利出世并活下来,必将无比幸运。最后,是卡塔丽娜把孩子拽出来的。虽然满身紫色,但婴儿健康,哭声洪亮。这出生的第一个智利混血儿是个好兆头。

当他们在商议如何处置犯人的时候,卡塔丽娜就在我们帐篷门口等着胡安·戈麦斯。这个男人比任何勇士都历经磨难,当卡塔丽娜把孩子放到他怀中时,他终于放声大哭。在沙漠中,他把自己的水让给了妻子,在骡子把妻子摔了后,他把自己的马让给了妻子,自己步行,印第安人袭击的时候,他誓死保护自己的妻子。

"我们给他取名佩德罗,以纪念我们的总督。"戈麦斯在抽泣声中说道。

所有人都称赞这个决定,除了佩德罗·德·巴尔迪维亚本人。

"我不是总督,我只是副总督,是国王和皮萨罗侯爵的代表。"他冷冷地提醒我们。

"既然已经到了属于我们的领地,又是块欢乐之地,将军,为什么我们不在这里建造城市呢?"戈麦斯建议道。

"好主意,小佩德罗·戈麦斯将是在这座城市里第一个受洗的孩子。"赫罗尼姆·德·阿尔德雷特也支持道,他还没有从雨林的高烧中彻底恢复,想到还要继续前进,他就满心疲倦。

我清楚,佩德罗还想往南走,越往南越好,彻底远离秘鲁。他希望能在其他势力鞭长莫及的地方建立第一座城市,远离皮萨罗和宗教裁判所,远离那些他私底下叫作无耻之徒的官员们,这些宫廷的卑鄙小人只会给新大陆添乱。

"不,先生们。我们要走到马波乔山谷。据堂贝尼多所说,那是适合我们建城的最佳位置,他曾经随迭戈·德·阿尔马格罗到过那儿。"

"还有多少路途?"阿尔德雷特问道。

"很远,但比我们走过的旅途还是短些的。"堂贝尼多解释道。

我们先给塞西莉亚用了些草药,让她把滞留的胎盘什么的娩出。然后,用狐狸耳朵根泡的烈酒帮她止住了出血。这是卡塔丽娜新学的智利药方,马上就奏效了。在我们的士兵和印第安人四处作战的时候,卡塔丽娜就偷偷走出军营,和智利印第安女人交流药方。我不清楚她如何躲过岗哨没被发现,也不明白她如何和敌人建立友谊而没有被他们一棒子打出脑浆。

遗憾的是,用了这么多草药,导致塞西莉亚没了奶水。最后,小佩德罗只能用大羊驼奶喂养。如果他再晚生几个月,那就有无数的奶妈了,因为很多印第安妇女都怀孕了。大羊驼奶的喂养让他分外温柔懂事,这性格在将来会成为他发展的阻碍。他应该生得严肃冷酷,这个战乱的智利不适合仁慈的男人。

接下来我要讲一个无足轻重的插曲,是关于一个姓埃斯科巴的可怜小伙儿,但是这件事足以说明佩德罗·德·巴尔迪维亚的性格。我的情人慷慨大方,足智多谋,是坚定的天主教徒,而且勇气可嘉,这些都足以让人对他心生敬意。但他也有很多缺点,有一些极为严重。最严重的一点是他对声誉的无止境追逐,最后让他自己以及很多其他人都为此丧命。对我个人而言,他最大的缺点是嫉妒。他深知我不会背叛他,一方面是因为我的天性,另一方面是因为我爱他至深。为什么他还要怀疑我呢?或者,他只是怀疑他自己。

只要西班牙人愿意,他们可以随意拥有无数印第安情妇,可以是强迫的,也可以是两情相悦的,但相信他们都更怀念用西班牙语说的絮絮爱语。人们总是渴望没有的东西。我是队伍中唯一的西班牙女性,统帅的女人,可见却不可碰,自然也是为所有男人渴望的。我有时候也会自问,是不是我自己的缘故招致了塞巴斯蒂安·罗梅罗、努涅斯少尉还有埃斯科巴这个小伙的错误?除了身为女性,我再也没能找到自己的任何错误,但这似乎已经是充足的罪恶了。男人们把他们的好色都归咎于女人,难道不是犯错的人自己的问题吗?我为什么要为他人的错误付出代价?

旅途的开始,我按照在普拉森西亚那样穿衣服:衬裙、束身衣、衬衣、长袍、头巾、披巾、袜套,但是根据环境我也要改换装束。我不能持续几千里的路程一直侧身坐在马背上,那样背实在支撑不了,后来我只能像男人那样跨骑。我换上了男人的内裤和靴子,脱掉了用鲸须做的束身衣,实在没有人能够忍受这种衣服。后来,我把头巾也摘了,像印第安妇女那样把头发编成了辫子,不然头发都垂在脖子后,实在让我难受。但是,我从来都不穿大领口的衣服,更没有和士兵们有亲密往来。和印第安人作战的时候,我会戴上头盔、轻的皮护甲以及腿上的护具,这些都是佩德罗命令帮我准备的。否则,我在刚出发的路上就被乱箭射死了。如果就因为这样,点燃了埃斯科巴以及其他人的欲望,那我真的不明白男人的脑子到底是怎么回事。我听弗朗西斯科·德·阿吉雷说过无数次,雄性动物只想着吃饭、交配和屠杀这三件事,这是他最常挂嘴边的话。但具体到人类身上,情况就略有不同了,他们还多想一件事:权力。虽然在男人们身上我已经验证过无数次他们的这些缺点,但我并不认同阿吉雷的观点。人和人并不一样。

我们的士兵频繁地谈论女人,特别是在我们安营停留的时候,他们除了轮班守卫和等待外没有其他事可以做。他们会交流对印第安女人的印象,炫耀他们的战绩——强暴,还会略带羡慕地讨论阿吉雷那神话般的战果。不幸的是,我的名字也时常出现在他们的交谈中,说我是个不知满足的女人,像男人一样骑在马上是为了获得快感,还说我裙子下穿了男人的内裤。最后一句是事实,我不能光着大腿骑在马背上。

埃斯科巴仅仅十八岁,是我们队伍中最小的士兵。在他还是个孩子的时候,作为见习水手来到了秘鲁。因为这些关于我的流言,他做了件蠢事。他少不更事,还没有被战争的残酷玷污,对我有浪漫主义的想法。他恰好也在正当恋爱的年纪。在他的眼中,我是坠落的天使,被囚禁在巴尔迪维亚的淫威下,被迫在床上满足他的欲望。这些都是我从印第安女仆那儿听到的,身边所有发生的事从来都在我的掌握之中。在印第安女仆面前没有任何秘密,男人们在她们面前从无顾忌,就像是面对他们的马或者狗一样。他们觉得即使听到他们的对话,我们女人也不明白是什么意思。我小心地观察那个小伙儿的举动,发现他总是在我周围打转。因巴尔塔萨从不离我左右,他就借口训练狗靠近我。或者,会请求我帮他受伤的胳膊更换绷带,或教他做玉米糊,因为他的两个印第安女仆什么都不会做。总之,他借各种手段靠近我。

佩德罗·德·巴尔迪维亚觉得埃斯科巴只不过还是个小屁孩。我想,在其他士兵开小伙子玩笑之前,佩德罗从未把他当一回事。一旦人们发现他对我不仅是肉体幻想,更是爱情憧憬,就开始开他各种玩笑,不让他安生,甚至有时羞辱得他掉眼泪。不可避免地,这些玩笑传到了巴尔迪维亚的耳朵里,他开始试探性地问我,监视我,甚至给我设局。他派埃斯科巴来帮我做那些女仆的工作,换作是其他的士兵,肯定会不乐意而违令,他却兴高采烈地跑来帮我。我经常在帐篷里碰到这个小伙儿,只要佩德罗知道我是一个人的时候,就派他来帐篷找东西。也许,我应该一开始就和佩德罗当面说清楚这件事,但是我不敢,嫉妒让他变得可怕,他可能会猜想我有隐情,所以才会出言保护埃斯科巴。

从塔拉帕卡出来不久时开始的这些鬼把戏在穿越沙漠的可怕路

途中暂停了一会儿,那时候谁也没有精力做这些事,但是到了舒适的科皮亚波,就又恢复了,甚至更频繁。虽然我们用火烧过埃斯科巴手臂上的伤口,但还是感染了,我需要经常帮他治疗,帮他更换绷带。我甚至想过是不是严重到要使用当地人的土办法,但是卡塔丽娜让我看他的腐肉没有发臭,小伙子也没有发烧。"夫人,你不要再添乱了,你难道没有发现吗?"她暗示我。我难以相信,他自己把伤口挑破,这样就有借口来找我治疗,我明白是时候好好和他说清楚了。

夜幕降临,军营里开始响起各种音乐:士兵们的六弦琴和笛子,印第安人悲伤的笛声,黑人监工的非洲鼓。一堆小篝火旁,弗朗西斯科·德·阿吉雷热情的男高音唱起了一首流浪歌曲。空气中弥漫着这天唯一一顿正餐的香味:烤肉、玉米和烤馕。像大部分夜晚一样,卡塔丽娜又消失了,只有我和埃斯科巴在帐篷里。我刚刚帮他清洗了伤口,我的狗巴尔塔萨也因为长时间的相处和他亲近了起来。

"如果伤口没有好转的话,恐怕我们要帮你截肢了。"我突然对他说。

"一个缺胳膊的士兵一无是处,伊内斯夫人。"他害怕地低声说。

"一个死了的士兵更是没有意义。"

我给他倒了一杯仙人掌酿的奇恰酒,稍微安抚他一下,也是为了多争取点时间,我实在不知道该如何开口。最后,我决定开门见山。

"我发现你总是跟着我,埃斯科巴,这样对我们俩都不合适。所以,从今往后就由卡塔丽娜帮你治疗。"

他像是一直期待有人来打开他的心门,我开了话头,他就一股脑儿地说出了心声,有爱的告白还有各种承诺。我试图提醒他这是出格的行为,但他根本不让我说话。他用力扑向我,合该运气不好,我倒退时正撞上了巴尔塔萨,一下子我们一起摔倒在地,他扑在我身上。任何其他人这么对我,巴尔塔萨肯定冲上去撕咬了,刚好他认识埃斯科巴,以为这是个游戏,不仅没有咬他,还在我们身边跳来跳去,兴奋地大叫。我很强壮,知道可以自卫,所以没有呼救。只有一层防水布把我们俩和外面人隔开,千万不能闹出什么笑话。他用那只受伤的手臂搂着我,用另外一只手扶着我的后颈,开始亲吻我的脸和脖子,和着口水和眼泪。我向我们的救赎圣母求救,准备用膝盖朝他腹股沟狠狠地来一下,可是一切都太晚了,佩德罗已经手握宝剑出现了——他一直在帐篷的另一间房监视着我们。

"不要!"看到他要用剑刺穿那可怜的小伙子,我害怕地大叫。

情急之下,我用力翻身把他护在了我的身下。这个时候,巴尔塔萨也回过神来,明白了自己的职责,开始要咬他。我需要保护他不被剑刺也不被狗咬。

没有任何的审判和解释,佩德罗·德·巴尔迪维亚只是叫来堂贝尼多,命令他第二天早上给埃斯科巴施行绞刑,就在弥撒后,在整个军营前。堂贝尼多拽着他的胳膊,把埃斯科巴带到了一处帐篷,没有上枷锁,但是有人看守。小伙子惊恐不已,他像泄了气的皮球,并不是害怕被处死,而是因为心碎了。佩德罗·德·巴尔迪维亚去了弗朗西斯科·德·阿吉雷的帐篷,和其他军官一起打牌到通宵才回来。他完全不听我的解释,这是我们在一起以来,第一次我努力却也没有办法让他改变想法。他彻底被嫉妒冲昏了头脑。

冈萨雷斯·德·马尔莫雷霍神父试图安慰我,说这一切不是我的错,错在埃斯科巴他自己,错在他妄想别人的女人以及他犯下的其他蠢事。

"我觉得我们不能袖手旁观,神父。我们应该说服佩德罗,让他明白这是极大的不公。"我要求道。

"将军需要在他的军中维持军纪,孩子,他不能容许这样的侮辱。"

"佩德罗可以允许他的士兵强暴殴打别人的妻女,但是他自己的女人,别人碰都不能碰。"

"现在说什么也没用了,命令就是命令。"

"当然可以撤销命令。您和我一样清楚,这孩子的错不至于绞刑。您快去和他说说!"

"我会去说的,伊内斯夫人,但我提前和你说,他是不会改变主意的。"

"您可以威胁把他逐出教会。"

"这种威胁可不是儿戏!"神父吃惊地大喊。

"难道佩德罗就可以心安理得地随意把人杀死?"我反问道。

"伊内斯夫人,你太放肆了。我们不能决定人的生死,只有上帝可以。"

最后,冈萨雷斯·德·马尔莫雷霍还是去和巴尔迪维亚说了。神父是趁他在和其他军官打牌的时候去说的,他觉得其他人会帮他一起劝服佩德罗。可是,他完全搞错了。第一,巴尔迪维亚不会在有外人在场的时候让自己的权威受到质疑;第二,其他军官在他的立场上也会做出同样的选择。

于是,我借口去看看新生儿,一个人去了胡安·戈麦斯和塞西莉亚的帐篷。印加公主变得更漂亮了,正卧在一张松软的床垫上休息,四周都是她的女仆。一个印第安女仆帮她揉脚,另外一个帮她梳深棕色的头发,还有一个把袋子里的羊奶挤到婴儿的嘴里。胡安·戈麦斯凝神看着,就像看着刚刚诞生的耶稣。我多么羡慕,我愿意用我的半生和塞西莉亚交换。恭喜了初为人母的公主,亲吻了孩子后,我拉着孩子父亲的胳膊,走到了帐篷外。我给他讲了发生的事,请求他的帮助。

"堂胡安,你是执法官,请你帮我这个忙。"我恳请道。

"我不能违抗堂佩德罗·德·巴尔迪维亚的命令。"他回答我,眼睛瞪得大大的。

"我很不好意思提醒你,堂胡安,但是你还欠我一个人情……"

"夫人,你为了这个小士兵求我,难道你真的对他有特别的意思?"他问我。

"你怎么会这么想?我会为军营里的任何一个人求情。我不能让堂佩德罗犯下这样的罪恶。你也不要和我说这是什么军纪了,我们都清楚这只是他的嫉妒在作祟。"

"你打算怎么做?"

"就像神父说的那样,这事由上帝决定。但我们稍微给上帝加把劲,你觉得如何?"

第二天弥撒后,堂贝尼多把大家都召集到了军营中央的广场,那里还立着给鲁伊兹行刑的绞刑架,绳子都准备好了。这是我第一次参加行刑,之前我都想方设法避开这些行刑和处决,目睹战争的残酷和那些我医治的伤病员的苦痛就已经让我够受折磨的了。我抱着救赎圣母像,这样大家都能看到圣母。军官们站在最前面,围着绞刑架站成了一个四边形,后面依次是士兵、监工、印第安苦力、女仆和情妇们。我们的神父在和巴尔迪维亚交涉失败后,彻夜祈祷。他脸色发青,眼窝深紫,每次鞭刑时,他总是这样。但据印第安女人说,他挥起鞭子来更像是开玩笑,毫无威力,她们太知道真正的鞭打是怎样的。

随着连续的鼓声和一声宣告,行刑开始了。胡安·戈麦斯作为执法官宣布:士兵埃斯科巴居心不轨,闯进将军的帐篷,冒犯了长官,此举严重违反军纪。不需要更多的解释了,所有人都清楚这可怜的孩子要为他那幼稚的爱付出生命的代价。两个负责行刑的黑人把犯人押到了广场上。埃斯科巴没有戴枷锁,笔直得像根长矛,面容平静,目光落在远方,像是在梦游。他已请求在行刑前让他沐浴更衣、刮去胡子。他跪了下来,神父给他施临终涂油礼,祝福他,让他亲吻十字架。黑人把他带到绞刑架上,把他的双手捆在后背,绑住了他的双踝,最后,把绳索套进了他的脖子。埃斯科巴不让他们给他盖住头,我想他是想看着我死去,挑衅佩德罗·德·巴尔迪维亚。我一直看着他,希望能给他安慰。

第二轮鼓声后,黑人把犯人脚下的支撑撤了,他就悬在空中。人群中一片死寂,只有鼓声。埃斯科巴的身体在架子上晃动,我紧紧握着神像,绝望地祈祷,漫长无边。之后,奇迹发生了:绳子突然断了,犯人重重地摔到了地面,一动不动,就像死了一样。好多人都惊呼。佩德罗·德·巴尔迪维亚往前走了三步,脸色惨白,难以置信发生的一切。在他给刽子手重新发令之前,神父高举着十字架,先行了一步,他也和其他人一样吃惊困惑。

"这是上帝的旨意,上帝的旨意!"他大叫。

我先是听到一阵低语,之后是印第安人激动的喧闹,这片人声撞上了西班牙士兵的麻木不仁,直到有一个人开始画十字,跪到了地上。很快,一个接着一个,除了佩德罗·德·巴尔迪维亚,所有人都跪了下来。上帝的旨意……

胡安·戈麦斯让刽子手退到一边,他自己帮埃斯科巴把脖子上的绳子给解了,把手腕和脚踝上的绳结割开了,帮他站起来。只有我一个人注意到,他把绞刑架上的绳子递给了一个印第安人,在任何人想起近距离查看一下之前,那人就拿着绳子迅速离开了。胡安·戈麦斯现在什么都不欠我的了。

埃斯科巴没有被释放,他的刑罚被改成了流放。他只能带着一个印第安苦力,灰头土脸地走路回秘鲁。即使他能逃过山谷里敌对的印第安人的袭击，也会在沙漠里活活渴死，他的尸首会暴露在外，像木乃伊一般被风干，得不到安葬。也就是说，落得比被绞死更可怜的下场。一个小时后，他就像当时走向绞刑架一样，正义凛然地离开了军营。从前捉弄嘲笑他的士兵，毕恭毕敬地站成了两排给他送行。他一声不吭，用目光依次和他们道别，慢慢地走出人群。一个士兵给了他把剑，另一个给他一把短斧，第三个人给他牵来了一只大羊驼，背上装着一大包东西还有水囊。我远远地看着这一切，对巴尔迪维亚深深的仇恨几乎让我窒息。当小伙子走出军营后，我追上了他。我下了马，把我这唯一的财富——马——给了他。

我们在河谷待了七个星期，其间又有二十个西班牙人加入了我们的队伍，这其中有两位教士和一个叫秦启亚的人，他是个卑鄙小人，还煽动叛乱，一开始就和桑丘·德·拉·沃斯串通要谋杀巴尔迪维亚。德·拉·沃斯的枷锁已经被解除了，他可以随意在军营走动，不仅打扮整洁，还喷着香水，一直伺机向佩德罗报仇，好在胡安·戈麦斯把他看得很紧。如今，我们队伍中一共有一百五十名士兵，只有九人不是贵族，其他都是乡绅——乡间或没落贵族家子弟，但他们和身份最高的贵族一样绅士。巴尔迪维亚觉得这不算什么，西班牙遍地是贵族，但我相信这些创始人会将他们的高贵气质传给智利王国。西班牙人高贵的血液和马普切人不屈服的血液混合起来，将来会生出无比高傲的民族。

把埃斯科巴驱赶后，军营好几天才恢复正常。人们满腔怒气，空气中都弥漫着愤恨。在士兵们看来，错都在我：是我勾引了那个无辜的孩子，诱惑他，挑逗他，把他带向死亡。我是不知羞耻的情妇，而佩德罗·德·巴尔迪维亚只是捍卫了他的荣誉。很长一段时间，这些男人的仇恨——就像之前他们的欲望一样——灼烧着我的皮肤。卡塔丽娜建议我待在帐篷里,直到大伙儿的怒气消下去,但是旅程有很多工作需要安排,我只能走出去,直面他们的非议。

佩德罗忙着安排新来的人,还要处理军营里流传的背叛传言,但他还是抽时间在我身上发泄他的怒气。就算他知道自己在应对埃斯科巴的事上过分了,他也坚决不会承认。负罪感和嫉妒燃起了他的欲望,时时刻刻都想占有我,甚至在大白天的中午。他会突然暂停工作,或者中止和其他军官的会议,在整个军营众目睽睽之下,把我拉进帐篷,搞得全世界都知道发生什么了事。巴尔迪维亚不关心这些,他只是要树立他的权威,凌辱我,平息流言。我们从来没有这么激烈地做爱,他弄得我全身青紫,还指望我喜欢这样。既然我不再因为快感而呻吟,他希望能看到我痛苦地呻吟。这就是对我的惩罚,像妓女一样被折磨,正如对埃斯科巴的惩罚是让他死在沙漠里。我尽可能地忍受他对我的折磨,想着佩德罗总有一天怒气会消,但到了第二个星期我就没有耐心了。当他想从我背后粗鲁进入时,我没有顺从,反身打了他一记响亮的耳光。我也不清楚是怎么发生的,手就那么挥出去了。突发的情况让我们俩都惊呆了,但也终于把我俩的敌意彻底打破了。佩德罗紧紧地搂住我,满是悔意,我也颤抖不停,和他一样后悔。

"我都做了什么!我们怎么会变成这样,亲爱的?请原谅我,伊内斯,让我们都忘了这一切吧⋯⋯"他低语道。

我们俩抱在一起,心心相印,互诉衷肠,直到最后筋疲力尽而眠。从那时候开始,我们又找回了从前的亲密。佩德罗又像从前那样,无限温柔、激情满满地讨好我。我们一起散步,但总是有护卫在左右,因为随时会有印第安人袭击。我们俩单独在帐篷里吃饭,晚上他给我读书,几个小时地爱抚我、取悦我。不多久前,我们俩关系恶劣的时候,他完全拒绝了这些亲密举动。像我一样,他特别希望有个儿子,但即使诵圣母的玫瑰经,喝卡塔丽娜配的药水,我却始终没有怀孕。无论是和哪一个我爱的男人:胡安、佩德罗和罗德里格,还是那些露水情缘,我从来都没有怀孕过。我相信佩德罗和我一样不育,他和妻子玛丽娜或者其他任何女人都没有子嗣。"留下我的名字和记忆",这是他征服智利的理由。他没能创建一个功名显赫的家族,便以此弥补:既然不能在后代身上延续祖姓,就把名字留在历史上。

佩德罗极有耐心地教我用剑。他重新送了我一匹马,以代替之前我送给埃斯科巴的那匹,还让他最好的骑士训练了马。一匹战马要本能地服从骑士,因为骑士还要挥动武器,难以分心。"我们谁都不知道会发生什么,伊内斯。既然你有勇气和我同行,那你也要准备好,像任何一个士兵那样随时保护自己。"他建议我。这是很实在的建议。我们原本打算在科皮亚波休整恢复,但很快就放弃了,因为只要我们稍微一放松警惕,印第安人就借机袭击。

"我们要派一些使者去告诉他们,我们是带着和平的愿望而来的。"巴尔迪维亚对他的军官们说。

"这不是好主意。"堂贝尼多表示,"因为他们还记得六年前发生的事。"

"您是指什么?"

"当年,我和迭戈·德·阿尔马格罗将军一起远征智利的时候,当地人不仅表达了他们的友谊,还送了原本要上供给印加国王的黄金,当时他们已经知道后者向西班牙人投降了。但是将军对进贡不满意,对他们也充满怀疑,所以用双方商议的借口,召集了所有人。那时,甚至还没有完全赢得他们的信任,将军就下令进攻了。很多人在冲突中死去,除此,我们还俘虏了三十个酋长,我们把他们绑在柱子上,活活烧死了他们。"堂贝尼多解释道。

"你们为什么这样做?难道你们不希望和平吗?"巴尔迪维亚怒气冲冲地问道。

"如果阿尔马格罗不先动手,那就是印第安人对我们西班牙人先动手。"弗朗西斯科·德·阿吉雷插话道。

智利印第安人最觊觎的是我们的马,最害怕的是我们的狗。所以,堂贝尼多把马都圈在了马厩里,让狗看守。智利印第安人主要受三个酋长领导,而他们又都听命于米奇马隆戈。他老奸巨猾,知道他们的兵力不足以和我们正面较量,所以选择疲劳战术,想拖垮我们。他的士兵偷我们的羊驼和马匹,毁掉我们的粮食,劫掠我们的印第安女仆,袭击我们外出寻找食物或水的军队。如此,他们杀了我们一个士兵和好几个印第安苦力。这些印第安苦力也学习了如何打仗,不然死得还要多。

春天到了,漫山遍野开满了鲜花,空气也变得温热,印第安女人、母马和羊驼都开始生产。再也没有什么比小羊驼更可爱的了。无论是久经沧桑的西班牙人,还是疲惫的印第安苦力,都为这些新生命的到来高兴,整个军营一片活力。冬天浑浊的河水又变得清澈见底,因为高山冰雪的融化,水量也无比充沛。牧草遍地,可狩猎的动物、可供采摘的蔬菜和水果也多了。春天愉快的气息让我们放松了警惕。我们没有想到会有那么多的印第安苦力逃跑,先是二百多个,后来又跑了四百多人。无论堂贝尼多怎么鞭打监工和剩下的印第安人——前者因为疏忽,后者因为合谋,谁也说不清他们是怎么逃跑的,也不知道他们跑到哪里去了。很明显的是,没有周围智利印第安人的帮忙,他们不可能跑得远,而且他们早就被杀了。堂贝尼多把守卫增加到三倍,把印第安苦力一直绑着,一刻不放松。监工们挥着他们的鞭子,牵着狗,也一刻不停地在军营巡视。

巴尔迪维亚等到小马小羊驼能站立走路后,就立马下令继续往南行进,前往堂贝尼多所说的人间仙境马波乔山谷。我们知道马波乔和马普切的意思几乎是一样的,我们马上就要正面对战那些野蛮的印第安人了,他们当初击退了阿尔马格罗带领的五百士兵和八千多印第安人的部队。我们现在只有一百五十名士兵和不到四百个极不配合的印第安苦力。

智利的地形狭长得就像一把剑。高山、火山林立,河网交错,平原就散落其中。海岸陡峭,巨浪滔天,水冰彻骨,森林茂密,香飘四里,山峦绵延不绝。我们时常能听到土地的呼吸,感觉到地动山摇,但慢慢地,我们就习惯了这些震动。"这就是我想象中的智利,伊内斯。"佩德罗激动地对我说,面对眼前原始、美丽的景色,他情难自禁。

但这趟旅程并不是只欣赏美景,我们还要面对印第安人永无止境的挑衅,米奇马隆戈对我们的紧追不舍。我们只能轮流休息很短的时间,一旦有所疏忽,他们就会扑上来。羊驼是很脆弱的动物,难以负重太多,否则就会背裂而亡。因此,我们只能让印第安人分担那些逃跑的人的负重。虽然我们已经精简行李,把所有不是必需的物品都处理了,譬如我的好几箱华服,毕竟在智利也完全没机会穿,但是,印第安苦力的负重还是几乎增加了一倍。他们又被绑在了一起,以防逃跑。因此,整个队伍行进得又慢又痛苦。士兵们也对印第安女仆失去了信任,她们远没有想象的顺从愚钝。他们还是会和她们寻欢作乐,只是不敢和她们睡在一起,有些人甚至觉得这些印第安女仆在给他们一点点下毒。但真正腐蚀他们身心的不是毒药,而是无尽的疲倦。很多人把自己的痛苦都发泄到这些印第安女仆身上,巴尔迪维亚威胁他们,如果再这样就撤除他们的女仆,而这确实也实行了两三次。士兵们万分不满，他们不能接受任何人插手自己管理女仆这样的私事，统帅也不行，但是，佩德罗一贯我行我素。他说，要宣扬典范。他不允许西班牙人比那些野蛮人表现得更差。慢慢地，士兵们都阳奉阴违。卡塔丽娜告诉我，他们依然殴打他们的女仆，只是不打脸，也不打任何能留下印迹的地方。

眼看当地的印第安人越来越猖狂，我们都在想埃斯科巴到底怎么样了。我们猜想，他大概已经以某种缓慢而残酷的方式死去了，但谁都不敢提起他，怕惹祸上身。若我们渐渐遗忘了他的名字和相貌，也许他会变成透明的风，可以在敌人中随意穿梭。

负重的印第安苦力艰难行进，队伍里还有很多新生的小马和其他动物，我们只能以龟速前进。因为罗德里格·德·基罗加的千里眼和他可嘉的勇气，他总是打头阵。佩德罗·德·巴尔迪维亚把比亚格拉任命为他的副手，走在队伍后方护尾。阿吉雷迫不及待地要和印第安人厮杀，他对打仗的痴迷不亚于对女人的兴趣。

"印第安人来了！"一天，一个基罗加从前线派回的信使大喊。

巴尔迪维亚把我、其他妇女儿童和一些动物安置到一处有岩石和树木环绕的地方，他就带着士兵打仗去了。不像西班牙大方阵那样一个骑兵配三个步兵，这里全都是骑兵。我这里说骑兵，似乎是在说一队一百五十人的勇兵强将，能以一敌十，但事实是，马因为长途跋涉瘦骨嶙峋，骑士也衣衫褴褛，铠甲不合身，头盔瘪了，武器也生锈了。他们的确很勇敢，却没有纪律，个个趾高气扬，一心想挣得自己的功名。"为什么西班牙人那么难团结起来？所有人都只想做将军！"巴尔迪维亚经常如此抱怨。除此以外，我们的印第安苦力也数量锐减，还疲惫不堪，因为被虐待而心怀怨恨，完全帮不上什么忙。

他们只是因为不想被打死才勉强应战。

佩德罗·德·巴尔迪维亚总是冲在最前面,虽然他的军官都恳求他多珍惜自己,因为没了他,我们所有人就茫然无措了。他大喝一声"圣主保佑!"就冲到了前面。在和阿拉伯人作战的几百年里,西班牙人总是向圣徒雅各祈求庇护。火枪手们跪在地上,准备好火药,瞄准目标。巴尔迪维亚知道,那些智利人没有任何防护地冲锋陷阵,没有盾牌也没有铠甲头盔,他们把生死置之度外。他们不怕火枪,只是觉得声音大了些。他们只有在猎狗面前却步,它们发狂地把人活活咬死。他们以肉身对抗西班牙人的全副武装,武器也只有石头,却用来对抗真枪实弹,自然损失惨重。在马背上的西班牙人是不可战胜的,但是一旦落马,就很快会被他们杀死。

我们队伍还没有召集好,就听到印第安人靠近的吼声,这声音足以让敌人吓得肝胆俱碎,可对我们却造成了相反的效果,我们怒不可遏。罗德里格·德·基罗加的队伍和巴尔迪维亚的队伍刚一会合,就听到从山上传下来的声浪。他们有好几千人,几乎全身赤裸,拿着弓箭、长矛、棍棒,号叫着,为即将到来的激战兴奋不已。火枪把第一排冲锋的人都击倒了,但是丝毫没能阻止他们,甚至都没有让他们减速。几分钟后,我们就看到了画花的鬼脸,开始了肉搏战。我们的长矛刺穿了他们土色的皮肤,利剑斩断了他们的四肢和头颅,马蹄踩烂了那些倒地的人。他们一旦靠近,就先把马打晕,马还没有倒下来,二十来双手就把骑士从马上揪到地上。头盔和胸甲能保护士兵一段时间,有时刚好够同伴赶过来救援。箭虽不能穿透锁子甲和铠甲,但在其他没有保护的部位,却是一击即中。在混乱的激战中,我们的伤员依然战斗,没有察觉到疼痛,也没有意识到伤口在流血,直到最后一刻倒下,有人救下他们,拖到我这儿救治。

我带着随身的几个印第安女仆组建了小小战地医院,由几个忠心的印第安苦力和黑人奴隶保护。印第安人是想保护自己族群的妇孺，黑人是害怕落到当地人手里，被剥皮研究他们的肤色是不是涂上去的，确实在其他地方有这样的情况发生。我们用破布做绷带，用止血带止血，用烧红的炭烧灼，伤员刚刚能站定，让他喝口水或者一口酒，就给他武器，让他们立马回到战场厮杀了。"圣母，请保护佩德罗。"在给伤员医治的间隙，我祷告道。空气中都是火药、马匹、鲜血和皮肉烧焦的味道，混杂在一起。弥留之际的士兵祈求宽恕，但是神父和其他教士也都上战场了，于是，我在他们的额头画十字，宽恕他们，让他们安心地离去。神父和我交代过，如果没有神父，任何一个基督徒在紧急情况下都可以施洗礼和临终礼，但是他不确定一个女基督信徒是否可以这样做。濒死疼痛的呻吟，印第安人的号叫，马嘶声，火药的爆炸声混合着女人们惊恐的哭声，她们很多人背后还背着孩子。塞西莉亚习惯像个公主一样被奴仆侍奉，第一次俯身人间，和我、卡塔丽娜一起肩并肩做事。这个女人看似娇小可爱，但远比看上去的强壮很多。她那细羊毛的长袍上沾满了别人的血迹。

有一次，几个敌人甚至靠近了我们医治伤员的地方。突然，我感到喧闹声越来越近，声音越来越大。当时我正试图把堂贝尼多大腿上的一支箭拔出来，其他几个女仆按着他，我突然抬起头，就看到几个野蛮人在我面前，他们正高举着锤子和斧头，吓退了羸弱的印第安护卫和黑人奴隶。我不假思索地双手拿起剑，按照佩德罗教我的挥剑方法，打算捍卫我们那小小的空间。他们领头的是个上了年纪的男人，脸上涂得五颜六色，还装饰了羽毛，一道伤疤从太阳穴的位置一直延伸到嘴角。我几乎是在瞬间观察到的这些细节，一切都发生得太快。我记得我们正面对战，他握着短矛，我双手握剑，两人姿势一样，发怒地大吼，彼此对视，都是一样的凶猛。突然，老头做了个手势，他的同伴都停住了。我并不完全肯定，但似乎看到他土色的脸上出现了浅笑,之后他转过身,身手矫健地离开了。恰好此时,罗德里格·德·基罗加骑马飞奔而来,扑向敌人。这个老头正是米奇马隆戈酋长。

"为什么他没有攻击我?"过了很久之后,我问基罗加。

"因为他不好意思和女人对战。"他解释道。

"那换作是你,也这样吗?"

"当然。"他毫不犹豫地回答。

冲突持续了几个小时,激战不停,时间飞逝,容不得人胡思乱想。突然,在他们几乎快获胜的时候,这些印第安人和来时一样又迅速地消失在了山里,丢下了他们的伤亡士兵,带走了从我们那儿抢得的马匹。我们的救赎圣母再一次营救了我们。战场上满是尸体,必须把嗜血的猎狗都拴起来,防止它们把我们的伤员也给咬了。黑人在倒地的人群中查看,把智利人杀死,把我们的伤员给我带过来。我全力以赴救助伤员。漫山遍野都是亟待我医治的伤员的号叫,持续了几个小时,震天动地。我和卡塔丽娜帮伤员拔出箭,用火烧灼,但我们俩根本忙不过来,实在太费力了。都说人会适应一切,但我从来都没有适应这些呻吟号叫。即使是现在,在创建了智利第一所医院、毕生都救治伤员后,我依然还会听到当年战场上的号叫。如果伤口能像被撕开口子的布一样用针线缝好的话,治疗还会容易些,可是,只有火才能止血和防腐。

佩德罗·德·巴尔迪维亚有好几处伤口和挫伤,却不想让我处理。只是迅速地召集他的军官,统计损失情况。

"一共多少伤亡?"他问道。

"堂贝尼多中箭,很严重。死了一个士兵,伤了三个,其中一个重伤。我粗略估算,他们偷了二十匹马,杀了很多印第安苦力。"弗朗西斯科·德·阿吉雷汇报道,他算数并不太好。

"一共四个黑人和六十三个印第安人受伤,其中很多伤势严重。"我纠正道,"死了一个黑人和三十一个印第安人。我认为有两个人过不了今晚。必须把伤员搬到马上,我们不能扔下他们,最严重的要抬到担架上。"

"我们在这里停留几天。基罗加上尉,现在就由你代替堂贝尼多担任军中总指挥。"巴尔迪维亚命令道,"比亚格拉上尉,请你清点一下战场上对方的损失人数。你还要负责防卫,我猜想他们很快又会卷土重来。神父,请你负责尸体的安葬和弥撒。一旦伊内斯觉得可以了,我们就马上出发。"

虽然比亚格拉负责防范,但是整个军营都很脆弱。我们身处毫无遮挡的山谷,而印第安人却占据着山头。好在我们停留期间,他们没有再现身。堂贝尼多解释说,他们每场战役后,会饮酒大醉到不省人事,直到恢复清醒后再次出击,那样就会过去好多天。太好了,我希望他们不缺奇恰酒。

第四章

新埃斯特雷马杜拉的圣地亚哥,1541—1543

受伤的堂贝尼多躺在临时担架上,认出了远处的乌埃伦山,上次和迭戈·德·阿尔马格罗的远征中,他在那里竖了个十字架。

"就是那儿,那就是我魂牵梦萦好多年的伊甸园!"他大叫。中箭后,他一直高烧不退,无论是草药、卡塔丽娜的巫术还是神父的祷告都无济于事。

我们下到一处平缓的谷地,到处都是橡树,以及其他在西班牙从来没有见过的树木:石碱树、红厚壳月桂、美登木、山毛榉、桂皮树。时值盛夏,可是远处高山上还覆盖着积雪。河谷四周被高低起伏的小山丘环绕,覆盖着各种植被。佩德罗只看了一眼,就理解了堂贝尼多的选择,他的坚持是对的。这里有碧蓝的天空,充足的阳光,丰茂的树林,肥沃的土地,溪流和水量充沛的马波乔河滋养着这一切。这就是上帝挑选的让我们建造第一个居所的地方,不仅美丽富饶,还完全符合国王卡洛斯一世提出的在新大陆建城的一些睿智建议:"你们不要选海拔太高的地方,风太大,搬运和补给不便;也不要选太低的地方,容易受到疾病侵扰;最好在中等高度的地方建城,能享受北风和正午的阳光。如果有高山的话,最好位于东西两侧;若建在河岸边,在布局城镇时应让人们第一时间享受到阳光,比河水都早。"看来当地人和卡洛斯一世想法一致,因为我们看到很多村子,住了很多人,还有很多的田地、河道、水渠和道路。我们并不是第一个发现此地优势的人。

比亚格拉和阿吉雷带着一队人马先去刺探一下印第安人的反应,我们其他人就安静地在原地等待。他们带回了好消息:虽然当地印第安人没有很信任我们,但也没有表示敌意。他们还发现这里也属于印加帝国的统治范围,酋长比塔古拉就是帝国的代表,他控制着整个区域。不过,在得知我们这些大胡子的西班牙人已经统治了秘鲁后,他打算和我们合作。堂贝尼多坚持认为"不要相信他们,他们都是些叛徒且好战"。但我们已经决定要在这儿定居,哪怕要用武力征服当地人。这些人世世代代在这里居住、耕种,这对我们这些野心勃勃的征服者来说是种激励,因为意味着这里的土地和气候都很宜人。比亚格拉估摸着数了下我们能看到和能遥望的村落,目测大约有一万多人口,大部分是妇女儿童。他说,不用太担心,除非米奇马隆戈的部队再次出现。当地人看到我们是怎么想的?得知我们会在这儿定居,他们又有何想法?

从库斯科出发后的第十三个月,也就是1541年2月,巴尔迪维亚把卡斯蒂利亚的旗帜插在了乌埃伦山的山脚下,以国王的名义宣告了主权,并以那天殉道者的名字将该山命名为圣卢西亚山。就在那儿,他打算建造新埃斯特雷马杜拉的圣地亚哥城。做完弥撒、领完圣餐后,他以古老的拉丁习俗确认城市的边界。我们没有水牛和犁,所以用的是马。我们高举圣母像走在队伍的前列,缓慢行进。巴尔迪维亚是那么激动,满脸泪水。而他也不是唯一一个落泪的人,那些英勇的士兵大半都哭了。

两周后,我们的规划师——一个姓甘博阿的独眼人,画好了经典的城市规划草图。先是确定了大广场和大树下审判、搭绞刑架的地方。然后以此为中心,向四面辐射,纵横分割,有了阡陌交错的街道,每个街区大约长一百三十八巴拉,一共八十个街区,每个街区四个宅基地。最早开始修建的是教堂，就在大广场中央。"总有一天，这个小教堂会变成大教堂。"神父冈萨雷斯·德·马尔莫雷霍承诺道，声音因激动而发抖。佩德罗把广场以北的那个街区留给了我们自己，然后按军阶和忠诚度给军官和士兵分配了宅基地。带着我们的印第安苦力，以及自告奋勇前来的当地人，我们开始用木头、砖坯造房子，用茅草盖屋顶——直到后来我们才能建瓦片屋顶，砌厚厚的墙和窄窗小门，这样便于有袭击时可以自卫，也更便于维持屋内适宜的温度。我们正在经历当地炎热、干燥但宜人的夏天，而这里的冬天，人们告诉我们是又冷又潮的。独眼人甘博阿带着他的助手规划街道，其他人就带着一队队的工人开始修建工作。铁匠炉的火一刻都不灭，不停地在打制钉子、铰链、门锁、铆钉和角铁，锤打和锯木声只有在做弥撒以及晚上睡觉时才停止。空气中飘散着刚刚锯下的木头的清香。阿吉雷、比亚格拉、阿尔德雷特和基罗加重整了在长途跋涉中破败不堪的军队。巴尔迪维亚和身经百战的蒙罗伊上尉尝试和当地人交涉，后者以颇有外交手段自居。我负责医治伤病员，还有我最喜欢的事：建造。其实我之前也没有相关经验，但自从在广场上打下第一根桩子，我就发现了这种爱好，并保持到了今天。从那时候起，我建造了医院、大小教堂、修道院、圣殿，甚至整个村落。如果时日还多的话，我还会建造一个孤儿院，这在圣地亚哥极有必要。和埃斯特雷马杜拉一样，这里的街上也流落着很多可怜的孩子。这片土地这么肥沃，应该用收获的果实养活所有人。我热情地投入到建造工作中，在新大陆这些工作都是女人承担的。男人们只是建造一些临时的村落，把女人和孩子留在那儿，然后一刻不停地和当地印第安人打仗。整整经历了四十年的战乱、牺牲、努力和劳作，圣地亚哥才得以有今天的强大。我难以忘怀，当初我们连住处都没有，毫无庇护，只能靠尖牙和利爪防卫。我让女人们和罗德里格·德·基罗加给我的五十个印第安人制作桌子、椅子、床、床垫、炉子、织布机、陶碗、厨具、牲口圈、鸡笼、衣服、毯子、桌布和文明生活的基本所需。为了节约劳力和粮食,刚开始我建立了一套供应系统,以免任何人挨饿。一天只做一次饭,然后在大广场的客店里按碗供应。虽然没有大炮保护,佩德罗还是把这个大广场叫作武器广场。我们女人做馅饼、豆饭、土豆、玉米羹,还用印第安人打来的鸟和兔子做炖菜。有时候,当地人也会给我们弄些鱼和海鲜来,但都不太新鲜。每个人都给饭桌贡献一部分,就像当年在马努埃尔·马丁船长的船舱里一样。这种共享机制也能团结人民,在短时间内让不满的人无话可说。我们还养了家禽,但只在某些特别的日子才宰杀,因为我打算一年内把牲口圈填满。猪、鸡、鹅与羊驼和马一样重要,甚至很多时候比狗都要重要很多。动物和人一样,经过长途旅程也损耗很多。所以每下一个蛋,每产下一个小崽,都让人欢欣鼓舞。我育种打算在春天种植,在规划师甘博阿规划的小园子里,我打算种小麦、蔬菜、水果还有花——人没有花还怎么生活,这也是我们朴素生活的唯一小奢侈了。我不准备使用在普拉森西亚果园见过的种植方法,打算学习当地人耕种和浇灌的方法,毫无疑问,他们肯定更了解这片土地。

我还没有提到玉米和印第安小麦,没有这些我们根本就活不下去。这些作物不需要翻地就可以直接播种,只需稍微把四周围的树枝修剪一下,让太阳能晒到地就好。没有锄头的话,用稍微锋利一点的石头在地上划出一道道槽就可以,然后撒下种子,它自己就会长起来。玉米穗子可以挂在杆上好几个星期也不会腐烂,不用专门脱粒,很容易就取下玉米粒。因为容易种植,产出又高,在新大陆,无论是印第安人还是西班牙人都吃这个。

巴尔迪维亚和蒙罗伊带着好消息高兴地回来了——比塔古拉即将拜访我们。堂贝尼多提醒说,就是这个酋长之前背叛了阿尔马格罗,我们最好做点防范措施,以防万一。但这丝毫没有影响人们的兴致,大家依然兴高采烈。我们已经受够征战了。人们把头盔和盔甲擦得闪亮,在广场上插上了旗帜,将马匹围成圈,这能震慑印第安人,还用仅有的乐器奏了音乐。作为防御,巴尔迪维亚准备了火枪队,让基罗加带了一队敏捷的射手,隐藏在暗处,一旦有突发情况就出现。比塔古拉整整迟到了三个小时,但据塞西莉亚解释,这是印加人的礼仪。他全身装饰着色彩缤纷的羽毛,手握一把小小的银斧,以象征他的权力。四周簇拥着他的家人和大臣,完全和秘鲁的贵族一样的架势。他们没有携带任何武器。他用克丘亚语做了一段冗长复杂的讲话,之后作为回应,巴尔迪维亚也做了一段半个小时的恭维发言,只是很难把双方的话翻译给对方听懂。酋长带了些金砂、银制的小物件和羊驼毛毯作为礼物,他说那些金子来自秘鲁。他还给我们派了些人手,帮助我们建造城市。作为交换,我们赠送给他们一些从西班牙带来的小玩意儿,还有克丘亚人很喜欢的帽子。我准备了丰盛的食物、仙人掌酿的奇恰酒和一种叫穆达伊的玉米发酵制成的烈酒。

"这个地方有黄金吗?"阿隆索·德·蒙罗伊问道,他说出了其他所有士兵的心声,他们只关心黄金。

"黄金没有,但是在山里有银矿。"比塔古拉回答道。

这回答让所有士兵士气大振,但却让巴尔迪维亚有点难过。这天晚上,当其他人都在计划如何使用还没有到手的白银时,佩德罗却在一边叹气。我们已经住在属于我们的街区了,但还没有筑起高墙搭好房子,暂时只能住在皮萨罗送我们的帐篷里。我们在木盆里用冷水泡澡,以洗去白天的热气。

"白银的事真让人伤心,伊内斯。我多么希望智利就像人们所说的那么贫瘠。我是要建立一个勤劳努力的民族,不希望因为轻易获得的财富而毁了这一切。"

"佩德罗,银矿有没有还要再看呢。"

"我希望没有,但无论如何也没办法阻止人们去寻找它。"

确实如此。第二天,他们就组织了几队人马开始发掘那个银矿。这正中了我们敌人的下怀:我们的力量被分解成一小股一小股。

佩德罗开始任命第一任政府成员,他把最忠诚的部下任命为未来的市长,并打算在远征队伍最勇敢的人中,封授六十块领地,让他们带领印第安人一起耕作。我觉得分地封爵有点为时过早,这些土地还没有完全属于我们,而且我们还没有完全搞清楚智利到底疆域多大,到底蕴藏了多少财富。但是,历来如此:插上旗子,用黑字白纸写好所有权,之后等真的把这些白纸黑字变成土地黄金的时候,各种问题就来了。为此,不得不剥夺印第安人的土地,还要强迫他们为新主人劳作。但同时,我感到很荣幸,佩德罗也把我当作他大将中的一员,给我分了最大块的土地。他认为,我和其他勇敢的士兵一样历经了千辛万苦,并无数次拯救了队伍。如果对于男人们来说,这样的旅程很艰辛,那对于柔弱的女人来说更是不容易。我当然不柔弱,但也没有任何人胆敢对佩德罗的决定提出异议。可是,桑丘·德·拉·沃斯就借这个为由头,在心有不满的士兵中煽风点火。我想到,如果有一天这些农田庄园都成真的话,我这个曾经埃斯特雷马杜拉的普通女人,将成为智利最富有的人之一。我母亲要是知道这些事,该有多高兴!

接下来的几个月里,平地里如奇迹般地矗立起一座城市。到了夏末,已经有很多好看的房子建好,我们在街道的两旁种了一排排的树,希望绿树成荫,百鸟云集。人们也开始收获他们菜园子里的第一茬蔬菜,家禽也都长得很好,我们已经开始为冬天囤积粮食。如此欣欣向荣的景象惹恼了当地的印第安人,他们确切地知道我们不是路过而已,是要长久扎根下来。他们自然想到,会有更多的西班牙人到来,抢占他们的土地,奴役他们。当我们在准备要长久留下来的时候,他们在准备把我们赶走。他们依然无影无踪,但是我们开始听到喇叭和皮尤以阴森的声音,皮尤以是一种用敌人腿骨做的笛子。年轻力壮的印第安人都避开我们,圣地亚哥附近只有老弱妇孺,但我们还是时刻保持警惕。堂贝尼多说,比塔古拉拜访的唯一目的就是刺探我们的军事实力。虽然我们那天大张旗鼓,但他肯定没有被吓到。看到我们那么少的兵力,再比比在附近树林里他们的军队,他肯定都笑死了。他是克丘亚人,是印加帝国的代表,他不想卷入西班牙人和当地野蛮人的混战中。他已经估摸过了,如果开战的话,他肯定可以获胜。就像我们的古语所说,鹬蚌相争,渔翁得利。

靠着手势和零星的克丘亚语,我和卡塔丽娜出去和附近的人交易,用我箱子底的各种小玩意儿或者我们的医疗服务作为交换。这样,我们有了家禽和原驼——一种类似羊驼的动物,能产很好的毛。我们能利索地接骨、疗伤、接产,这些都很有用。在印第安人的村落里,我认识了两个巫医,卡塔丽娜和她们交换了一些草药,交流了巫术,她们教我们认识智利植物的习性,这些和秘鲁的很不一样。

其他的当地"医生"就纯粹是巫师了,他们会从病人肚子里挖出虫子,会做些小的祭祀,会用那些装神弄鬼的把戏吓唬人,有些手段确实能取得很好的成效,就像我自己尝试的那样。卡塔丽娜在库斯科的时候,和一个巫师一起共事过。当时,堂贝尼多的箭伤试过所有手段都不奏效,卡塔丽娜最后在他身上试验了巫术。在塞西莉亚两个女仆的协助下,我们小心翼翼地把堂贝尼多带到了树林里,卡塔丽娜在那里作法。先是给他服了一剂药汤让他发怔,然后开始用烟熏他,最后在他一直都没能痊愈的大腿伤口上揉摸。在他的后半生,堂贝尼多一定会不厌其烦地给那些好奇的人讲述,他如何亲眼看见从他的伤口处取出蜥蜴和蛇——正是这些东西让他的腿伤恶化,以及后来他是如何完全康复的。虽然他瘸了,但没有像我们担心的那样因伤口溃烂而亡。我觉得没有必要告诉他,其实卡塔丽娜在她的袖子里事先藏好了死蜥蜴和蛇。塞西莉亚说:"如果魔法能医治,那就继续吧。"

这位印加公主在克丘亚文化和我们的文化间充当了交流的桥梁,并通过她的女仆建立了一个信息网。她还去见了比塔古拉,这位酋长得知她是印加国王阿塔瓦尔帕的妹妹后,立马跪了下来,朝她磕头。从他那里,塞西莉亚得知秘鲁正处在一片混乱之中,甚至有传言说皮萨罗已经死了。我立马偷偷地把这个消息告诉了佩德罗。

"你怎么知道是不是真的,伊内斯?"

"是那些印加信使说的。我不确定是不是真的,但我们最好采取措施,你觉得呢?"

"好在我们远离秘鲁。"

"可是,如果皮萨罗死了,他给你的授权就会无效。你只是他的副总督。"

"如果皮萨罗死了,我肯定桑丘·德·拉·沃斯和其他人会再次质疑我的合法性。"

"但如果你是总督,就不一样了,不是吗?"我提议道。

"伊内斯,可我不是总督。"

我的提议没有被佩德罗采纳,但他很清楚我不会就此罢休的。我利用和罗德里格·德·基罗加、胡安·戈麦斯的友情,让他们帮着传播巴尔迪维亚理应被任命为总督的主意。几天后,就像我预计的那样,整个圣地亚哥城都在谈论此事。这个时候,冬天雨季来临,马波乔河水涨了很多,溢出了河道,新建的城市变成了一个泥潭。但这没有影响召开政府会议，虽只是在一个茅屋举行，但依然正式。那些军官脚踩泥泞，齐聚一堂，推举巴尔迪维亚为总督。当他们来到我们家宣告这个决定时，佩德罗显得大吃一惊，这令我感到很意外。也许，只是我一厢情愿地在猜他的想法。

"我很高兴你们对我的信任，但这决定有点匆忙了。我们还没有确定皮萨罗是不是真死了，我欠他很多。无论如何，我不应该僭越他。很抱歉，我的朋友们，我不能接受你们给予我如此高的荣誉。"

他们才离开，佩德罗就和我解释，他这是保护自己的权宜之计，以防将来人们怪罪他背叛侯爵大人。他很肯定，他的朋友们会再次提出对他的任命。事实上，这些人回去后就起草了请愿书，并让圣地亚哥所有居民都签了字。他们的理由是，我们离秘鲁很远，离西班牙更远，而且通信不畅，孤立在世界的角落。他们恳请巴尔迪维亚成为他们的总督，无论皮萨罗是不是死了，他们都希望他能担当此职。他们前后坚持了三次，直到我悄悄提醒佩德罗差不多了，他的朋友们也会厌倦，转而求立他人。因为已经有印第安人给我讲那些传言，许多著名的将士很乐意成为总督。最后，他便屈尊接受了——所有人都请求，他不好再拒绝。况且，民众的意志就是上帝的意志，他遵从大众的意见是为了更好地服务国王。他把相关的文件都散发出去，以避免将来任何的诟病。就这样，按照民众的意见而不是国王敕令，巴尔迪维亚当上了智利第一任总督。他让蒙罗伊担任了副总督，而我成了总督夫人，特别强调我的地位，因为这是民众四十年间给予我的。事实上，这一位置责任多过荣誉。我成为民众的母亲，为人民的福祉而不眠不休，上至佩德罗·德·巴尔迪维亚，下至牲口圈里的母鸡，全都要我过问。我一刻不得闲，所有日常的小事都靠我决定：食物、衣服、种子和动物。幸运的是，三四个小时的睡眠对我来说就已经足够，所以，我比别人有更多的时间来做好我的工作。我打算认识每一个士兵和印第安苦力,并记住他们的名字,我让他们知道,我的大门永远向他们敞开,接待他们,听取他们的疾苦。我尽力避免不公正不合理的惩罚,尤其是对印第安人。佩德罗也非常信任我的判断和意见,一般来说,在做每个处罚之前都会听取我的意见。我相信那时候,大部分士兵已经从埃斯科巴的事件中原谅了我并尊敬我。因为,我治好了那么多伤病员,给他们在公共饭桌上提供餐食,并帮助他们安顿住处。

皮萨罗去世的消息虽不实,却也预示了他的死期将近。那个时候,秘鲁还一切正常。一个月后,一小队"被打败的智利人",就是当年阿尔马格罗远征的部下,闯进了总督侯爵大人的府邸,乱剑刺死了他。只有少数几个仆人保护他,其他大臣守卫都从阳台上跑了。国王城的居民对此事没有任何的遗憾,他们已经受够了皮萨罗兄弟的暴政。两个小时后,迭戈·德·阿尔马格罗的儿子就取代他成了新总督。那是一个毫无经验的年轻人,前一天还是没钱吃饭的乞丐,第二天就成了帝国的主人。几个月后,当消息传到智利的时候,巴尔迪维亚已经稳固了他的总督位置。

"真被你说中了,伊内斯……"得知此事后,佩德罗惊魂未定地说道。

到了冬天,当地印第安人对我们越发敌视。佩德罗下令,任何人都不能无故且在没有保护的情况下出城。我也不去拜访巫医和逛市场了,但我知道卡塔丽娜还和村子里的人保持联系,她每到夜晚仍会消失。塞西莉亚打听到,米奇马隆戈正打算袭击我们,而且为了鼓舞士气,他给他们分了圣地亚哥的马匹和女人。他的队伍不断壮大,已经有六个部落酋长带着各自的人马驻扎在他们的一处堡垒据点,等待合适的机会出动。

巴尔迪维亚亲自向塞西莉亚了解了详情,召集将士开会,决定主动出击。他留了大部队守卫圣地亚哥,自己和阿尔德雷特、基罗加带着他们最好的一队人马前往印第安人的领地,打算正面和米奇马隆戈开战。他们的堡垒就是一个用泥、石头和木头搭起来的建筑,四周围着一圈树枝做的篱笆,给人感觉就是仓促间建起来的,更像是个临时的保护。而且,这个堡垒位置也不好,不易防守。因此,西班牙士兵晚上很容易就靠近了,并点着了大火。然后,他们就在外面等着印第安人被烟给熏出来,轻易地杀了很多人。印第安人很快就败下阵来,我们抓住了很多酋长,其中就有米奇马隆戈。他们被绑在将士们的马后,一路走过来,被打得鼻青脸肿,但依然一脸高傲,没有丝毫的恐惧和疲倦。他们身材矮小,但结实强壮,四肢灵活,虎背熊腰,胸肌发达。他们长长的黑发用彩色的布条绑成辫子,脸上涂着黄蓝色。我知道米奇马隆戈已经年过七十,但真的让人吃惊,他一口整齐的牙,身体和年轻人一样健康。马普切人如果没有经历意外或者战乱,足以活到百岁。他们健壮勇敢,能抵御饥饿、寒冷和炎热。总督命令把这些酋长锁在作为临时监狱的茅屋里。将士们打算要严刑逼供,问问这里到底有没有金矿,以防比塔古拉酋长说的只有银矿是个谎话。

"塞西莉亚说过,拷打马普切人是没有用的,他们是不会开口的。印加人已经尝试过无数次,甚至妇孺儿童都不会在酷刑中屈服。"晚上,我一边帮佩德罗脱铠甲和满是血迹的衣服,一边这么对他说。

"这样我们就只能把他们当人质了。"

"据说,米奇马隆戈很自负。"

"他现在被我们俘虏了,再高傲也没有用。"他回答我。

"如果来硬的不行，不如我们试试软的。你也知道男人是怎样的……"我建议道。

第二天，佩德罗用特殊的方式审问了米奇马隆戈，没有一个军官能理解他的用意。他先是下令让人把他的枷锁给解了，然后把他带到一处远离其他俘虏的单独房子里。我手下最美的三个印第安女仆帮他洗澡，给他换上上好的干净衣服，并给他提供丰富的食物以及应有尽有的玉米酒。巴尔迪维亚命令仪仗队护送他，在插满旗子的市政大厅接见了他，军官们穿着锃亮的铠甲，插着色彩艳丽的羽毛。我穿着唯一一件紫色天鹅绒连衣裙，其他都丢在了南下的路上。米奇马隆戈赏识地看了看我，不知道他有没有认出我就是当时手握利剑和他对峙的强悍女人。另外，还准备了两张一模一样的椅子分别给巴尔迪维亚和酋长。我们有一个翻译，但是我们也已经知道马普切语翻译不了。这是一种诗性的语言，即说即用，词汇会改变、流失、组合、分解，是动态的，所以也不能写下来。如果试图字词对应翻译，是完全不能理解的。翻译只能传达基本的意思。带着最大的崇敬，巴尔迪维亚表达了对米奇马隆戈和对他士兵的敬佩，酋长也殷勤应对。如此，几番互相恭维之后，巴尔迪维亚慢慢把话题引到了和解上，而一旁的军官们看得一头雾水。老酋长很自豪能和如此强劲的对手过招，他可是打败印加帝国的一员。很快，他就开始炫耀起他的地位、血统、他们的传统、军队人数还有他的女人。他已经有二十多个女人了，但他房子里还能容纳更多，甚至是西班牙女人。巴尔迪维亚对他说，阿塔瓦尔帕用一屋子的黄金解救自己，越尊贵的犯人，赎金越高。米奇马隆戈沉思了一会儿，谁也没有打断他，我猜想他大概是在想，为什么西班牙人那么喜欢这种金属。对他们而言，这种金属只是带来了无尽的麻烦，因为他们长年累月要向印加帝国进贡黄金。如今，倒是立马能对他有用了，可以让他获救。如果阿塔瓦尔帕付了一屋子的黄金,那他也不能少。于是他站了起来,就像一座塔一般立得直直的,拳头捶着胸口,坚定地说,为了他的自由,他愿意把唯一的矿场交给西班牙人,是一个名叫马尔加-马尔加的淘金场,另外还提供一千五百名人手在矿场工作。

黄金!全城都沸腾了,智利远征终于实现了它的意义。佩德罗·德·巴尔迪维亚带着一队精良的士兵,和骑在枣红马上的米奇马隆戈一起出发了,马是佩德罗送他的礼物。大雨滂沱,他们都被淋透了,冻得哆嗦,但精神头很好。圣地亚哥城里,被米奇马隆戈背叛的酋长们愤怒地哀号,他们依然被锁在牢里。从树林里传出号角和笛子声,笛子是长秸秆做的。这些声音都是在回应他们首领用马普切语说的诅咒。

自负的米奇马隆戈带着西班牙人在山间行走,来到一个河口的岸边,距离圣地亚哥三十里路。再从那儿走到一处支流,那边就是淘金场,工人已经淘金好多年,只为了满足印加国王的贪婪。根据此前的协商,他派了一千五百人给巴尔迪维亚,但其中过半都是女性。不过,这也没有什么可争执的,因为当地印第安人中就是女性承担主要劳作,而男人只是高谈阔论以及完成一些需要动用肌肉的任务,如打仗、游泳和打球。那些派来的男人也都很懒散,他们觉得在水里用篮子淘一天的沙子实在不是战士该做的活儿。好在巴尔迪维亚有信心,相信在黑人监工的鞭子下,他们会卖命工作。我在智利待了很多年,很清楚奴役马普切人是没有用的,他们只会逃跑或者宁愿死掉。他们从不属于任何人,也没有工作的概念,更不能理解为什么要在河里淘金,再交给西班牙人。他们靠捕鱼、打猎为生,也会吃一些松子等的果子,他们也会种地,并养一些家畜。他们为什么要屈服于监工的鞭子呢?害怕?他们不知道害怕为何物。他们最看重胆识,然后就是礼尚往来:你来我往,公平交易。他们没有监狱和法官,除了自然法则,他们没有任何法律。连惩罚都是自然的,如果有人做了坏事,自然就有恶报。这就是自然法则,在人类中也是一样。他们和我们打了四十年,学会了拷打、偷盗、撒谎、下套,但是他们告诉我,他们彼此之间还能和平共处。即使相隔百里,女人们也能维持部落间的联系。打仗前,他们会经常互相拜访,因为路途遥远,他们通常要待上几个星期,以此加强联系,强化他们的语言。他们讲故事,跳舞,饮酒,还缔结新的婚姻。一年一度的基雅图节,所有部落齐聚到一处空地,向他们的神灵额恩切祈祷,并献祭大地之神——这象征富饶、多产和忠诚的神是马普切人的母亲。他们觉得我们每周日弥撒是对神的打扰和不敬,一年一次就足够了。他们的酋长只有相对的权威性,民众没有义务服从他们,他们的责任大于权势。阿隆索·德·埃尔西利亚·伊·苏尼加在他的诗中是这样描述他们挑选酋长的方式的:

不看人品,不看财产,
不看土地,也不看出生;
而看孔武有力,杰出高尚,
这为人们所爱,
这展示、提供、完善,
并确定人的价值。

到达智利之前,我们对马普切人一无所知,以为就像我们征服过的更文明的阿兹特克人和印加人一样,很容易就能让他们屈服。我们花了很多年才明白我们错得有多离谱。这场战争看不到尽头,我们杀了一个酋长,很快就出现另外一个。我们灭了一整个部落,很快在树林里就出现另外一个,占据原来的地方。我们打算建城立业,想要国家繁荣昌盛,人民安居乐业,可他们只要自由。

佩德罗离开了几周,他不仅要组织矿场的工作,还决定开始造船,建立和秘鲁的通信。就像弗朗西斯科·德·阿吉雷一贯坦诚所言,我们不能孤立在世界的角落,仅和裹着兽皮的野蛮人为伴。他找到了一处合适的海湾,名叫孔孔,有广阔的沙滩,四周都是树木茂盛的树林,这些木头又结实又防水。众人中唯一一个有简单航海知识的人负责此事,他带领了一队士兵,几个监工,一些印第安苦力,还有米奇马隆戈派来的人手。

"总督大人,您有船的图纸吗?"所谓的专家问道。

"你不要告诉我,这么简单的事还需要什么图纸。"巴尔迪维亚不满地回道。

"总督大人,我从来没有造过船。"

"那你就祈祷你们不会淹死吧,因为你们会亲自试航。"总督大人说完就走了,他对这个计划很满意。

第一次,黄金让他开心了,因为他能想象秘鲁的人在知道智利并不是传言中的那么贫瘠时,会有什么表情。他要用自己的船带去黄金的样本,让人们蠢蠢欲动,吸引更多的移民到来,让圣地亚哥成为第一座繁荣兴旺的城市。按之前的承诺,佩德罗把米奇马隆戈放了,而且极为尊重。酋长骑上马飞奔离去,掩饰着诡计得逞的笑意。

冈萨雷斯·德·马尔莫雷霍神父出去传教很多次,可至今没有任何成果,当地人对基督教的益处没有丝毫动心。只是有一次,他带回了一个小男孩。他是在马波乔河边碰到这个瘦瘦的男孩的,当时他一人游荡在河边,满身污垢和干涸的血迹。平时,当地人看到神父穿着满身油污的教士服出现,高举着十字架,立刻就跑得无影无踪了。可这个小男孩一直跟着他,就像只小狗,一言不发,但眼神炽烈,注意着神父的一举一动。"快走开,小子!"神父赶他走,还威胁用十字架打他。但小男孩还是一个劲地紧跟着他,一直跟到圣地亚哥城。没有办法,最后只能把他带到了我家。

"你想让我怎么办,神父?我没有时间来照顾孩子。"我再喜欢孩子,也不能养虎为患。

"伊内斯,你的房子是全城最好的。这个可怜的孩子在你家会很好。"

"但是——"

"上帝是怎么教导我们的?要给饥饿的人食物,给赤裸的人衣服。"他打断了我。

"我不记得这段话了,但既然你这么说……"

"你就让他照看家畜吧,他很听话。"

我心里想,他自己完全可以养这个孩子,他有自己的房子,还有情妇,他可以培养他专门打理圣器。但是,我不能拒绝神父的请求,他教我读书写字,我欠他太多人情。我现在已经可以独立阅读佩德罗那三本书中的一本了——《阿玛迪斯》,是关于爱情和冒险的故事。另外两本我还没敢尝试:《熙德之歌》只讲战争;伊拉斯谟的《基督教骑士手册》则是一本士兵手册,我没有一点兴趣。神父肯定也有很多被宗教法庭所禁的书,总有一天我会读的。就这样,小男孩留了下来。卡塔丽娜给他洗澡,我们才发现干的血迹不是他自己流的,他身上只是些泥土,稍微有些抓痕和瘀青,其他一切都完好。他大概十一二岁的样子,瘦骨嶙峋,肋骨清晰可见,但是很强壮。一头黑发满是油污,长久不清洗都竖起来了。他几乎没有穿衣服,当我们试图把他用一根皮绳挂在脖子上的护身符拿下来时,他就开始咬人,我们只能作罢。很快我就忘了他,因为我要忙的事情太多了。但是,两天后,卡塔丽娜就又让我想起了他。她说,我们把他留在牲口圈后,他一直一动不动,也什么都不吃。

"我们该怎么办呢,夫人?"

"最好让他和其他人一起离开。"

我去看他,发现他坐在院子里,像个雕像,纹丝不动,黑色的眼睛注视着远山。他把我们给他的毯子扔了,似乎他更喜欢寒冷和冬天的细雨。我朝他打手势,告诉他可以离开,但他没有动。

"他不打算离开,他想留下来。"卡塔丽娜叹气道。

"那就留下来吧。"

"可谁来看住他呢,夫人?马普切人现在都做些小偷小摸的勾当。"

"他还只是个孩子,卡塔丽娜。他会走的,他在这儿也没什么可干的。"

我给他递了块玉米饼,他没有反应。但是给他一瓢水,他立马两手接过,捧着咕嘟咕嘟地喝了,像是条狼。他没有像我说的那样离开,而是留了下来。我们给了他一件斗篷,让他穿成人的裤子,把腰身改成了他的大小,还帮他剪了头发,去了虱子。第二天,他就胃口大开,开始走出牲口圈,先是在家里到处游荡,后来在整个城市,就像一个游魂。他对动物的兴趣远多过对人,那些动物也都很喜欢他。马会吃他手里的东西,连最凶猛的专门训练来对付印第安人的狗,看到他也摇头摆尾。刚开始,哪里都不欢迎他,谁都不喜欢家里有这么一个来路不明的印第安小孩,甚至好心的神父也不欢迎他,他自己倒是时常教诲我践行基督徒的责任和义务。但是很快,大家就习惯了他的存在,他仿佛透明人一般,总是无声无息地出入房屋。印第安女人时不时给他点吃的,最后卡塔丽娜也接受了他,虽然不太情愿。

这个时候,佩德罗回来了。他万分疲倦,因为长途骑行而全身酸痛,但是他很高兴,因为他从淘金场带回了第一批金子,都是从河里淘出来的金砂。在和部下开会之前,他搂着我的腰,把我拉到了床上。"我亲爱的伊内斯。"他低语,亲吻我。他满身是汗味和马的气味,但我从未觉得他如此英俊、强壮,如此和我靠近。他说很想我,他越来越难离开我了,哪怕只是离开几天。我们分开的时候,他噩梦不断,总是有坏的预感,担心再也看不到我了。我帮他脱衣服,就像对待一个孩子,用湿布帮他洗澡,挨个儿亲吻他的伤疤,从胯上马蹄形的疤,再到他腿和胳膊上的百处伤痕,最后是他太阳穴上的星形疤痕,那是他小时候摔倒留下的。我们温存缱绻,就像一对年老夫妻。这几个星期的奔波让佩德罗筋疲力尽,他放手让我主导,温顺得像个处子。我骑在他身上,动作缓慢,让他一点一点地享受,烛台的光让我看清他高贵的脸,宽宽的额头,高挺的鼻子,饱满的双唇。他闭着眼睛,有一丝平静的微笑,他把身心都交给了我,看上去那么年轻脆弱,完全不是几周前带着士兵出发的那个好战、野心勃勃的男人。晚上,有个瞬间我似乎在角落看到了那个小男孩的身影,但也有可能只是光影的错觉。

一天,佩德罗从市政会议回来,问我那个野孩子是谁。我给他解释了一下,告诉他是神父委托给我的,大概是个孤儿。佩德罗把小男孩叫了过来,从头到脚地打量了他一番,很是喜欢他。可能是让他想到了当年的自己,一样的高傲、性情激烈。他发现小男孩不会说西班牙语,就派人去找了翻译。

"你告诉他,只要他愿意皈依基督教,就可以留下来。就叫他费利佩吧。我喜欢这个名字,我如果有儿子的话,就会这么叫他。行吗?"巴尔迪维亚说道。

男孩同意了。佩德罗又说,如果发现他偷东西,就会鞭打他,然后再把他从城里赶出去。这都是幸运的,换作其他人,肯定要一斧子把他的右手给剁了。"明白了吗?"男孩又点了点头,一声不吭,脸上的不屑多过害怕。我让翻译提议和他做一个语言交换：他教我马普切语，我教他西班牙语。可是，费利佩对此没有任何兴趣。所以，佩德罗又把条件换了：如果他教我马普切语，他就能照顾马匹。男孩的眼睛瞬间亮了，从那会儿开始，他就无比崇拜佩德罗，叫他老爹。他用马普切语称呼我夫人。我们就这么约定了。费利佩是个好老师，而我也是个优秀的学生。就这样，多亏了他，差不多一年后，我成了唯一能直接和马普切人交谈的西班牙人。我只是说"和马普切人交谈"，但不是互相理解——这是妄想，我们之间累积了太多的仇恨，永远都不可能达成谅解。

正值隆冬之际，佩德罗留在马尔加-马尔加的两个士兵一路飞奔回来。他们满身疲倦，还身负重伤，鲜血混杂着雨水从他们身上流淌下来。马都快支撑不住了。他们赶回来，就是为了告诉我们，矿场里米奇马隆戈的印第安人起义了，杀了很多印第安苦力、黑人以及大部分的西班牙士兵，只有他们俩得以逃脱。淘出来的金砂也一粒不剩。在孔孔海滩，他们也杀了我们的人，尸横遍野，支离破碎。正在建造的船成了一堆烧焦的木头。我们总共损失了二十三名士兵，印第安苦力人数不详。

"该死的米奇马隆戈，该死的印第安人！等我逮住他，一定要把他活活刺穿！"佩德罗·德·巴尔迪维亚咆哮道。

我们还没有从暴乱消息的冲击中缓过来，比亚格拉和阿吉雷又带来了塞西莉亚派出的信使几周前送来的消息：几千印第安人正赶往我们这儿。他们分成了无数小组，全副武装，全身涂满颜色，前来打仗。他们隐蔽在森林里、山中、地底下，甚至是云朵下。和往常一样，佩德罗认为进攻是最好的防御。他挑选了四十名身经百战的士兵,第二天一早就快马加鞭,赶去马尔加-马尔加和孔孔,准备好好教训一下他们。

留守圣地亚哥的我们感觉彻底无依无靠了。弗朗西斯科·德·阿吉雷的话准确反映了我们的现状:身处世界的角落,被身披兽皮的野蛮人所包围。我们没有黄金,也没有船,一切都很糟糕。冈萨雷斯·德·马尔莫雷霍神父给我们所有人做了弥撒,以及一场激动人心的关于信仰和勇气的发言,可是这些也没能鼓舞受惊民众的士气。桑丘·德·拉·沃斯趁着混乱,又把这些不幸都归罪于巴尔迪维亚。这样,他的追随者增加到了五位,其中就有那个叫秦启亚的人,他是曾经参与科皮亚波远征的二十人中的一员。我从来都不喜欢这个人,他懦弱虚伪,但我不知道他还如此愚蠢。他们也没有什么新花招,还是暗杀巴尔迪维亚。不过这次他们没有五把相同的匕首了,因为我把它们很好地保存在了我的一个箱子里。秦启亚觉得计划天衣无缝,就多喝了几杯,穿上了小丑的衣服,带上了铃铛和钟。然后,他他来到广场,蹦跶着模仿总督大人。胡安·戈麦斯自然是立马逮捕了他,刚给他展示了几个刑具,给他讲在身体的哪些部位施用,他就吓尿了,一下就把他的同谋和计划全盘托出了。

佩德罗·德·巴尔迪维亚匆匆而返,敌我兵力悬殊,我们才四十名士兵,再勇敢也难以抵挡数以万计拥来的马普切人。他解救了在马尔加-马尔加和孔孔幸存下来的印第安苦力,他们躲在了树丛里,饥寒交迫,还担惊受怕。他以一敌众,得以冲出重围还是多亏了他一贯的好运气。他还俘虏了三个酋长,把他们带回了圣地亚哥。这样,我们一共有了七个人质。

正常的社会中,有出生就有自然死亡,只是目前来看,在西班牙人中还有处决。严刑拷打和短暂的审判之后,那一周就进行了圣地亚哥历史上最早的处决。那些密谋反叛的人被判死刑。秦启亚和其他两人被判了绞刑,他们的尸体被晾在了圣卢西亚山顶好多天,任凭巨大的智利秃鹫咬噬。由于第四个人是贵族身份,所以区别于常人,他被判在监狱里斩首,而不是绞刑。让所有人吃惊的是,巴尔迪维亚又一次赦免了桑丘·德·拉·沃斯,也就是这个密谋事件的主谋。这一次,我私下直接反对了他的决定,因为已经不存在什么国王敕令了。德·拉·沃斯已经在文书上签字,声明放弃征服,佩德罗是智利唯一的合法总督。这虚有其表的家伙已经给我们带来太多的麻烦了。我永远都不明白佩德罗为什么又放了他。他也没有给我任何解释。那时候,我已经学会了在他这样的男人面前最好不要固执己见。而且,这个多事之秋让他变得更冷酷了,很容易就失控。我必须要闭嘴。

在世界上最壮美的自然里,在智利南部寒冷森林的深处,树根、果皮、芬芳的树枝构成了一片寂静,火山和群山在远处高耸,碧绿的湖面,满溢雪水的河流,马普切人迎来了特别的仪式。所有部落都聚集在一起,老人、首领、酋长、巫医、士兵、妇女和儿童齐聚一堂。

各部落陆续到达树林的空地处,是位于山顶的一处巨大的阶梯剧场,四周已经被他们用神圣之树——杉树和桂皮树的树枝围了起来。有的家庭冒雨跋涉几周赶赴这次活动。早一些到达的人搭起了简单的茅屋,这些茅屋几乎和自然融为一体,不出多远,就完全看不出来了。最晚到达的人就用树枝树叶简单搭一下,然后铺上他们的羊毛毯子。晚上,他们各自准备食物,互相交换,喝奇恰酒和玉米酒,但只是点到为止,以免疲劳。这样的聚会是为了彼此互通最新消息,并用庄重优美的语调长长地叙述、重复着他们代代相传的先人的故事。不停地说啊说,这就是最重要的。每个住处前都会有一团篝火,烟雾缭绕直到消散在第二天的晨雾中,雾气中的小小火堆照亮乳白色的晨曦。年轻人从冰冷的河水里游泳回来,开始用典礼的颜色——黄和蓝,描画他们的脸和身体。酋长们穿上绣花的羊毛披风,有蓝色的、黑色的和白色的,胸前挂上石头斧子——这是权力的象征,头插草鹭、美洲鸵和神鹰的羽毛。巫师们开始焚烧各种香草,准备祭坛,那是和额恩切神交谈的神梯。

"我们按照传统给你献上玉米酒,以滋养大地之神的灵魂,她一直伴我们左右。额恩切创造了玉米酒,创造了大地,创造了桂皮树,创造了羊羔和神鹰。"

女人们用彩色的羊毛把头发编了起来,未婚的用蓝色,已婚的用红色。围上最精美的披肩,戴上银首饰。孩子们也穿上节日的盛装,一言不发,一脸严肃地围坐成半圆。男人们全身肌肉,结实有力,高傲狂妄,黑头发用编织带扎好,手握武器。

太阳刚升起,仪式就开始了。战士们围着场地跑步,一边叫着,一边挥舞武器。乐器开始响起,以驱赶那些邪恶力量。在获许向神灵敬献它们的生命后,巫师们就开始宰杀原驼。他们把血洒到地上,挖出心脏,烟熏一下,之后将其切块在酋长和首领中分发。他们就是这样在彼此间以及同大地之神间分发圣餐的。

"额恩切神灵,这是动物的血,是你的血,是你赐予我们生命和活力的鲜血。神灵啊,用这鲜血,我们祈求你的保佑。"

女人们开始吟唱,空灵深邃;男人们走到剧场中央,开始跳舞,步子缓慢沉重,伴着乐器的节奏,光着脚踩着大地。

"人类之母,我们召唤你。大地和人类是密不可分的,彼此命运息息相关。母亲,我们祈求你赐给我们粮食,让我们生存;不要给我们太多的雨水,会让庄稼和羊毛腐烂;也请你不要让大地颤抖,不要让火山喷发,会吓坏牲畜和孩子。"

女人们也从外围走进来,和男人一起跳舞,挥动手臂和斗篷,摇头晃脑,就像一只只大鸟。人们沉浸在音乐声中,跟着节拍踩着湿润的大地,舞蹈散发出魔力,所有人都像是被催眠了,一个接着一个撕心裂肺地大吼,最后汇聚成一声"喔",震天动地,蛊惑人心。谁都逃不脱这声声"喔"的魔性。

"神灵,我们向你祈求,在我们的土地上,如果你愿意,请你一直帮助我们,希望你能听到我们的呼声。我们恳请神灵,不要让我们独身在此,在黑暗中摸索,祈求你赐予我们力量,以保护我们祖辈的土地。"

音乐和舞蹈都停止了。清晨的阳光透过云层射下来,云朵像染了金边一样。年龄最长的酋长肩披美洲豹的皮,首先站出来说话。他代表他的部落,走了一整个月才到达这里。他不慌不忙,从远古创世纪讲起,讲到卡伊-卡伊恶蛇是如何翻江倒海,掀起巨浪,打算淹死马普切人,是德楞-德楞神蛇解救了他们,把他们带到了群山的顶端,在那儿繁衍生息。后来,雨水不停,没能爬上山顶的人都葬身于洪水了。终于,雨停了,男男女女在河谷树林里四散,从不忘树木动物也是人类的朋友,需要好好照顾它们。每砍下树枝建造房屋时,他们都会心怀感激;每宰杀一头动物果腹时,他们都会祈求原谅,他们从不单纯杀生。马普切人在他们神圣的土地上自由地生活。当秘鲁的印加人到来的时候,他们团结一致抗敌,最后获胜了,把他们挡在了比奥-比奥河对面,这是众河之母。此战之后,河水和月亮都被鲜血染红了。又过了很长时间,西班牙人又沿着相同的路抵达了。他们人数众多,散发恶臭,距离两天的路程就能闻到。他们就是强盗,没有祖国也没有土地,掠夺一切不是他们的东西,甚至女人。他们要把马普切人和所有部落都变成他们的奴隶。当地人要赶走他们,却死伤严重,长矛和弓箭穿透不了这些西班牙人的金属铠甲。相反,他们隔得很远放出一声大炮和一群狗,就能让当地人死伤众多。但是无论如何,他们还是把西班牙人赶走了。他们一无所获,灰溜溜地离开了。很多年后,又有新的西班牙人到来,老酋长说,他们打算要在此定居,他们砍树造房,种植当地人的玉米,让当地的女人怀孕,生出一些既不是西班牙人也不是大地之子的孩子。

"据我们的探子回报,他们要占据整个土地,从火山到海洋,从沙漠到世界的尽头,他们要繁衍子孙后代。他们无比残忍,他们的统帅巴尔迪维亚很狡猾。这些远道而来的大胡子们是我们马普切人从来没有遇到过的强劲对手。虽然现在他们还只是一个小小的部落,但会有越来越多的人到来,因为他们有长着翅膀、能在海上飞行的房子。我请求大家说说我们该怎么办。"

另一个酋长站出来,一边挥动武器,一边蹦跳,愤怒地大吼一声才开始发言。他表示已经准备好要迎击西班牙人,杀光他们,吞了他们的心脏,吸了他们的能量,烧光他们的房子,抢掠他们的女人,没有其他方法,只能赶尽杀绝。他说完后,第三个酋长又站到了中央,他说,马普切人要团结一致对付这些敌人,从众多酋长中选举出一个领导人——酋长的酋长,来组织战斗。

"额恩切神灵,我们衷心请求你帮助我们打败西班牙人,耗尽他们的力气,扰乱他们的生活,让他们不得安生,让他们害怕,派人监视他们,给他们设陷阱,抢占他们的武器,用我们的斧子砸烂他们的脑袋。神灵,这就是我们向你祈求的。"

第一个发言的酋长又出来说话,他说,要有耐心打持久战,不要着急。西班牙人就像是野草:割过之后会长出更多的新芽。这是一场对他们、对他们的子子孙孙的持久战。无论是西班牙人,还是马普切人,都会流血到最后一刻。人们举起他们的长矛,大吼一声,一致表示同意:"战斗!战斗!"这个时候雨停了,云雾散开,一只雄鹰盘旋在湛蓝的天际。

9月拉开序幕,我们知道在智利的第一个冬天终于结束了。天气好了很多,我们从树林移植到马路两旁的树木也透出很多嫩绿的新芽。这几个月对我们来说太难熬了,不光是印第安人的不断骚扰,还有桑丘·德·拉·沃斯的阴谋反叛,最难过的是时时袭上心头的孤寂感。我们想知道外面的世界怎么样了:西班牙人有没有征服其他领地,有没有新的发明创造。我们还想知道我们的国王怎么样了,几年前传到秘鲁的消息说,他已经半疯了。他们家族有疯癫的遗传病,看看他那不幸的母亲就知道了——托尔德西利亚斯的疯女人。从5月到8月底,白天变短,5点多就天黑了,黑夜漫长无尽头。我们一直劳作到太阳彻底下山,然后,我们所有人——主人、印第安人、狗甚至是家禽——就围在家里的一个房间里,点上一两支蜡烛和一个火盆。每个人都自娱自乐,度过这漫长的睡前时光。神父在印第安苦力中组织了唱诗班,希望借唱赞歌增强他们的信仰。阿吉雷给我们讲他的那些风流韵事和那些打仗的民谣。罗德里格·德·基罗加一开始很腼腆,从不开口说话。后来,他渐渐放开,是个极有灵感的讲故事能手。我们的书很少,几乎都烂熟于心了。可是,罗德里格把一个故事里的人物套进另外一个故事,这样就有讲不完的故事了。这里的书,除了两本,其他都在宗教裁判所的黑名单上。而罗德里格的故事比原书更大胆,带给人逾矩的快感,特别受大家欢迎。我们也会打牌,这是所有西班牙人的恶习,尤其是我们的总督,而且他每次运气都很好。我们不赌钱,以免争吵,以防给仆人做坏的示范,同时也掩饰我们的贫穷。我们弹六弦琴,朗读诗歌,高谈阔论。男人们回忆自己打过的仗、冒过的险,听众极为喜欢。他们一遍又一遍地让佩德罗讲佩斯卡拉侯爵的战绩，每次听到他让军队用白色的床单裹着，隐没在雪地里的片段，他们都赞叹不已。

军官们汇聚到我家，商讨殖民地的法律，这是总督最主要的事务。佩德罗希望智利社会以法制为基础，领导人都能有服务社会的意识。他坚持所有公职人员都不领薪酬，他自己也是，他觉得服务社会是种义务也是种荣誉。罗德里格·德·基罗加在这一点上完全赞同他，但这样的人为数不多。巴尔迪维亚认为，凭借封授的土地和收益，大家在未来都可以过得很好，虽然这目前还只是梦想。而且，谁拥有的田地越多，谁就承担更多对民众的责任。

士兵们百无聊赖，除了练练兵，和女人打情骂俏，偶尔打上一仗，他们要做的事很少。女人们和印第安苦力承担了城市的建造、庄稼的播种和家畜的蓄养。我总是忙得时间不够：家务事和城里的事，照顾病人，播种耕地，喂养牲口，还要跟着冈萨雷斯·德·马尔莫雷霍神父学读写，和费利佩学马普切语。

初春的微风给我们带来一丝暖意，之前米奇马隆戈给我们带来的恐惧已经慢慢被抛到了脑后。虽然经过马尔加-马尔加和孔孔的屠杀和四个叛徒的处决，我们的士兵人数已经减少到了一百二十，但我们依然感觉变强大了。几个月的冬季，狂风雨水肆虐，但圣地亚哥毫发无损。虽然我们要用水桶把涌进来的水舀空，但总算房子在洪水中挺过来了，人们也都安然无恙。甚至我们的印第安人这次也顺利度过了冬天，以前，一场风寒就会要了他们的命。我们开垦土地，种上黄连木，我在严寒中悉心照顾这些树木。圈养的动物也开始交配，我们准备更多的牲口圈来迎接即将出生的小猪、小马和小羊驼。我们决定，等泥浆一干，就开始建水渠。我们还计划要在马波乔河上建一座桥，把城市和四周即将兴盛的庄园联系起来。但是，最要紧的是先建成教堂。弗朗西斯科·德·阿吉雷的家已经有两层了，还在不断扩建。我们总是开他玩笑,他的印第安女人比所有人加起来的还要多。看来,他想要自己的房子高过教堂。士兵们都开玩笑说:"这个巴斯克人觉得自己在上帝之上。"我家里的女人一整个冬天都在缝补衣物,还教其他人一些家务事。西班牙人总是很虚荣,看到新衬衣、缝补的裤子和缝好的紧身上衣,精神头都好了。甚至桑丘·德·拉·沃斯在监狱里也第一次放弃再谋反了。总督大人宣布,很快就恢复帆船的建造,要回到淘金场,还要找到比塔古拉所说的那个银矿场——那是最难找的。

春天的喜悦没有持续很久。9月初,印第安男孩费利佩就给我们带来消息:马普切人正源源不断地到来,他们正集结成一支军队。塞西莉亚派她的人去侦察情况,证实了费利佩的话,谁也不知道他是怎么知道的,似乎仅凭借他的洞察力。探子还回报,距离圣地亚哥十五还是二十里处的地方,已经有五百多人安营扎寨。巴尔迪维亚把他最信任的将士召集了起来,决定在对方组织好之前再次出击。

"佩德罗,你不要走。我有不好的预感。"我请求道。

"你在这类事上总是有不好的预感,伊内斯。"他用我最讨厌的父亲的口吻回答我,"我们已经习惯和百倍人数的敌人对战,五百人对我们来说就是小菜一碟。"

"有可能他们在其他地方隐藏了更多的人。"

"上帝保佑我们,我们会打败他们的,你不要担心。"

我们的人手已经很少了,我觉得不应该再分散实力。可是,我是谁?我能反对像他这样身经百战的人的意见吗?每当我对他的军事决定提出异议的时候——常识驱使我这么做,他就会气急败坏,最后搞得我们两个人都不愉快。我这次不同意他的决定,后来当他脑子发热要建造更多的城市的时候,我也不同意,我们完全没有能力吸引那么多人,也没有实力防卫。这种固执,最后导致了他的死。有一次，他对我说："女人们不能做宏观的设想，你们没有远见，缺乏对历史的认识，只能做做家务和短浅的事。"但是，当我给他列举所有我和其他女人在征服和建城中做出的贡献时，他不得不承认错误。

佩德罗在城里留下了五十个士兵和一百个印第安苦力，并让他最好的将领蒙罗伊、比亚格拉、阿吉雷和罗德里格负责留守。清晨，六十多名士兵和剩下的印第安人就启程了，吹着军号，举着旗帜，火枪还鸣了几下，大张旗鼓让人以为人数众多。阿吉雷家的屋顶现在已经是瞭望塔了，我们就在那里看着他们远去。那天天气晴好，河谷四周的雪山依然很壮阔，看上去就在我们眼前。罗德里格·德·基罗加站在我身边，试图掩饰他的不安，他和我一样对此行忧心忡忡。

"他们不应该去，堂罗德里格。现在圣地亚哥就毫无防范之力了。"

"总督大人他知道自己在做什么，伊内斯夫人。"他自己也有些言不由衷，"还是应该出去迎战敌人，这样他们才会知道我们不怕他们。"

在我看来，这个年轻的上尉是我们这儿最好的男人，当然是在佩德罗之后的最好。他的勇敢无人能及，这已经在战争中得到验证。他吃苦耐劳，忠诚慷慨，最难得的一点是他能激起所有人的信任。他正在我们家附近建造房子，但因为一直忙于和马普切人作战，他的房子至今还只是立了几根柱子、几堵墙，整平了几块地，搭了个茅草顶。因为他的房子这么不宜居，他大部分时间都在我家过。总督大人的房子是全城最宽敞、最舒适的房子，已经成为所有集会的中心。我觉得我们社交的成功也归功于我总是提供丰盛的食物和美酒。罗德里格是唯一一个没有妻妾成群的人，也没有到处招惹那些印第安女人。他的女伴是埃乌拉利亚——塞西莉亚的女仆，一个年轻美丽的克丘亚女人，出生在阿塔瓦尔帕的王宫里，和她的主人——印加公主拥有一样的俊秀容貌和高贵气质。她在罗德里格加入远征队伍的第一天就爱上了他。当时看到他的时候,他和其他从琼乔幸存的人一样破烂肮脏,疾病缠身,头发胡子疯长。可是,她一眼就看中了他,即使当时还没有给他剪头发、剃胡子和洗澡。她开始不安,用尽心机勾引罗德里格,很快她就来和我说了他们俩的事。我代她向塞西莉亚说情,让埃乌拉利亚以后去服侍罗德里格,理由是她自己已有足够的女仆,而这个可怜的男人瘦得只有骨头了,还孤苦伶仃一人,没有人照顾他的话,随时就会死。塞西莉亚那么聪明,自然不会被我的话骗到,但她为爱情所打动,就让埃乌拉利亚走了。从此,她就和罗德里格一起生活。他们俩相处融洽:罗德里格像父亲一样对她尊重有礼,这在其他士兵和他们的印第安情人间是少见的;而埃乌拉利亚对他任何的细小愿望都有求必应。她看上去很温顺,但我从卡塔丽娜那儿得知,她激情澎湃,而且嫉妒心很强。我们一起站在屋顶,看着我们一半的军力离城市越来越远。我心里却在想,罗德里格·德·基罗加私下是怎么样的,会让埃乌拉利亚快乐满足吗?我很熟悉他的身体,因为他从琼乔出来的时候一身伤病,在和印第安人的作战中受伤后,都是我给他治疗的。他很瘦,但很强壮。我没有见过他赤裸的身体,但是卡塔丽娜说:"你应该看看他那迷人的下体,夫人。"那些女仆,她们什么都知道,也都说他器大。倒是阿吉雷,那么色,却……好吧,这也没什么重要的。想着她们说起罗德里格的这些事,我的心一颤,脸突然就红了,连他都发现了。

"发生什么事了,伊内斯夫人?"他问我。

我惊慌失措地快速离开,去忙我一天的工作,而他也去忙他的事了。

两天后,在 1541 年 9 月 11 日的夜晚——我永远不会忘记的日期,米奇马隆戈的人马和他的盟友进攻圣地亚哥了。每次佩德罗离开的时候,我都睡不着觉,这次也一样。甚至我都没有尝试躺下睡觉,就任凭自己彻夜不眠。让其他人回去睡觉后,我就一个人缝衣服。和我一样,费利佩也不睡觉。有的时候,我在家里各房间游荡,就会碰到这个印第安男孩。他会出现在任何意想不到的地方,一动不动,也不说话,在黑暗中眼睛睁得大大的。给他垫子或固定的睡觉的地方也没用,他总是随处躺下,甚至都不用盖毯子。佩德罗离开后,我就心神不宁,在天亮前一小会儿,我的不安更加重了。这一晚大部分时间我都在祈祷,不是因为信仰,而是因为害怕。平时,摸着圣母的手说话就能让我平静,但是那晚她没能让被不祥预感折磨的我平静。我裹了个披肩,带着巴尔塔萨,像往常一样在屋里各处巡视。这条狗去哪儿都跟着我,就像是我的影子,紧贴我的脚踝。家里很安静。我没看到费利佩,但我也不担心他,他经常和马一起睡。我走到广场,看到阿吉雷的房顶有火把微弱的亮光,值夜的士兵就在那里。我想,这个士兵独自守卫这么长时间,一定累坏了。我热了碗汤,给他带过去。

"谢谢,伊内斯夫人。您还不休息吗?"

"我睡不好。有什么情况吗?"

"没有,这一晚很平静。您也看到了,月光微微亮。"

"河边的那些黑影是什么?"

"就是影子,之前我就看到了。"

我站在那儿看了一会儿,觉得很奇怪,就像是从河里涌上来的深色巨浪和河谷里另一个巨浪汇聚到了一起。

"那些黑影不寻常,年轻人。我觉得我们应该通知基罗加上尉,他视力很好……"

"但是我不能离开我的岗位,夫人。"

"我去。"

我飞奔下去,狗也跟着,跑到位于广场另一角的罗德里格·德·基罗加家。我叫醒了守门的印第安人,他就睡在门槛处,门还没有建好。我命令他立刻把上尉给叫来。两分钟后,罗德里格衣冠不整地出现了,但是穿好了鞋子,拿着剑。他和我快速穿过广场,爬上了阿吉雷家的屋顶。

"伊内斯夫人,毫无疑问,这些黑影就是成群的人在向我们这里涌来。我可以肯定是披着黑毯子的印第安人。"

"你说什么?"我难以置信地问道,想到了佩斯卡拉侯爵和他的白床单。

罗德里格·德·基罗加发出了警报,二十分钟不到,五十个士兵都聚到了广场,穿着铠甲,戴着头盔,手握兵器,这些天他们都时刻准备着。蒙罗伊组织起骑兵,我们只有三十二匹马。他把队伍分成了两组,一队他自己指挥,另外一队由阿吉雷指挥。他们俩决定在印第安人进城之前,在城外和他们交战。比亚格拉和基罗加带着火枪手和一部分印第安人,负责城内的防务。神父、女人和我就负责后勤供应,并帮忙救治伤员。在我的建议下,胡安·戈麦斯把塞西莉亚、最好的两个印第安奶妈和刚出生的嗷嗷待哺的婴儿都带到了我家的地窖,我们原本是打算在那儿存储粮食和葡萄酒。他把我们的救赎圣母像给了他妻子,长长地亲吻了她,祝福了他的儿子,用几块板把地窖给盖了起来,铲了点土把入口隐藏了。除了把他们关在这里,没有其他保护他们的方法了。

那是9月11日的清晨,天气晴好,微弱的春日阳光照亮城市的轮廓。就在这时,听到上千印第安人的嘶吼声,他们正向我们飞快扑来。我们才明白掉入了他们的陷阱,这些野蛮人可远比我们想象的狡猾。那佯装要进攻圣地亚哥的五百个敌军不过是引开巴尔迪维亚和我们大部分兵力的诱饵，一旦我们上钩，数以千计隐藏在森林里的印第安人便趁此机会，披着黑色毯子，摸黑向我们攻来。

桑丘·德·拉·沃斯已经在大牢里待了几个月，开始哀求把他放了，并给他一把剑。蒙罗伊清点了人数，明白情况紧急，需要所有的人手，甚至是这个叛徒，所以命令把他的枷锁给解了。我能证明，那天他和其他英勇的将士一样勇猛杀敌。

"弗朗西斯科，你估摸大约有多少印第安人？"蒙罗伊问阿吉雷。

"多少也吓不倒我们，阿隆索。大概是八千到一万……"

两队骑兵飞奔出去迎战第一批进攻者，像是愤怒的人马怪兽，刀剑所到之处，头颅四肢立马掉落，马蹄把倒地的人踩得稀烂。可是不到一小时，他们就不得已撤退了。这个时候，另外几千印第安人已经遍布圣地亚哥的街头，他们还大吼着。几个月前，罗德里格·德·基罗加提前训练一些印第安苦力和女人给火枪上弹药，这样士兵就可以持续射击了。只是，面对跟前的敌人，这个过程还是太耗时、太麻烦了。那些被塞西莉亚带到地窖的孩子的母亲们比身经百战的士兵更勇敢，她们是在为自己孩子的生存而战。点上火的箭像雨点一样落在房顶，那些稻草即使被 8 月的雨水沾湿，却还是着了起来。我明白得让士兵们自己对付火枪了，我们女人得赶快救火。我们排成队互相递水灭火，但很快我们就发现这是无用功。箭不断地落下，我们不能把有限的水浪费在灭火上，很快士兵就会迫切需要喝水。我们把四周的房子放弃了，大家聚到了武器广场上。

这个时候，第一批伤员开始陆续到了：几个士兵和很多印第安苦力。我、卡塔丽娜和我的奴仆已经按平时那样准备好了：破布、炭、水、热油、用来消毒的酒，还有帮助伤员忍过疼痛的玉米酒。其他女人开始准备一锅锅的汤、一瓢瓢的水和玉米饼，因为这场战争会持续很长时间。稻草烧着的浓烟笼罩了整个城市,我们呼吸都很困难,眼睛也熏得睁不开。流血的士兵不断涌来,我们没有时间帮他们脱掉铠甲,只是把能看到的伤口处理一下。我们给他们一杯水或者一碗汤,他们刚能站起来就又回到战场了。我不知道骑兵冲出去了多少次,终于,蒙罗伊决定不能守整座城了,四周都着火了,印第安人几乎占领了整个圣地亚哥。他和阿吉雷简短地开了会,商定和他们的骑士撤退,然后把所有军力都集中到广场。老堂贝尼多正在广场上,多亏了卡塔丽娜的巫术,他的伤口痊愈了,但是他很虚弱,不能长时间地站立。他坐在一个板凳上,有两把火枪,还有一个印第安苦力帮他上火药。这一天,他就坐在板凳上,给敌人造成了不小的威胁。由于扣动扳机太多次,他的手心都被火药烧灼了。

当我埋头在屋里医治伤员的时候,一群印第安人已经翻过泥墙,进了我家院子。卡塔丽娜像个孩子一样大叫,我跑出去看发生了什么事。还没跑出多远,就和敌人迎面撞上了,近得我都可以数清楚他们被涂色的狰狞脸上有多少颗白牙。罗德里格·德·基罗加和冈萨雷斯·德·马尔莫雷霍神父已经穿上了胸甲,配上了剑,冲过来迎战他们。保护我的房子是最重要的,这里集中了所有的伤员还有和塞西莉亚躲在酒窖的孩子。一些印第安人和罗德里格以及神父对战,另外一些人就点火烧种子,屠杀我的家畜。这彻底激怒了我,我悉心照顾每个家畜,就像是我的孩子一样。我大吼一声,冲到了印第安人面前。当时我没有穿佩德罗送的铠甲,因为穿着那东西,我没法儿给伤员医治。我想,当时我肯定头发都竖起来了,唾沫横飞,咒骂不断,就像一个女妖。我的样子肯定极为吓人,那些野蛮人都愣住了,过了一会儿才回过神来。我不明白他们为什么没有一斧子把我的脑袋给砸烂。有人说，是米奇马隆戈命令他们不要动我，他要亲自对付我。但这些都是人们后来编的，来解释那些说不清的事。这个时候，罗德里格·德·基罗加和我的狗巴尔塔萨赶过来解救了我。罗德里格一面挥舞着剑，一面大叫。巴尔塔萨也狂吠不止，尖牙都露在了外面，一脸凶狠，全然不是平日温顺的样子。印第安人被吓得四散而逃，巴尔塔萨依然不放过他们。我一个人呆呆地站在一片废墟的房子里，看着果园被烧了，家畜都被杀死了，伤心不已。罗德里格拉着我的手臂，让我跟他走。我们看到一只羽毛都被烧焦的公鸡正费力地站起来。我毫不犹豫撩起我的裙摆，把鸡装了进去。不远处，还有一些母鸡被浓烟熏呆了，我很容易就把它们都抓住了，一只只都装进了裙摆。卡塔丽娜过来找我，看明白我的意图，就开始帮我。我们俩救了这些家禽、两只猪、两把麦子，这就是全部了。之后，我们把这些都好好保护了起来。罗德里格和神父又回到广场，和其他人一起继续战斗。

卡塔丽娜、几个印第安女人和我就负责照顾伤员，他们源源不断地被送到临时充当医院的我家，数量惊人。埃乌拉利亚扶着一个从头到脚都是血的步兵进来。我的上帝啊，我心想，这个人没救了。摘下他的头盔，发现他额头有一道很深的伤口，但好在没有伤及头骨。卡塔丽娜和其他女人帮他处理伤口，给他洗脸，给他喝水。但他没有休息一分钟，又蹒跚地走去广场的战场了。他头还晕着，眼皮肿得吓人，几乎是半瞎眼的。我在一边给另一个士兵拔脖子上的箭，他姓洛佩斯，此人从不掩饰对我的蔑视，特别是在埃斯科巴的事情之后。他脸色苍白，箭插得很深。如果要拔出箭，一定会让伤势加重。我还在想是不是值得冒险，他在一边已经开始痉挛。我明白为时已晚，叫来了神父，匆忙给他做了最后的临终祷告。大厅的地面上已经躺了许多伤员，他们都不能再回到战场了，最少有二十来人，大部分是印第安苦力。破布都用完了，卡塔丽娜就开始用床单，这都是我们在无数个冬夜精心绣制的。再后来，我们只能把我们的裙子撕成布条，最后，我唯一的一件漂亮衣服也没能幸免。这个时候，桑丘·德·拉·沃斯扶着另一个晕倒的伤员进来了，把他放到了我的脚边。这位昔日的叛徒和我交流了一下眼神，这一目光交流让我们冰释前嫌。我们用烧红的烙铁和黑炭给伤员伤口消毒，他们疼得叫声一片，铁匠也用相同的方法给受伤的马匹疗伤，马嘶声也混成了一片。在夯实的地面上，人血和动物的血融成了一片。

阿吉雷骑着马出现在门口，从头到马镫子上都是血。他宣布从所有房子撤离，仅剩广场周围的几间，我们所有人在那里集中，战斗到最后一口气。

"上尉，请你下马，让我给你看看伤口！"我几乎都祈求他了。

"伊内斯夫人，我什么伤也没有。你们赶紧给广场的士兵送水去！"他几乎是兴奋地朝我大叫，立刻又骑马离开了，那马侧面也在留血。

我让女人们给士兵送水和饼，他们已经从天亮一刻不停地战斗到现在了。我和卡塔丽娜帮死去的洛佩斯脱下他全是血的铠甲。我穿上锁子甲和胸甲，拿上了洛佩斯的剑，因为找不到我自己的了，就这样去了广场。太阳已经从最高点偏西了一点，差不多是下午三四点了，我估摸我们已经连续战斗十个多小时了。我看了看四周，圣地亚哥身处一片火海，我们几个月的劳动就这样付之一炬，我们要在此地扎根的梦想就此破灭。蒙罗伊、比亚格拉和幸存的士兵撤回来了，他们现在也骑着马在广场上战斗。大家誓死保卫这最后的广场，迎接四面八方敌人的进攻。教堂的一部分和阿吉雷的房子还耸立着，阿吉雷的房子里还锁着七个被我们俘虏的酋长。堂贝尼多被火药和油烟完全熏黑了，依然坐在板凳上，有条不紊地瞄准扣动扳机，就像

193

在打麻雀。之前给他装弹药的印第安苦力躺在他的脚下,一动不动,现在是埃乌拉利亚继续他的工作。我明白,她从一开始就一直在广场上,这样就能一直看着她的爱人罗德里格。

战场上一片混乱,火药爆炸声、马嘶声、犬吠声和各种喧闹声鼎沸,但我还是很清楚地听到那七个酋长愤怒地鼓动他们的人。我不清楚那时候到底发生了什么。后来,我经常会回想9月11日这可怖的一天,试图搞明白到底发生了什么,但我相信谁也不能准确地描述,每个参与者根据他的经历都有不同的版本。那天烟雾那么浓,声音震耳欲聋,各种混乱。我们乱了方寸,只想求生,到处都是鲜血和尸体。我记不清那天我都做了什么,甚至需要借助别人的描述来回忆。我唯一记忆犹新的是,我从头到尾没有害怕过,因为满腔都是怒气。

我把目光投向发出囚犯呼声的监牢,虽然一片浓雾,但我清晰地看到了我的前夫胡安,从库斯科他就一直不让我安宁。此时,他靠在门框上,用他那游魂的凄苦眼神注视着我。他朝我做了个手势,像是召唤我。我穿过士兵和马匹,一边估算着伤亡损失,一边遵从我亡夫的无声指示。这监牢实际上就是阿吉雷家底层的一个房间临时改的,所谓的门就是几块板,外面用一根棍子横闩着。两个年轻的守卫把守着这门,他们被命令誓死看守好这些俘虏,这是我们唯一可以和对方商谈的筹码。我甚至没有停下来征得他们的许可,把他们推到一边,在胡安的帮助下,单手就把重重的门闩给抬起来了。守卫跟着我一起进了牢房,他们不想和我发生冲突,也猜不到我的意图。光线和烟雾从缝隙里透进来,空气凝滞,地面上扬起红色的尘土,一片迷蒙。但我能看到那七个人被锁在粗粗的柱子上,他们极尽所能地挣扎,大声呼号他们的同伴。当看到我走进牢房,身边还跟着全身鲜血的胡安的幽灵,他们全都安静了。

"把他们都杀了!"我命令守卫,几乎都认不出是我自己的声音。

无论是囚犯还是守卫都惊呆了。

"把他们杀了吗,夫人?他们是总督的人质。"

"我说了,把他们杀了!"

"那你希望我们怎么做?"其中一个士兵惊恐地问道。

"这样!"

我双手举起沉重的剑,愤恨地用尽全力挥向离我最近的酋长,剑到头落。挥出这一剑的巨大冲击力让我跪倒在了地上。如注的血喷到了我的脸上,被斩落的脑袋也滚到了我脚边。其他的我就记不得了。后来,一个守卫说,我独自一人把其他六个俘虏也一一斩首。可是另外一个守卫却说,是他们杀了另外六个。一切都不重要了。事实是,几分钟内七个脑袋就都落地了。祈求上帝原谅我。我拽着头发,拿起其中一个脑袋,大步流星地走到广场,爬上街垒的沙袋,在空中大力扔出我的战利品。我大吼一声,这胜利的一吼几乎是从大地的深处升起,穿过我的全身,又如同惊雷从我胸口迸发。扔出去的脑袋在空中翻腾了几下,把印第安人吓坏了。我没有停下来查看造成的效果,又回到牢房,提了另外两个脑袋,朝广场相反的方向扔出去了。我记得好像是守卫给我拿来了另外四个脑袋,不过关于这点,我也不肯定了,也许是我自己回去拿的。我唯一记得的是,我亲自把这些脑袋一一扔了出去。在我要扔出最后一个脑袋时,整个广场一片寂静,仿佛时间都停止了,烟雾也散尽了。我们看到印第安人惊恐万分,默默地开始撤退。先是退了一步、两步、三步,后来互相推搡着,从他们已经占领的街道上跑着消失了。

过了很长时间,或者只是一小会儿,我一下子累瘫了,全身散了架一般。我像是突然从噩梦中醒来，知道自己做了无比可怕的事。我看到周围的人都异样地看着我，像是看一个蓬头散发的恶魔，全身是血，大叫之后已经发不出任何声音。我跪在地上，感到有人搂住了我的腰，罗德里格·德·基罗加把我抱了起来，紧挨着他的铠甲。在一片愕然中，他抱着我穿过了广场。

新埃斯特雷马杜拉的圣地亚哥获救了，虽然烧得只剩几根柱子和一片杂乱。教堂只剩几根支柱，我家也只剩四面烧黑的墙壁。只有阿吉雷的房子还勉强耸立着，其他都成了一片灰烬。我们又损失了四名士兵，剩下的也都受了伤，有的还伤势严重。印第安苦力一半都战死了，还有另外五个在接下来的几天里也死于伤口感染和流血过多。那些印第安人没有发现塞西莉亚躲藏的地窖，妇女和小孩得以毫发无伤地出来。我没有清点马匹和猎狗的数量，但是家畜就剩下了我和卡塔丽娜解救下来的一只公鸡、两只母鸡和两头猪。种子什么的几乎也不剩了，只有四把谷子。

罗德里格·德·基罗加和其他人一样，以为我彻底疯了。他把我抱到了我家的废墟处，这里仍在充当临时治疗点。他小心地把我放到了地上，轻轻地在我额头亲了一下，满心悲伤和疲惫，转身又去了广场。卡塔丽娜和另外一个女人帮我脱下了胸甲、锁子甲和满是血迹的衣服，查看我哪里受伤了。但是，我一处伤口也没有。她们尽可能地用水帮我清洗，用马鬃毛充当海绵，因为我们一块布也不剩了。她们还给我灌了半杯烈酒。我吐了红红的液体，好像我喝了别人的血一样。

几个小时战争的喧嚣突然变成一片死寂。男人们都动不了了，瘫倒在原处，流着血，满身是硝烟。女人们出来给他们送水，帮他们脱下铠甲，站起身来。神父在广场上四处查看，给亡者额头画十字，帮他们合上眼睛。然后，把伤员一个一个扛到医疗点。弗朗西斯科·德·阿吉雷的那匹纯种马伤得很严重，完全靠毅力在支撑。当人们把阿吉雷从马上扶下来时，它低下了脑袋，还没有倒地就死了。阿吉雷表面有好几处伤口，只是他身体因长时间保持一个姿势而僵硬抽筋，难以帮他脱下铠甲，甚至连兵器都松不开。只能把他放在角落半个多小时，他才慢慢恢复知觉。后来，铁匠用锯子把两头锯掉，这才设法把长矛从他僵硬的手里拔出来。我们好几个女人一起帮他脱衣服，实在太难了，他个头那么大，身体僵硬得像是个青铜雕像。蒙罗伊和比亚格拉比其他将士的状态好一些。他们大概被战火烧热了脑子，还想着带几个士兵去追击那些仓皇而退的印第安人，只是找不到一匹能走的马，也找不到一个没有受伤的士兵，便只能作罢。

胡安·戈麦斯像头雄狮一样战斗了一天，但心里一直都记挂着他的塞西莉亚和儿子，他们都躲在我的地窖里。战事稍一平静，他就立马跑去打开地窖。他绝望地用手刨土，印第安人把所有能带走的东西都拿走了，一把铲子也不剩。他一把拽开那些木板，打开地窖，探头到漆黑无声的地洞里。

"塞西莉亚！塞西莉亚！"他惊慌地大叫。

妻子清脆的声音立马从深处回应他。

"你终于来了，胡安。我太无聊了。"

她们三个女人和几个孩子在地下待了十二个小时多，那里一片漆黑，空气稀薄，没有水，对外面发生的一切一无所知。在地窖里，塞西莉亚让奶妈轮流给孩子们喂奶，她自己手握斧子，时刻准备应战。感谢神灵，感谢我们的救赎圣母，烟雾没有渗入洞中，又或许是胡安·戈麦斯铲的那些用来隐藏入口的土把烟挡在了外面。

蒙罗伊和比亚格拉决定当晚就派一个信使，把城里发生的事告诉佩德罗·德·巴尔迪维亚。塞西莉亚虽然刚刚从地窖里出来,依然高贵美丽,她认为这个时候,没有人能活着送出消息,到处都是印第安人。只是这些军人从不习惯听从女人的意见,仍是一意孤行。

"我恳请诸位听听我妻子的意见,她的消息网一直对我们都很有用。"胡安·戈麦斯站出来说道。

"那您怎么想,塞西莉亚夫人?"罗德里格·德·基罗加问道,我们帮他烧烙了两个伤口,因为疲劳和失血,他憔悴了不少。

"男人是越不过他们那些防线的……"

"难道你是建议我们用信鸽?"比亚格拉嘲笑地问道。

"用女人,不是一个女人,而是很多女人。我认识这里很多的克丘亚女人,她们可以口口相传,把消息送到总督那里,比上百只鸽子还快。"这位印加公主肯定地说。

我们没有太多时间可以浪费在争执上,他们决定同时从两路发出消息,一路就按塞西莉亚的方法,另外一路是派了一个灵活如兔的印第安苦力,他打算连夜跑出山谷给巴尔迪维亚送信。我很遗憾地告诉大家,这位忠实的信使清晨就被人发现了,已被棍棒打死。还是不要想若他不幸被米奇马隆戈活捉会是什么下场。想必这位酋长正对他们的战败恼怒不已,实在难以跟南部的马普什人解释清楚,为什么一小群大胡子西班牙人打败了八千多的印第安人。更不能提起那个女巫,把那些酋长的脑袋像蜜瓜一样,一个一个扔出去。他们会叫他懦夫,这是对一个战士最大的侮辱。他将不再成为部落口述历史的英雄,只能沦为恶意嘲讽的对象。塞西莉亚的传信系统用了二十六个小时就把消息传到了总督大人那里。消息从一个房子传到另一个房子,穿越山谷、森林和群山,传到了巴尔迪维亚那里。他正和士兵徒劳地到处寻找米奇马隆戈,仍不知道自己被骗了。

罗德里格·德·基罗加在圣地亚哥的废墟上统计损失,并报给了蒙罗伊,然后他来见我。我已经不是当时他把我送去医疗点的那个疯癫女人了,清洗干净了,也恢复了理智,开始照顾伤员了。

"伊内斯夫人……感谢上帝……"说着说着,他几乎要哭出来了。

"你赶紧把铠甲脱了,堂罗德里格,让我们给你看看伤口。"我请求道。

"我以为你……我的上帝!你解救了整个城市,伊内斯夫人。你让那些野蛮人落荒而逃……"

"你不要这样说,这对士兵们来说不公平,是他们在前线英勇奋战。还有这些女人们,她们在后方给他们补给。"

"那些脑袋……他们说那些掉落的脑袋看着印第安人,他们认为是坏兆头,所以他们撤退了。"

"我不知道你在和我说什么脑袋,堂罗德里格。你们都搞错了。卡塔丽娜!赶紧来帮他把铠甲脱了。"

这几个小时,我终于可以好好想想我的行为了。这一晚我一直忙到第二天早上,忙着给伤员疗伤,忙着尽可能地抢救烧着的房子。但同时,我脑子的一部分一直在和圣母交谈,希望她能宽恕我犯下的罪,以及向佩德罗请求原谅。我难以想象,他看到圣地亚哥的一片破败,得知他的七个人质都没有了,会有什么反应。这下我们没有任何可以和印第安人谈判的筹码了。如果我自己都不清楚是怎么回事,我怎么给他解释我的所作所为?如果告诉他,我当时疯了,甚至都不记得自己做了什么,这听上去像是荒唐的借口。而且,对于自己在众将士面前的野蛮行为,我至今都汗颜。终于在 9 月 12 日下午 2 点左右,我彻底累倒,躺在地上和巴尔塔萨一起睡了几个小时。它差不多

199

也是凌晨爬回来的,牙上血迹斑斑,一条腿也断了。接下来的三天也一眨眼就过去了,我和其他人一起清理瓦砾,浇灭大火,加固广场——这是我们唯一可以抵御下次进攻的地方了,相信他们很快就会回来。我和卡塔丽娜在一片灰烬的田里和房子里到处刨,试图找到些吃的来做汤。找到阿吉雷那匹马的时候,我们几乎就不剩什么食物了。我们又回到当初吃大灶的日子,只是现在我们只能吃些水煮草,或者挖到的根茎。

第四天,佩德罗·德·巴尔迪维亚带着他的十四个骑兵赶回来了,步兵紧随其后。总督大人骑在他的苏丹马上,昔日的城市如今成了一片废墟。只要扫一眼,他就明白损失的惨重。他在街道里穿行,有些房屋余烟还在缭绕;他走到广场上,看到又饿又惊的为数不多的幸存者,看到伤员们绑着破旧的绷带躺在地上,看到他的将士们和印第安苦力一样衣衫褴褛,救助着人们。哨兵用尽全力,吹起号角。那些还能站起来的士兵都列队向统帅致意。我站在后面,被帆布半遮着。从那里,我看到了佩德罗,内心百感交集,有爱意,有痛苦,还有疲倦。他在广场中央下了马,扫视着一片狼藉的城市,试图寻找我。之后,他拥抱了他的朋友和战友。我向前走了一步,让他看到我还活着。我们四目交错时,他的表情和脸色才有些好转。他用他那理智权威的声音赞扬了每个士兵的英勇,尤其是那些在战斗中死去的士兵。他也感谢了圣徒雅各拯救了活下来的人。城市被毁了没有什么要紧的,我们还有双手和坚毅的心,足够帮助我们在废墟上重建。我们必须重新开始,他说,但这不应该让我们气馁,相反,我们要斗志昂扬。我们强壮的西班牙人是从不会被打败的,还有忠诚的印第安苦力也不会。"圣主保佑,西班牙必胜!"他大声疾呼,举起了剑。"圣主保佑,西班牙必胜!"士兵们齐声回应道,只是语调相当无力。

这一晚,我们都席地而睡,除了一张脏毯子,再也没有其他东西御寒。残月挂在头顶,我依偎在佩德罗的怀中,累得痛哭。他已经听了很多关于这次战斗的故事,也知道我在其中的角色。没有像我之前担心的那样,相反,他以我为傲。他说,如果没有我,所有的士兵都会战死。我想,肯定是他们把我做的事夸大了,所以慢慢演绎成我一个人拯救了整个城市的传说。"真的是你一个人把七个酋长都斩首了吗?"我们俩刚有机会单独相处,佩德罗就问我。"我记不清楚了。"我诚实地回答他。佩德罗从来没有见过我哭,我不是个爱哭的女人。但这次我第一次哭了,他没有安慰我,只是用他少有的温柔轻轻地抚摸我。他的侧影像块石头,嘴唇坚硬,目光投在远处。

"我很害怕,佩德罗。"我哭着说。

"害怕死吗?"

"害怕一切,唯独不怕死。因为我还没有老呢。"

面对这个我们俩都熟悉的玩笑,他淡淡地笑了:埋葬一任又一任丈夫之后,我依然会是风韵犹存的寡妇。

"我肯定,人们想回秘鲁。虽然没有人敢说出来,因为会显得很懦弱。大家都有很深的受挫感。"

"那你呢,佩德罗,你想回去吗?"

"我只想和你一起建造智利。"他不假思索地回答道。

"那我们就这么做吧。"

"我们就这么做吧,我亲爱的伊内斯……"

这些久远的往事就像昨天刚发生过那么鲜活,我可以把我们在智利最初二三十年的事慢慢说来。但是,我没有时间了,死神在召唤我,我想追随她而去,到罗德里格的怀中安息。过去的幽灵们一直围绕着我:胡安、佩德罗·德·巴尔迪维亚、卡塔丽娜、塞巴斯蒂安·罗梅罗、安葬在普拉森西亚的母亲和祖母,以及很多其他人。他们的轮廓越来越明显,我清晰地听到他们在房子的走道里窃窃私语。那七

201

个被斩首的酋长应该升入了天堂或者下了地狱,因为我从来没有看到过他们。我没有像很多老人那样痴呆,依然身体强健,头脑清楚。我一条腿已经跨入坟墓,所以能看到听到其他人难以觉察的东西。每次我这么说的时候,伊莎贝尔,你就会不安。你总是让我祈祷,你说,祈祷能让人安心。我很心安,我不怕死,人理应是要怕死的,但是我从来都没有怕过。如今更不会怕死,我已经活得很久了。你是这个世上唯一让我不舍的,坦白告诉你,我并不想看到我孙子们长大、经历人生的苦难,我情愿记忆里只有他们童年的微笑。我祈祷,只是出于习惯,并不是为了心安。我一直都相信上帝,但我们的关系这些年一直在变。有的时候,我会下意识地叫他额恩切,还会把我们的救赎圣母和马普切人的大地之母搞混淆。但是,我并没有减弱我的信仰,愿上帝宽恕我!只是,我现在是一个更为包容的基督徒,就像羊毛衣服穿久了会变宽松一样。我只能活几个星期了,我提前知道,是因为有时心脏不跳动,头晕目眩还没有胃口。我并不是故意不吃饭,给你添麻烦,像你经常抱怨的那样。只是,食物对我来说已经食之无味,而且我嗓子也咽不下去了,只能喝点牛奶。我消瘦了很多,就像饥荒年代披着人皮的骷髅,唯一不同的是那个时候我还年轻。枯瘦的老女人是很可悲的,人瘦了,耳朵就显得很大,甚至一股微风都能把我掀倒,似乎我随时都有可能飞起来。我必须简略地讲述这个故事,不然,太多人的事都来不及说完。所有我爱过的人都死去了,这也是我活这么长时间的代价。

第五章

悲惨岁月,1543—1549

劫难之后召开了市政府会议，大家共同决定岌岌可危的这一小块殖民地的命运。大部分人都希望回库斯科，但佩德罗·德·巴尔迪维亚利用他的权威，还许下了一连串诺言——尽管很难实现，最后让我们决定留下来。第一点，他觉得要向秘鲁求救；第二点，要给圣地亚哥修筑可以御敌的城墙，就像欧洲城邦的城墙那样。其他的就边走边看了。他鼓励我们要对未来有信心。他保证，慢慢会有黄金、白银、封地和印第安苦力的。印第安苦力？我不知道他在想什么，智利印第安人可丝毫没有妥协合作的意思。

佩德罗命令罗德里格·德·基罗加把所有能找到的金子都收集到了一起，从士兵们存了一辈子的、藏在靴子里的几个金币，到教堂唯一的圣餐杯，还有在马尔加-马尔加淘金场淘到的很少的金砂。他把这些金子都给了铁匠，让他把它们都熔在了一起，打成了骑士整套的鞍具、马嚼子、马镫子、马刺和宝剑的护手。英勇的队长阿隆索·德·蒙罗伊佩戴上所有这些真金用品，被派去秘鲁招揽更多移民来智利。他带了五个士兵以及仅剩的六匹没有受伤且稍微结实一点的马，打算穿越沙漠去秘鲁。冈萨雷斯·德·马尔莫雷霍神父祝福了他们，我们也送了他们一段路，最后伤心地告别了，不知未来是否还会再见。

接下来，我们开始了两年的艰难岁月，我甚至都不想记起那段时光，就像我拼命想忘了佩德罗·德·巴尔迪维亚的死一样。可是，人的记忆和噩梦都是不受控制的。三分之一的士兵轮流夜以继日地看守城市，其他人就变身为农民和泥瓦匠，开始种田，重新修建房屋，筑起高高的城墙。我们女人也同这些士兵和印第安苦力肩并肩地劳作。大火烧毁了我们的大部分衣物，于是男人们就像野人一样围一块遮羞布，我们女人也忘了难为情，只穿一件衬衣。那几年的冬天非常寒冷，除了我和卡塔丽娜，他们所有人都病了。冈萨雷斯·德·马尔莫雷霍神父羡慕地说，因为我们有骡子皮，所以能扛过去。我们也没有吃的，除了山谷地区的自然出产：松子、苦果和树根。人和马、家畜都吃一样的东西。我们从大火中抢救下来的种子都用来播种了，第二年收获的麦子也都用来播种了，所以一直到第三年我们才吃上面包。面包，这种灵魂的食物，我们太缺了！当我们再也没有让比塔古拉酋长感兴趣的东西用来和他交换的时候，他就彻底和我们断了来往。我们以前交换来的成袋的玉米和豆子也彻底吃完了。士兵们只能像强盗一样，去村子里偷谷物、家禽、毯子，以及一切可以找到的东西。我觉得，比塔古拉的克丘亚人本来是不缺生活基本所需的，但是马普切人把他们的农田也烧了，誓与我们同归于尽。因为饥荒，周围的村民也都逃去了南方。从前一片欣欣向荣的河谷人口骤减，但是埋伏的士兵却依然不少。米奇马隆戈和他的追随者从不让我们安宁，时刻准备对我们闪电袭击，然后又迅速消失在树林里。他们烧我们的农田，杀我们的牲畜，我们稍有疏忽，不带武器出行，他们就冒出来突袭。我们彻底成为困在城墙内的囚徒。我不知道米奇马隆戈是如何给他的士兵提供食物的，他们印第安人自己也不耕种了。那个马普切男孩费利佩告诉我，他们吃得很少，光靠谷物和松子可以过几个月。他还告诉我，每个士兵的脖子上都会挂一个小袋子，里面有炒米，够他们过好几个星期。

秉承他一贯的坚忍和乐观,总督命令所有人,无论疲劳或是伤病,一律都投入到耕田、打砖坯、加固城墙、在城市四周挖壕沟、军事训练等等无数的差事中。他坚信无所事事比饥饿对人的摧残更严重。确实如此。如果大家终日无所事事,谁都难以从绝望中幸存。好在大家都没有时间胡思乱想,从早到晚地埋头苦干。如果有空余时间,我们就祈祷,祈祷从来都是必要的。砖一块一块垒起来,慢慢地,圣地亚哥四周的城墙就到了两人高;木板一块一块搭起来,教堂和房屋也建了起来。我们女人们把破衣烂布缝了又补了,而且从来都不舍得洗,担心洗坏了。我们只有在非常特殊的场合才穿上我们相对体面的衣服。好在生活中并不是只有悲伤,我们也有隆重的场合。我们会庆祝宗教节日和婚礼,偶尔还有新生儿洗礼。看到人们消瘦的脸庞,真让人伤心,颧骨高耸,眼窝深陷,手上没有肉,就像个爪子,满目沮丧。我也瘦了很多,躺在床上的时候,盆骨、肋骨和锁骨都凸出来了,我几乎都能摸到皮肤底下的内脏。我的外形变得冷硬,身体干枯了,但我的内心却柔和了很多。对这些受苦受难的人,我感到一种母亲般的关爱,梦到用乳汁哺育所有人。后来,我甚至忘了饥饿,习惯了这种空洞轻飘的感觉,有时,甚至饿得让我产生错觉。一些士兵整天谈着他们的幻觉:看到烤猪,猪嘴含苹果,屁股上还插了根胡萝卜。我倒是从来没有看到过这些。我看到的是被云雾模糊的景色,逝者在那里闲庭信步。为了从贫瘠的生活中转移视线,我开始专注于清洁工作,因为水是很充足的。我开始除虱子、跳蚤和污垢,很快却发现连老鼠、蟑螂和其他小虫子也都消失了,这样我们连做汤的东西都没有了。所以,我们也就不再清洗、弃用肥皂了。

饥饿真是很奇怪的事,让人没了力气,让人行动缓慢,让人心情低落,却让人头脑清醒,性欲旺盛。男人们衣不遮体,瘦成骷髅,依然不减对女人的兴趣;女人们饥肠辘辘,却依然怀孕。在饥荒中出生了一些婴儿，但是大部分都没能存活。前几年出生的孩子在这两个冬天也死了大半，活下来的也是皮包骨头，肚子胀得大大，满眼的老态。给西班牙人和印第安人准备汤水成为比应付米奇马隆戈的突袭更具挑战性的任务。在大锅里，我们用水煮河谷里的各种野草：迷迭香、月桂、波耳多和美登木，如果有的话，还会再加几把我们储存的玉米和豆子，但是消耗得太快，很快就什么都不剩了。还会加些土豆和树林里找到的根茎、各种牧草、树根、老鼠、蜥蜴、蟋蟀和毛毛虫。根据执法官胡安·戈麦斯的命令，有两名武装士兵不分昼夜地看守我们地窖和厨房的食物，防止有人偷窃。即便如此，食物还是一如既往地丢失，不见了几把玉米，或者几个土豆。面对这些小偷小摸，我从来都不吭声，因为戈麦斯会鞭打这些偷盗的仆人，而这样只会恶化我们的境况。我们已经受太多苦了，不应该人为地再增加苦难。我们用薄荷、椴树和胡椒烧成的水增加饱腹感。如果有家畜死了，我们就会充分利用，不浪费一丁点儿。我们用皮做衣服，用油脂做蜡烛，肉做成腊肉，内脏也做成菜，蹄子做成工具。骨头都用来熬汤，一遍又一遍地煮，直到如灰烬般彻底化在汤里。我们把晒干的皮切成小段放在水里煮，让孩子们吮着，以此欺骗他们的胃。那一年出生的小狗，刚一断奶都成了我们的盘中餐。我们没有食物养活更多的小狗，但是成年的狗我们都尽量养活，因为它们是对抗印第安人的第一道进攻利器。因此，我得以救下了巴尔塔萨。

费利佩射箭极有天赋，瞄准哪里，箭就到哪里，射得很准。他时刻准备着外出狩猎，铁匠给他做了带铁头的箭，比他磨尖石头的箭头好用多了。小伙子每次外出回来，总能带回野兔和鸟，有几次甚至打到了山猫。他是唯一敢独自外出的人，他隐身在树林中，躲过敌人的视线。其他士兵都是成群结队地出去，自然是连大象也猎不到的，当然如果新大陆有大象的话。他不畏艰险，用同样的手段给动物抱回一捆捆的牧草。也多亏了他,马匹虽然瘦弱,依然还能站立。

虽难以启齿,但是我猜想在印第安苦力中有吃人肉的事,甚至在我们一些绝望的西班牙人中也有。就像十三年后在马普切人中间发生的一样,那时饥荒蔓延到智利的所有地方。西班牙人就用他们人吃人的事作为征服他们、给他们带去文明、让他们皈依上帝的正当依据,因为再也没有比吃人更野蛮的例证了。但是,在我们到来之前,马普切人从来没有沦落到如此要人吃人的境地。确实存在为数不多的情况,他们会吃掉敌人的心脏以获取对方的力量,但这只是一种仪式,并不是风俗。是阿劳卡尼亚战争引发了饥荒,因为无论是印第安人还是西班牙人都无法耕田,大家一开始就烧了对方的农田,杀了对方的牲畜。后来又爆发了旱灾和黄热病,引起了大规模死亡。最糟糕的是,又来了一场蛙灾,它们恶臭的黏液污染了土地。在这段恐怖时期,为数不多的西班牙人就靠从马普切人那里抢来的东西为生,而成千上万的马普切人只能在荒地上筋疲力尽地徘徊。因为没有食物,他们才会吃自己同伴的肉。上帝会明白,这些可怜的人做出如此骇人的事不是出于罪恶,而是生存所需。1555年,有一位编年史学家做了田野调查,他写道:印第安人赶去购买四分之一块的人肉,就像去买羊驼肉一样。关于饥饿……没有经历过的人,是没有资格去评说的。罗德里格·德·基罗加也和我说过,在琼乔热带雨林的地狱里,印第安人也会吃他们的同伴。至于西班牙人是不是出于生存需要也吃了人肉,他就没有再说了。卡塔丽娜肯定地告诉我,西班牙人也是凡人,也有人把死人挖出来,烤着吃,或者到河谷里猎杀印第安人来吃。当我把这事告诉佩德罗的时候,他让我不要再说了,气得发抖,他觉得基督徒不可能犯如此罪行。我提醒他,多亏了我,他可以比其他人吃得好一些。同样,这些话也不能说出去。只要看看有人因为在马波乔的河边抓到一只老鼠而兴奋不已,大概就很能理解人吃人的事了。

费利佩，或者叫小费利佩，大家伙儿都这么叫这个年轻的马普切人，他几乎成了佩德罗的影子，成为城里大家都熟悉的身影。他也像是士兵们的宠物，他模仿总督大人的姿势和声音，让大家欢笑不止，绝不是嘲笑，而是敬佩。佩德罗假装没有注意这些，但我知道小男孩默默的关注和随时随刻的服务让他很有满足感。他会用沙子把铠甲擦亮，把剑磨锋利，有一点点油脂就给皮带上油。特别是，他把总督坐骑苏丹照顾得无微不至，就像是他的兄弟一样。佩德罗对他不闻不问，就像对待一条忠实的猎狗，他什么都不用说，费利佩就能猜到老爷的心思。佩德罗让一个士兵教他使用火枪，"这样，我不在的时候，他就可以保护女人们。"他这样说。可这话让我很不好受，因为我一直都是那个保护女人也保护男人的人。费利佩总是不动声色地在一旁观看，从不说话。他能几个小时一动不动，就像一个老修士。"他很懒，就像他们所有马普切人一样。"人们总是这样说他。因为学马普切语的课，我了解了很多关于马普切人的文化。虽然对费利佩来说，给我上课是很勉为其难的事，他很看不起作为女人的我。他们觉得是大地之母提供了一切，人们只取生活所需，并心怀感激，并不穷奢极欲。努力工作对他们来说是很难理解的，因为没有未来。金子有什么用呢？土地不属于任何人，大海也不属于任何人，把这些据为己有或者瓜分这些的想法总是能让阴郁的费利佩大笑。人也不属于其他人。西班牙人怎么可以买卖根本不属于他们的人口？经常有那么两三天，他沉默不语，不和任何人来往，也不吃东西。问他怎么了，他的回答永远都是一样的："总是有开心的时候和难过的时候。每个人都有沉默的权利。"他和卡塔丽娜关系不好，后者从来都不相信前者。但他们会彼此讲述自己的梦，他们都认为人生的现实和梦境是相通的：通过梦境，神灵和他们沟通。他们深信，不相信梦的暗示是会带来厄运的。费利佩从不让卡塔丽娜用纸牌或者贝壳给他算命，他对此有深深的恐惧。同样，他也从不服用她的那些药草。

仆人是不被允许骑马的，否则就要接受鞭打，只有费利佩是个例外。他悉心地喂养马匹，能够温柔地驯服它们，还会贴在它们耳边对它们说马普切语。他在马背上就像一个吉卜赛人那样洒脱，他的壮举在这沉闷的村子里引起了轰动。他贴在马背上，就像是马天生的一部分，随着马的节奏起伏，从不使用蛮力。他不用马鞍，也不用马刺，只是借膝盖微微用力来控制。而且，他用嘴巴含着缰绳，这样双手就能拉弓射箭了。即使马在飞驰，他也能骑上马。他反向爬上马背，头朝马尾，或者胸部贴紧马肚子，双臂双腿夹紧马身，任其奔腾。所有人都围观，但怎么试着模仿他也没有人成功。有的时候，他会出门打猎消失很久。当我们以为他已经命丧米奇马隆戈之手的时候，他又完好地出现了，肩上挂着一串打来的鸟，让我们毫无营养的汤多了些滋味。费利佩消失的时候，巴尔迪维亚会很不安。好几次，他威胁费利佩，如果不辞而别，回来就要鞭打他。事实上，惩罚从来都没有施行过，因为我们都指着他的猎物。广场的中央竖着满布血迹的杆子，人就是被绑在那里接受鞭刑的。但是，费利佩对此没有任何的惧意。那时候，他已经长成一个瘦瘦的青年，作为马普切人，他长得算高了。全身精瘦，只有肌肉和骨头，眼神敏锐，无处不透露着机灵样儿。他能比任何一个成年男人负更重的东西，他对疼痛和死亡没有一丁点儿的畏惧。士兵们佩服他的坚毅，但也有些人会以试探他的坚忍为乐。我不得不下令禁止大伙儿让他徒手抓烧着的炭，或者扎上涂了辣椒油的刺。无论冬夏，他都会在马波乔四季如冰的河水里浸泡上几个小时。他告诉我们，冰水能强健心脏，所以马普切的母亲们会把刚刚出生的婴儿放进水里。西班牙人对于泡澡和火一样避之不及。他们就坐在高墙上看他游泳,互相打赌他能在水里坚持多久。有的时候,他在湍急的河流里好长时间不现身,围观者都开始给打赌获胜的人付钱,这时候,他又安然无恙地出现了。

那些年最煎熬的是无依无靠之感和无边的寂寞。我们等待着不知是否会到达的救援,一切都指着蒙罗伊队长了。甚至连塞西莉亚一贯行之有效的信息网也没有任何关于他和那五位勇士的消息。我们也没有对此抱太大的幻想。这一小队人要穿越印第安人的包围,再穿越沙漠,才能到达他们的目的地。而完成这一切无疑是个奇迹。在我们床笫间的私房话中,佩德罗告诉我,蒙罗伊能在秘鲁获得援助才是最大的奇迹,没有人想给智利征服投任何的钱。马具上的黄金饰品只会怔住好奇的围观者,不会吸引到任何政客和商人。世界对我们来说,只剩下泥墙之下的这方寸之地,看到的都是营养不良的脸,每天都没有外界的消息。偶尔骑马外出寻找食物,击退突袭的印第安人,念玫瑰经,举行宗教节日游行,办葬礼,就这样日复一日。甚至举办弥撒的次数也减到了最少,因为我们只有半瓶分圣餐的葡萄酒了,而改用奇恰酒实在是对神明不敬。水,我们倒是从来没有缺过。虽然印第安人会阻止我们去河边,或者用石头把印加人灌溉的河流堵住,但我们还可以挖井取水。这里已经不需要我找水的天赋了,随便一挖就冒水,水实在太丰富了。我们没有纸张来记录政府决议和法律裁决,只能用皮革。但稍一疏忽,饥肠辘辘的猎狗就把这些皮革都吞进了肚子。因此,那些年只留下了非常少的关于贫瘠饥荒的官方记录。

我们的日子就在等待中度过。我们等着手握武器的印第安人,等着一只老鼠掉落陷阱,等着蒙罗伊的消息。我们被困在城里,四周都是敌人,饿得半死。只是,在不幸和贫困中,我们还保有尊严。士兵们实在没有衣服穿,便光着身子或是仅用兔子皮或老鼠皮遮体。适逢节庆,就会穿上全套的铠甲,这些铠甲保养得相当好,就像白银一样闪亮。冈萨雷斯·德·马尔莫雷霍神父仅有的一件教士服,因为污垢和反复缝补,已经硬得像纸板。弥撒的时候,他还是会搭上一块镶花边的布,那是我们从大火中拯救下来的。无论是塞西莉亚还是其他女眷,谁都没有体面的裙子。但我们依然花几个小时梳头发,用一种灌木的苦果把嘴唇染红,卡塔丽娜说,那是有毒的。虽然我们谁都没有因此而死,但确实让我们严重腹泻。我们总是用玩笑的口吻调侃我们的贫瘠,过于严肃的抱怨会让人觉得是种怯懦。印第安苦力难以理解这种西班牙式的幽默,他们像落水狗一样到处游走,梦想回到秘鲁去。有些印第安女人逃跑去投靠马普切男人了,和他们在一起至少不会挨饿,所以没有一个人回来。为了避免其他人效仿,我们放出流言,说她们都被马普切人吃掉了。其实,费利佩告诉我们,马普切男人随时都准备迎接更多的妻子。

"男人死了,这些女人怎么办?"想到战争中死去了那么多的马普切士兵,我用马普切语问道。

"做她们必须做的。长子会继承所有这些妻子,除了他自己的母亲。"他回答道。

"那你呢,小伙子,你还不想结婚吗?"我玩笑地问道。

"还不是抢女人的时候。"他一脸严肃地回答我。

据他告诉我,在马普切的传统里,小伙子是在自己兄弟和朋友的帮助下偷抢他喜欢的女孩子的。有时候,一群小伙硬闯进女孩的家中,他们会把女孩的父母绑起来,再把女孩掳走。但是,这种混乱很快就会过去,只要女孩同意,并且男孩给他未来的丈人支付相应的牲畜和财产。这样,一门亲事就正式谈定了。一个男人可以有很多妻子,但要公平一致地对待每个人。通常,他们会和同一家的姐妹们结

213

婚，这样她们就不用分开了。经常也来马普切语课的冈萨雷斯·德·马尔莫雷霍神父对费利佩说，这种没有节制的淫乱恰恰是马普切人中存有恶魔的有力证据，这些没有接受圣水洗礼的马普切人最终将在地狱的炭火上被烤死。男孩反问他，难道在西班牙人中就没有恶魔了吗？他们随意抢占十几个印第安女人，却没有给她们的父母支付任何的羊驼或原驼。另外，他们还殴打这些女人，区别对待每一个人，而且随意遗弃更换这些女人。他还说，也许，西班牙人和马普切人会在地狱相遇，仍然永无止境地互相仇杀。我只能快速冲出房间，以免在神父面前笑出声来。

我和佩德罗两人天生就是劳碌命，并不是生来享受安逸的。为了努力让大家活下去，并维持所有人的士气，我们俩充满活力。只有在我们两个人单独相处的时候，才流露出沮丧。即使如此，也只是持续很短的时间，立马我们又开始嘲笑自己。"我情愿在这儿和你一起啃老鼠肉，也不愿意在王宫里穿着绫罗绸缎。"我对他说。"更准确地说，你情愿在这里做总督夫人，而不是在普拉森西亚做面包。"他纠正我。我们俩就这样相拥在床上，笑得像个孩子。这段时间，我们关系密切胜过任何时候，我们充满激情和乐趣地做爱，远胜以往。每当我想起佩德罗，这就是我最珍惜的时光。所以，我想记住我四十多岁时的这些岁月，虽然被饥饿搞得没有人形，但我们意志坚定，满是憧憬。我本来还想说，我想记住他爱我的样子，但这有点多余。他一直都深爱我，即使在我们俩后来分开的时候。我知道，他死的时候还在想着我。1553年他死的时候，我在圣地亚哥，他在图卡佩尔打仗。相距很远，但我清楚地知道他正处于濒死，并最终死去。几个星期后，他死亡的消息传来时，已经痛哭很久的我再也流不出一滴眼泪。

到了12月中旬，也就是蒙罗伊队长出发去执行那艰巨任务的两年后。当时，我们正在简单地筹备圣诞，排练唱圣诞赞歌，制作耶稣诞生场景模型。突然，一个风尘仆仆、满身疲惫的男人出现在了圣地亚哥的城门处。一开始，守卫没有认出他，都没让他进城。那是我们的一个印第安苦力。他跨越了遍布马普切人的树林，跑了两天，才赶到城里。佩德罗在海边留了一队人，等待从秘鲁来的救援，这个苦力就是其中一员。他们在海角上堆起许多草垛，一旦看到船只就立刻点着篝火。他们每日眺望地平线，如此坚守着就好像过了一个世纪，终于有一天看到了海中的帆船。他们非常兴奋，马上发出了信号。这艘船是由佩德罗·德·巴尔迪维亚的一位老朋友率领的，给他带来了期待已久的援助。

"希望您派人马去运货，长官。船上的西班牙人就是这么说的。"传信的印第安人气喘吁吁，快要累倒。

佩德罗·德·巴尔迪维亚和他的很多将士策马朝海滩赶去。很难描述当时城里一片兴高采烈的景象。大家终于松了一口气，一直苦熬的士兵开始痛哭起来。神父号召大家做致谢的弥撒，但没有任何人响应。即使我们知道这些远道而来的客人还要好几天才能到达圣地亚哥，全城的人还是都爬上城墙，遥望路上的人的踪影。

船上下来的人看到我们都大吃一惊，无论是看到在海滩上迎接他们的巴尔迪维亚和将士们，还是城里欢迎他们的其他人。这也让我们对自己受苦受累的严重程度有了大概的认识。我们彼此已经熟悉大家的瘦骨嶙峋、衣衫褴褛和满身污垢。但是想到我们如此潦倒的模样让别人对我们心生怜悯，我们就感到深深的自卑。尽管我们已经尽量打扮了自己，整个城市在我们看来都沐浴在夏日的阳光中熠熠生辉，可是客人们却满脸悲哀。他们甚至想要给巴尔迪维亚和将士们赠送衣物,可接受施舍是对西班牙人最大的侮辱。我们没有黄金付账,就记下账来,待来日再还,除此,巴尔迪维亚还给其他人做担保。这些从秘鲁来的商人们对此很满意,他们的投资有三倍的回报,而且他们相信一定可以收回这些债款,因为巴尔迪维亚的话就是最好的保证。这些商人中就有曾经在库斯科借钱给佩德罗来智利远征的高利贷商人。他本来是来收债的,但看到我们的境况,他也明白只能重新达成新契约,不然一无所获。在满船的货物里,佩德罗给我买了三件亚麻衫和一件细棉衬衫、日常的裙子和丝绸裙子、工作靴和女鞋、肥皂、擦脸的橙花面霜和有一小瓶香水,都是些我以为再也看不到的奢侈品。

这艘船是蒙罗伊将军派出的。当我们在圣地亚哥受苦受难的时候,蒙罗伊和他的五个士兵到达了科皮亚波,在那里被印第安人给抓住了。四个士兵当场被杀了,但骑在遍饰黄金的枣红马上的蒙罗伊和另外一个士兵因为意外的幸运而活了下来。他们是被一个西班牙士兵救下的,此人在秘鲁被执法后跑了出来,已经在智利生活了很多年。他偷东西,被割了两个耳朵。因为羞愧,就此躲开所有西班牙人,隐身在印第安人中间。一般偷东西的惩罚是剁掉一只手,这是在西班牙从阿拉伯人时期就保留下来的习惯。只是对于一个士兵来说,情愿割掉鼻子或者耳朵,这样留着双手还能打仗。正是因为这个被割耳朵的西班牙人的干涉,印第安人没有杀他们俩。他看到蒙罗伊满身的黄金,猜测他们应该很有钱。蒙罗伊是个很友善的人,而且天生容易让别人相信他的话。所以,他和印第安人相处得很好,他们没有把他当作囚徒,而是当作朋友来相处。在被愉快地囚禁三个月后,队长和他的士兵终于骑马逃了出来,不过那些黄金自然是没有了。有传言说,这几个月里,蒙罗伊爱上了酋长的女儿,并让她怀了孕。当然,这有可能只是将军本人的吹嘘,或是民间传说,我们中间这样的故事不计其数。蒙罗伊后来到了秘鲁，获得了援助，而且鼓动了很多商人，派了一艘船去智利。而他本人带着七十名士兵走陆路，几个月后回到了智利。这位阿隆索·德·蒙罗伊，讨女人喜欢、忠诚且勇敢，多年后在秘鲁潦倒而死。有些人说他是被人毒死的，也有些人说他是因为染上鼠疫或者被蜘蛛咬过而亡。还有人认为他还在西班牙活着，在厌倦了战争之后，默默地回去终老。

船给我们运来了士兵、食物、葡萄酒、武器、弹药、衣服、器具和家畜，可以说运来了所有我们梦想的东西。最重要的是，重建了我们和外面文明世界的联系，我们不再形单影只地被遗忘在世界的角落了。这次还来了五个西班牙女性，都是士兵的妻子或者亲戚。从我离开库斯科以来，这是第一次有机会和我族的女性直面对比，看看自己有多大的变化。我决心脱下男人的衣服和鞋子，解掉辫子，做一个更高雅的发型，用佩德罗送我的面霜抹脸。总之，就是重拾我舍弃多年的女性妆容，让我更有女人味。我们心中又重燃斗志，觉得无论是米奇马隆戈还是恶魔本人，若是来到圣地亚哥，我们都可以应对。大概远远观察我们的狡猾酋长也发现了我们的变化，他再也没有进攻过我们的城市。不过，四周还是经常冲突不断，有时候还要追击到他的堡垒。每次这样的冲突中，总要死很多印第安人，让人不禁要问他们从哪里源源不断地有人冒出来。

巴尔迪维亚让分给我和其他上尉的封地重新有了价值。他让信使去恳求那些和平派的印第安人回到河谷，在我们到来之前，他们就一直生活在那里。同时，还向他们承诺，如果他们帮助我们的话，会保证他们的安全，回馈他们土地和食物。再多的庄园，没有劳作的人，都是无用的。许多因为躲避战争和西班牙人掠夺的印第安人都陆续回来了。多亏这一切，万事开始好转。总督大人也设法让比塔古拉酋长给我们提供了克丘亚劳力，他们比智利印第安人更擅长干重活。也因为有了新的劳力，我们可以开采马尔加-马尔加矿场以及其他矿场。再也没有比这更辛苦的工作了。我亲眼在那里看到成百上千的男男女女浸在及腰的冰水里，从沙子里淘金，从日出忙到日落。女人们有的大着肚子，有的在背上绑着孩子。他们还要面对疾病的肆虐、监工的鞭打以及士兵的蹂躏。

今早从床上起来时，我人生中第一次觉得没有力气。这是一种很奇特的感受，一边身体在枯竭，另一边脑子还不断冒出新想法。在女仆的帮助下，我穿上了衣服，如常去参加弥撒，我很喜欢每天和我们的救赎圣母打个招呼。她现在已经有了自己的教堂，而且佩戴着镶嵌祖母绿宝石的黄金冠。这么长时间以来，我们已经成为很好的朋友。我打算去参加上午的第一场弥撒，那一般都是穷人和士兵参加的。清晨射进教堂的光线就像直接从天堂而来。太阳从顶上的窗户透过来，刺眼的光线像一把把长矛刺穿墙壁，把神龛里的圣徒都照亮了。有时候，甚至照亮了围绕在我身边、躲在柱子后面的那些幽灵。那个时间很安静，特别适合祷告。宗教仪式上，面包和葡萄酒变成了耶稣的身体和血液，再也没有比这更神奇的时刻了。我这一生已经参加过上千次如此的活动，但至今依然让我惊叹和感动，就像在我第一次领圣餐那天一样。我总是情不自禁在领圣餐的时候落泪。只要我还能动，我依然会去教堂，并不忘我的责任：医院、穷人、奥古斯丁修道院、教堂的修建、我的封地的管理。还有这本回忆录，也许已经写得比一般的长了很多。

我虽不服老，但不得不承认，我确实行动迟缓且健忘了许多。以前不假思索就能做好的事，现在胜任不了了。岁月不饶人啊。只是，我依然严于律己，坚持精心整理打扮自己。我想把这样的虚荣维持到人生的最后一刻,当罗德里格和我在世界的另一头相遇的时候,我依然是整洁高雅的。七十岁对我来说也不是很老……只要我的心脏还能坚持,我还能再多活个十年。如果是这样的话,我就要再结一次婚,没有爱,我是活不下去的。我相信罗德里格会理解我的,如果是我先他一步离开,我也会这样希望他。如果他还活着,我们俩会慢慢享受生活直到最后一刻。罗德里格很担心老来我们不能做爱。我明白,他是担心被人笑话,男人对这些事总是很敏感。但是爱的方式有很多,我会不断创新适用于老人的方式,让我们可以像当年最好的时候一样享受。我想念他的双手,他的味道,他宽阔的肩膀,他脖子后细软的头发,他胡子的摩挲,黑夜中他在我的耳后吹气。我迫切地需要拥抱他,和他并卧在一起,有时候,我会忍不住叫出声:你在哪里,罗德里格?你让我一个人如此空洞寂寞!

今天上午,尽管身心俱乏,我还是穿戴整齐出门了。今天是周二,我要去看玛丽娜·奥德缇斯·德·卡艾德。她家离得很近,我就没有坐车,只是让仆人用轿子把我抬了去。在智利,炫耀摆阔不是什么好事,我也不希望罗德里格送我的马车太过显眼。玛丽娜比我小几岁,可和她站一块儿,我觉得自己还很年轻漂亮,她却彻底是一个又老又丑的修女模样,愿上帝宽恕我恶毒的语言。伊莎贝尔,听到我这样说话,你总是一边笑,一边提醒我:"你得管好自己的嘴巴,妈妈。"但我多少觉得,我的这些粗话让你很开心。而且,我的女儿,我已经有充分的权利可以说其他人不敢说的话。在一定程度上,玛丽娜的苍老和做作都让我自满,但我也不断提醒自己尽量少刻薄,我可不想在炼狱待过多时间。我从来都不喜欢像玛丽娜这种弱不禁风的人,但她让我感觉很可怜,她当初从西班牙带来的亲戚现在在圣地亚哥都发了财,却彻底把她给遗忘了。我并不责怪这些人,毕竟玛丽娜是一个太无趣的人。不过,起码她不贫困,有个体面的寡居生活,虽然这些也不足以弥补她作为弃妇的不幸人生。她总是焦急地等待我的到来，我晚到一点，她都哭泣不止。这个不幸的女人，她一个人的生活该是怎样？我们俩一起喝着热巧克力，我一边掩饰着我的哈欠连连，一边和她谈论我们两人唯一的共同话题：佩德罗·德·巴尔迪维亚。

大约在1554年，也就是二十五年前，玛丽娜来到了智利，准备承担起她总督夫人的角色。她是和一大家子，以及那些吹嘘拍马、打算从总督大人的权力和财富那里沾光的人一起过来的。当时，国王已经册封佩德罗·德·巴尔迪维亚为圣地亚哥骑士团侯爵。没想到，玛丽娜刚到，就发现自己成了寡妇。就在几个月前，她丈夫被马普切人杀了，甚至还没有来得及收到国王的册封令。巴尔迪维亚的财产曾引起了那么多的流言蜚语，最后却是一场空。他们怪罪总督中饱私囊：占了最大片最肥沃的土地，把三分之一的印第安人占为私用。但其实，他比他任何一个军官都更穷困，甚至不得不把他在武器广场的房子卖了抵债。市政府议会甚至都没有给玛丽娜·奥德缇斯·德·卡艾德——智利征服者的法定遗孀——任何抚恤金。这样的忘恩负义在这片土地上稀松平常，甚至还有专门的说法："智利的回报。"我不得不给她买了房子，支付她的日常开销，以免佩德罗的幽灵不放过我。好在我还能做点我喜欢的事，譬如修建学校，在教堂给自己修一个墓室，养活一帮亲戚，安顿好我的女儿，照顾好我旧情人的遗孀。即使我们俩曾经是情敌，现在又有什么关系呢？

我写了这么多，发现依然没有解释为什么智利这块遥远的土地是美洲唯一的王国。卡洛斯一世国王想要让他的儿子费利佩娶英格兰女王玛丽·都铎。那是哪一年的事？我记得差不多就是佩德罗死的那个时期。而年轻的费利佩需要国王的头衔来联姻，但他的父亲还不想退位。所以，他们决定把智利独立成一个王国，费利佩就成了智利君主。这一切虽没有给我们实际的好处，却提升了我们的级别。

玛丽娜在四十二岁的时候乘船来到智利，她不耀眼却依然美丽，是那种金发美女褪尽铅华的成熟之美。同船和她一起抵达的还有达尼尔·贝拉尔卡萨和我的外甥女贡斯堂萨，我们是 1538 年在卡塔赫纳分别的，当时以为再也见不到这位外甥女了。我们都以为她会成为修女，却因在船上结识了编年史学家，就此在十五岁时便匆匆嫁人。我们的重逢是巨大的惊喜，谁都没有想到彼此有今天。我以为他们早已被雨林吞噬，他们也没有想到我建立了一个王国。他们在智利待了两年，研究马普切人的历史和习俗。当然，只是远远地进行，当时和马普切人的战争正酣，完全不可能深入他们的生活。贝拉尔卡萨说，马普切人和他在旅途中见过的亚洲人很像。他视他们为伟大的战士，丝毫不掩饰对他们的敬仰，就像后来那位写出了关于阿劳卡尼亚战役史诗的诗人一样。我前面提到过他吗？也许没有，现在写他也有点晚了。他叫埃尔西利亚。当确定了不可能靠近马普切人、给他们画像、问他们问题时，贝拉尔卡萨夫妇就继续他们的世界朝圣之旅了。他们俩是科学事业的绝佳伙伴，有无尽的好奇心，对他们会面对的危险全然不顾。

达尼尔·贝拉尔卡萨让我有了建立学校的想法，他对我们自诩智利是有文明的殖民地表示极大的惊讶，因为我们这里识字的人都不超过五个。我向冈萨雷斯·德·马尔莫雷霍神父提出了建学校的想法，此后多年，我们俩一直为此奋斗，但没有人对此感兴趣。多么无知的人啊！他们担心民众会读书后就会开始思考——这是恶习，会一刻不停地想要谋反。

就像我说的，今天对我来说并不是美好的一天。我没能好好地说自己的故事，尽离题万里，絮叨不止。我越来越难集中注意力做好事情，总是会走神。这所房子实在太嘈杂，虽然你告诉我这已经是圣地亚哥最安静的房子了。

"这只是你的胡思乱想,妈妈。这里一点都不吵,相反,安静得让幽灵都不安。"你昨晚告诉我。

"是的,伊莎贝尔,我说吵的就是他们。"

你和你的父亲一样,务实、理性,所以感受不到那些不请自来的灵魂在我房间里穿梭。随着年龄增长,世界两头的隔膜在我这里已经越来越薄,我开始可以看到那些原本看不到的东西。我想,等我死了,你会把这里都翻新一下,把旧家具都送人,重新给墙上一遍石灰。但你要记得,你答应过我,会保留好这些我写给你、也是写给你后代的这些文字。你愿意的话,可以把这些文字交给施恩会或者多米尼克教士,他们还欠我一些人情。你还要记得,我留了一部分钱照顾玛丽娜·奥德缇斯·德·卡艾德到她生命的最后一天。要记得给穷人一口饭,他们已经习惯每天来我们家门口讨一碗饭。我相信你,伊莎贝尔,你一定会帮我完成这些心愿。你和你父亲一样,正直善良,言出必行。

自从和秘鲁建立起联系,我们彻底改换了面貌,万事也顺利起来。从秘鲁陆续抵达补给和打算在此定居的民众。这些大帆船来来往往,带来了我们的基本所需,我们开始一点点繁荣起来。巴尔迪维亚购买了铁、武器弹药和大炮,我从西班牙订购了树木和种子,它们在智利的气候下适应得很好,我还购买了绵羊、山羊和其他牲畜。只是他们搞错了,给我运来了八头奶牛、十二头公牛,其实有一头就绰绰有余了。阿吉雷想借这个错误,刚好搞第一个斗牛场。只是,这些牛经历了海上的长途旅行,已经失去了斗志,不再适合争斗。为了不浪费,十头牛被阉割了用作耕地和运输,另外两头用来和奶牛配种。

从科皮亚波的牧场到马波乔的河谷,到处都是牲畜。我们修建了一个磨坊和一些大灶,我们有采石场和木材厂,我们有烧瓦制砖的地方,我们还有制革、制陶、编篓子、做蜡烛、做马具和家具的作坊。还有两个裁缝,四个书记员,一个医生——很不幸,这个医生没起什么作用,还有一个很棒的兽医。随着城市建设的步伐加快,河谷里树都少了很多,到处都是我们的新建筑。生活没有很宽裕,但再也没有缺过食物,连印第安苦力都胖了,人也开始变懒了。我们没有什么大问题,就是鼠灾泛滥。这都是印第安人施巫术作法,专门给我们制造的麻烦。老鼠除了金属不碰,吃地里的庄稼,啃房子,咬衣服,我们完全无计可施。塞西莉亚教给了我们在秘鲁用的法子:把大瓮装满一半水。晚上,我们在每家房子里放上很多装水的大瓮,早上起来,里面甚至会淹死五百只老鼠。即使这样,鼠灾依然没有停止。直到塞西莉亚找来一个克丘亚巫师,终于破了智利巫师的这些巫术。

巴尔迪维亚号召他的士兵们把妻子从西班牙接过来,就像国王号召的那样。但是,只有很少的人响应,大部分情愿坐拥多个年轻的印第安情妇,而不是对着一个中年的西班牙老婆。我们的土地上有越来越多的混血儿出生,完全不知道他们的父亲是谁。从西班牙来和丈夫团聚的妻子们只能当作没有看到这些,接受现状。说到底,在西班牙也大同小异。在智利,也保留了在西班牙的习惯:用大房子供养妻子和婚生子女,用其他的小房子养情妇和私生子。我可能是唯一绝不容忍丈夫如此的女人,不过,在我背后,也许有不为我所知的事。

圣地亚哥作为王国的首都,人口越来越多,也更安全了。米奇马隆戈的印第安人只能在远处守着。这样,我们就可以出城散步,去郊外野餐,在马波乔河边打猎,曾经这都是块禁地。我们会在圣徒日庆祝,也会有娱乐的聚会,伴着音乐,西班牙人、印第安人、黑人和混血儿都乐在其中。有斗鸡、赛狗、木球等其他球类项目。佩德罗·德·巴尔迪维亚特别喜欢打牌,在我们家又开始设起牌局,只是从来没真正下注。没人有钱,但谁欠谁多少钱都被认真地记录在账簿上,哪怕大家都知道这钱不会兑现。

当秘鲁和西班牙通邮之后,我们就可以收发信件了,只是,一般要花上一两年才会到达目的地。佩德罗开始给卡洛斯一世写长长的信件,告诉他关于智利的一切:我们经历的困难,他的开销和债务,他如何执法的,还很伤心地讲述大量的印第安人如何死去,在矿场和农田的工作如何缺乏劳动力。顺便,他还向国王申请了俸禄。照理,君主是应该给他俸禄的,可如此合理的请求也没有得到回复。他还需要士兵、居民、船只、对他总督身份的承认、对他工作的认可。他在大厅里边走边大声给我念他写的信,满纸的虚荣,我却什么都没有说。我该如何评价他和世界上最强大君主的通信呢?照巴尔迪维亚的话,那可是神圣、不败如恺撒的君主。我开始发现我的爱人变了,他有了权力心,变得狂妄自大。在他的信件里,他把现实中的淘金场描述得天花乱坠。当然,这是吸引更多西班牙人前来的诱饵。他和罗德里格·德·基罗加都很清楚,智利真正的优势不是黄金白银,而是舒适的气候和肥沃的土地,适合人长期生活。而其他的移民们都仍想着迅速致富,好回到西班牙。

为了保证和秘鲁的通行畅通,巴尔迪维亚还在北部建造了一座城——拉塞雷纳,以及在圣地亚哥附近建了个港口——瓦尔帕莱索。后来,又把目光转回了比奥-比奥河,他还是想征服马普切人。费利佩给我解释过,这是一条圣河,控制了河水的自然流动,用它的清凉平息了火山,流经之地,大树和隐秘、透明的菌类丛生。根据皮萨罗给巴尔迪维亚的文书,他的领地是一直延伸到麦哲伦海峡的。但谁都不清楚距离这条连接太平洋和大西洋的海峡到底有多远。那时候,从秘鲁过来一艘船,船长是一个姓帕斯特内的意大利年轻人。巴尔迪维亚授予他远征军司令的头衔,派他去南部勘察。沿着海岸线,帕斯特内看到无数的奇景:深邃的森林、群岛、冰川,却没有找到海峡。看来,还比设想的更南一些。同时,从秘鲁传来一些坏消息,当地政局一团糟,内战不断。死去的总督侯爵的一个弟弟——贡萨洛·皮萨罗掌握了大权,不仅公开反对我们的国王,在任期间,腐败、阴谋、争斗不断。最后,卡洛斯一世不得不派了一位铁腕教士拉·加斯卡前去维持秩序。这里我就不浪费笔墨描述当时在国王城发生的混乱了,因为我自己也不是很清楚。我提到拉·加斯卡,是因为这位满脸麻点的修士做了一个将会改变我命运的决定。

佩德罗急切地想要征服智利更多的领土,但是马普切人誓死抵抗。他还想参与到秘鲁的事务中,和文明之地保持联系。他已经远离权力中心八年,却偷偷地想回北部去和其他军人会合,显示征服智利的荣耀,为国王征战,平息贡萨洛·皮萨罗引起的混乱。他是厌倦我了吗?也许吧。但当时,我丝毫没有怀疑。我对他的爱很有信心,就像是雨水那么水到渠成的事。即便我捕捉到他少许的不安,多半也以为他只是对安逸的生活生出乏味而已。在圣地亚哥建城早期我们俩并肩作战的激情岁月如今已经变为平静恬淡的生活了。

"我们需要士兵应对南部的战事,需要更多的人口在智利其他地方扎根,但是秘鲁那边完全无视我派去的信使。"一天晚上,佩德罗对我说,暗里隐藏着他的真实意图。

"那你是想自己去吗?我提醒你,只要你离开一天,这里就会一团糟。你知道,你的朋友德·拉·沃斯还在吧?"我当时说这些,完全不知道其实他自己早已经都拿定主意了。

"我会让比亚格拉接替我的位置,他手段强硬,肯定可以胜任。"

"你打算怎么从秘鲁把人吸引过来?不是所有人都像你那么理

想主义的,佩德罗。人只会趋利,而不仅仅为了荣誉。"

"我会看着办的。"

他完全自己拿主意,什么都没有和我商量。大张旗鼓地宣布要把帕斯特内的船派回秘鲁,想带着黄金离开的人,可以一同前往。这在圣地亚哥全城引起轩然大波,几个星期内,大家都在谈论此事。回去!发了财回西班牙去!所有当初漂洋过海来到新大陆的人,唯一的梦想就是衣锦还乡。可是,到了正式登记乘客时,却只有十六个人。他们低价处理了财产,打包了行李,带着黄金准备出发。这十六位乘客中有我的导师冈萨雷斯·德·马尔莫雷霍神父。他已经六十多岁了,靠服务上帝,他也发了财。里面还有迪亚斯夫人,这是多年前乘船来到智利的西班牙"贵妇"。但她不是什么真贵妇,我们都知道她只是穿着裙子的男人。"这位夫人两腿间,有小棒槌也有小球。"卡塔丽娜这么对我说。"你什么事都想得出来!为什么一个男人要穿成女人的样子?"我问她。"还能为了什么呢,夫人?自然是为了从那些男人手里赚钱……"她给我解释道。各种流言啊。

到了开船的那天,乘客们都上了船,他们的黄金都被牢牢锁在了箱子里,放在他们各自的船舱内,相当保险。这个时候,巴尔迪维亚和他的军官们出现在了海滩上,还跟着无数的随从,给乘客们饯行。食物很丰盛,有从海里刚刚捕捞的鱼和海鲜,浇上了总督大人私人酒窖里的葡萄酒。他们在沙滩上搭了帐篷,像王公贵族一样吃饭,还因为道别煽情的话微微掉了些眼泪。尤其是那位"贵妇",她又矫情又多愁善感。巴尔迪维亚坚持让乘客给他们带的黄金做个记录,以免后续的麻烦,这是获得大伙一致同意的明智之举。正当秘书在他的小本子上认真地记录乘客给他的数据时,巴尔迪维亚爬上了唯一一艘小船,五个身强力壮的水手划船把他带到了大船上。他忠实的军官们正在船上等着他,他打算带着这些人前去秘鲁,为国王而战。发现上当之后,这些毫无防备的人气得直跺脚,有几个人跳入海里去追船,唯一那个追上的,却被船桨重重敲了一下,差点就死了。看着船帆满鼓着风往北远去,带走了他们全部的财产,我能想象这些一无所有的人有多绝望。

粗暴的比亚格拉上尉并没有袖手旁观,他立马接替了巴尔迪维亚总督的位置,开始处理海滩上愤怒的受骗者。他五大三粗,满脸通红地站在人群中,神情严肃,手握着剑柄,维持秩序。他给大家解释道,巴尔迪维亚前往秘鲁是为了捍卫国王的权力,并给智利寻找支援。他是不得已才这么做的,但他承诺,会用他马尔加-马尔加矿场的产出归还他们的每一枚金币。"认可的,就好。不认可的,再来我这里处理。"他最后说道。可这话没有让任何人安心。

我能理解佩德罗的做法,这样行骗虽不是像他这样正直的人所为,但却是解决智利难题的唯一办法。他在两者中做出了权衡:是伤害这十六个无知平民,还是满足征服的迫切需求并让成千上万的人受益,自然是后者胜出。如果他和我商量的话,我也肯定会同意他的做法,但会做得手段高明些,我也会陪他一起去。可是,他只是和他的三个军官分享了这个秘密。他是认为我不会守口如瓶,从而毁了他的计划吗?不是,我们俩在一起这么多年,为了维护他的利益和生命,我从来都是谨慎又狠辣。我相信,他是怕我挽留他。他只是带走了基本所需,如果他打包行李的话,我就会猜到他的意图。他没有和我告别就离开了,就像多年前,胡安从我身边离开一样。

即使理由再崇高,巴尔迪维亚的行为怎么说都是欺骗。这刚好成为桑丘·德·拉·沃斯从天而降的礼物,他终于有指责他的名头了:欺骗民众,抢夺了士兵多年辛苦劳作的果实。他该死。

当知道佩德罗走了，我比那些被骗了钱的民众更受伤，更感觉受到背叛。在我人生中，我第一次也是唯一一次失控了。一整天，触手可及之处的东西都被我砸烂了，我气得大叫：你会知道我是谁的，我是伊内斯·苏亚雷斯。谁也不能把我当作一块破布扔掉，我是智利真正的女总督，所有人都知道他们欠了我多少。没有我，这座城市什么都不是。我亲手挖了水渠，我治愈了无数病者伤员，我播种，收获，我起大灶做饭，让大家没有饿死。如果这些还不够的话，我还像最英勇的士兵一样挥舞武器作战。佩德罗欠我太多，我爱他，伺候他，让他开心。没有人比我更了解他，也没有人能像我那样容忍他的坏毛病。我一遍又一遍地嚷嚷，卡塔丽娜和几个女人只能把我绑到了床上，跑出去求救。我像被恶魔附身了一样，拼命挣扎。胡安站在我的床脚，嘲笑我。一会儿，冈萨雷斯·德·马尔莫雷霍神父来了，人很消沉，他是被骗的人中最老的一位，想来是永远都收不回这笔钱了。事实上，他不仅成倍收回了他的财产，很多年后他死的时候，已经是智利最富有的人。他是怎么做到的？这是个谜。我猜想，有一部分是我促成的，因为我们俩合作养马，这是我刚来智利时就有的想法。神父本来是要来驱魔的，弄明白我只是愤怒而已，就给我洒了点圣水，念了几句"万福马利亚"，我也立马就恢复清醒了。

第二天，塞西莉亚也来看我。她已经有好几个孩子了，但无论是为人母的辛苦，还是时光的无情，都没有在她身上留下痕迹，她依然是印加公主的尊贵模样。因为她那套信息系统，以及作为执法官胡安·戈麦斯妻子的便利，她对城里的大小事都知晓，自然包括我那天的勃然大怒。她来的时候，我还在床上，前一天的疯言疯语彻底让我累垮了。

"佩德罗会为此付出代价的！塞西莉亚。"我们刚照面，我就给她来了一句。

"我给你带了新消息,伊内斯。你无须报仇,自然有其他人为你做这些。"她告诉我。

"什么?"

"在圣地亚哥有很多对他心怀不满的人,他们准备在秘鲁王家法院起诉巴尔迪维亚。就算他没有在刑场掉了脑袋,起码后半生也都要在监牢里度过了。你看看你运气多好,伊内斯。"

"这肯定是桑丘·德·拉·沃斯的主意。"我大叫,立马从床上跳了下来,麻利地穿上衣服。

"你怎么会以为这个蠢货会帮你这个大忙呢?他可是为了自己,德·拉·沃斯拿着一封罢免巴尔迪维亚的请愿书,到处让人签名,很多人都在上面签字了。很多人都想让他下台,然后让德·拉·沃斯当总督。"塞西莉亚告诉我。

"这个臭美的人还挺执着。"我嘀咕着,一边绑我的护腿。

几个月前,他还试图谋杀巴尔迪维亚。当然,像他众多的计划一样,这次也颇为戏剧性:他假装病重卧床,声称快死了,想和他的朋友以及曾经的敌人告别,自然就有总督大人。他让他的一个追随者躲在窗帘后,手握一把匕首,准备在巴尔迪维亚弯腰听他临终遗言的时候冲出来,刺他的后背。这些可笑的细节和他对此的炫耀很快就出卖了德·拉·沃斯,我不费吹灰之力就搞清楚了他的诡计。这次,又是我向佩德罗提出了预警。一开始,他只是哈哈大笑,不相信我的话,后来,他同意好好调查此事。调查的结果,确实桑丘·德·拉·沃斯有罪,被判处了绞刑,我也记不清这是第二次还是第三次了。只是,到了最后一刻,佩德罗又和之前一样放过了他。

我一穿好衣服,找了个借口告别塞西莉亚,就跑去找比亚格拉上尉了。我把塞西莉亚的话又给他说了一遍,告诉他,一旦德·拉·沃斯的计划得逞,那首先掉脑袋的就是他自己和对佩德罗忠心耿耿的

229

那些人。

"你有证据吗,伊内斯夫人?"比亚格拉因愤怒而满脸通红。

"没有,这只是流言,堂弗朗西斯科。"

"这就够了。"

他转头就把谋反者德·拉·沃斯抓起来了,当天下午,没给他任何辩解的机会,就一斧子让他脑袋搬了家。之后,他又下令提着德·拉·沃斯的脑袋游街,最后把脑袋挂在了一根柱子上,以惩戒其他不同意见者,这在当时是很通行的做法。我这一辈子见过多少这样的脑袋?数不胜数。比亚格拉没有再追究其他阴谋反叛的人,他们都像老鼠一样躲在家里。而且他也抓不尽,整个圣地亚哥城的人都对巴尔迪维亚心怀不满。就这样,一夜之间,比亚格拉就把一场内战的火苗给熄灭了,也让我们彻底从桑丘·德·拉·沃斯这个卑鄙小人的噩梦中解放了。时机刚刚好。

佩德罗·德·巴尔迪维亚花了一个月才到达卡亚俄,他在北部一路停靠了很多地方,探听圣地亚哥城的消息。他要确认比亚格拉已经控制了局势,这样他才没有后顾之忧。一个信使给他带去了桑丘·德·拉·沃斯谋反的消息,但他也不想承担德·拉·沃斯之死的直接责任,那可能会引起众多法律纠纷。事实上,他很满意代理总督对谋反的处理,但他得显出一副吃惊和不快的样子,毕竟德·拉·沃斯在卡洛斯一世的宫廷里有很不错的关系。

为了获得我的原谅,佩德罗从拉塞雷纳派了匹快马,给我送了封情书和一枚不寻常的金戒指。我把信撕了粉碎,又把戒指送给了卡塔丽娜,唯一的要求就是让这枚戒指彻底从我的视线中消失,我一看到它,血就往头上涌。

在北上的路上，总督大人汇集了精选的十名军官，他用从圣地亚哥民众那里搜刮来的黄金给他们配备了铠甲、武器和马匹，准备出发去听命于拉·加斯卡教士。如今这位教士是国王在秘鲁的合法代言人。要和拉·加斯卡的军队会合，佩德罗他们就要翻过冰冷的安第斯山脉。他们骑的马因为高原缺氧而倒下，他们自己也因为高原反应，耳朵聋了，身体各处出血。他们知道，拉·加斯卡虽然是坚毅的典范，却没有任何带兵的经验，而他要面对的却是一支训练有素的军队和一位经验老到且勇猛的将领。贡萨洛·皮萨罗可以说有无数的恶习，但他绝不懦弱。拉·加斯卡的军队在翻越山脉的路途中，又累又冷，又被敌人的优势吓到。因此，当巴尔迪维亚和他的人马抵达的时候，简直被视为天使降临。对于拉·加斯卡来说，他们的到来是个奇迹，能解救他们于危难，这具有决定性的意义。他满怀感激地拥抱他们，把指挥权交给了智利的传奇征服者——佩德罗·德·巴尔迪维亚，任命他为战场总指挥。军队立刻恢复了士气，有佩德罗统领，他们就有了获胜的十足把握。按他带兵的多年经验，佩德罗先是做了一番振奋军心的发言，之后又评估了他们的实力和弹药。他明白，等待他的是一场硬仗，他感觉又年轻回去了。自圣地亚哥建城后，他的将士们再也没有看过他如此兴奋。

为了和贡萨洛·皮萨罗的叛军正面作战，他们首先要靠近库斯科。巴尔迪维亚借用了印加人在悬崖边上凿出来的窄小路径，他们在苍茫的天地间前进，渺小得就像一排昆虫。乱石林立，冰雪风暴肆虐，山峰淹没在云层中，秃鹰在头顶盘旋。有时候，地缝中会有一些石化的树根，大家就能抓牢稍事休息。动物的蹄子在巨石上打滑，士兵彼此间用绳子绑在一起，为了防止马匹掉落深渊，他们要紧紧拽着马鬃。那是一种逼人心魄的壮美，是一个光亮和阴暗并存的世界。狂风和冰雹猛烈地拍打着山墙，岩石缝隙冻结的冰在阳光下闪耀缤纷。上午,太阳冷冷从远处升起,给山峰染上了橙色和红色。傍晚,阳光和初升时一样又瞬间消失了,把群山笼罩在一片黑暗之中。黑夜漫漫,所有人都一动不动,人和马都哆嗦着凑到一块儿,置身峡谷的边缘。

为了缓解高原反应,让疲惫的人增加体力,巴尔迪维亚让大家嚼古柯叶子,克丘亚人从很久以前就开始这么做。得知贡萨洛·皮萨罗为了阻止他们穿河过涧,提前把桥都给弄断了,巴尔迪维亚就让印第安苦力用当地的植物编织绳子,他们手指翻飞,以惊人的速度完成了任务。借着山区雾气的掩护,他身先士卒,带着一队勇士抵达了贡萨洛切断的路口。在那儿,他让印第安人按他们克丘亚人的传统,用六根绳子编成一股,搭成了草绳桥。一天后,拉·加斯卡带着大部队抵达时,发现问题已经解决了。就这样摇摇晃晃地从这草绳桥上通过了近一千名步兵、五十个骑兵、无数的印第安苦力和重型武器,身边呼啸着狂风,脚底下就是让人胆战心惊的悬崖。之后,巴尔迪维亚又命令疲惫不堪的士兵在陡峭的山路走了两里路,背着弹药,拉着大炮,直到到达选定的进攻贡萨洛·皮萨罗的地方。在山头的战略位置摆好武器后,他决定让士兵调整休息几天。他本人则模仿他的导师——佩斯卡拉侯爵,亲自视察确认大炮和火枪的位置,分别给每个士兵做出指示,准备作战计划。我似乎看到他骑在马上,穿着他的新铠甲,意气风发,迫不及待。像是优秀的象棋手,事实上他也的确是,提前估摸着敌人的动作,准备进攻。他不年轻了,已经四十八岁了,有点发福,胯部的旧伤也时常困扰他。但他还能在马背上待上两整天,不需要休息。我知道,他此刻觉得自己不可战胜。他胜利在握,向拉·加斯卡承诺此战不会损失超过三十人。最后他确实做到了。

山峦间,第一轮炮火才响起,皮萨罗的军队就明白,他们这是遇上厉害的对手了。许多士兵并不想和国王为敌,纷纷倒戈,投奔拉·

加斯卡的部队了。他们说,皮萨罗的战场总指挥是个狡猾的老狐狸,有丰富的军事经验,立马就猜到了是在和谁对战。"在新大陆,只有一个将军有这样的战略头脑,那就是堂佩德罗·德·巴尔迪维亚——智利的征服者。"他们重复了他的话。他的对手也没有辜负他,一刻没让他停歇。战斗几个小时后,伤亡无数,贡萨洛·皮萨罗只能投降,把他的剑交给了巴尔迪维亚。几天后,他和年老的战场总指挥一同在库斯科被斩首了。

拉·加斯卡完成了他平息叛乱的任务,把秘鲁又归还给了卡洛斯一世。现在,他要继任贡萨洛·皮萨罗空出的职位,可谓是位高权重。他把胜利的功劳归给了巴尔迪维亚将军,作为奖赏,承认了他智利总督的身份。之前,只是圣地亚哥民众给予了他这个头衔,从未被王室正式承认。另外,还授权他召集士兵前往智利,只要不是皮萨罗的叛军或者秘鲁印第安人就行。

佩德罗获胜后,走在库斯科的街上,有没有想起我?还是他自负满满,心里只有他自己?我无数次问自己,为什么他没有带我同行。如果他带上了我,那我们俩的命运就会完全不一样。他的确是去执行军事任务了,不适合带女眷,但无论是战时还是和平时期,我向来都在他身边。他是觉得我丢脸吗?情妇,姘妇,小妾。在智利,我是堂娜伊内斯·苏亚雷斯,总督夫人,谁都不记得我们俩不是合法夫妻,我自己也时常忘记这事。女人们应该对佩德罗趋之若鹜,无论在库斯科,还是在国王城。他是内战的英雄,是智利的主人和总督,肯定有钱又有魅力。大概,每个女人都以投入他的怀抱为荣。后来,开始流传要杀死拉·加斯卡的传言,这位教士太死板苛求,大伙儿要转立佩德罗·德·巴尔迪维亚。但谁也不敢当面告诉佩德罗这事,因为他会觉得这是巨大的侮辱。巴尔迪维亚家族的宝剑是一直忠诚于国王的,坚决不会谋反,而拉·加斯卡就代表国王。

在我那个年龄,也不值得再耗费精力猜想佩德罗在秘鲁的女人是什么样了。还有一点则是因为我对他也不是完全问心无愧。就是从那个时候,我开始了和罗德里格·德·基罗加的恋情。我要说清楚的是,他没有采取任何主动行动,也没有猜中我的那些模糊愿望。我清楚,他绝不会背叛他的朋友佩德罗·德·巴尔迪维亚。所以,我和他一样,小心维持着我们彼此的好感。我是因为对佩德罗的怨恨,才转投罗德里格的怀抱吗?是为了报复佩德罗对我的遗弃吗?我也说不清。但罗德里格和我爱得克制谨慎,情深无比,却又爱得绝望。我们从未说出彼此的爱意,只限于眼神或举止流露。我对罗德里格的情感不同于之前对胡安和佩德罗·德·巴尔迪维亚的那种热烈的激情,而是一种想留在他身边,一同生活,照顾他的朴素愿望。圣地亚哥是个很小的城市,几乎没有秘密。因为罗德里格极有威望,谁也不乱传我们俩的绯闻。其实,只要他没有战事,每天我们都会见面。从来都不缺见面的借口:他帮我修建教堂、墓地和医院,我帮他照顾女儿。

伊莎贝尔,你可能都记不得这些了,你当时才只有三岁。深爱着你和罗德里格的埃乌拉利亚——你的母亲,在那一年的黄热病瘟疫中过世。你的父亲牵着你的手来到我家,对我说:"我请求你,帮我照顾她几天,伊内斯夫人。又发现了几个野蛮人,我得去对付他们。我速去速回。"你当时是个沉默寡言的小女孩,长着和羊驼一样的可爱脸蛋,漂亮的眼睛,长长的睫毛,满眼的好奇,头发被扎成了两个小髻,就像羊驼的两个耳朵。从克丘亚母亲身上,你继承了棕色的皮肤,从父亲那里,你继承了贵族的容貌,是个很美的混血女孩。从你跨进我家门槛,我就喜欢上了你,那时你抱着罗德里格给你雕的一个木马。从此,我再也没有把你还给你父亲,借各种理由让你留在我的身边,一直到我和罗德里格结婚。那时候,你就是我合法的女儿了。

人们总说我太溺爱你了，把你当个大人平等对待，他们总说我在培养一个恶魔。那些当年恶言恶语的人，看到如今的你，难以想象他们该有多失望。

在智利的这九年，我们和智利印第安人有大的战役，也有无数小冲突。我们不仅在此定居下来，还建造了很多新的城市。我们觉得已经把根扎牢了，可是当地印第安人从没有接受我们留在他们的土地上，接下来的几年，我们也验证了这一点。在北部，米奇马隆戈手下的印第安人几年前就准备大规模起义，但他们已经不敢像在1541年那样大举进攻圣地亚哥了。他们把进攻重点放在北部的小村子里，在那边，西班牙人毫无防范之力。

1549年的夏天，堂贝尼多因为不新鲜的牡蛎吃坏了肚子而死。我们一直很喜欢他，把他尊为城市的宗祖。他把智利比作伊甸园，正是在他的鼓动下，我们一路来到了马波乔河谷。他对我总是忠诚有礼，也因此，在他弥留之际，我为不能救他而深感痛心。他死在了我的怀里，因为中毒太深，疼得人都蜷缩成一团。全城人都参加了他的葬礼。葬礼进行中，两个衣衫破烂的士兵出现在城里，快要累倒在地，其中一个还身负重伤。他们是从拉塞雷纳过来的，晚上赶路，白天躲避印第安人。他们告诉我们，一天晚上，在新建的拉塞雷纳城，唯一的哨兵刚刚发出警报，成群傲慢的印第安人就冲进了城里。西班牙人难以抵抗，几个小时后，拉塞雷纳就空无一物。袭击者把大人折磨致死，把小孩扔到石头上摔死，把房子都烧成灰烬。在后来的混乱中，他们俩狼狈地逃了出来，给圣地亚哥带回这个噩耗。他们肯定地说，这是一场全面的起义，各部落都准备开战，打算要把所有的西班牙人据点都毁掉。

恐慌笼罩在圣地亚哥全城人的心头。我们似乎已经看到野蛮的暴徒从壕沟里跳出来，爬上城墙，像愤怒的恶魔一般扑向我们。这次，我们的军事力量又被分散了。一部分士兵被派去了北部的小村落，佩德罗·德·巴尔迪维亚又带走了一些军官，说好的援军还没有赶到。矿场和农场的人都跑回了圣地亚哥，当地也就无人保护了。女人们都绝望地在教堂没日没夜地祈祷，男人们，包括老人和病号，都准备要誓死保卫城市。

市政府成员都到齐了，决定让比亚格拉带六十人北上，在印第安人组织队伍来圣地亚哥之前直接和他们对战。阿吉雷留下来负责首都的防卫，胡安·戈麦斯则被迫用尽一切办法收集战争的信息，简而言之，就是刑讯拷问嫌疑人。被施酷刑的印第安人的号叫让我们头皮发麻。我同情的恳求无济于事，我告诉他们，这样不会问到任何真话，他们只会说行刑人想听的东西。仇恨、恐惧和复仇的愿望交织着，得知比亚格拉的胜利出击——他和野蛮人一样残忍肆虐印第安人，所有人都在庆祝。他粗暴地平息了起义，三个月不到的时间就重创了印第安人，避免了圣地亚哥被袭。他和酋长们强行达成了和平条约，但谁都清楚这样的和平不会持续很长时间。我们只希望，总督和他的将士们带着更多的士兵从秘鲁尽快回来。

在比亚格拉军事行动的几个月之后，市政府议会决定派弗朗西斯科·德·阿吉雷去北部，重建被印第安人摧毁的城市，并设法缔结盟约。可他却借机放纵他的冲动粗暴，胡作非为。他所到的村落，一片狼藉。他毫不留情地把所有的男人，无论老少，都关进茅屋里活活烧死，几乎要灭绝整个印第安部落。他自己却笑着说，他要让所有的印第安寡妇怀孕，让她们多生育。我不再描写更多的细节，我担心这远超一个基督徒可以忍受的恐怖。在新大陆上，没有人在施暴的时候惺惺作态。我在说什么呢？阿吉雷的这些暴行，在新大陆的任何地方,时刻都在上演。人类不断在重复相同的罪恶,从未停止,从未改变。这是在西印度发生的事,而同时在大洋另一边的西班牙,卡洛斯一世正颁布新法律。新法规定印第安人也是王国的臣民,各封地领主不能强迫他们劳动、对他们进行体罚,必须和他们签订合同,给他们付工钱。还规定征服者们要和印第安人友好相处,好言相劝,让他们相信上帝,接受基督教的法律,自动让出自己的土地,听命于他们的新主人。无论这些法律立意再好,但终究只是停留在纸上。"如果我们的国王觉得那些法律可行,那他真的是脑子坏了。"阿吉雷对此评论道。他说得有道理。如果有外国入侵西班牙,让我们接受他们的传统和宗教,我们西班牙人会怎么做?肯定会抗争到底。

同时,佩德罗在秘鲁征集到了数量可观的士兵,开始沿着陆路返程,也就是穿越已熟知的阿塔卡玛沙漠。当他出发几个星期后,拉·加斯卡的一位信使快马加鞭赶上了他,让他回到国王城,在那里有大量的文书起诉他。巴尔迪维亚只能让他手下的队长接手部队,自己回去接受审判。他对国王尽忠职守,帮拉·加斯卡打败贡萨洛·皮萨罗,让秘鲁重获和平,这些都无济于事,他还是要接受审判。

除了在秘鲁对巴尔迪维亚眼红的反对者外,还有从智利赶来的人企图铲除他。对他的指控超过五十项,但我只记得最严重以及和我相关的那些。他们起诉他没有弗朗西斯科·皮萨罗的授权就擅自以总督自居,当时皮萨罗只是给了他副总督的头衔。还起诉他处死了桑丘·德·拉·沃斯,以及其他无辜的西班牙人。譬如,只是因为嫉妒,就处死了年轻的埃斯科巴。他们还声称,他窃取了殖民地的钱财,但他们却丝毫没有提及,佩德罗已经按照承诺用马尔加-马尔加矿场的产出付清了所有的欠款。他们还说,他霸占了最好的土地和成千上万的印第安人,却不说他支付了殖民地众多的开销,给士兵准备装备,无息给他们借款。说好听点,他就像是智利的金库,从自己的口袋掏钱出来,他从不贪婪。他们还起诉,他给一个名叫伊内斯·苏亚雷斯的女人分了特别多的财产,他们俩不知廉耻地姘居。更让我生气的是,根据后面我听说的细节,这些卑劣小人声称我把佩德罗玩弄于股掌之中,谁要从总督那儿获取点什么,一定要给他情妇孝敬些好处。在征服智利期间,我过得极为困苦,我用毕生的心血来建立这个王国。我没有必要把我的所作所为列成单子,在市政府的档案里这些都有记载,任何有疑问的人都可以去查。没错,佩德罗是给我封授了很多土地和头衔,这在很多小心眼、记性差的人中引发了嫉妒和不满。但这些绝对不是我靠床上的手段获得的。我的财富不断增长,是因为我从我安息的母亲那里继承了一个农妇的谨慎持家。"花得要比挣得少。"这就是我母亲的管钱原则,确实行之有效。而作为西班牙贵族的佩德罗和罗德里格,从来都没有好好管理过他们的财产和生意,所以佩德罗潦倒而终,而罗德里格能富裕还是多亏了我。

即使拉·加斯卡和被告佩德罗关系不错,也亏欠他很多,还是把审判进行到了底。整个秘鲁都在谈论此事,我的名字也被口口相传:说我是巫婆,用药水迷惑男人;说我在西班牙就是妓女,后来又去了卡塔赫纳;说我靠吸新生儿的血维持不老。还有其他危言耸听的话,我都不好意思再说。佩德罗证明了他的清白,把一项一项指控都反驳了。最后,只有我成了这场起诉的输家。拉·加斯卡再次承认了他总督的提名,确认了他的头衔和荣誉,只是要求他尽快偿付债款。对于我,这个该下地狱油锅的可恶教士却手段强硬,他命令佩德罗收回我的全部财产分给其他将士,并立马和我分开,把我送回秘鲁或者西班牙,在那里,我可以在修道院赎罪。

佩德罗离开一年半后,从秘鲁带了二百名士兵回来了,其中八十人和他乘船回来,其余的是从陆路抵达。知道他要回来了,我忙得团团转,让仆人们都快发疯了。我让他们刷墙,洗窗帘,在花圃里种花,准备他喜欢吃的小食,织毛毯,缝制新的床单。那是夏天,从西班牙带来的果树和蔬菜在圣地亚哥郊外的菜园子里不仅丰收了,而且味道更鲜美。我和卡塔丽娜忙着做佩德罗喜欢的腌菜和甜点。多年里,我第一次在意自己的容貌,我还特意做了漂亮的衬衣和裙子,打扮得像个新婚妻子一般迎接他。我差不多四十岁了,但自我感觉依然年轻有魅力。一方面,是我的身材没什么变化,这是没有生孩子的优势;另一方面,我在罗德里格·德·基罗加害羞的眼睛中看到了自己的模样。只是,我担心佩德罗察觉到我眼睛四周的细纹,腿上的青筋,还有因为劳作而布满老茧的双手。我决定不责怪他,过去的事已经过去了。我希望能和他和解,回到我们当初相亲相爱的时光。我们俩在一起那么多年,十年间相爱、共同奋斗,不能轻易就丢掉这些。我把脑子里关于罗德里格·德·基罗加的想法都甩掉了,这是无用、危险的幻想。我去拜访塞西莉亚,想搞清楚她长年美貌的秘密。对此,圣地亚哥有各种流言,她就像是个奇迹,当别人都在变老的时候,她却焕发青春。胡安和塞西莉亚的房子比我们的小些,也简朴些,但被她用秘鲁的家具和装饰品装点得别有风味,有些甚至是阿塔瓦尔帕王宫的旧物。地面上铺着好几层色彩各异的印加羊毛地毯,一脚踩下去,软得陷进去。屋里飘着肉桂和巧克力的香味,而我们其他人家里一般只有马黛茶和当地茶草的香味。在她生活在阿塔瓦尔帕王宫的时候,就习惯了这种饮品。在圣地亚哥遭难,没有食物的那段时间,她从没为了一块面包而哭,却时常想念热巧克力。在我们西班牙人到达新大陆之前,巧克力只是王族、祭司和高级军官的特权,我们到来之后,也很快爱上了这种饮品。我们俩坐在垫子上,那些安静的女仆用白银杯子给我们奉上香气扑鼻的热巧克力。这些杯子都是克丘亚的工匠制作的。在公众场合,塞西莉亚总是穿得像个西班牙人。在家里,她习惯印加王室的穿着,那更舒适:及踝的半身裙,绣花的长袍,腰上系一根色彩艳丽的编织腰带。她光着脚,我免不了在公主完美的脚和我一介农妇粗糙的脚之间做比较。她散着头发,唯一的装饰就是一对金耳环,那是她家族的遗产。和她那些家具一起,也不知道是通过哪些神秘通道运来智利的。

"如果佩德罗在意你的皱纹,那是他不爱你了。那么,你做任何事,都不会改变他的情感。"在说出我的困惑后,她提醒我道。

我不知道她这话是不是有预示作用,还是她一向无所不知,早就得知了我毫不知情的部分。大概是为了让我高兴,她和我分享了她的面霜、洗发水和香水。接下来的几天,我每天都用这些,焦急地等待着我的爱人归来。一周又一周,巴尔迪维亚却没有在圣地亚哥出现。他把船停在了孔孔海湾,通过信使管理事务,却没有给我发来一封信件。我完全不明白发生了什么事,在不安、愤怒和等待中焦灼。一想到他不再爱我,就万分恐惧,只能靠一些微小的积极信号支撑着。我请求卡塔丽娜给我算算,可她说在贝壳上什么都没有看到,或者她不敢把看到的告诉我。几天过去了,几周过去了,依然没有佩德罗的消息。我不吃也不睡,白天,我工作到不剩一点力气;夜晚,我就像左突右进的斗牛,在走廊和每间屋子里来回穿梭,我焦急的脚步甚至在地面上磨出火花。我没有哭,事实上,我也不觉得难过,只是气愤;我也不祈祷,我觉得我们的救赎圣母大概也不明白是怎么回事。无数次,我都想直接去找佩德罗,一次把事情问清楚,问他到底想怎么样。实际也就是骑马两天的路程。最后,我也没有敢去问他,直觉告诉我,在这个问题上还是不要冒犯他为好。我应该是预感到了自己的不幸,但因为骄傲,没有说出来而已。我不想让任何人看到我被羞辱,尤其不想让罗德里格·德·基罗加看到。好在,他没有问我。

终于,在一个炎热的午后,冈萨雷斯·德·马尔莫雷霍神父一身疲惫地来到我家。他在五天内来回了一趟瓦尔帕莱索,因为骑马,屁股都坐疼了。我开了一瓶最好的葡萄酒招待他,万分不安,知道他给我带来了消息。佩德罗已经在回来的路上了吗?他叫我去他身边了吗?马尔莫雷霍没有让我问更多的问题,只是交给我一封上了封印的信。我开始读信的时候,他在回廊的花架下埋头喝酒。佩德罗用极其简单明了的语句告诉了我拉·加斯卡的决定,他重申了对我的敬佩和仰慕,却丝毫没有提及爱,只是恳请我认真听从冈萨雷斯·德·马尔莫雷霍的话。堂堂佛兰德和意大利战争中的英雄,征服了智利,平息了秘鲁的叛乱,新大陆举世闻名的勇士,却因为不敢和我面对面,所以在船里躲了两个月。发生什么事了?我想不到有什么理由,他要这么躲着我。难道我真成了专横的女巫,霸道独断?还是我对我们的爱情过分有信心了?我从来没有想过佩德罗是不是像我爱他那么爱我,我一直都把这个当作毋庸置疑的事实。不是的,我终于想明白了。这一切不是我的错,变的人不是我,而是他。一旦他感到自己年老了,就吓坏了,他想重新成为多年前的战斗英雄和年轻的恋人。我太了解他了,和我在一起,即使换了新衣新面貌,他也不能重新开始。在我面前,他难以隐藏他的弱点和年龄。既然骗不到我,他只能把我甩到一边。

"神父,请你读一下这个,告诉我这是什么意思。"我把信递给了神父。

"孩子,我知道信的内容。很荣幸地,总督大人信任我,问了我的意见。"

"那这么说,这都是你的主意了?"

"不是的,伊内斯夫人,这是拉·加斯卡的命令,他是国王和教会在这块土地上最权威的代表。我这里有文书,你可以自己看看。你和佩德罗的通奸成了丑闻。"

"如今你们不需要我了,我对佩德罗的爱就是丑闻,可是当年,我在沙漠里找到水源,给病人疗伤,埋葬死者,从印第安人手上拯救圣地亚哥城的时候,我却是个圣人。"

"我很清楚你的感受,我的孩子……"

"不,神父,你根本不明白我的感受。这简直就是莫大的嘲讽,明明是他已婚,她自由身,反而成了做小妾的有罪。拉·加斯卡修士的卑鄙行径,我丝毫不意外,但佩德罗的懦弱让我吃惊。"

"他没有其他选择,伊内斯。"

"作为一个出身良好的男人,只要他想捍卫他的荣誉,他总能做出选择。但是,我要提醒你,神父,我不会离开智利的,是我征服了这里,并建造了这里。"

"请注意你的狂妄,伊内斯!我想,你不想由宗教裁判所出面来解决这个事情吧。"

"你威胁我?"我发抖地问道,宗教裁判所的名字总是让我害怕。

"我从未想威胁你,我的孩子。我只是受总督委托,给你一个可以让你继续留在智利的建议。"

"什么建议?"

"你可以结婚……"他缩在椅子里,怯生生地说出来,"这是唯一可以让你留在智利的方法了。你优点无数,嫁妆丰厚,肯定有无数男人想娶你这样女人。如果把你的财产记在你丈夫的名下,他们就抢不走。"

好一会儿,我都没有出声。我完全没有想到,他会给我提出这样的解决办法,这是我从来都没有想过的事。

"总督大人想要帮助你,虽然这意味着放弃你。你不觉得这恰恰是个无私的行为,是爱和感恩的证明吗?"神父说道。

他紧张地用手扇着,驱赶夏日的苍蝇。我在回廊里踱着大步,尝试让自己镇定。这不是一时兴起的想法,肯定是佩德罗·德·巴尔迪维亚在秘鲁就给拉·加斯卡建议的,而后者同意了。也就是说,我的命运完全在我不知情的情况下被决定了。佩德罗的背叛让我恼怒,仇恨像一盆脏水把我从头浇了个遍,我满嘴的苦涩。有一瞬间,我甚至想徒手杀了神父,我努力让自己明白,他只是一个传信人而已。我要报复的是佩德罗,而不是这个穿着教士服、吓得冒汗的可怜老人。突然,我像是胸口被重重打了一拳,一时上不来气,人也站不稳,要倒过去。我的心开始狂跳,像是被暴脾气的马疯狂地踩踏蹂躏,这是我从未体会过的。我的血都往上涌,腿脚都站不住,眼前一片漆黑。我好不容易坐倒在椅子上,否则我就晕倒在地了。好在眩晕只是持续了几秒钟,我很快恢复了意识。我把头靠在膝盖上,保持这个姿势直到心跳恢复正常,呼吸也平顺了。我以为只是气愤和炎热让我短暂眩晕,却不知道我是心碎了,接下来三十年,我都要带着这颗破碎的心活下去。

"我想,佩德罗既然那么想帮我,想必也已经费神帮我想过丈夫的人选了,是不是?"等我终于缓过来能说话的时候,我问马尔莫雷霍。

"总督的确在脑子里有几个人选了……"

"请你转告佩德罗,我接受他的提议,但得由我自己来挑选丈夫,我要为爱结婚,要过得幸福。"

"伊内斯,我再次提醒你,狂妄也是极重的罪。"

"请你告诉我一件事,神父。传言佩德罗带回了两个情妇,是真的吗?"

冈萨雷斯·德·马尔莫雷霍没有回答,也就是默认了我听到的传言。佩德罗用两个二十岁的女人替代了一个四十岁的女人。她们是两个西班牙女人,玛利亚·德·恩西欧和她神秘的女仆——胡安娜·希梅内斯,两女共侍一夫。据说,女仆用她的巫术控制了另外两个人。巫术?他们也是这样说我的。很多时候,只要帮疲惫的男人擦擦额头的汗水,他就会亲吻你抚摸他的手。完全不需要什么巫术。只要你忠诚、乐观、善于倾听——或者至少假装在听,做好吃的饭菜,不动声色地看牢他,以防他做出什么傻事,充分享受也让他享受每次做爱,以及其他简单的小事。这些就是抓住一个男人的诀窍,概括成一句话:温柔的铁腕。

我清楚地记得,佩德罗和我说起他妻子玛丽娜穿的有十字小孔的睡衣,当时我就暗下决心,绝不会向我同床共眠的男人隐藏我的身体。我一直坚守这个决定,毫不害羞,直到和罗德里格在一起的最后一天。他从来没有注意到我和其他年老女人一样,皮肤松弛了。我所有交往过的男人都很简单:我把自己当作女神,而他们也就相信了。现在,我孤身一人,不需要在床上取悦谁了。但我可以肯定佩德罗和我在一起的时候很幸福,罗德里格也是,即使在他病重难以主导的时候。抱歉,伊莎贝尔,我知道你读到这些段落的时候会有些慌张,但你学会这些也是有好处的。你不要听那些神父的话,他们对这些一无所知。

圣地亚哥已经是一个有五百多人的城市,可是流言还是像在村子里那样传得飞快。因此,我决定不浪费时间矜持等待,打算直接出击。在和神父谈话后的好几天,我的心始终没有平静。卡塔丽娜给我煮了海带水，就是把海藻晒干，晚上再泡上水。三十年间，我每天醒来就会喝这种黏黏的液体，已经彻底习惯了它恶心的味道。也许，多亏它，我才能活到今天。那个周日，我穿上最好的衣服，拉上你的手，伊莎贝尔，你从几个月前就一直和我生活在一起。我趁大家做完弥撒出来的时间穿过广场，朝罗德里格·德·基罗加家走去，这样大家都能看到我。随行的还有卡塔丽娜，她披着黑色的披肩，嘴里念着克丘亚语的咒语，在这种时候，这比基督祷告有用多了。巴尔塔萨也以它老狗的小步跟着我们。一个印第安仆人给我开了门，把我带到了大厅，其他人就留在被母鸡搅得尘土飞扬的院子里。我看了看四周，明白未来有很多事要做，才能把眼前这个军人的棚屋——丑陋且家徒四壁，改造成一个宜居的空间。我猜想，罗格里格甚至没有一张好床，就睡在军人的行军床上。所以，就很能理解你为什么那么迅速地适应了我家的舒适环境。有必要更换那些粗糙的用木棍和破鞋底做成的家具，要重新粉刷，给墙面和地面购买装饰用的毯子，建一个可以晒太阳也有遮挡的回廊，种树栽花，在院子里修一个喷泉，把茅草房顶换成瓦片。总之，会是好几年的工夫活儿。想到要做这些事，我就很高兴。一会儿，罗德里格来了，一脸惊讶，因为我从不来他家。他已经脱掉了星期天去弥撒时穿的紧身上衣，穿着长裤和宽松袖管的白衬衫，胸口处敞着。我觉得他太年轻了，我甚至想立马转身跑回家。这个男人比我小多少岁？

"早上好，伊内斯夫人。发生什么事了吗？伊莎贝尔怎么样？"

"我来是向你求婚的，堂罗德里格。你怎么想？"我开门见山，在这样的情况下，也不适合兜圈子。

我不得不说，基罗加很戏剧性地接受了我的提议。他满脸放光，抬起双臂，像印第安人一样大吼了一声，完全是他这样身份的男人难以想象的举止。当然，他早就听说在秘鲁拉·加斯卡的事以及总督给我的奇怪建议了。所有军官都在议论，特别是那些单身的。也许，他也设想过我会选他，但他太谦虚了，难以对此感到肯定。我本想给他解释婚约的条款，他却没让我再说下去，一把把我从地上抱了起来，立马就亲上了我。我才发现，大概是从一年前，我就一直在期待这一刻。我双手抓紧他的衬衫，热烈回应他的吻，这是被自我欺骗、被隐藏许久的热情，是原本专为佩德罗保留的热情，也是在青春逝去之前急切想要经历的热情。我清晰地感受到他对我的欲望，他那年轻男人的味道，他低喃我名字的嗓音，他的手抚过我的腰身、我的后颈、我的头发，他的吻落在我的脸上、脖子上，我感到无比幸福。我怎么可以前一分钟还因为被人抛弃而伤心痛苦，后一分钟就因为被爱而感觉幸福呢？那段时间，我肯定很善变……在那一刻，我发誓一定要忠诚于他直到他死去。我不仅兑现了自己的誓言，而且三十年中，我越来越爱他。实在很容易就爱上他，罗德里格总是很讨人喜欢，这一点全世界都认同。很多好男人只有在亲密关系中才会表现出那些严重的缺点，罗德里格却完全不是这样的人，他是绅士、军人，是我的朋友和丈夫。他从不试图让我忘掉佩德罗·德·巴尔迪维亚，他自己是那么尊敬后者并喜爱他。他甚至帮我一起留存巴尔迪维亚的名声，让忘恩负义的智利人给予他应得的荣誉。当然，他努力让我爱上他，最后他也做到了。

当我们俩终于松开彼此、平复心情后，我给卡塔丽娜下了搬家的命令，而罗德里格则去招呼他的女儿。半个小时后，一队印第安人就把我的箱子、我祷告的跪椅和我们的救赎圣母像都搬到了罗德里格家。那些从弥撒出来后在武器广场等着的圣地亚哥居民给我们鼓掌。我花了两周时间准备婚礼，我不希望简单行事，而要大办特办。在这么短的时间里很难装饰好罗德里格的房子，我们主要给他的院子移植了乔木和灌木，用花做了拱门，搭了长长的台子和遮阳篷来准备宴席。冈萨雷斯·德·马尔莫雷霍神父在当时仍处于修建中的教堂里为我们主持了婚礼——如今这已成为大教堂,许多人都出席了我们的婚礼,有白人、黑人、印第安人和混血儿。因为没有时间订料子新做婚纱,我穿了塞西莉亚的一件纯白无瑕的裙子。"你穿着白裙结婚吧,伊内斯,罗德里格值得成为你的第一个爱人。"塞西莉亚这么说,她说得很有道理。婚礼就是一场欢唱的弥撒,仪式后,我们用我拿手的菜色招待来宾:馅饼、炖鸡、玉米饼、带馅土豆、辣椒烧豆子、烤羊肉、我自己庄园的蔬菜和原本给佩德罗准备的甜点。宴会当然需要有葡萄酒,虽然是从总督的酒窖里拿出来的,但我心安理得,因为那也是属于我的。罗德里格的家门敞开了一整天,任何人想来吃饭,想和我们一起庆祝,都是受欢迎的。人群中,有十几个印第安小孩和混血小孩跑来跑去,当地的老人坐在摆成半圆的椅子上。卡塔丽娜估摸了下,差不多有三百多人来到家里庆祝。鉴于她的数学不好,实际来的人可能更多。第二天,罗德里格和我,还带着你伊莎贝尔,和印第安随从一起去我的庄园过了几周蜜月。随行的还有些士兵负责保护我们,马普切人总是会偷袭不设防的路人。卡塔丽娜和我从库斯科带来的女仆留下来把罗德里格的房子收拾得尽可能舒适,其他的仆人还是留在老地方。这时候,巴尔迪维亚才敢带着他的情妇上岸,回到他圣地亚哥的房子。房子干净、整齐,各种家用供应齐全,只是已经没有了我的踪影。

第六章

智利战争,1549—1553

大家肯定发现在这最后一章，我的字迹变了。前几个月，我都是自己亲手写的，但现在写几行就累了，所以我只能给你口述，伊莎贝尔。我的字就像一团苍蝇，乱糟糟的，而你的字细瘦优雅。你喜欢用刚从西班牙传过来的氧化发红的墨水，只是这种墨水写的字让我读起来很费劲，但既然是你帮我的忙，我也不能强迫你用我的黑墨水了。我的孩子，如果你不缠着我问那么多问题，我们会进展更快。听你讲话很有意思。你讲着智利本地很滑顺的西班牙语，说起话来就像唱歌。我和罗德里格没能让你发硬邦邦的"J"和标准的"Z"。冈萨雷斯·德·马尔莫雷霍神父就是那样发音的，他是塞维利亚人，不久前刚过世。你还记得他吗？他像祖父那样爱你，可怜的老头儿。那时候，他七十七岁了，看上去像是《圣经》里百岁长者的样子，长着白胡子，甚至清楚自己的末日临近。对末日的笃信并不影响他忙于世俗事务，他在赚钱方面似乎有天助。在他的众多生意中，有我们俩合伙搞的马匹饲养。我们试验了品种杂交，成功养殖了强壮、优雅、温顺的智利马。如今，这智利马已经举世闻名，它不仅像阿拉伯骏马那么高贵，还更坚忍。神父和我的卡塔丽娜死于同一年，他是死于肺病，没有任何一种草药可以医治他；卡塔丽娜是因为地震，一块瓦片砸中了她的脖子。那一下砸得特别准，让她当场毙命，甚至她都没发现是地震了。那段时间，比亚格拉也去世了，他因犯下太多的罪孽而恐惧不已,便穿着圣弗朗西斯科的苦行衣。有一段时间他是智利的总督,也许跻身最勇敢顽强的军人之列,但谁都不喜欢他,因为他太吝啬。吝啬对于一贯慷慨的西班牙人来说是难以容忍的缺点。

我们没有时间在意这些细节了,我的孩子。如果我们再过多耽搁,最后就写不完了。谁也不喜欢读上几百页,最后却发现故事没有明确的结尾。那我们这个故事的结局是什么呢?我想就是我的死,因为只要我还有一口气,我就还有回忆可以写下去。我这样的一生,可讲述的实在太多了。我当初应该早点开始写回忆录,但我一直都忙于建造城市并让它繁荣兴盛——这可是不小的工作量。直到罗德里格死了,我才开始动笔。悲伤让我提不起精神做其他事,虽然当初我觉得那都是无比急切的任务。没有了罗德里格,每个夜晚我都无眠,失眠是很适合写作的。我一直在问,我的丈夫在哪里?是在某处等我,还是就在这个房子里,在黑暗中看着我,小心地照顾我,就像他活着时那样。死亡是什么?世界另外一边是什么样的?只有黑暗和沉默吗?我理解的死亡就是一段旅程,就像一支穿越黑暗射向天空的箭,射向那没有尽头的远方,在那里我要一个一个寻找我的爱人。让我吃惊的是,即使想了这么多死亡的事,我依然有建功立业、实现野心的欲望。这肯定是种自负,像佩德罗说的那样,想留下我的名望,让人们记住我。我想,我们的一生也就是不慌不忙地、一步一步地走向死亡。那接下来,我活到哪天就说到哪天,素材还多得很。

和罗德里格结婚后,我尽量避开佩德罗,至少一开始是这样。我对他的仇恨取代了对他持续十年的爱。我那么恨他,就像当初那么爱他;我想伤害他,就像当初想保护他一样。当年,他的缺点在我眼中都是好的。现在,我已经不觉得他高贵了,只觉得他虚荣又野心勃勃。从前觉得他强壮、机智、严肃,现在只觉得他肥胖、虚伪、残忍。我只能对卡塔丽娜发泄这些不满,对旧情人的怨恨让我羞耻。在罗德里格面前我成功隐藏了这些心思,他太正直了,难以捕捉到我的这些负面情绪。他自己与卑鄙两字从不沾边,所以也无法以此揣度他人。只要佩德罗·德·巴尔迪维亚在圣地亚哥城里,我就会离开,罗德里格虽然对此感到奇怪,却也从来没有过问我。我回到乡间的房子,尽可能地在那里待更多的时间,借口给土地播种,栽玫瑰,养殖马和骡子。实际上,我都烦透这些事了,万分想念我在医院的工作。为了看我和女儿,罗德里格每个星期在城市和乡间往来,在马背上辛苦颠簸。户外清新的空气、体力劳动、伊莎贝尔你的陪伴,还有一窝小狗——老巴尔塔萨的孩子们,共同帮我度过了这段时间。这期间,我时常祷告。我把我们的救赎圣母像带到了花园,放在了一棵树下,我向她倾诉了我的伤心事。她让我明白,人的心就像一个盒子,如果装满了乱七八糟的废物,就没有空间装新的东西了。圣母提醒我,如果满心苦涩,就很难爱罗德里格和他的女儿。卡塔丽娜说,仇恨会让人脸色发黄,还会发出恶臭。为此,她让我喝有清洗效果的草药汤剂。靠着祷告和草药,两个月后,我终于从对佩德罗的仇恨中恢复过来。这期间的一天晚上,我梦到自己长出了秃鹰的爪子,扑到佩德罗的身上,抠出了他的眼睛。那个梦特别的逼真,我几乎身临其境,第二天醒来,我似乎已经报过仇了。我一早起了床,发现困扰我几周的肩颈的痛楚已经消失,仇恨的重负终于消散了。我倾听清晨的各种声响:公鸡打鸣、犬吠、园丁在天台扫地的声音、女仆的交谈声。那是一个神清气爽、暖暖的早晨。我赤脚走进院子,微风拂过我衬衣下的皮肤。我想罗德里格了,想和他做爱的愿望让我颤抖,就像我年轻时候跑到普拉森西亚的果园和胡安躺在一起一样。我深深地打了个哈欠,像猫一样伸了个懒腰,沐浴在阳光下。我立刻命人鞴马,当天就带着你回圣地亚哥了,除了穿着的衣服和佩戴的武器,再没有其他行李。因担心河谷里的印第安人袭击,罗德里格从不允许我们没有任何保护就离家，但我们那天就这样出发了。我们运气很好，黄昏时顺利抵达了圣地亚哥。城市的守卫看到马蹄卷起的滔天尘土，从瞭望台上发出了警报。罗德里格惊慌失措地出来接我们，担心是发生了什么不测。我却冲上去搂住了他的脖子，吻上了他，携手走进了房间。从这晚，真正开始了我们的爱情，而之前都只是热身而已。接下来的几个月，我们学习认识彼此，享受乐趣。我对他的爱，不同于对胡安的欲望，对佩德罗的激情，是更成熟更和谐的情感，没有任何的冲突，这情感随着时间的流逝越发醇厚，直到最后我完全离不开他。从此，我独自下乡的生活结束了，只在有紧急军情需要罗德里格处理的时候，我们俩才会分开。这个男人，面对外人那么严肃，私下却那么温柔调皮。他那么宠爱我们俩，我们就是两个女王。你还记得这些吗？原来卡塔丽娜神奇的贝壳预言的我女王的命运，竟然是在这里。在我们共同生活的三十年里，无论他在外面有多大的压力，在家里他从来都没有发过脾气。他和我分享一切，战事、政务，以及他的悲伤和恐惧，什么都不会影响到我们的感情。他很相信我的判断，会询问我的想法，听取我的意见。和他在一起，不需要像面对巴尔迪维亚那样拐弯抹角以免冒犯他，或者说像和大部分男人相处那样，总是不能冒犯一点他们的权威。

我猜你可能不想听我说接下来的这些，伊莎贝尔，但我不能跳过，这是你必须认识的关于你父亲的一面。在和我一起之前，罗德里格认为做爱只需要年轻和活力就够了，这是大家普遍的错误认识。我们俩第一次在床上时，我万分惊讶，他就像个十五岁的男生那样窘迫。我想这是因为他等了我太长时间，默默地爱着，像他告诉我的那样，整整九年。接下来的夜晚，他的笨拙一览无余。这么看来，你的母亲埃乌拉利亚，那么疯狂地爱着他，却没有教他任何事。如此重任自然就落到了我的身上，一旦消除了对巴尔迪维亚的仇恨，我就兴致盎然地承担起重任,这你肯定能想象到。多年前在库斯科,我也是这样教佩德罗·德·巴尔迪维亚的。我没有太多和西班牙将士的情爱经历,只是我遇到的男人在男女之事方面都很无知,好在他们都很好学。你不要笑,孩子,这都是真的。我给你讲这些事,是以防你需要。我不知道你和你丈夫的床笫生活如何,如果你有不满,我建议你可以和我聊聊这个话题,我死了就没人能和你说这事了。男人和狗和马一样,是需要调教的。只是很少的女人会做这些,因为她们自己什么都不懂,没有像胡安那样的大师指导。而且很多人都困于世俗偏见,在这方面有所顾虑,你想想玛丽娜·奥德缇斯·德·卡艾德那带孔的著名睡衣就知道了。无知就是这样滋生的,把原本美好的爱情给毁了。

我刚回到圣地亚哥和罗德里格沉入爱河没多久,有一天,守卫的号角叫醒了全城人。有人发现一个马头被挂在了那根杆子上,那根多少年来一直用来挂人头的杆子。近距离观察后,确定是苏丹的头,就是总督钟爱的骏马。所有人都惊呆了。当时为避免偷盗,圣地亚哥正施行宵禁。所有印第安人、黑人和混血儿被禁止在夜间出行,若违反禁令就要被脱光了绑在广场的柱子上鞭打。未经允许擅自聚会,饮酒喝醉,游戏打赌,都要被鞭刑。而他们的主人依然如故,饮酒打牌作乐。宵禁排除了城里所有的印第安人和混血儿的嫌疑,难以想象会是一个西班牙人做出此事。巴尔迪维亚给胡安·戈麦斯下令,为了找出凶手,可以严刑拷打任何人。

即使我不再恨佩德罗了,还是尽量避免碰到他。可没有办法,圣地亚哥市中心那么小,我们又住得很近,免不了经常碰到,但我们不会同时参加一些社交活动,朋友们也会尽量避免同时邀请我们俩。

我们在街上或者教堂碰到,就点头示意,再没有其他。他和罗德里格的关系丝毫没变,依然信任他,同样,罗德里格也回以忠诚和友好。只有我成了大家恶毒评论的焦点。

"人们为什么那么苛刻、那么八卦呢,伊内斯?"塞西莉亚说道。

"我没有成为弃妇,反而成了幸福的人妻,他们不乐意了。他们看到像你我这样厉害的女人不幸,他们就高兴了。其他人都失败了,他们也不允许我们成功。"我解释道。

"我怎么可以和你相提并论,伊内斯,我没有你的魄力。"塞西莉亚笑笑说。

"气魄这种东西,在男人身上是优点,在我们女人身上就是缺点。如果女人也有了气魄,就让这个世界不平衡了。世界从来都是男人的,为了保持他们的优势,就要疯狂地嘲讽、打压我们女人。可这些女人就像是生命力旺盛的蟑螂一样,踩扁了一个,在角落里会出现更多。"我说道。

关于玛利亚·德·恩西欧,虽身为西班牙人,贵为总督大人的情妇,我记得却没有任何有身份的人接待她。大家只当她是女管家。至于另外一个女人胡安娜·希梅内斯,人们都在背后嘲笑说,她是被主人调教了专门来代替她本人完成床上那些稀奇古怪的事的。如果这些是真的,我很好奇佩德罗染上了哪些恶习。他一向在情色方面是很健康的,对弗朗西斯科·德·阿吉雷那些法国小册子里的古怪行为从不感兴趣。除了在埃斯科巴事件的那段时间,为了减轻罪恶感,他把我当妓女对待。在这里我还要补充一句,埃斯科巴没能抵达秘鲁,但也没有像我们想的那样在沙漠里渴死。多年后,我得知那个随行的印第安年轻苦力通过一些密道,把他带到了他父母生活的那个隐藏在山峰间的小村子,至今他们俩还活着。当年在出发之前,埃斯科巴答应冈萨雷斯·德·马尔莫雷霍神父,如果他能活着回到秘鲁,就从此转做神父。毫无疑问,上帝先后从绞刑架上和沙漠中救了他,也是一种明示了。但他没有兑现诺言,而是娶了很多克丘亚妻子,并生了很多混血孩子,这在一定程度上也是以他的方式传播了神圣的信仰。再说回巴尔迪维亚从库斯科带回的情妇,从卡塔丽娜那里,我得知她们给佩德罗喝壮阳的草药。也许他担心丧失男子气概,这对他来说就像士兵的勇气一样重要,所以他喝那些药汤,一男驾两女以此刺激他在这方面的活力。其实,他还远没有到精力锐减的年龄,只是健康状况不佳,旧伤总是折磨他。这两个女人最后下场不明。巴尔迪维亚死后,胡安娜·希梅内斯消失了,有人说她在南部一次包抄行动中被马普切人掳走了。玛利亚·德·恩西欧变得性情可怖,成天折磨她的那些印第安奴仆。人们传说那些不幸被她虐死的人的尸骨就埋在了房子底下,这房子如今已经属于市政府了。到了夜晚,就会听见无数的哀号。那就是另外一个故事了,我没时间多说了。

我与玛利亚和胡安娜尽量保持距离,想着永远不会和她们说话。但是佩德罗从马上摔下来,断了一条腿,她们只能把我叫过去,没有人比我更懂这些了。我第一次跨进曾经是我家的房子,我亲手一砖一瓦建起来的房子。相同的家具还摆放在原来的位置,可一切对我来说都是陌生的。胡安娜是个身材矮小的加利西亚人,但比例匀称、面容姣美。她以女仆的姿态问候我,并把我带到了我和佩德罗曾经共用的卧室。玛利亚就在房内,一边流泪,一边把湿毛巾搭在佩德罗的额头上,他躺在床上一动不动。她上前要亲吻我的手,哽咽地向我致谢。她也是被吓到了——如果佩德罗死了,她就前途未卜了。为了不冒犯她,我轻轻地避开了她,直接走到床边。我掀开被子看了摔断的腿,我认为最佳的治疗手段就是在溃烂之前从膝盖处截肢。但这种手术一向让我害怕,如今要在我曾经深爱的身体上做这样的手术，我更是难以下手。

我向圣母祈祷，尽量帮他减少痛苦，兽医和铁匠一同协助我，因为唯一的那名医生已经被证实是个无用的酒鬼。这样糟糕的骨裂很难处理。我全凭感觉把每块骨头安在大概的位置，真是奇迹！最后还大差不差。卡塔丽娜把她的魔力粉末溶在酒里，让佩德罗昏睡过去。可即使在睡梦中，他还是疼得直叫唤，每一步治疗都需要好几个人按住他。整个治疗过程，我没有任何的坏心和怨恨，尽量减轻他的痛苦，虽然这是不可能的。说真心话，我都忘了他的忘恩负义。很多次，佩德罗觉得自己要疼死过去了，他给冈萨雷斯·德·马尔莫雷霍口授了遗书，烙上封印，命令他用三把大锁把遗书锁在市政府的办公室里。他死后，人们打开遗嘱，在众多事项中，他让罗德里格·德·基罗加继任他的总督之位。我承认那两位西班牙情妇很精心地照顾佩德罗，在一定程度上多亏她们的照顾，他才能重新走路，虽然他的余生都瘸了。

胡安·戈麦斯完全不需要拷问谁来找出杀死苏丹马的真凶，半个小时后就知道是费利佩所为。一开始，我难以置信，因为那个马普切小伙儿那么珍爱那匹马。曾经有一次，苏丹在马尔加-马尔加被印第安人伤了。费利佩连续几周悉心照顾它，和它睡一起，亲手给它喂食，给它洗澡，帮它医治，直到彻底恢复。小伙儿和马之间的亲密甚至让佩德罗嫉妒，但因为没有人能比费利佩把马照顾得更好，他也就没有干涉。费利佩对马匹的精通几乎成为传奇，巴尔迪维亚已经想好，等费利佩到了年龄就让他做牧马人，这在殖民地是很被敬重的职业，因为在当地马匹养殖是基础产业。为了减少他好友的痛苦，他是一刀割破了马脖子的大动脉，之后再用砍刀把马头剁下来的。他无视宵禁的命令，借着夜幕把马头挂到了广场，只身离开了圣地亚哥城。他把衣服和为数不多的所有物打包扔在了满是鲜血的马厩里，最后是光着身子离开的，只戴着多年前来时脖子上的护身符。我想象他光脚踩在柔软的土地上，大口地呼吸着树林里神秘的香气，月桂、石碱树、迷迭香，蹚过水流透明的小溪，游过冰冷的河流，头顶即是无边的天际，最终获得了自由。他为什么以如此野蛮的手段杀了他最爱的动物呢？卡塔丽娜从来都不曾对他有过好感，她的解释虽神秘莫测，却也是最准确的："你没看到马普切人不会带走不属于他们的东西吗，夫人？"

我想佩德罗·德·巴尔迪维亚得知此事一定气疯了，肯定会发誓一定要严惩他曾经最钟爱的马夫。但他不得不推迟了报仇，因为手头还有更棘手的事。他刚刚和劲敌米奇马隆戈酋长结成了同盟，正在国家的南部组织一次战事，试图让马普切人屈服。这个老酋长好几年没有踪影了，既然不能彻底打败西班牙人，他明白和他们结盟更为务实。实际上，阿吉雷的扫荡也让他无人可用，在北部只剩女人和孩子了，其中一半还都是混血儿。近几年，因为没能兑现他要打败西班牙人的诺言，米奇马隆戈和南部马普切人有些龃龉。在灭亡还是对抗南部马普切人的选择中，他选择了后者。起码这样他保持了自己的尊严，无须让他的战士去耕地，给西班牙人淘金。

可我难以把费利佩从脑子里除去。苏丹的死在我看来是一种象征：他会以同样的手段砍死总督。此后，他再也没有回来，彻底和我们断了往来。他聪明地伪装多年，最后带走了这几年从我们这里获得的信息。我想起了1541年春天，在圣地亚哥建城初期印第安人的第一次进攻，我似乎找到了费利佩在我们生活中充当的角色。那一次，印第安人身披暗色的毯子在夜色中行进，避开了守卫的巡视，完全是模仿了欧洲佩斯卡拉侯爵的军队在雪地里披着白色床单的行进。费利佩不止一次听佩德罗讲过这事，然后把这个想法传达给了酋长们。他频繁的消失不是偶然的，那些冒险的出行需要极强的决心，他在当时还是个孩子，这是难以想象的。他之所以可以出城打猎而不被围困我们的印第安人所扰，正因为他是他们的一员。他外出打猎只是和他们的人碰头的借口，他把我们的事告诉他们自己人。是他报信说米奇马隆戈的军队在圣地亚哥附近集结，是他帮助设陷阱把巴尔迪维亚和他一半的人马引开，是他给印第安人通风报信袭击我们。当年圣地亚哥被袭的时候，这孩子在哪里？那天那么混乱，我们彻底忘掉了他。他是躲了起来还是在暗中帮助我们的敌人，又也许他当时在推波助澜地点火烧房子，我不知道。几年间，费利佩认真学习关于马的一切，驯马和养马，仔细听士兵的那些故事，学习军事战略。他会使用我们的武器，从剑到火枪和大炮，他清楚我们的优势和劣势。我们以为他仰慕佩德罗——他的老爹，他比任何人都把佩德罗照顾得更好，但那实际是监视，他在心里暗暗滋生对侵占他们土地的入侵者的仇恨。后来我们知道他是酋长的儿子，是悠久的酋长血统的最后一支，他对自己战士血统的骄傲就如同巴尔迪维亚对他血统的骄傲一样。我能想象费利佩被仇恨浸润的灰暗心灵。如今这个强劲、细瘦如杆的十八岁的马普切人，正赤裸着飞速朝着南部潮湿的树林跑去，在那里，他的部落正等着他。

他的真实姓名是莱夫扎茹，后来成了阿劳卡尼亚最著名的酋长，让西班牙人闻风丧胆，是马普切人的英雄，这场史诗级战争的卓越领袖。在他的统领下，无序的印第安人组织得就像欧洲最好的军队，排列有序，有骑兵和步兵。马对他们和对我们一样重要，所以他们尽量只是弄倒马而并不杀马，他们在绳子的两头绑上两块石头，绊倒马蹄让马倒下，或者挂住骑兵的脖子，让他们落马。他还派人去偷马，然后养马并驯马，同样的还有猎狗。他把印第安人训练成世界上最好的骑士,就像他自己一样,如此,马普切骑兵战无不胜。他换掉了他们从前笨重的木棒,换成了短木棍,这有效多了。每场战役,他都会抢敌人的武器,使用并复制它们。他建立了有效的通信机制,每个士兵都可以瞬间接收到战争首领托基的命令,还定了铁的纪律,只有著名的西班牙大方阵军队才能媲美。他甚至把女人都培训成勇猛的战士,让孩子们运送粮食和弹药,传递信息。他很熟悉地形,一般偏爱借树林隐藏军队,必要时也会在一些易守难攻的地方建立堡垒,在那里调遣他的人马。探子会把敌人的每一步行踪都汇报给他,以抢得先机。只是,他难以改掉士兵在每次大胜之后灌奇恰酒和玉米酒并喝得酩酊大醉的坏习惯。如果他连这一点都做到了,那马普切人在南部就会彻底把我们打败。三十年后,莱夫扎茹的精神仍然留在他追随者的心中,他的名字会流传几百年,我们永远都打不败他。

我们是在后来才知道莱夫扎茹的传说的,那时候佩德罗·德·巴尔迪维亚出发去阿劳卡尼亚建立新的城市,他梦想把殖民地一直扩展到麦哲伦海峡。"如果弗朗西斯科·皮萨罗仅用一百多名士兵就打败了阿塔瓦尔帕三万五千多人的军队,那么被智利的那些野蛮人挡住我们前进的步伐实在是耻辱。"他在市政府会议上宣称。他带了二百多名装备精良的士兵,四名上尉,其中就有勇敢的赫罗尼姆·德·阿尔德雷特,还有几百号负重的印第安苦力。同行的还有米奇马隆戈,他骑在受赠的骏马上,走在他军纪散漫但英勇善战的部队最前面。骑兵穿着全套的铠甲,步兵穿着胸甲拿着盾牌,连印第安苦力也戴着头盔,以对付马普切人那些厉害的锤子。唯一和如此精良部队不搭的是抬着巴尔迪维亚的轿子,就像高级妓女坐的那种。他的腿伤还没有彻底恢复,所以不能骑马。在出发之前,他派了弗朗西斯科·德·阿吉雷重建拉塞雷纳,并去北部建立其他的城市,因为阿吉雷之前的灭绝行动和米奇马隆戈的人口大量撤离，那里几乎荒无人烟。他任命罗德里格为他在圣地亚哥的代表，他是唯一众人一致信服且尊重的上尉。就这样，因着人生中难以意料的回转，我又成了总督夫人。事实上，即使那不是永久的合法头衔，我却一直都在负责相关的实际事务。

莱夫扎茹从圣地亚哥逃走的那晚，是那个夏天最黑的一晚，他没有被守卫发现，也没有被猎狗觉察，因为它们也都认识他了。他沿着马波乔河岸跑，隐身在灌木和芦苇丛中。他没有走西班牙人的绳索桥，纵身跃入了漆黑冰凉的河水里畅游着，淤积在胸口的畅快终都化成一声咆哮。冰冷的河水把他里外清洗了个遍，把他身上沾染的西班牙人的味道洗得一干二净。他拼命滑动手臂，横穿了河流，如新生一般抵达了彼岸。"我是莱夫扎茹！"他大叫道。他在河岸边静静待了一会儿，轻柔的风吹干了他的身体。他听到了飞头的叫声，那是一种鸟身人面的精灵，他也模仿它的叫声回应它。很快，他感觉到他的向导古奥廓尔达来了。即使他的眼睛已经适应了黑暗，仍要很努力才能看到她，她就像风一样看不见，能在敌人的队伍中穿梭而不被人发现，猎狗都闻不到她。古奥廓尔达比他大五岁，是他的未婚妻。他们两小无猜，互相知道属于彼此。每次从西班牙人的城市里跑出来给部落送信的时候，他都会去看她。她就是两者的纽带，速度飞快的信使。当他还是十一岁的孩子时，是她把他带到侵略者的城市，清楚地告诉他如何伪装如何监视。她就在不远处看着他如何靠近穿黑衣的神父，如何紧跟不放。在他们上一次会面时，古奥廓尔达指示他在下一个漆黑之夜逃离，因为他和敌人共处的时间已经够了，他已经了解一切，他的族人正等着他。那晚，看到莱夫扎茹脱掉了西班牙人的衣服,赤身裸体,古奥廓尔达向他打了个招呼"马里,马里①",第一次亲吻了他的嘴唇,舔了他的脸,抚摸他,就像一个女人在确立自己的权利。莱夫扎茹也回应她"马里,马里",他知道已经到合适娶妻的时候,很快他就要按照传统把古奥廓尔达抢到他的住处,把她绑在身后,一起逃跑。他说出了他的打算,她笑了。随后,她领着他一路向南小跑,一直向南。莱夫扎茹一直挂在脖子上的护身符就是古奥廓尔达的。

几天后,他们俩终于抵达了目的地。莱夫扎茹的父亲——一位极有声望的酋长,把他介绍给了其他酋长,让他们一起听听莱夫扎茹的汇报。

"敌人正在来的路上,他们同打败北部兄弟部落的西班牙人是同一批人。"莱夫扎茹解释道,"他们向圣河比奥-比奥进发,带着他们的人马和猎狗。同时还有叛徒米奇马隆戈,带着他那懦弱的军队来对抗他南部的兄弟。去死吧,米奇马隆戈!去死吧,西班牙人!"

莱夫扎茹接连说了好多天,他说火枪只是声势浩大,更要提防的是剑、长矛、斧子和猎狗。军官们都穿锁子甲,箭射不穿,木头长矛也扎不穿。对付这些,就要用削尖的木棍,然后用绳索把他们从马上撂倒。一旦落地,他们就手足无措了,便很容易逮住他们并大卸八块,锁子甲下面也只是血肉而已。

"请注意!他们都是无所畏惧的人。步兵只在胸口和头上有保护,对付他们可以用箭。请注意!这些步兵也是勇者无惧。最好把箭头都涂上毒液,这样受伤的人就不能再战斗了。马是根本,我们必须活捉它们,特别是母马,这样就可以饲养繁殖。最好晚上派小孩去西班牙人军营附近给猎狗喂下有毒的肉,它们一般都是被锁住的。

---

① 马普切语中日常打招呼的用语。

我们要挖一些陷阱,挖很深的坑,底下埋一些削尖的木桩,上面用树枝掩盖起来,等着马掉进陷阱被扎住。我们马普切人的优势就是人数众多、速度快和对树林的了解。"莱夫扎茹说道,"西班牙人不是不可战胜的,他们睡得比我们多,吃喝也很多,他们抬不动那些弹药,需要专门负重的人。我们就是马蜂和牛虻,要搅得他们一刻不得安宁。"他命令道,"首先是疲劳战,然后再一决生死。西班牙人也是人,和马普切人一样也会死,但他们的行为就像恶魔。在北部,他们烧掉了很多部落。他们试图让我们接受他们钉在十字架上的神,死亡之神。他们想让我们向他们的国王臣服,他并不住在这里,我们也不认识他,他们还想抢占我们的土地,让我们成为他们的奴隶。为什么?我问大家。什么也不为,兄弟们。他们不珍视自由,他们不懂傲骨,他们只是服从,跪在地上,低下脑袋。他们不懂正义和酬劳。西班牙人是疯子,是发疯的坏人。我告诉你们,兄弟们,我们永远不要做他们的囚徒,我们誓死不从。我们把男人杀了,要活捉他们的女人和孩子,让她们给我们生孩子。如果他们愿意,我们可以用抢来的孩子和他们交换马匹。这是公平的。我们就像鱼一样无声迅速,他们从不知道我们靠近了,我们就要打他们一个措手不及。我们要做有耐心的猎人。这是漫长的征战,大家要做好准备。"

年轻的莱夫扎茹将军白天组织战略部署,晚上就和古奥廓尔达躲进深林里偷偷地男欢女爱。部落选出他们各自的战争首领,他们会负责自己部落的军队,同时又听命于酋长的酋长——大酋长托基莱夫扎茹。树林的空旷处,下午的风还是暖暖的,可是天一黑就立马变冷了。战争首领的角逐战几周前就开始了,候选人开始一一对战,不断淘汰。只有最强壮、最坚毅、最有魄力、最有决心的人才能担当战时首领。最魁梧的人中的一个跳到擂台中央,"鹰切·考波利坎!"他自我介绍道。他光着身子,只有小小一块布遮挡他的生殖器,手臂和额头都绑着他这一级别的缎带。两个小伙子走近准备好的山毛榉树干,他们俩一人一头,把树抬了起来。他们这是向观众展示,让大家知道这棵树重量不轻。随后,把树干小心地放到考波利坎坚硬的后背上。重量压下的瞬间,他的腰和膝盖都弯了,一瞬间似乎就要被压倒了,但他突然又站了起来。全身的肌肉都绷紧了,皮肤渗着汗水,脖子上青筋暴凸,似乎就要裂开了。当考波利坎一边衡量着坚持这几小时下来所需要的力气,一边慢慢地迈小步的时候,人群中爆发出惊呼。他要打败其他一样强壮的人,唯一的优势就是不得第一死不罢休的决心。他想要带领他的族人打仗,希望他的名字被铭记,希望和弗雷西亚——他选中的女孩结婚生子,让他的孩子都以他为荣。他把树干扛在肩上,压着后颈,手臂托着。粗糙的树皮磨破了他的皮肤,几道血从他宽阔的肩膀淌下来。他深深地呼吸着树林的芬芳,感受微风和露珠的轻抚。如果他获胜了,费雷西亚就会嫁给他,她黑色的眼珠紧盯着他的眼睛,没有同情,但满目深情。这个眼神是请求他获胜的,她喜欢他,但她只会和最好的勇士结婚。她的头发上插了一朵红色的喇叭藤花,在阳光下闪耀,那是树林的红色之花,在空气中生长,就像是大地之母的鲜血,这是考波利坎送给她的,是他爬上最高的树给她摘下来的。

  这位勇士负着全世界的重量绕圈,一边喃喃自语:"我们是大地的梦,大地也梦到了我们。在星空中,也有被梦到的生灵,有他们自己的奇迹。我们是梦中梦。我们和自然联姻。我们向大地之神——我们的母亲致意,我们用南美杉、桂皮树、樱桃和神鹰的语言向她唱赞歌。但愿混着花香的微风带来祖先的话语,让我们目光坚定。但愿先辈酋长的勇气注入我们的血液。老人们说是举起斧子战斗的时刻了。祖父的祖父看着我们,支持着我们。是打仗的时候了。我们必死。生和死本来就是一件事……"勇士从容不迫,滔滔不绝,几个小时都在不知疲倦地祈祷,树干就在他肩上摇晃。他祈求自然之神捍卫他们的土地、他们的大河、他们的曙光。他祈求祖先把人们的手臂变成长矛。他祈求山中的美洲豹把它们的强健和勇气都借给女人。观众们都累了,夜晚轻柔的细雨把人都打湿了,有人点起小小的篝火照明,嚼着烤玉米粒。其他人离开了或睡着了,后来又惊讶地回来了。老女巫医用桂皮树枝蘸上祭品的血洒在考波利坎身上,让他坚持不懈。这个女人很害怕,因为前一晚梦里出现了蛇-狐狸和蛇-公鸡,告诉她战争的鲜血会流成河,会把比奥-比奥河永久染红。弗雷西亚拿了一瓢水凑到考波利坎干裂的嘴唇边。他看到爱人粗硬的手停在他的胸膛感受着坚硬如石头的肌肉,但他感觉不到她的手,就像他也感觉不到疼痛和劳累。他依然呓语,梦游般走动。就这样过了几个小时、一整晚,直到天都亮了,阳光透过树叶射下来。地面上升腾起湿雾,勇士就像踏在雾气上,他整个身体都沐浴在清晨的金色阳光中,他还照旧他的舞步,后背全都是血,一片鲜红,他还在说话:"我们身处乌兰——万物结果的神圣时节,大地之母给我们馈赠了食物,正是松子的时节,动物和女人产子,产下额恩切神灵的子女。休息的时节之前,寒季未到之时,大地之母的梦未醒之际,西班牙人来了。"

他的声音响彻山谷,其他部落的战士也慢慢涌来,树林的空地到处都是人。考波利坎绕的圈子越来越小。大家都在激励他,巫医又给他洒了新鲜的血,弗雷西亚和其他女人用兔子皮浸湿了给他擦身体,给他喝水,给他嘴里塞些嚼碎的食物,这样他一边吞咽还同时能继续他的诗性发言。老酋长们向勇士倾身致敬,他们从未目睹过如此壮举。太阳烤热了土地,驱散了雾气,空中都是透明的蝴蝶。树冠的顶端，永远在冒烟的巍峨火山映衬在天际。"给他再喝点水。"巫医命令道。考波利坎刚刚已经赢得了比赛，但他没有放下树干，还在走，还在说话。太阳已经升到顶端，又慢慢西下直到消失在树丛间，他始终没有停止。成千上万的马普切人陆续赶来，人群占满了空地，甚至整个树林。有些人甚至是从其他山头赶来的，号角声向四面八方传递着壮举。弗雷西亚的眼睛已经彻底不离开考波利坎，支撑着他，指引着他。

终于，到了夜晚，勇士一把把树干举过了他的头顶，这样保持了一会儿后，就把树干扔向了远处。莱夫扎茹有了他的战争首领的人选。"喔——！喔——！"震耳欲聋的呼声传遍了树林，在山间回荡，穿越了整个阿劳卡尼亚，到达了千里之外西班牙人的耳朵。"喔——！"

巴尔迪维亚花了一个月的时间才抵达马普切人的领地，这期间他的腿伤也恢复得差不多了，虽然还是很艰难，但可以稍微骑一段马了。军营还没有完全驻扎好，敌人每天的袭击就开始了。他们隔河相望，西班牙人穿的铠甲和带的弹药都很重，没有船难以渡河，而马普切人却可以只身游过河来。一些人赤身迎上猎狗，即使心中明白可能会被活吞也丝毫没有退缩，他们很清楚自己的任务就是拦着这些狗，其他人就能冲上去打西班牙人了。他们死了几打人，把受伤了还能走的一起带走，消失在树林里，而这时西班牙人还没有来得及组织追踪他们。巴尔迪维亚下令半数的士兵巡逻，另外一半休息，每六个小时轮换一次。虽然不便骑马，总督大人依然冲在前面，每次战斗都大胜而归。他一点一点地深入阿劳卡尼亚地区，除了零星的敌人外，从来没有碰到过大批的印第安人。他们总是出其不意地突袭，让西班牙士兵疲于应战，但没能阻挡其前进的脚步，他们已经习惯对战百倍人数的敌人。唯一不安的就是米奇马隆戈，他非常清楚很快就要和谁对战了。

事实正如他所料。和马普切人的第一次正式交手是在1550年1月，西班牙人到达比奥－比奥河边，这是马普切人不可侵犯的领土的天然界限。西班牙人在一个小湖边扎营，后方就被冰冷清澈的河水天然保护，是个很安全的地点。他们没有想过敌人会涉水而来，如迅速无声的海狮一般。那是个宁静的夜晚，守卫什么都没有看到，突然一阵喧哗，鼓声、笛声、厮杀声、号叫声响起，成千的勇士光脚踩地，地动山摇，他们就是莱夫扎茹的士兵。时刻待战的西班牙骑兵马上迎战，印第安人没有像从前那样在马面前却步，他们举着长矛组成了一道防线。马见状，前蹄腾空而起，骑士们只能后撤，让火枪发出第一波炮火。莱夫扎茹已经告诉他的士兵，装弹药需要点时间，这段时间刚好他们是不设防的，是进攻的良机。所以，马普切人毫无惧意，和全副武装的西班牙士兵肉搏。巴尔迪维亚看到这样的场景都惊呆了，他仍然按在意大利作战的那套指挥军队。密集的步兵穿着胸甲，举着长矛和剑，后面跟着米奇马隆戈和他的人。激战一直持续到晚上，以莱夫扎茹的军队撤退而告终，他们并不是仓皇四散而逃，而是在打击乐器发出的信号下有序撤退的。

"在新大陆的土地上还没有见过他们这样的士兵。"赫罗尼姆·德·阿尔德雷特疲惫地评价道。

"我一生中还从未遇到过这样强劲的敌人。三十多年为国王而战的戎马生涯中，我和很多国家的人交战过，还没有见过像他们如此经战的。"巴尔迪维亚补充道。

"那我们现在怎么办？"

"在这里建立一个城市。此地有很多优势：良好的河湾、宽阔的河面、丰富的木材和鱼类资源。"

"同时也有无数的野蛮人。"阿尔德雷特说。

"首先我们先建一个堡垒。除去伤员和守卫,所有人都参与其中,去砍树,搭茅屋,建一个有壕沟的城墙。看看这些野蛮人是不是还敢进攻我们。"

他们当然敢。西班牙人刚刚建好城墙,莱夫扎茹就率领人数众多的军队出现了。惊慌失措的守卫数了数,差不多有十万人。"没有那么多人,半数都没有,我们可以对付的。圣主保佑,西班牙必胜!"巴尔迪维亚鼓舞着他的士兵。他更多的是被敌人的气势和勇猛震惊到,而不是人数。马普切人被分成四个方阵,在他们战争酋长的指挥下有序前进。震慑敌人的军号现在换成了用上次战役被杀的西班牙人的骨头做成的笛子。

"他们穿不过壕沟和城墙的,我们用火枪阻止他们。"阿尔德雷特建议道。

"如果我们就死守在堡垒里,他们会一直围困,直到饿死我们。"巴尔迪维亚回道。

"围困我们?我不觉得会这样,他们这些野蛮人怎么会懂这些战术。"

"我担心他们已经从我们这里学习到很多,我们要正面迎战。"

"他们人太多了,我们打不赢他们。"

"我们有上帝在身边。"巴尔迪维亚回答道。

他命令赫罗尼姆·德·阿尔德雷特带着五十个骑兵出去迎战第一批马普切人,第一阵枪炮后,他们中的很多人倒下了,但后面的士兵依然步伐坚定地朝城门走来。虽然知道必死无疑,队长和士兵还是一言不发地按命令出发了。巴尔迪维亚在他们出发前,激动地拥抱了他的朋友。他们相识多年,一同患难,死里逃生无数次。

世界上肯定是有奇迹的。这一天就发生了奇迹,不然难以解释后来发生的事。几百年来,目睹此奇迹的西班牙人后裔都这么说,相信马普切人的后代也一样。

赫罗尼姆·德·阿尔德雷特在他的骑兵队伍中打头阵,他一声令下,城门就打开了。他们策马狂奔,印第安人也吹起他们令人毛骨悚然的笛子。很快,大批印第安人把他们团团围住了,阿尔德雷特立刻明白若是继续战斗几乎就是自杀行为。他命令人马重新组队,但是莱夫扎茹准备的两头绑石头的绳索把马蹄都绊住了,他们难以排列成队形。从城墙上发射了第二波弹雨,却丝毫没有阻止敌人的进攻。巴尔迪维亚打算出城支援他的骑兵,虽然这意味着这堡垒将无人防守,会落入包围的另外三个印第安人方阵之手,但他实在难以不伸出援手,眼睁睁地看着他五十个骑兵全军覆没。在他的军旅生涯中,他第一次担心做了无可挽回的错误决策。这位不久前才刚刚平息贡萨洛·皮萨罗叛军叛乱的秘鲁英雄,在这些野蛮人面前彻底迷惘了。战场上厮杀声震耳欲聋,命令也听不清,在一片混乱中,有个西班牙骑兵被火枪子弹误射而身亡。突然,原本已经占据优势的马普切前锋混乱地开始撤退,其他三个方阵马上也开始撤退。几分钟后,敌人就放弃了战场,像兔子一样跑回了树林。

一头雾水的西班牙人不知道发生了什么事,担心是敌人的新战术,除此以外,难以解释得清刚刚开始的战役为什么就如此仓促撤兵结束了。巴尔迪维亚按他军人的直觉下令:追击。后来,他在给国王的信件中是这样描述的:"骑马的士兵刚冲出去,印第安人突然开始撤退,另外三个方阵的印第安人也往回跑。我们杀了一千五百到两千名印第安人,刺伤了很多,又俘虏了一些。"

所有在场目睹奇迹的人肯定那是天使降临，光亮如一道闪电，从天而降，以一种超自然的光照亮了白天。一些人认为是圣徒雅各显灵，骑在一匹白马上，对着那些野蛮人布了一场道，让他们向基督徒投降。另外一些人看到了我们的救赎圣母，是一位穿着金银线衣服的美丽夫人，浮在空中。印第安人俘虏说，他们看到在天空划过一道火焰，爆开时发出轰然巨响，在空中留下一串巨大的弧形余晖。多年后，大学士们给出了其他说法，据说那是一颗流星，就像是从太阳上滑落了一块石头，掉到地球上。我从未见过流星，但很惊奇那竟有圣母或是圣徒的样子，并且在恰当的时间和地点掉落，帮助了西班牙人死里逃生。我不清楚到底是奇迹还是流星，总之，结果就是印第安人落荒而逃了，基督徒们成了土地的主人，庆祝那并不理所当然的胜利。

送到圣地亚哥的消息说，巴尔迪维亚俘虏了差不多三百人，但他在国王面前承认只有二百多，他还下令一斧子剁了他们的右手，并割了他们的鼻子。几个士兵压住俘虏的胳膊架在树桩上，让黑人刽子手挥下斧子，另外一些人就把他们的残肢按到烧沸的油上，以此来止血。然后，让这些人回到他们的部落，作为教训。另外三分之一的人被割了鼻子毁了容。断手和鼻子装满了好几筐，鲜血把地都染红了。在巴尔迪维亚给国王的信中写，行完刑，他把俘虏召集到了一起，因为其中有一些酋长和负责人，于是特别对他们讲了一番话。他在信里说："这么做是因为多次谋求和平，但他们都拒绝了。"也就是说，这些俘虏不仅被施刑，还忍受了一段西班牙语演说。那些还能站起来的人跌跌撞撞地走回树林，把他们的断手给同伴看。很多被剁手的人当场晕倒了，再次能站起来后，也满心仇恨地离开了，没有任何的哀求和疼痛的呻吟让那些施暴者过瘾。因为疲劳和恶心，刽子手们后来都抬不起手来举斧子和刀了，于是，其他士兵就过来代替他们。最后,他们把成筐的断手和鼻子倒到河里,满河的血水一直把这些带到入海处。

当我得知这些后,我问罗德里格如此血腥屠杀的目的是什么。在我看来,这只会招致可怕的后果,此事之后我们无法再期待马普切人的同情,他们只会更猛烈地报复。罗德里格给我解释说,很多时候必须做这些事,以威吓敌人。

"你也会做相同的事吗?"我想知道。

"我想我不会,伊内斯,但我不在现场,我不能评判将军当时的决定。"

"十年间,我和佩德罗一起经历过患难,也享受过荣华富贵,罗德里格,这完全不是我认识的那个人所为。佩德罗变了太多,我要告诉你,我很高兴他现在不在我的人生中了。"

"战争就是战争。我祈求上帝让战争尽快结束,我们可以在和平中建设这个国家。"

"如果说是因为战争,那我们也可以就此给弗朗西斯科·德·阿吉雷在北部的屠杀开脱。"我说。

酷刑结束后,巴尔迪维亚命令把从印第安人那儿没收的食物和家畜带到堡垒里。他派信使送信回城中,宣称在短短四个月内,在圣徒雅各和我们圣母的佑护下,就已结束了这片土地上的战争,重新恢复了和平。我觉得他迫不及待地为自己歌功颂德。

在佩德罗·德·巴尔迪维亚生命的最后三年,我很少见到他,都是别人告诉我关于他的消息。罗德里格和我不知不觉中挣了很多钱,所有我们花工夫的地方都产生了巨大的回报,家畜兴旺,土地丰收,石头里面都出金子。而总督开始在南面建堡垒和城市。首先是竖十字架和旗帜，若有神父就主持弥撒，之后再立正义柱和绞刑架，还砍树建防御城墙和住宅。最难的是招纳居民，但慢慢就会有士兵和家属过来。如此，慢慢出现了康塞普西翁、拉因贝里阿和比亚里卡等城市，最后这个城市就位于比奥-比奥河一个支流处发现的金矿附近。这些矿场产出很多，以至于所有商业活动都用金粉直接结算，买面包、肉、水果、蔬菜和其他一切都只用金币，再没有其他货币。小商小贩和酒店老板就随身带着秤砣和秤，就地买卖。征服者们的梦想成真了，再也没有人把智利叫作"破败者的国度"或者"西班牙人的坟墓"。还建立了巴尔迪维亚城，起这个名字并不是总督本人虚荣，而是众将士的坚持。城徽上是这样描述这个城市的：一条河和一座白银之城。士兵中都流传，在山峦的崎岖处有著名的恺撒之城，满是黄金和宝石，被美丽的女战士保护着，其实也就是和黄金国一样的传说。只是佩德罗·德·巴尔迪维亚作为务实的人，不想浪费时间和人手来寻找这些。

　　从陆路和海路，源源不断有新的援军来到智利，但对于征服海岸线如此辽阔、树林密布、高山林立的国土来说，人数总还是不够的。为了收买军心，总督以他一贯的慷慨给士兵封地、分印第安人，但这实际上只是美好的愿望，仅是停留在语言层面的馈赠，因为土地还没有开垦，土著人还未被征服。只有靠暴力才能强迫马普切人劳动。他的腿也痊愈了，虽然还是会疼，但是已经可以骑马了。他马不停蹄地带着一小队人马在浩瀚的南部穿梭，深入阴暗潮湿的树林，走进参天大树和高耸的南美杉形成的穹顶下，树枝的尖顶几乎戳破天空。马蹄踏在柔软芳香的土地上，骑士们用剑在密林中开路，灌木几乎让人难以通行。他们穿越冰冷的河流，鸟类喜欢在河岸边栖息，马普切母亲们就把新生儿泡到这些冰水中。湖泊就像是深蓝天空的倒影，平静安详，几乎可以数清楚水底的石头。蜘蛛在橡木、桃金娘和榛子树的树枝上织网,露珠滚动。树林里的鸟类欢快地歌唱,灰燕雀、褐红燕雀、朱顶雀、异色颈鸽子、鸫鸟、田鸫还有啄木鸟,有节奏而不知疲倦地笃笃啄着。所到之处,蝴蝶飞舞,惊异的鹿群会靠近来打招呼。阳光透出树叶,在地上投下阴影。雾气从地面升起,把世界笼罩在一片神秘迷雾中。无尽的雨水,河流,湖泊,白花花泡沫飞舞的瀑布,完全是一个潮湿的世界。深处,永远是雪山、冒烟的火山和游弋的云朵。秋天,一片金黄和鲜红的景色,果实遍地,如同仙境。佩德罗·德·巴尔迪维亚被美景摄了魂,迷醉在遍布青苔的细瘦树干中,整幅画面像是丝滑的天鹅绒。这是伊甸园、膏腴之地,是天堂。征服者被眼前的美景征服了,他默默无言,满眼泪水,慢慢探索这地球的尽头——智利。

有一次,他和士兵走在一处榛子林里,树冠的金枝都掉落下来。如此奇事让人难以置信,士兵们都下马扑向黄色的巨石,巴尔迪维亚也和他的士兵们一样震惊,但仍下令维持秩序。士兵们还在争抢黄金,上百个马普切人突然就举着弓箭围住了他们。莱夫扎茹早就教过士兵瞄准西班牙人身体薄弱的地方,也就是没有铠甲保护的部位。十分钟后,地上躺满了死伤的士兵。幸存者还没来得及反应过来,印第安人就像片刻前他们出现时那样悄无声息地又消失了。事后,他们发现那些石头只是表面覆盖了一层薄薄的金箔。

几个星期之后,另外一队西班牙人在巡逻中听到很多女子的声音。他们快马加鞭,穿越灌木,看到一幅极美的画面:一群女孩在河中戏水,头戴花冠,全身仅有长长的黑发遮身。看到士兵们快马加鞭赶来,大声吆喝着驱马下河,女孩们依然故我地戏水沐浴,丝毫没有害怕。这些好色的士兵下河没能走出多远就被困住了,河床是一处沼泽,马深深地陷了下去。士兵们下马,想把马牵到结实的地方去。只是他们自己的铠甲也很重,便一同陷到淤泥中。这个时候,莱夫扎茹那些冷峻的弓箭手又出现了,把西班牙人射成了筛子,那些赤身裸体的马普切漂亮女孩在河对岸一起为此庆祝。

巴尔迪维亚很快就发现他面对着和他一样精明老练的对手,此人对西班牙人的弱点了如指掌,但他却毫不担心,依然胜券在握。马普切人再善战,再狡猾,还是不能和他身经百战的将士相比。他说,阿劳卡尼亚早晚都是他的,那只是时间问题。很快他就搞清楚了这位大家交口相传、敢于挑战西班牙人的酋长的名字莱夫扎茹。他从来没有想过莱夫扎茹就是费利佩——他的马夫,直到他死的那天才知道。巴尔迪维亚每到一个偏僻的移民村落,就会用他永不言败的乐观给大家发表演说。胡安娜·希梅内斯一路陪着他,就像之前的我那样,玛利亚·德·恩西欧被留在圣地亚哥独自闷闷不乐。总督大人给国王写信,重申当地的野蛮人已经明白要遵从国王的旨意,理解了基督的善意,而且他已经征服了这块美丽、富饶、平和的土地,唯一缺的就是西班牙人和马匹。然后是大段大段地申请新的俸禄,国王却置若罔闻。

帕斯特内,那个统率着由两艘旧船组成的船队的司令,还在海岸由南向北、由北向南地反复巡游,和无形的洋流斗争,经受黑水巨浪的恐吓,寒风把帆布撕破,他一直在寻找那个连接两大洋的海峡,却一直无果。后来是另外一个船长在1554年找到了麦哲伦海峡。佩德罗·德·巴尔迪维亚至死也不知道此事,没有实现他把领土扩展到地图上这一点的愿望。在他的寻找中,帕斯特内发现了一些闲适恬静的地方,他用意大利人的夸夸其谈描述这些,却完全省去了他们在当地的暴行。然而,这些罪行就像历史上的很多事一样,还是被人所知了。和帕斯特内同行的一位编年史学家记录道,在一个遥远的海湾,水手们被当地印第安人热情接待,被奉上礼物和食物,可他们回敬的却是强暴当地的妇女,杀掉了男性,并俘虏了另外一些人。后来还把这些囚犯戴上锁链带去了康塞普西翁,在那里把他们当作杂技团的动物展示。巴尔迪维亚认为这些偶然事件和其他士兵没落得好下场的事一样不值得浪费笔墨书写。所以,他也没有给国王提起过。

其他的上尉,像是比亚格拉和阿尔德雷特,不断地来来回回,奔驰在河谷中、爬山、下树林、巡河,在这片土地各处留下了他们的身影。他们总是会和印第安人发生小规模的冲突,但莱夫扎茹很谨慎,不轻易暴露他的实力,只是在阿劳卡尼亚的深处小心地准备着。米奇马隆戈在一次和莱夫扎茹的交锋中死了,尽管他手下的一部分人和他们同族的马普切人结盟了,巴尔迪维亚还是设法保留住了大部分人。总督大人坚持向南继续征服,可随着征服的土地越多,实际控制的却越来越少。每个城市都要留一些士兵来保护移民,派另外一些人去侦察,惩戒印第安人,并偷他们的粮食和牲畜。军队被分割成无数的小队,经常好几个月都不互通联系。

在严酷的冬天,征服者们就躲进移民的村子里,他们把这些村子叫作城市。冬天,土地一片泥泞,雨水冰冷,晨霜凛冽,夹雪的寒风刺骨,这时还要带着沉重的补给行走,实在太过艰难。从5月到9月,整个大地都在休养,一片寂静,只有奔涌的河流,急骤的雨滴,电闪雷鸣的风暴偶尔会惊扰冬之梦。这段时间天黑得很早,恶魔环绕着巴尔迪维亚,不好的预感和良心不安困扰着他。只要不在马上,腰上没有佩剑,他就心情黯淡,总觉得厄运紧跟着他。在圣地亚哥,我们听说总督大人变了很多,正迅速老去,他的手下也不再像从前那样盲目地信任他了。据塞西莉亚说,他的星象在认识我的时候不断上升,当离开我时就开始坠落。这理论让我害怕,我可不想为他的成功得失负责。每个人只是自己命运的主宰者。在这些寒冷的时光里,他就待在家里,穿着羊毛斗篷,在火盆边取暖,给国王写信。胡安娜·希梅内斯给他准备马黛茶,那是一种用苦味的叶子冲泡的茶水,帮他缓解旧伤的疼痛。

同时,莱夫扎茹那些隐身的士兵正按照他的命令在密林处观察着西班牙人的一举一动。

1552年,佩德罗·德·巴尔迪维亚来到圣地亚哥。他没有想到那是他最后一次造访,但多少也猜到了,因为那些噩梦又搅得他不得安宁。和从前一样,他梦到屠杀,惊醒后在胡安娜的怀中发抖。我是怎么知道这些的?因为他服用一种茄科植物的树皮来驱除噩梦。在这个国家没有什么是秘密。他到达的时候,整个城市都如庆祝节日般欢迎他,热闹且组织良好,这都是罗德里格管理得好。我们的生活在这几年改善了很多。我把罗德里格在广场的房子重新修葺了,已经是完全符合副总督身份的体面宅子了。我精力充沛,又在不远处起了一栋房子,我打算在伊莎贝尔你结婚的时候送给你。另外,我们在乡间庄园里的房子也很舒适。我喜欢房子宽敞,有高高的房顶,回廊和果园里到处都是果树、药草和鲜花。在第三个院子里,我养了些牲畜,圈养得很好,以防有人偷盗。我也给仆人提供了舒适的房间,每次看到那些移民让马住得都比人好,我就很生气。我一直牢记自己的出身,对奴仆很照顾,所以他们也都对我很忠心,他们也是我的家人。在卡塔丽娜还身强体壮的时候,她负责料理所有的家务,但我依然会很注意,防止对仆人的虐待。我总是忙得时间不够。我同时要做很多事,建造房屋,在政务上协助罗德里格,还有做慈善,这永远都做不尽。每天来我们家食堂吃饭的印第安人在武器广场上都绕了好几圈,卡塔丽娜总是抱怨人太多太脏。所以,我决定在另外一条街新开一个食堂。弗洛夫人是从巴拿马坐船来到智利的,是个塞内加尔黑人,也是个很棒的厨师,她负责了那个新食堂。伊莎贝尔,你知道我说的是谁,就是你认识的那个。她当时到智利的时候一无所有,现在穿锦缎华服,住在一所即使是最优越的贵妇都会羡慕的大房子里。她做的饭菜那么可口,连有钱人都开始抱怨穷人吃得比他们好。所以,弗洛夫人就想到卖给有钱人精美的饭菜来资助穷人食堂,顺便再额外赚点钱。她就是那样富起来的,这对她是好的,可没有解决我的问题。一旦她口袋里装满了金子就忘了穷人了,他们重新又回到我家门口,一直到现在。

得知巴尔迪维亚要回来,我发现罗德里格很紧张,他不知道该如何做事才会不冒犯其他人。他身处高位,需要对他的朋友忠诚,却又希望能保护我。我们已经两年多没有见过我的旧情人了,他不在,我们俩过得很好。现在他回来了,我不再是总督夫人了。我有时会开玩笑地自问,玛利亚·德·恩西欧能胜任总督夫人的身份吗?我很难想象她在我的位置会怎么样。

"我知道你在想什么,罗德里格。不要担心,我不会和佩德罗有问题的。"我对他说。

"也许最好你和伊莎贝尔去乡下待……"

"我不想逃走,罗德里格。这也是我的城市。他在这里的时候,我不会参加政府事务,但我的生活会一切照旧。我不会看到佩德罗就晕倒的。"我笑着说。

"你会经常碰到他的,这难以避免,伊内斯。"

"不仅如此,罗德里格,我们要设宴款待他。"

"宴会?"

"是的,我们是智利的二把手,理应好好款待他。我们邀请他同他的玛利亚·德·恩西欧一起来,如果他愿意的话,也可以邀请上另一位。那个加利西亚女人叫什么来着?"

罗德里格满脸疑惑地看着我，一般我都会主动解答他的疑惑，这次我只是在他额头轻轻吻了一下，并向他保证绝对不会发生任何不快的事情。其实，我早就让人缝制桌布了，并已经聘请弗洛夫人来主厨，用采购的食材做一顿大餐，还特别准备了总督大人喜欢的那些甜食。船运来了在欧洲都很昂贵的糖蜜和蔗糖，到了智利，自然更是天价。但因为不是所有甜点都能用蜂蜜解决，所以他们开什么价我也就都接受了。我打算用在我们这里从来没有见过的食物把宾客们都震到。"但是，夫人，你更应该好好想想自己要穿什么。"卡塔丽娜提醒我道。我让她把一件刚刚从西班牙运到的高雅真丝礼服烫了一下，它闪着古铜色的亮光，很衬我头发的颜色……好吧，伊莎贝尔，我没必要和你废话说我用女贞叶做染发剂以保持我的发色是和阿拉伯和吉卜赛女人一样的棕色，这些你都知道了。衣服我穿着有点紧，那是自然的，舒适的生活和罗德里格对我的宠爱让我心宽体胖。可再怎么样我都比玛利亚·德·恩西欧夺目很多，她穿得就像个妓女，还有她那个轻佻的女仆更是难以和我媲美。孩子，你不要笑。我知道这样的评论显得我很小气，但这都是事实，她们实在太平庸了。

佩德罗·德·巴尔迪维亚以凯旋之姿回到了圣地亚哥，穿过鲜花和树枝扎成的拱门，政府成员和民众都鼓掌欢迎。罗德里格和所有将士都穿上擦得锃亮的铠甲，戴着插有翎饰的头盔，在武器广场列队欢迎。玛利亚·德·恩西欧在曾经属于我的房子门口等着她的主人，满脸忍不住的笑意，搔首弄姿。这是多么讨人厌的女人啊！我没有现身，只是站在一处窗口远远地看着。我觉得佩德罗像是突然老了很多岁，也笨重了很多，仪表庄重，我不知道是因为高傲、肥胖还是旅途辛劳的缘故。

我猜想这一晚，总督大人是在两个女人的怀中入睡的，第二天，他立马就以一贯的热忱投入了工作。他从罗德里格那里拿到了详尽的关于殖民地和城市的情况报告,查阅了国库的账目,听取了政府官员的意见,并一一接见了有事前来或请求公正裁决的市民。他已经完全变成了另外一个人,浮夸爱逗能,缺乏耐心,高傲独断,听不得任何一点反对意见,动辄就暴跳如雷、恶语威胁。他不再听取他人的意见,也不和任何人商讨,完全就像一个暴君。他一直都在打仗,已经习惯了军队对他的绝对服从。如今也是同样对待他的将士和朋友们,唯独对罗德里格·德·基罗加很友好,想必佩德罗猜到此人难以忍受不被尊重。什么事都逃不过塞西莉亚的眼睛,她发现佩德罗的情妇和仆人都很害怕他,他把什么气都撒在他们身上,从身体的疼痛到国王的沉默——国王至今都没有给他回信。

欢迎总督大人的宴会是我一生所承办的宴会中最辉煌气派的之一。确定宾客的名单就是一件头疼的事,我们不能把全城五百多居民和他们的家人都邀请过来。很多重要人物都在等待着请柬。全城都在议论此事,所有人都想参加这个宴会,我不断收到意外的礼物和无数表达友谊的信号,这些人前一天可能都不会正眼瞧我。无论如何,我们只能邀请在1540年和我们一同来到智利的将士、王室和政府成员。我们把乡间庄园里的印第安仆人也都调过来了,给他们穿上统一的制服,但没能让他们穿上鞋子,他们实在习惯不了。我们准备了几百个烛台、油灯和松脂的火把用于照明,松脂同时还能芬芳空气。屋子灯火通明,满是鲜花、大堆的时令水果和鸟笼。我们准备了上好的秘鲁葡萄酒以及我和罗德里格自己酿的智利红酒。主桌一共坐了三十个宾客,在其他厅和院子里还坐了一百多人。我决定那晚让女士按听说的法国习惯和男人们同桌进食,而不是按西班牙的传统在地上的垫子上坐着。除了禽肉和从海里打捞的新鲜的鱼之外,我们杀猪宰羊,让菜色更为丰富。有一张桌子摆的全都是甜点:圆饼、千层酥、蛋白酥、烤蛋黄、奶制甜点和水果。微风把宴会食物的香味吹遍了全城，蒜香、烤肉味、焦糖味、香飘四里。来宾穿上他们最好的华服赴宴，都是些平时鲜有机会从衣箱底里拿出来的好衣服。宴会上最美的女人自然是塞西莉亚，她身穿一件蓝色紧身连衣裙，腰系一根金色腰带，再配上她印加公主的那些首饰。她还带了一个黑人小孩，让他站在她座位后用羽毛扇扇风，这一精心的细节让我们所有这些粗人都惊呆了。巴尔迪维亚是带着玛利亚·德·恩西欧一起出现的，我不得不承认那女人今天看起来还不赖。他确实没有带另外一个情妇，在我们这个虽小但依然自豪的社会里，带着两个情妇出场还是很不合时宜的。他亲吻了我的手，说了些这类场合常见的恭维话。我似乎在他眼中看到了伤心和嫉妒，或者仅仅是我自己的臆想。当我们入座后，他起立举杯提议，为宴会的主人——我和罗德里格——干杯，并做了一番忆苦思甜的动情演说，回忆了十年前圣地亚哥艰难时期的饥荒，而如今物质如此丰富，恍如隔日。

"美丽的伊内斯夫人，今天的盛宴就差一样东西……"他举着酒杯，眼眶湿润。

"您不要再说了，总督大人。"我回答道。

这个时候，伊莎贝尔你进来了，穿着蝉翼纱的衣服，头上绑着发带还插着花，托着一个银盘，铺着一层白色亚麻布，上面摆着一个馅饼给总督大人。人群顿时爆发热烈的掌声，因为大家都回想起了那些艰难时光——把所有手边能吃的都做进馅饼里，甚至是蜥蜴。

晚宴结束后，还有舞会。巴尔迪维亚虽然是个很好的舞者，乐感好，舞步自然优雅，却借口腿疼没有参加。舞会结束后，客人们陆续离开，仆人把剩下的食物分给从武器广场前来凑热闹的穷人，之后把大门关了，把蜡烛都吹灭了，罗德里格和我筋疲力尽地倒在床上。我像平常一样依偎在他怀中，一觉无梦，睡了六个小时，这对于经常失眠的我来说，已经是很好的睡眠了。

总督大人在圣地亚哥待了三个月。这期间,他做了一个决定,肯定也是经过深思熟虑的:派阿尔德雷特回西班牙,给国王上交六万份黄金,就是属于王室的那五分之一。这和整船整船从秘鲁运回西班牙的黄金数量相比是小巫见大巫了。巴尔迪维亚还让他给国王带去了好几封信,提了很多要求,其中就有封他侯爵爵位并任命他为圣地亚哥骑士团成员的请求。这方面巴尔迪维亚也变了很多,不再是从前那个淡泊名利的人了。另外,作为之前反对奴隶制的人,他现在还申请免除订购两千黑奴的税款。阿尔德雷特此行的另外一个任务就是去看望玛丽娜·奥德缇斯·德·卡艾德,她依然生活在卡斯图埃拉的简陋房子里。阿尔德雷特带给了她一笔钱,让她前来智利,以总督夫人的身份在她丈夫身边生活,他们已经十七年没有见了。我很想知道,玛利亚和胡安娜听到这个消息后是什么反应。遗憾的是,赫罗尼姆·德·阿尔德雷特没能从国王那里带回好消息。他差不多离开了三年,一方面是海上往来太消耗时间,另外也是因为国王做事总是慢条斯理。在他回程穿越巴拿马海峡的时候,染上了一种热带传染病而身亡。赫罗尼姆·德·阿尔德雷特是优秀的战士,忠诚的朋友,我希望历史能给予他应有的认可。后来,直到佩德罗·德·巴尔迪维亚死的时候,也没能得知他终于获得了申请许久的俸禄。

　　收到丈夫的邀请以及差不多七千五百份的黄金旅资后,玛丽娜·奥德缇斯·德·卡艾德买了个金神龛和豪华的家当,就此出发前往她想象中如同威尼斯的智利,谁也不知道她为什么会有这样的错觉。她的随行人员浩浩荡荡,其中有很多她的亲戚。可怜的女人刚到智利,就成了寡妇,还发现佩德罗什么都没有留给她。更有甚者,六个月前,所有她喜爱的侄子们都在和印第安人的战争中死去了。我没办法不同情她。

佩德罗·德·巴尔迪维亚在圣地亚哥的这段时间,我们俩很少见面,仅在一些社交活动中碰到,其他人都不怀好意地看着我们,期望看到我们俩私底下有亲密举动,试图猜测我们俩的情感。在这个城市里,你走的每一步都会被人从窗子里看到,被人议论。为什么我要用过去时?完全没有必要,我们现在在 1580 年,人们照旧是一样八卦。我美好的青春岁月和佩德罗共度后,现在再看到他有种奇怪的冷漠,我觉得他已经不是我当年疯狂爱恋的那个男人了。他打算回到南部去了,去看看那些新建的城市,接着寻找那若隐若现的麦哲伦海峡,他动身之前,冈萨雷斯·德·马尔莫雷霍神父来看我了。

"我想告诉你,孩子,总督大人向国王申请封我为智利大主教了。"他对我说。

"神父,这事全圣地亚哥都知道了。你就实话告诉我你为什么来这儿吧。"

"你真是不留情面,伊内斯。"神父笑了笑说。

"你赶紧说吧,神父。"

"总督大人想和你单独聊聊,孩子。但不能在你家,也不能在他家,更不能是其他公共场所。要隐藏行踪,不能让人看到。我向他提议,可以在我家见面……"

"罗德里格知道这事吗?"

"总督大人觉得没有必要让你丈夫知道这点小事,伊内斯。"

这一切都让我觉得很诡异,无论是传信人、信息本身还是保密的姿态都很蹊跷,所以当天我就和罗德里格说了这事,以免麻烦。这会儿我才知道,他已经知道这件事了,巴尔迪维亚已经请求他让我单独去见面。那为什么他又希望我向丈夫隐瞒呢?而且为什么罗德里格也不和我提起此事呢?我猜想佩德罗是想试验我一下,但我不觉得罗德里格也是这个企图,他没有这些城府。

"你知道佩德罗想和我说什么吗?"我问我的丈夫。

"他想给你解释一下当年为什么那样对你,伊内斯。"

"都已经过去三年了,现在来和我说这些事?我觉得很奇怪。"

"如果你不想见他,我可以直接回绝他。"

"如果我单独和他见面,你不觉得困扰吗?"

"伊内斯,我对你是完全信任的。我不会因嫉妒而怀疑你。"

"罗德里格,你不像是西班牙人。你血管里应该流淌了荷兰人的血液。"

第二天,我就去冈萨雷斯·德·马尔莫雷霍神父家了,他家是在智利仅次于我家的最大最豪华的房子。神父的财富毫无疑问是得神眷顾的。他家的克丘亚女管家接待了我,她很博学,懂得很多药草知识,而且是我很好的朋友,毫不掩饰已经和未来的大主教共度夫妻生活很多年。我们穿过了好几个双推门相连的大厅,这些门都是经神父从秘鲁带回的,由一个手艺人雕刻而成。最后,我们到了一个小房间,那里有他的书桌和他大部分的书籍。总督大人衣着精致,上身是暗红色的紧身上衣,袖管开衩,绿色的裤子,黑丝绸帽子上缀着一根艳丽的羽毛,他上前和我打招呼。女管家悄无声息地离开了,关上了房门。那时候,看到就我们俩独处,我太阳穴都跳动起来了,心狂跳,我觉得难以承受那双蓝眼睛的目光,在他熟睡的时候,我时常亲吻他的眼皮。无论佩德罗变了多少,在某些时候,他都是我曾经跟随至天涯海角的恋人。佩德罗把手搭在了我的肩上,把我掰过来对着窗户,他要迎着光好好看看我。

"你这么美,伊内斯!怎么时间似乎都没有在你身上留下痕迹?"他感叹道,很激动。

"你可能是老花眼了。"我边说边向后退了一步,让他的手从我肩上挪开。

"请你告诉我,你很幸福。你幸福,对我来说很重要。"

"为什么?难道是内疚?"

我微微笑了,他也笑了,我们俩顿时都轻松了,寒冰终于融化了。他给我详细讲了在秘鲁对他的诉讼以及拉·加斯卡对他的审判。让我和其他人结婚,是他能想到的唯一能让我免于流放和困顿的方法。

"跟拉·加斯卡说了这个提议后,我自己心上像是被扎了一刀。伊内斯,我至今还在流血。我一直都深爱你,你是我一生唯一的女人,其他人都不算。知道你和其他人结婚,我悲痛欲绝。"

"你一向都很容易嫉妒。"

"你不要开玩笑了,伊内斯。失去你让我痛苦万分,但我庆幸你富有,并嫁给了这个王国最好的绅士。"

"那时,当你派冈萨雷斯·德·马尔莫雷霍给我传信的时候,他暗示你已经帮我选定人选了,你选的是罗德里格吗?"

"我太了解你了,很难给你强加什么,更别说是一个丈夫了。"他含糊地回答。

"那为了让你安心,我可以告诉你,你的这个解决方法很好,我很幸福,我很爱罗德里格。"

"胜过爱我吗?"

"和对你的爱是不一样的,佩德罗。"

"你肯定吗,我亲爱的伊内斯?"

他又抓住了我的肩,把我拉近,试图要吻我。他金黄的胡子扎得我痒,还能感觉到他呼吸的热气,我偏过了头,轻轻把他推开了。

"佩德罗,你曾经最看重我的优点,就是忠诚。如今我依然忠诚,只是换成对罗德里格的忠诚了。"我伤心地告诉他,预感到这是我俩的永别了。

285

佩德罗·德·巴尔迪维亚再次踏上征程,巩固那七个刚刚新建的城市和堡垒。新发现的很多矿藏丰富的矿场吸引了新移民,甚至有些圣地亚哥的居民都选择放弃在马波乔河谷的肥沃农庄,带上家人前去南部的神秘树林,追逐潜在的黄金白银。一共有两万印第安人在矿场工作,产出几乎和秘鲁的一样好。在这些离开的居民中就有执法官胡安·戈麦斯,但是塞西莉亚和他们的孩子没有同行。"我就留在圣地亚哥,如果你想落入那些沼泽地,那你就去吧。"塞西莉亚是这么对他说的,没想到她一语成谶。

告别的时候,罗德里格·德·基罗加建议巴尔迪维亚,不要遍地建立城市却没有人手维持。有些堡垒只有几个士兵把守,很多城市完全处于没有保护的状态。

"没事的,罗德里格,印第安人已经不怎么给我们找麻烦了。领土都是我们的了。"

"我感觉很奇怪,那些马普切人以善战不屈服著称,这是在我们开始智利远征之前,在秘鲁就听说的,可现在他们却没有如预想那样,和我们顽强抗争。"

"他们明白我们实在过于强大,就四散了。"巴尔迪维亚解释道。

"如果是这样的话,那恭喜了,但你千万不要掉以轻心。"

他们俩热烈地握手告别,巴尔迪维亚完全没有把基罗加的警告记在心上就出发了。好几个月,我们都没有他寄来的消息,但不时有相关的流言传到我们耳朵里,说他过着土耳其人般骄奢淫逸的生活,躺在软床上不断发胖,住在他自称是冬宫的康塞普西翁的家中。他们还说,胡安娜·希梅内斯偷偷把从矿场运来的大桶大桶的黄金都藏了起来,这样就不用通报并上交给国王的官员了。还有人嫉妒地说，藏了那么多的金子，再加上齐拉歌亚矿场待挖掘的金子，巴尔迪维亚已经比卡洛斯一世都富有了。人们就是如此轻易地对他人下定论的。可你要记得，伊莎贝尔，巴尔迪维亚死的时候，一分钱都没有留下。除非胡安娜·希梅内斯不是像世人想的那样被印第安人掳走了，而是她把这笔钱偷了，远走高飞去了他乡，若不然，巴尔迪维亚的财富从来就没有存在过。

这些用于防御印第安人并保护金银矿场的堡垒中，有一个叫图卡佩尔，只有十二名士兵把守，他们日复一日地监视密林，相当无聊。虽然和马普切人相安无事，但负责这个堡垒的队长总觉得他们在谋划些什么。每周印第安人会给堡垒送一两次粮食，总是同一批人，士兵们都已经认识他们了，彼此都会友好地交流一下。然而，印第安人的态度中总是有些异样，这让他起了疑心，便抓了他们中的几个。拷打之后，他搞清楚了，部落里正谋划着起义。我要说，马普切人会开口，那肯定就是莱夫扎茹希望西班牙人知道这些，他们才不会轻易在酷刑面前屈服。队长请求增援，可是佩德罗对此毫不重视，总共就派了五名骑兵前去图卡佩尔堡垒。

1553年的春天，阿劳卡尼亚的树林里芬芳遍野。空气都是温热的，五名士兵的马匹飞驰而过，激起成群的昆虫乱舞，禽鸟低鸣。突然，一阵让人汗毛直竖的声音打破了闲适恬静的画面，瞬间西班牙人就被一大群印第安人包围了。三人被长矛扎中倒地，另外两个得以调转马头，扬鞭力催，狂奔至最近的堡垒求救。

同时，同一批送粮食的印第安人又来到图卡佩尔，顺从地打招呼，好像对他们的同伴被拷打之事一无所知。士兵们打开了堡垒的大门，让他们带着包裹进来了。一进院子，马普切人打开包裹，抽出暗藏的武器就扑向了士兵。还好这些士兵迅速镇定了下来，飞快地找来他们的胸甲和刀剑来防卫。几分钟后，很多马普切人被杀，另外很多被俘，但他们的计策奏效了，在西班牙人忙着对付堡垒里的印第安人的时候，外面上千的印第安人已经彻底包围了堡垒。队长带着他的八个士兵骑马出城迎战，这是壮举，却是徒劳的，敌人数目实在过于庞大。英勇奋战一番后，没死的士兵退回了堡垒，在那里，敌我悬殊的战斗一直持续到了晚上，当夜幕降临，进攻者们才撤退。图卡佩尔的碉堡里只剩六名士兵了，他们是唯一幸存的西班牙人，还有一些印第安苦力和俘虏。队长打算采取极端措施，来吓跑等待天亮再次发起进攻的马普切人。他听说过我斩落印第安酋长的首级拯救圣地亚哥城的传说，决定效仿我。他把所有俘虏都斩首，并从墙头把他们的首级扔了下去。此举激起了一阵绵长的咆哮，就像大海的巨浪。

接下来的几个小时，包围堡垒的马普切人越来越多，最终，六个西班牙人明白他们获救的唯一可能就是借着夜幕的掩护骑马冲出敌人的包围圈，然后前往最近的堡垒普伦求救。这也就意味着只能让那些没有马的印第安苦力坐以待毙听天由命了。我不知道那些西班牙人最后是如何设法脱身的，树林里到处都是从远处被莱夫扎茹召集来参加起义的印第安人。也许，是他们有意放走了这些西班牙人。总之，天一亮，彻夜等待的印第安人就冲进了被遗弃的图卡佩尔堡垒，他们在遍地血迹的院子里找到了他们同伴的遗体。那些被留在堡垒里不幸的印第安苦力最后都被杀了。

通过莱夫扎茹他自己搭建的通信网，胜利的消息第一时间就传到了他那里。他刚刚支付了相应的聘礼，和古奥廓尔达完婚。因为一向不喜欢喝酒，他没有参加胜利庆典的醉酒，而是立刻忙着筹划起义的第二步。他的目标是佩德罗·德·巴尔迪维亚。

胡安·戈麦斯一周前就到了南部，还没有来得及好好想想导致他和家人分开的金矿的事，他就接到了来自普伦堡垒的求救信号，那里有从图卡佩尔突围中幸存的六个士兵和原本驻守的十一个士兵。和所有封地领主一样，他有义务在被召唤的时候去参战。戈麦斯毫不犹豫地出发了，一路飞驰到了普伦，成为这小小军队的指挥官。听了在图卡佩尔发生的事的细节后，他确信这不是一直以来的小冲突，而是南部部落的一次大规模起义。他尽可能做好防御准备，但就手头的普伦当地少得可怜的资源，实在也难有作为。

几天后的一个清晨，他们又听到印第安人的喧闹声，守卫看到山脚下有一队马普切人号叫示威，却没有任何行动。胡安·戈麦斯估摸了一下，每个士兵大约要对付五百多个敌人。但他们也有自己的优势，有武器、马匹和军纪严明的西班牙士兵。他有充足的和印第安人作战的经验，明白最好在开阔地和他们开战，这样骑兵可以摆开阵势，火枪也可发挥效用。所以，他决定出城迎战敌人，带上他的十七名士兵、四名火枪手和二百多的印第安苦力。

他们打开了堡垒的大门，胡安·戈麦斯打头阵，领着队伍出发了。随着他一声令下，士兵就策马飞奔下山，挥舞着他们的利剑，但让他们惊讶的是这次印第安人没有吓得四散，而是严阵以待。他们也不再是赤身裸体，而是身上穿了胸甲保护，头上戴了海豹皮做的风帽，坚硬得就和西班牙人的铠甲一样。他们手持两米多长的长矛，朝着马胸口扎去，还有短柄的重木斧，这比他们之前的大棒好用很多。他们站着一动不动，正面迎战骑兵。很多马都被刺中而濒死，士兵却很快恢复了镇静。西班牙人的武器杀伤力很强，可马普切人却丝毫没有退缩。

一个小时后，传来清晰的鼓声，印第安人即刻停止了进攻，开始撤退，消失在树林里，留下一地的伤亡人员。西班牙人刚刚得以喘息几分钟，另外一队轮换的印第安人又顶了上来。西班牙人只能继续战斗。马普切人就如此每一小时更换一批士兵：鼓声响起，疲劳的战士退下，新人又投入战斗，而西班牙人已经难以为继。胡安·戈麦斯明白靠他那么少的兵力难以对抗他们这样的车轮战。马普切人分成了四个队伍轮换，这样当一个队伍在作战的时候，另外三个就在一旁休息。他必须要下令退回堡垒了，他的士兵几乎都受伤了，他们需要喘息喝水。

接下来的几个小时里，他们尽可能医治了伤员，吃了东西。傍晚的时候，胡安·戈麦斯认为要再次出击，不能让敌人有机会整晚休整。好几个伤员都表态愿意死在战场。他们也明白，要是印第安人冲进了堡垒，他们也只有死路一条，还颜面无存。这次，戈麦斯只有十二名骑兵，一半的步兵，却依然没有任何胆怯。他把人员都召集起来，做了一番战前动员，慷慨陈词，祈求上帝和圣徒雅各的庇护，之后便下令进攻。

西班牙人的刀剑和印第安人的木斧对战了不到半个小时，马普切人似乎就没了斗志，不像上午那样奋勇了，一个小时还没有到，他们就在鼓声的召唤下撤退了。戈麦斯等着轮换的第二批人，就像上午那样，可是却没有任何人出现。他很困惑，命令撤兵回到堡垒。这次他没有任何人员损失。接下来的夜晚和第二天，他们不眠不休，穿着铠甲，手握武器，等着敌人的再次进攻，可是敌人一直都没有现身。最后他们相信印第安人不会回来了，一起跪倒在院子里，为如此意料之外的胜利向圣徒致谢。他们也不知道是如何击败了马普切人。胡安·戈麦斯认为不能坐以待毙，不能死守在堡垒里不和外界联系，不安地等待鼓声预告马普切人的再次来临。夜晚，印第安人很少行动，因为害怕那些恶灵。所以，最好借机派出最快的信使给佩德罗·德·巴尔迪维亚报信，告诉他这离奇的胜利，提醒他正面临着全部落的大起义。如果不迅速粉碎他们，可能会失去比奥-比奥河以南的全部领土。信使们在黑夜中策马狂奔,穿越山林,担心印第安人随时会在一个拐弯处跳出来,但幸好没有任何突发情况出现。就这样,他们一路畅通,清晨抵达了目的地。他们隐约觉得一路上马普切人都躲在树丛里监视他们,可既然没有任何人攻击,他们也就认为只是自己因过于紧张而产生的臆想罢了。他们不会想到是莱夫扎茹希望巴尔迪维亚收到这个信息,才给他们放行的。就像后来,他让这些信使又带着总督大人的回信回来了,信里他让戈麦斯在圣诞节当天和他在图卡佩尔堡垒的废墟处会合。大酋长就是如此精心计划的,通过他遍地的间谍,他得知了信件的内容,他满意地笑了,这下他把巴尔迪维亚引到了他想让他去的地方。他派了一队人包围普伦堡垒,让胡安·戈麦斯出不来,难以按信件指示行事。同时,他接着完成在图卡佩尔给他老爹设的陷阱。

巴尔迪维亚在康塞普西翁慵懒地度过了几个月的冬天,看看下雨,和人玩玩牌,被胡安娜·希梅内斯精心照料着。他五十三岁了,瘸腿和肥胖让他越发苍老。他的牌还是玩得很好,另外牌运也一直不错,几乎总是赢。那些满心嫉妒的人言之凿凿地说,金矿的收入加上他打牌赢的钱全都装进胡安娜神秘的箱子里了,可这些至今都没有找到。冬去春来,万物复苏,草长莺飞,当印第安人起义的消息传来时,他还觉得小题大做,并不当回事。纯粹是为了履行他的义务,才勉强召集了五十多名士兵,不太情愿地去和胡安·戈麦斯在图卡佩尔会合,他打算就像从前那样,尽快歼灭这些无法无天的马普切人。

巴尔迪维亚带着他的五十名骑兵和一千五百多名印第安苦力行进了十五里路,因为要和负重的队伍保持一致,只能如此缓慢移动。没走多远,他开始为如此懈怠的行军忧心忡忡,军人的直觉告诉他有危险,他感到在密林中被四处隐藏的眼睛监视着。最近一年多,他一直都在想关于死亡的事,他再次预感到死亡随时可能发生,但他不想因为怀疑有人监视他们而吓坏他的军队。谨慎起见,他派了五名士兵先行探路,他依然缓缓而行,试图在温热的微风和松树浓郁的芬芳中慢慢打消顾虑。一两个小时后,五名士兵还没有回来,他开始警觉了。一名骑兵指着一里远处树上挂的东西,惊恐地大叫。那是一条胳膊,还套着紧身衣的袖子。巴尔迪维亚命令武器各就各位。几米远处,又看到一条还穿着靴子的腿,同样也被挂在树上。一路往后都是印第安人的战利品,腿、胳膊和脑袋,几乎就像是树上挂的血淋淋的果实。"我们要报仇!"愤怒的士兵大叫,骑马飞奔寻找凶手,但巴尔迪维亚让他们停住了。最糟糕的就是分散兵力,他决定让大家保持队形一直到图卡佩尔。

堡垒坐落在一个空旷的山头,当时建造这个堡垒的时候,西班牙人把树都砍了,但山脚下依然是茂密的树林。从高处能看到一条水量充沛的大河。骑兵开始爬山,首先到达了烟雾四起的堡垒废墟,后面跟着搬运弹药的缓慢的印第安人队伍。按照莱夫扎茹的指示,马普切人静候所有人都爬上了山,他们才用人骨做成的笛子吹出令人毛骨悚然的声音。

总督大人刚下马,站在城墙烧黑的柱子间,就看到印第安战士整齐地排列在一起,举着盾牌,擎着长矛。战时酋长们都站在方阵的最前面,同时,一队最优秀的士兵保护着他们。巴尔迪维亚大吃一惊,猜想这些野蛮人居然自己琢磨出了古罗马士兵的打仗方式,也就是西班牙大方阵使用的相同战术。首领自然就是这一个冬天都反复听说的莱夫扎茹。巴尔迪维亚勃然大怒,身上大汗淋漓。"我要让这个家伙不得好死!"他大呼道。

不得好死,这在我们这片土地上数不胜数,也始终成为我们良心的重负。我要稍微打断一下,最后巴尔迪维亚没能实现他对莱夫扎茹的威胁,后者是几年后和古奥廓尔达一起出战中死去的。在短时间里,这位军事天才在南部西班牙人建的城市中引起一片恐慌,许多西班牙人从这些城市撤走了,最后甚至都波及了圣地亚哥附近。当时,马普切人因为饥荒和瘟疫人口锐减。莱夫扎茹就带领着这一小队训练有素的人马继续作战,队伍中还包括妇女儿童。几年间,他以灵活的战术和英勇气概指挥战争,时间虽短,却足以鼓舞马普切人的反抗持续到今天。罗德里格·德·基罗加对我说,世界历史上也很少有将军能和这个年轻人媲美,他把无数松散的部落整合成美洲最有威胁力的军队。他死后,考波利坎酋长接替了他,和他一样勇敢,但精明不足,最后被俘,判了死刑,被木桩刺穿而死。人们说,当时,他妻子弗雷西亚在行刑现场,亲眼看见了自己的丈夫戴着锁链被拖行,她把几个月大的儿子扔到了他脚下,大喊说不会给一个败者的孩子喂奶。不过这就是另一个关于战争的传说了,就像当年圣母在战场的天空出现的传说一样。削尖的木棍缓慢地穿过考波利坎的肠子,他却一声没吭,就像年轻的苏里塔在他的史诗里写的那样,还是叫苏尼加?我的上帝,我总是记不住名字,天知道这本书里有多少错误。好在当时给考波利坎行刑的时候我不在场,就像我也从来都不看他们对叛乱的处罚,譬如,一刀砍掉不听话的印第安人的半个右脚。这一切都没有让印第安人退缩,他们瘸着腿依然战斗。另一位酋长加尔瓦里诺被砍断了双手,他让人在他手臂上绑好武器,又回到了战场。在这么多的暴行之后,我们难以期待印第安人的仁慈。冤冤相报何时了。

巴尔迪维亚把他的人马分成几组,领头的是骑兵,随后是印第安苦力,他命令他们下山。这次他不能像往常一样让骑兵突围了,因为印第安人的长矛会把马刺死,他们已经学会了欧洲人的战术。首先,要制服那些手举长矛的印第安人。第一回合的交战中，西班牙人和他们的苦力占了上风。很快，短暂的激烈交锋之后，马普切人朝河边退去。他们大叫着庆祝胜利，巴尔迪维亚命令大家回到堡垒。士兵们以为胜券在握，他却很不安，马普切人的撤退行动实在太有秩序了。在山顶，看到他们在河里饮水，清洗伤口，而他们的士兵却没能得以喘息。此时，嘈杂声又四起，新的印第安军队从树林里冲出来，精神饱满，整齐有序，就和在普伦攻打胡安·戈麦斯的情况一样，只是巴尔迪维亚早前轻视了这些。第一次，将军感到了形势的严峻，之前他一直以为自己是阿劳卡尼亚的主人。

这一天，战争都按这样的节奏继续。面对一波又一波敌人的车轮战，西班牙人不断负伤，又渴又累，印第安人则按时回到河边修整，补充体力和粮食。几个小时过去了，西班牙人和印第安苦力陆续倒下，而胡安·戈麦斯的援军始终都没有赶到。

在智利，无人不知1553年圣诞节的这场悲剧，但是版本众多，我就来说一下塞西莉亚告诉我的说法。当巴尔迪维亚和他那一小队人马在图卡佩尔艰难地抵抗时，胡安·戈麦斯正被围困在普伦，马普切人把他们足足围了三天才悄然离去。那天上午和下午，一开始大家都在焦急地等待，最后戈麦斯实在忍不住冲出去看了看树林。什么都没有，连一个印第安人都没有。那时候，他猜测到围困他们只是一个战略，以此阻止他们按佩德罗·德·巴尔迪维亚命令的那样会合。就这样，当他们在普伦无所事事的时候，总督在图卡佩尔焦急地等待他们。如果像他担心的那样，总督被攻击，那情况一定很危急。于是，胡安·戈麦斯不假思索地命令剩下的十四名完好的士兵骑上最好的马，跟着他迅速朝图卡佩尔赶去。

他们骑马赶了一夜,第二天早上赶到了堡垒附近。他们能看到山头冒着烟,各处都是喝得酩酊大醉庆祝战争胜利的马普切人,挥舞着砍下的四肢和脑袋,前一天的血战中倒下的西班牙人和印第安苦力横尸遍野。所有人都惊呆了,十四名士兵明白他们被包围了,将遭遇和巴尔迪维亚军队一样的下场。但是醉酒的印第安人正在庆祝胜利,没有理睬他们。西班牙人扬鞭让疲惫的马爬上山头,一边挥剑在零星几个喝醉挡路的印第安人中开路。整个堡垒就只剩一堆烧焦冒烟的木头了。他们在尸体和肢解的尸首中寻找佩德罗·德·巴尔迪维亚,但是没有找到。他们和马匹在一瓮脏水里解了渴后,也没有时间做其他了。因为,成群的印第安人又从各处爬上来了,不是之前见的那些喝醉的人,而是从树林里出来的清醒有序的战士。

西班牙人不能继续在已成废墟的堡垒处停留了,他们会被困住的,只能重新策马,在敌人中开路,冲下山去。可是瞬间他们就被马普切人包围了,开始了一场殊死战斗,一直持续到天黑。很难想象这些人马从普伦赶了一晚上路,还能顶住这一天不间断的战斗。不过,我见过西班牙人打仗,也曾经和他们并肩作战过,我知道他们是做得到的。最后,戈麦斯的士兵得以聚到一起跑了出来,身后紧跟着莱夫扎茹的追兵。马都跑不动了,树林里还到处都是砍倒的树枝以及其他阻止马飞奔的障碍物,这些却妨碍不了从树林里冒出来的印第安人,他们还在拼命阻挡骑兵的步伐。

这十四名士兵都是勇者中的佼佼者,他们决定依次牺牲自己拖住敌人,让其他人先走。他们没有争论,没有抽签决定,这也不是任何人的命令,一切自愿。第一个士兵先向同伴道了声别,就停住了他的马,回头和追兵交战。他奋力挥剑,火星四落,决心战到最后一口气,因为被活捉是最糟糕的下场。几分钟后,几百双手就把他从马上拽了下来,之后就用从巴尔迪维亚士兵那里缴获的刀剑回敬他。

这位英雄给同伴争取的几分钟让他们得以跑出一段路,可是很快马普切人又追上他们了。第二个士兵又接上去,同样道了声别,就停马面对杀红了眼的人山人海的印第安人。接下来第三个,就这样一个接着一个,六个士兵牺牲了自己。剩下的八个,其中很多伤势严重,拼命策马狂奔至一处狭窄的河道,在这里又一个士兵停下来,让其他人过河。他也很快就被杀了。这个时候,胡安·戈麦斯的马因为中箭太多,疲惫不堪而倒地了。当时已经是深夜了,树林一片漆黑,他不可能再前进了。

"你快上我的马,队长!"一个士兵主动说。

"不行,你们接着前进,不要因为我耽误了!"戈麦斯命令道,他也伤得很严重,估算了一下马肯定承受不了两个人的重量。

士兵们只能服从,接着在黑暗中摸索前进,不知方向,而戈麦斯就钻入了密林中。漫长而艰辛的几个小时后,六个幸存者终于抵达了普伦堡垒,在从马上倒下之前通知了他们的同伴。那里只有最基本的给他们伤口止血的东西,稍微让马休息了一会儿,所有人就又朝拉因贝里阿前进了,当时那还只是一个小村子。印第安苦力用担架抬着那些还能活下来的伤者,那些太严重活不下去的,他们索性就体面地了结了他们,以免被马普切人活捉。

另一边,胡安·戈麦斯的脚陷到了泥里,冬天的雨水让整个地区都成了个泥潭。他全身多处箭伤,又渴又累,两天都没有吃喝了,但他始终没有放弃。什么都看不清,只能在树丛和灌木间摸索着艰难前进。他不能等到天亮行动,夜色是他唯一的掩护。在马普切人找到他倒地的马时,他清楚地听到他们胜利的欢呼,他祈祷陪他历经沙场多次的动物已经死了,马普切人有折磨受伤的马的习惯,以此来向它的主人报复。烟火味告诉他,追兵点亮了火把在树丛间寻找他,他们相信落马的骑士不会跑远。他脱掉了铠甲和衣服,埋进泥里,不留痕迹,光着身子走进泥潭。马普切人已经很近了,能够听到他们的声音,看到他们火把的亮光。

塞西莉亚阴森的幽默感有点像西班牙人,讲起那晚的恐怖经历,她笑弯了腰。公主说:"我丈夫最后淹没在沼泽里,就像我警告他的那样。"胡安·戈麦斯用剑砍了一根芦苇秆,便迅速淹没在腐烂的泥潭里。他光着身子,全身是伤,也不清楚到底在泥潭里待了多久。他彻底把灵魂托付给了上帝,想着他的儿女和塞西莉亚,那位美丽的女人从王宫里跑出来跟着他来到世界的尽头。马普切人经过他身边很多次,却没有想到这个男人躲在泥潭里,抱着他的剑,借着秸秆吸气。

第二天上午,去拉因贝里阿的士兵看到一个噩梦般的人,全身是血和泥,在密林中拖行。从他不松手的剑,他们认出了是胡安·戈麦斯,著名的十四名士兵的队长。

自从罗德里格去世后,昨晚我第一次能睡着几个小时。清晨时分,睡梦中我感到一阵胸闷,心像是皱在一起,喘不过气来。但我丝毫不慌张,相反很是淡定和喜悦,我知道那是罗德里格躺在我身边,把他的手放在了我的胸口,就像在我们最好的时光那样。我一动不动,闭着眼睛,感谢这甜蜜的负担。我很想问问我的丈夫,是不是终于来找我了,我想告诉他,共同生活的三十年间,他让我很幸福,唯一遗憾的就是他经常外出打仗。可是我担心一开口,他就消失了。这几个月孤身的日子让我明白那些幽灵是何其羞涩。清晨的第一束阳光刚从门窗的缝隙里透进来,罗德里格就从我身边离开了,在我身上留下他手臂的痕迹,在枕头上留下他的味道。当女仆来的时候,房间里已经彻底没有他的踪迹了。这意想不到的夜晚给了我无尽爱意的满足,我醒来却脸色不好,女仆们都跑去找你,伊莎贝尔。我没有生病,孩子,没有任何的病痛,我感觉前所未有的好,所以,你就不要用一张去参加葬礼的脸看着我了。我还想再躺一会儿,觉得很冷。如果你不介意的话,我想再借这个时间口述一些,让你写下来。

就像你知道的那样,胡安·戈麦斯从那次考验中活下来了,只是花了好几个月的时间从感染的伤势中恢复过来。他放弃了淘金的想法,回到了圣地亚哥,至今还和他美丽的妻子生活在一起,塞西莉亚差不多应该有六十多岁了,可是看上去还是和三十多岁一样,没有皱纹也没有白头发,我不清楚这是巫术还是奇迹。那个不祥的12月就是马普切人大规模起义的开始,一场殊死的斗争持续了四十年,永无止境。只要还有一个印第安人和一个西班牙人活着,流血就不会停止。我应该憎恨他们,伊莎贝尔,可是我不能。他们是我的敌人,可是我敬佩他们,换作我在他们的位置,也会像他们一样,为了自己的土地战斗到死。

好几天我都避开讲佩德罗·德·巴尔迪维亚的结局。二十七年间,我都设法不去想这件事,但现在是时候说一说了。我情愿相信那个最温和的版本,就是佩德罗一直战斗到最后一刻,直到被一棒子打破脑袋倒下,但塞西莉亚帮我发现了真相。唯一一个从图卡佩尔劫难中逃生的印第安苦力讲了圣诞节那天发生的事,可是他不知道总督大人的下落。两个月后,塞西莉亚来看我,告诉我一个马普切女孩刚刚从阿劳卡尼亚过来,在她家帮佣。这个女孩一句西班牙语也不会说,塞西莉亚知道她是被人在图卡佩尔附近找到的。于是,我从费利佩——如今的莱夫扎茹——那里学来的马普切语再一次派上用场了。塞西莉亚把女孩带到了我这里,我就可以和她交谈了。女孩十八岁,矮矮的,五官精致,宽肩硬朗。因为不懂我们的语言,看上去有点迟钝,一旦我开始和她说马普切语后,就发现她很灵活。接下来就是我从图卡佩尔逃生的印第安苦力和那个马普切女孩那里听说的。

298

佩德罗·德·巴尔迪维亚被行刑时,她就在现场。

总督大人带着一小队勇敢的士兵,在堡垒的废墟上奋力抵抗成千的马普切人,他们不停地交替上场,而西班牙人却完全没有时间休息,就这样持续了一整天。到了傍晚的时候,巴尔迪维亚已经彻底绝望了,等不到胡安·戈麦斯来支援了。他手下的人都精疲力竭,人和马满身是血,山坡上还源源不断地涌来敌人。

"先生们,我们怎么办?"巴尔迪维亚询问还活着的九个士兵。

"除了战斗到死,将军您希望我们做什么?"其中一名士兵回答道。

"那么,就让我们光荣地战死吧!"

十名顽强的西班牙人,还有活着的印第安苦力,冲锋陷阵,高举利剑,大呼圣徒雅各的名字。几分钟后,八名士兵就被绳索从马上掀倒,拖到地上,被几百个马普切人打死了。只有佩德罗·德·巴尔迪维亚、一名教士和一个忠诚的印第安苦力得以突出重围,从他们面前唯一的一条道路逃出来了,其他的路都被敌人封住了。在堡垒里还躲着另外一个印第安苦力,他在一堆瓦砾中忍受住了大火的烟雾,两天后在马普切人都离开后终于逃了出来。巴尔迪维亚突围的这条路是莱夫扎茹预留的。这是一条死路,在黑暗的树林中,通向的是一片沼泽,就像莱夫扎茹预计的那样,马蹄会彻底陷进去。可他们也不能返回,因为后面有追兵。借着黄昏的光线,他们看到上百个印第安人从灌木丛中跑出来,自己却身不由己地慢慢淹没在散发着地狱般难闻气味的腐烂淤泥中。在沼泽彻底把他们吞噬之前,马普切人把他们救了出来,因为他们计划的最终结局不是这样的。

看到败局已定,巴尔迪维亚想要和敌人谈判,以承诺放弃南部新建的城市,西班牙人彻底从阿劳卡尼亚撤退,并以支付绵羊等其他财物为条件来争得他的自由。印第安苦力给他做翻译,可还没有等他说完,马普切人就扑上去,把他给杀了。他们已经学会不相信西班牙人的诺言。教士用两个木棒做了十字架,刚想要给死去的印第安苦力做临终祷告,就像他给总督大人做的那样,就被马普切人一斧子劈烂了脑袋。接下来就开始对佩德罗·德·巴尔迪维亚的折磨了,他是马普切人深恶痛绝的敌人,他们受尽的屈辱苦难都要找他算账。他们没有忘记成千上万的死者,那些被烧死的男人、被强暴的女人、被蹂躏的孩子,还有无数被砍断扔到河里的断手断脚、被切下来的鼻子、那些鞭刑、枷锁还有那些猎狗。

他们先是让他目睹了对从图卡佩尔幸存下来的印第安苦力的折磨,之后又是对西班牙人尸体的亵渎。然后,他们脱光了他的衣服,拽着他的头发把他拖到莱夫扎茹的茅屋里。一路上,石子和锋利的树枝划破了他的皮肤,当他们把他领到大酋长脚下时,他已经有气无力,满身混着血和泥。莱夫扎茹让人给他喝水,让他清醒过来,然后把他绑在了柱子上。作为嘲笑的象征,莱夫扎茹把佩德罗·德·巴尔迪维亚从不离身的托雷多利剑折成两段,插在他脚边的地上。巴尔迪维亚刚恢复点体力,睁开眼睛,看清楚自己的所在,就发现正面对着自己曾经的仆人。

"费利佩!"他大叫,充满希望,因为至少是张熟悉的脸,可以说西班牙语。

莱夫扎茹盯着他的眼睛,满目不屑。

"你不认识我了,费利佩?我是老爹。"他还坚持着。

莱夫扎茹朝他脸上吐了口水。他等这一刻已经等了二十二年。

在大酋长的命令下,群情激奋的马普切人排好队,用削尖的贝壳每个人依次从他身上切下一小块肉。他们点了堆火,用贝壳切下他手臂和双腿上的肉,烤熟,再当着他的面吃掉。这场恐怖的盛宴持续了两天三夜,死亡之母始终没有拯救这位不幸的俘虏。最后,到了第三天早上，莱夫扎茹看到巴尔迪维亚快死了，就把熔化的金子灌到了他嘴里，让他吃个够。这曾经让他无限迷恋的金属，同时也给矿场的印第安人带来无尽的折磨和痛苦。

啊！那该有多疼，多疼啊！这些记忆如同刀扎我的心。孩子，几点了？天怎么黑了？时间倒退了，是要重新天亮了。我以为一直是白天……

再也没有找到佩德罗·德·巴尔迪维亚的尸首。据说，马普切人在一场临时的仪式中把他的肉吃掉了，用他的骨头做成了笛子，他的头骨至今都被酋长们用来盛玉米酒。孩子，你问我，为什么相信塞西莉亚女仆所说的恐怖版本，而不是另外一个更仁慈的版本——巴尔迪维亚被一棍子打烂脑袋，就像诗人写的那样，就像南部印第安人一般的惯例那样。我来告诉你吧。1553年12月那不祥的三天，我病得很严重。就像是我的心知道了我的脑子拒绝承认的事。恐怖的画面在我眼前闪过，就像是一场永远都醒不过来的噩梦。我好像看到，在我家里到处都是装满断手和割下的鼻子的篮子，院子里都是戴着枷锁的印第安人，他们被尖木刺穿身体。空气中都是人肉烧焦的味道，夜晚的微风给我带来皮鞭的噼啪声。这场征服带来了太多的不幸……谁都不会原谅如此的野蛮暴行，马普切人更不会，他们永远不会忘记受到的伤害，就像不会忘记受到的善待。这些记忆让我痛苦，我像是被恶魔附身一样。你知道的，伊莎贝尔，感谢上帝，我除了偶尔心跳加快之外，一向都很健康，所以这是唯一可以解释我那几天身体不适的原因。在佩德罗忍受他那骇人的结局时，千里之外，我的灵魂也焦灼地陪伴他，为他哭泣，为这些年所有死去的人哭泣。我虚弱地倒下了，呕吐不止，高烧不退，所有人都担心我的生命。在我神志恍惚之际，我清晰地听到佩德罗·德·巴尔迪维亚的哀号声，还有他最后一次和我道别的声音："再见了，我亲爱的伊内斯……"

致　谢

　　关于智利征服时期的研究,尤其是对伊内斯·苏亚雷斯生平的认识了解,我的朋友何塞菲娜·罗塞蒂、维托里奥·辛托莱西、罗兰多·汉密尔顿和迪安娜·乌伊多布罗给予了我极大的帮助。马鲁·西耶拉校订了关于马普切人的部分。胡安·阿连德、豪尔赫·曼萨尼利亚和格罗丽亚·古铁雷斯订正了手稿。威廉·戈登[①]在几个月的创作期间,守护我,给我做饭。还要感谢为数不多的历史学家记录了伊内斯·苏亚雷斯在历史上的重要性,他们的著作帮助我完成了这部小说。

[①] 威廉·戈登,作者的第二任丈夫,美国人,两人于2015年离婚。

参考书目

为准备这部小说,我花了四年时间阅读相关书籍。一开始,我阅读历史书籍、虚构作品和相关文章,只是为了进入那个时代和了解人物,直到最后我才决定列上参考书目。我的经纪人格罗丽亚·古铁雷斯在读过我的手稿后说,没有参考文献,这个故事就像是病态的想象虚构(大众经常这样批评我的作品)。关于伊内斯·苏亚雷斯和智利征服史中的很多事件都让人觉得难以置信,需要告诉读者这些都是真实历史。接下来列的是我当时使用过的一些书,它们现在还摆放在花园角落我写作的小房子里。

为了解智利历史,我有幸阅读了两部经典之作,分别是佩德罗·马里诺·德·罗维拉编撰的《智利王国编年史》(铁道出版社,1865)和《智利通史》(1884)。后者由迭戈·巴罗斯·阿拉那编写,其第一卷记录了智利征服史中的诸多事件,是了解这段历史不可或缺的资料。更新的一本是阿尔弗雷多·乔瑟琳-霍特·莱特列尔撰写的《智利通史》(行星出版社,圣地亚哥,2000)。

关于美洲征服史,我读了不少相关书目,其中有内斯托·梅萨编撰的《关于美洲征服的研究》(大学出版社,圣地亚哥,1992)和本杰明·维库纳·麦肯纳——智利历史和历史编纂学方面的著名专家——的《殖民时代》(新生出版社,圣地亚哥,1974),以及C. H.哈里娜的《美洲西班牙帝国》(佩乌塞尔出版社,布宜诺斯艾利斯,

1958）。关于该时期的西班牙历史，我参考了米格尔·安赫尔·阿尔图拉以及费尔南多·加西亚·德·科塔萨尔等史学家的著作。关于征服者们的生平传记，我阅读了里卡多·马霍·弗拉米斯的《十六世纪的西班牙征服者》（阿吉拉尔出版社，马德里，1963）、赫拉尔多·拉林·巴尔德斯的《最后的征服者》（2001）及《迭戈·德·阿尔马格罗》（第三版，2001）。此外，还参考了圣地亚哥·德尔·坎波的《佩德罗·德·巴尔迪维亚，被征服的上尉》（西语美洲文化中心出版社，马德里，1961）。

关于马普切文明的研究著作数目繁多，我从中挑选了埃德蒙·鲁埃尔·史密斯的经典之作《阿劳科人》（大学出版社，圣地亚哥，1914），以及出版年份更新的几部著作：马鲁·希拉的《马普切人，大地之子》（南美出版社，布宜诺斯艾利斯，2000）、何塞·本格阿的《南部古老马普切民族史》（加泰隆尼亚出版社，巴塞罗那，2003）和更专业领域的奥雷斯特·普拉斯编写的《智利医学民俗》（新生出版社，圣地亚哥，1981）。

在我的阅读书目中，有两本杰出的历史小说绝不能少：爱德华多·拉巴尔卡的《布塔马隆》（阿纳亚-马里奥·穆柯尼科出版社，马德里，1994）和豪尔赫·古兹曼的《啊，伊内斯夫人》（安德烈斯·贝略出版社，圣地亚哥，1993），最后这一本便是关于我小说的女主人公的。

最后，我要特别提到我的小说中出现的两部那一时代的作品。首先是阿隆索·德·埃尔西利亚的《阿劳加纳》，这本著作有诸多版本，我阅读的是桑迪亚纳出版的版本，此外，我还从1842年的《阿劳加纳》版本中选择了精美的插画用以装饰我的小说。另一作品则是佩德罗·德·巴尔迪维亚的信件，在它的众多版本中有两版最为杰出：由智利历史学家米格尔·罗哈斯·米克斯整理、西班牙鲁曼出版社和埃斯特雷马杜拉委员会于 1991 年出版的版本和 1998 年由智利煤矿公司堂娜伊内斯·德·科拉华西出版的版本。

伊莎贝尔·阿连德